Vorwort

Mein Name ist Ramona, ich bin ein direkter Nachkomme in Deutschland lebender Sinti. Mein Volk kommt ursprünglich aus der Region Sindh in Indien. Meine Familie war damals mehrheitlich hinduistisch und wurde aus vielen verschiedenen Gründen aus ihrem Land vertrieben. Wir leben überall auf der Welt, wir sind Christen geworden und haben keine Heimat mehr. Wir versuchen unsere Sprache und auch unsere Traditionen zu wahren, was nicht einfach ist in der heutigen Zeit. Obwohl wir aus einer der ältesten, aber auch sehr wenig bekannten Zivilisation kommen, werden wir oft diskriminiert und als Randgruppe behandelt.

In diesem fantasievollen Roman verwende ich alte Geschichten und Mythen meiner Kindheit. Die in einer Stadt aus Gold geschehen, wie sie in zahlreichen Liedern meines Volkes besungen werden.

Der Grund weshalb wir auf der ganzen Welt zerstreut leben, wird offenbart. Das wir damit die gesamte Menschheit beschützen, lässt mein Volk in einem heroischen Licht erscheinen. In meiner Fantasie kämpfen wir seit über zweitausend Jahren, im verborgenem, mit Magie und übernatürlichen Kräften, gegen das Böse.

Der Neuanfang

„Es kann einfach nicht wahr sein, dass ihr schon wieder umziehen wollt, warum tut ihr mir das an?"

„Du weißt doch ganz genau, dass wir keine andere Wahl haben, Constantine!"

„Man hat immer eine andere Wahl Vater, ganz besonders du und Mama! Können wir denn nicht einmal länger als zwei Jahre in einem Land bleiben? Ihr habt es nicht einmal nötig, soviel zu arbeiten. Wenn wir arm wären, würde ich mich ja auch echt nicht beschweren."

„Ja, aber du weißt doch, dass wir ganz nah dran sind, wir werden es bald finden."

„Und was ist mit mir? Soll ich denn immer wieder von vorne anfangen? Das geht jetzt so, seit ich denken kann."

„Nein, natürlich nicht, dieses Mal ist es ja auch für immer, das haben wir dir doch bereits versprochen. Constantine, wir haben das Haus doch nicht umsonst gekauft, wir möchten doch auch endlich ein Zuhause haben.

„Haus? Das ist ein Gruselschloss! Können wir denn nicht einmal, wie normale Menschen leben? Muss es denn immer das Auffälligste sein?"

„Das ist es doch gar nicht, das Schloss nebenan ist doch viel größer."

„Das Schloss, das Schloss, ich höre nichts mehr außer, das Schloss. Wenn ihr eine Genehmigung bekommen hättet, wärt ihr auch prompt dort eingezogen."

„Das ist doch völliger Quatsch!"

„Ist es nicht! Schlimm genug, dass ihr mich in dieses Nest namens Marotinu de Sus schleppt. Muss ich den, dann auch noch in so einer grotesken Burg wohnen?"

„Das ist keine Burg verflixt noch mal, das war das Gesindehaus des Grafen."

„Das ist mir egal, lass mich jetzt in Ruhe, ich muss wohl mal wieder packen."

Ich knalle meinem Vater die Tür direkt vor der Nase zu und werfe mich auf mein Bett. Ich könnte heulen vor Wut, ich frage mich, was das soll? Normalerweise ist das nicht meine Art so mit meinem Vater zu sprechen. Doch dieses Mal gehen er und Mama einfach zu weit! Rumänien! Jeder Mensch auf dieser Erde kennt die Gruselgeschichten vom Grafen Dracula. Meine Eltern wollen genau aus diesem Grund dort hin, sie sind Archäologen.

Nicht irgendwelche, nein, sie haben sich bereits durch spektakuläre Funde ihren Namen in der Welt der "Durchgeknallten" gemacht. Ist auch nicht schwer, bei dem Budget, das sie zur Verfügung haben.

Meine Mutter Rose ist bei ihrem Vater groß geworden, da ihre Mutter bei der Geburt gestorben ist. Ihr Vater war ein Börsenhai, Geld war kein Problem. Sie führte also von Kindesbeinen an ein verwöhntes, irreales Leben. Alles, was sie wollte, bekam sie und das sofort. Sie ist es gewohnt, mit einem Dutzend Menschen im Haus zu leben, die sie ihre Angestellten nennt. Mein Großvater starb mit 58 Jahren an einem Herzinfarkt und meine Mutter war mit zwanzig Alleinerbin.

Während des Studiums lernte sie Jack kennen und lieben. Ich glaube kaum das Romeo und Julia sich mehr geliebt haben. Sie heirateten eine Woche nach dem Abschluss und sind seitdem unzertrennlich. Leben von einer Ausgrabungsstätte zur nächsten, egal wo sie Ausgrabungen machen, sie tun es immer auf sehr hohem Niveau. Denn auch als wir in Ägypten waren, hatten wir nicht irgendwelche Ausgrabungszelte wie andere Teams. Wir hatten Zeltpaläste mit Kronleuchtern, edlen Teppichen und Dienern. Jeden Abend lag Mama in ihrer weißen Emaile Badewanne, mit dampfend heißem Wasser, den kostbarsten Ölen und ließ sich Ihr Haar waschen.

Meine Eltern sind zwar sehr anspruchsvoll, aber im Grunde genommen sehr gute Menschen. Ich kenne keinen Angestellten, der nicht gerne für Sie arbeitet. Jeder wird freundlich und höflich behandelt und erhält das Doppelte von dem Gehalt, was Sie sonst so bekommen. Besonders Mama geht auf die persönlichen Bedürfnisse der Angestellten ein.

Gesellschaftliche Ereignisse meiden meine Eltern, sogar Ehrungen für Funde von unschätzbarem Wert gehen sie aus dem Weg. Sie lassen es sich zwar gerne gut gehen, prahlen aber nicht damit. Es gibt nur wenige Dinge, die sie ihr Eigen nennen, doch diese gehören eigentlich hinter gepanzertes Glas. Irgendwie sind sie schon sehr exzentrisch, andererseits graben sie gerne im Sand.

Eigentlich sind meine Eltern schon in Ordnung, sie lassen mich in Ruhe. Dass ich ein Einzelgänger bin, akzeptieren sie vollkommen. Natürlich überfallen sie mich zwischendurch, um mir ihre neuesten Funde oder Theorien zu zeigen. Das macht mir nichts, ich höre ihnen gerne zu, wünschte mir nur manchmal, dass ich ihre Begeisterung teilen könnte. Dass ich mich für irgendetwas begeistern könnte, das wäre schön. Meistens ziehe ich mich zurück und fühle mich einsam, als würde mir irgendetwas fehlen, obwohl ich alles im Leben habe. Materiell gesehen gibt es nichts, was sie mir nicht sofort kaufen würden und über mangelnder Zuneigung oder Liebe kann ich mich auch nicht beklagen.

Als ich zehn Jahre alt war schickten meine Eltern mich zu einem Kinderpsychologen. Das war eine Zeit, in der ich einfach ständig weinte.

Nach den ersten Sitzungen erklärte ich mich für geheilt und setzte ein ständiges Lächeln auf, das nicht echt war. Zuerst glaubten sie mir kein Wort, doch nach und dann doch. Ich fand mich einfach damit ab, dass mich nichts glücklich machen konnte, dass ich ein gestörter, einsamer und trauriger Mensch war.

Wenn ich es biologisch betrachte, bin ich nicht ihr Kind, ich wurde adoptiert. Sie sagen, dass ich eines Morgens einfach vor ihrer Tür lag. Ihrer Meinung nach war ich das schönste Baby, das sie jemals in ihrem Leben gesehen haben und haben mich sofort in ihr Herz geschlossen. Mein Haar war bereits voll und schwarz, obwohl ich wohl erst ein paar Tage alt war. Sie brachten mich direkt zu einem Kinderarzt in Bulgarien, der mein Alter auf ungefähr eine Woche bestimmte. Da niemand mich vermisste, wurde es einfach für meine Eltern, mich zu

4

adoptieren. Ich trug eine weiße Wolldecke als sie mich fanden, darunter nichts außer einem bemerkenswerten Medaillon.
Meine Eltern und auch einige ihrer Freunde fanden es so außergewöhnlich, weil sie es nicht bestimmen konnten.
Es ist aus reinem Gold, aber steinhart, unzerstörbar, was es eigentlich nicht sein darf.
Jack mein Vater versuchte eine Probe zu entnehmen, es ging einfach nicht!
Er und einige Freunde haben es noch nicht einmal mit einem Laser geschafft, dem Medaillon einen Kratzer zuzufügen. Sie flogen extra nach Texas, vergebens, selbst der stärkste Laser der Welt konnte dem Amulett nichts anhaben. Weder extreme Hitze noch Kälte, oder schiere Gewalt konnten an ihm irgendetwas bewirken.
Es ist kreisrund, grüne Saphire formen darauf ein „S", außerdem scheint es auf Grund der Beschaffenheit sehr, sehr alt zu sein.
Bis jetzt konnte kein Archäologe oder sonst irgendein Wissenschaftler feststellen, aus welchem Land, oder welcher Epoche es stammt. Eine unbekannte Legierung, die meinen Vater um unzählige schlaflose Nächte gebracht hat.
Na ja, es ist halt auch nur ein Amulett.
Meine Mama wollte auf jeden Fall nie eigene Kinder haben, sie hatte Angst, dass sie bei der Geburt sterben würde. Ich glaube sie gibt sich noch heute die Schuld, am Tod ihrer Mutter. Somit war der Tag, an dem sie mich fanden, der schönste Tag in ihrem Leben. Wann immer sie mich in den Arm nimmt, sagt sie, dass man mich mit Diamanten nicht aufwiegen kann.
Jack war wohl seit der ersten Sekunde hin und weg von mir, es sind wir zwei Frauen, die seinen Lebensinhalt bedeuten. Er erzählt mir immer wieder, dass ich eine Prinzessin aus dem alten Ägypten bin und es kein Mädchen auf dieser Erde gibt, dass solche Smaragdgrünen Augen hat wie ich.
Es ist nicht immer leicht, mit blonden Eltern, die mir so gar nicht ähnlichsehen. Bis heute konnte ich mir keine ihrer Eigenschaften aneignen. Wir sind einfach viel zu verschieden.
Es scheint unmöglich, dass uns so ein dickes Band bindet.
Solange ich denken kann, schleppen sie mich von einem Land

ins nächste. Nach Ägypten, Schottland, in die Mongolei und in den Regenwald, wir waren einfach überall zuhause. Das hat mich geprägt. Ständig musste ich mit Kindern spielen, deren Sprache ich zunächst nicht verstand, was sich dann merkwürdigerweise immer schnellstens änderte. So wie es aussieht, bin ich ein Sprachtalent, denn es hat immer höchstens ein Jahr gedauert, bis ich die jeweilige Sprache perfekt beherrschte! Außerdem besitze ich eine enorme Körperspannung, mein Dad meint immer, ich sei brillant. In jeder Schule war ich immer die Schnellste und die Stärkste. Ich glaube er übertreibt maßlos, so wie es wohl alle Väter tun, wenn es um ihre Töchter geht. Da ich nie langanhaltende Freundschaften pflegen konnte, bin ich viel im Netz. Ab und zu chatte ich mit den Leuten, die ich so kennengelernt habe. Doch hauptsächlich bin ich allein, nicht, dass ich keine Freunde haben könnte, aber das alberne Getratsche der Mädels in meinem Alter und pubertierende Jungs nerven mich ganz einfach.

Am liebsten spiele ich alte Stücke von Mozart auf meiner Violine, ihre Saiten haben etwas seltsam Beruhigendes.

Klingt blöd für ein Mädchen in meinem Alter, doch was ist schon an meinem Leben normal? Egal wo wir lebten, wir hatten immer einen Koch, eine Haushälterin und was man sonst noch so an Personal braucht. Meine Mutter hat noch nie in ihrem Leben gekocht oder gebügelt.

Zurzeit lebe ich in einem kleinen Schloss in der Provence, dass meine Eltern mal wieder auf den Kopf gestellt haben. Sie suchten nach Anhaltspunkten für die uneheliche Geburt eines Kindes von Ludwig dem XIV.

Eigentlich gefällt es mir hier sehr gut. Die Schule ist zwar sehr klein, aber die Schüler sind höflich und kultiviert. Wann immer Dad Zeit hat, fährt er mit mir nach Paris. Wir spazieren gerne über die Champ Elysee, trinken am Eiffelturm einen Kaffee oder stöbern auf einen den unzähligen Trödelmärkten nach unentdeckten Schätzen.

Nun geht es also nach Rumänien, worauf ich überhaupt gar keine Lust habe.

Aber mir bleibt ja gar nichts anderes übrig, wo soll ich denn sonst hin? Da meine Eltern auch Einzelkinder sind, habe ich überhaupt keine Verwandtschaft, die ich mal besuchen könnte. Aber da würde ich wahrscheinlich dann auch nicht hinwollen. Denn ich würde ich Mum und Dad schon nach vierundzwanzig Stunden schmerzlich vermissen. Wir waren noch nie einen ganzen Tag voneinander getrennt. Jetzt haben sie auf jeden Fall ein neues Projekt, ich hoffe, dass es das letzte sein wird. Obwohl sie sehr bekannte Archäologen sind, punkteten sie bei der Vergabe dieses Projektes wohl hauptsächlich damit, dass sie das komplette Projekt aus eigener Tasche zahlen werden. Die Burg soll vermessen und ein Modell angefertigt werden. Gestein, Grund und alter der Burg soll bestimmt werden. Es soll geklärt werden, ob die Statik der Burg es hergibt, Touristen dort herumzuführen. Alle Parteien waren bei der Vertragsunterzeichnung zufrieden, besonders meine Eltern. Dessen Hauptinitiative ist, den Mythos, um den Grafen Dracula zu beweisen oder endgültig zu entkräften.

Graf Dracula, so ein Quatsch!

Ich möchte gar nicht wissen, wie viel Geld meinen Eltern diese Spielerei wieder kosten wird, aber wie gesagt wir sind reich!

Die Abreise ist routinemäßig und wie immer unkompliziert.

Mama engagierte ein Umzugsunternehmen, das unser Hab und Gut aus aller Herren Länder, sorgfältig verpackt und zu unserem Bestimmungsort abtransportiert. Ich nehme lediglich mein Handy, meinen Laptop und meine Zahnbürste als Handgepäck mit.

Meine Eltern sitzen im Flugzeug wie immer zusammen und vergraben sich in die Geschichte Rumäniens, dessen Mythen und Anthropologie.

Ich höre Musik über meine Kopfhörer und klappe meinen Laptop auf.

„Mal sehen, was könnte ich denn Wissenswertes herausfinden? Schulen, Universitäten, hmm."

Es dauert eine Weile bis mir Google etwas über:

„Marotinu de Sus" ausspuckt. Die wahrscheinlich einzige Schule weit und breit blinkt auf meinem Monitor auf. So wie ich sie anklicke, bin ich positiv überrascht. Sie scheint recht modern, ganz normale Kurse, es gibt eine kleine Musikschule, 1325 Schüler. Das ist enorm, woher kommen den alle diese Jugendlichen in diesem Nest? Aber das ist auch egal, ich bin sowieso erst mal wieder die Attraktion. Die Neue!

Oh, wie ich es hasse, im Mittelpunkt zu stehen und diese Fragen beantworten zu müssen.

„Wo kommst du her? Wie lautet dein Name? Trägst du farbige Kontaktlinsen? Wieso siehst du deinen Eltern gar nicht ähnlich?"

Jedes Mal muss ich all das über mich ergehen lassen.

Die mitfühlenden Blicke nerven mich, wenn sie hören, dass ich adoptiert bin.

Wen interessiert das? Ich habe die besten Eltern der Welt, ich vermisse nichts!

Ein Link blinkt energisch in seiner kleinen Ecke und sticht mir wie eine Wespe ins Auge.

„Geschichte und Mythen Rumäniens."

Ich klicke ihn an und bin echt entsetzt, so ein Schrott. Es ist eine schwarze Seite mit weißem Text über Vampire, Hexen und Werwölfe, deren Bedeutungen in der Vergangenheit und Gruselgeschichten aus der heutigen Zeit. Der ganze Touristenscheiß, ist dann noch mit süßen kleinen Fledermäusen geschmückt, die lächelnd über den Schirm fliegen.

Dort gibt es weitere Links zu den angesagten Sehenswürdigkeiten und romantischen Hotels.

„Oh, mein Gott."

Ich stehe auf und ticke meinen Vater über die Rückenlehne auf seine Schulter.

„Hey, das kann doch wohl nicht wahr sein!"

Dad schaut mich verwundert an.

„Was denn Schatz?"

Ich strecke mich über seinen Sitz, reiche meinen Laptop rüber und stelle ihn meinen Eltern direkt vor die Nase auf ihren ganzen Papierkram.

Ungläubig starren sie auf den Bildschirm, Mum kichert über die Aufmachung der Seite. Die Links zu den Hotels leuchten in lila und neongrüner Schrift.

„Ach Schatz, das ist doch nur eine Touristenattraktion. Das kennen wir bereits."

„Mama!"

„Das hat uns damals auch etwas irritiert."

„Wieso, wart ihr denn schon mal dort?"

„Ja Liebes, wir haben hier unsere Flitterwochen verbracht. Dieses Land hat uns damals allerdings auch sehr fasziniert."

„Wieso seid ihr dann nicht direkt dortgeblieben?"

„Weil es noch so vieles auf dieser Welt für uns gab. Wir wollten uns erst umsehen, um dann hierher zurückzukommen, wenn..!"

„Was denn?"

„Sag mir bitte nicht, dass wir nach Rumänien ziehen, damit ihr die Existenz von Vampiren, Hexen oder sonst was nachweisen könnt."

„Nein...!"

„Mama!"

„Also gut, das Schloss soll im 15. Jahrhundert von Vampiren bewohnt worden sein. Dein Dad und ich wollen dem einfach nachgehen."

„So einen Schwachsinn, ihr glaubt doch sonst auch nur an das, was ihr ausgraben könnt. Seit wann glaubt ihr denn an Hokuspokus!?"

„Constantine, in fast jedem Land, in dem wir Ausgrabungen gemacht haben, gab es Mythen von bösen Königen, oder Göttern, die sich von Menschenblut ernährten. Wenn man bedenkt, dass die verschiedensten Kulturen überhaupt keine Verbindung zueinander hatten und es trotzdem die gleichen historischen Geschichten in den verschiedensten Erdteilen und sogar Jahrhunderten gibt, ist das schon erstaunlich. Entweder widerlegen oder belegen wir die Existenz von übernatürlichen Wesen."

„Und weil das eine Ewigkeit dauert, habt ihr auch vor, da zu bleiben. Gar nicht, weil ihr endlich mal Ruhe geben wollt, sondern weil ihr ganz genau wisst, dass diese Expedition den Rest eures Lebens in Anspruch nehmen wird. Weil es unmöglich ist die Existenz zu belegen, weil es ein Hirngespinst ist, das wisst ihr ganz genau."

„Nein Constantine, wir sind wirklich hauptsächlich hier, um endlich sesshaft zu werden. Wir haben dich durch die Welt geschleppt und es ist uns bewusst, dass du das nicht mehr erträgst. Natürlich brauchen wir irgendeine Aufgabe, und wenn du behauptest, dass diese Arbeit ewig dauert, dann hast du wahrscheinlich auch Recht. Es ist uns egal, was dabei herauskommt. Du brauchst ein Zuhause und wir etwas zu tun, also ist es das perfekte Arrangement."

„Aber wieso denn in Rumänien? Können wir uns nicht in einem kultivierteren Land niederlassen? Was soll ich da? Es ist total ätzend!"

„Das weißt du doch noch gar nicht, glaub mir, wir haben uns sehr wohl überlegt, wo wir hinwollen. Wir sind davon überzeugt, dass du Rumänien lieben wirst, genau wie wir."

„Ja, aber Rumänien?"

„Wir wollen hier in Rente gehen, dieses wird unsere letzte Ausgrabungsstätte."

Mit verschränkten Armen lasse ich mich zurück in meinen Sitz fallen. Mama setzt sich auf ihre Knie, um mich über die Rückenlehne hinweg ansehen zu können.

„Wieso ist das überhaupt so wichtig für dich, wonach wir suchen?"

„Mama, das ist peinlich, was glaubst du wie meine zukünftigen Mitschüler darüber denken werden?"

„Wieso? Was soll denn bitte schön peinlich daran sein?"

„Es sind einfach nicht die alten Ägypter, Chinesen, Schotten, Germanen oder sonst ein Volk deren Existenz klar war. Mama, Vampire! Ein Hirngespinst von Menschen, die sich in einer dunklen Zeit Gruselgeschichten ausgedacht haben."

„Vielleicht sind es ja gar keine Gruselgeschichten, Jack und ich haben genügend Gründe hierher zu kommen. Glaub mir Kind, wir haben in den letzten zwanzig Jahren unsere Hausaufgaben gemacht. Vampir ähnliche Wesen gibt es in fast jeder Kultur. In Westafrika war es Asanbosam, auf den Philippinen Aswang, in China Chiang-Shih und in Schottland..."

„Das sind doch alles nur Legenden, die niemals bestätigt wurden."

„Ja, das ist ja das Merkwürdigste an der ganzen Sache. Bis jetzt konnten alle Mythen dieser Welt belegt werden, alle außer dieser. Wer weiß, vielleicht beweisen wir ja auch, dass es tatsächlich keine Vampire oder andere Fabelwesen auf dieser Welt gab. Das wäre genauso eine Sensation, wie wenn wir es wirklich beweisen könnten."

„Oh nein, bitte nicht! Seit wann seid ihr denn so unrealistisch? Dad, warst du es nicht der mir mein Leben lang eingetrichtert hat. Glaube nur, was du anfassen und damit beweisen kannst."

„Ja, wir haben aber genügend Material gesammelt, das uns aufhorchen lässt. Wir haben komischerweise in den verschiedensten Ausgrabungsstätten Anhaltspunkte gefunden. Wir können es uns selbst nicht erklären, doch alle Hinweise scheinen einen Sinn zu ergeben. In dem letzten Schloss, in dem wir lebten, haben wir uralte Dokumente gefunden, die beweisen, dass das Schloss in Rumänien Wrukolakas heißt. Dies scheint aber niemandem in Rumänien bekannt zu sein, nicht offiziell. Es ist als hätte jemand ein sehr streng gehütetes Geheimnis an uns verraten. Wusstest du, dass Wrukolakas die Bezeichnung für Vampire aus dem 14. Jahrhundert in Griechenland war?"

„Das reicht Dad! Macht einfach, was ihr wollt, Hauptsache ich muss nicht mehr umziehen."

„Versprochen Schatz, wir werden uns in der Stadt auch wie ganz normale Menschen benehmen. Unsere Arbeit bleibt im Hintergrund, offiziell sind wir ja nur da, damit das Museum und auch Touristen, etwas zum Lesen haben. Also mach dir bitte keine Sorgen, niemand wird dich auslachen, weil wir Vampire suchen. Wir werden schließlich nicht mit Holzpflöcken durch die Gegend laufen."

Meiner roten Gesichtsfarbe, folgt ein Lachkrampf, der mich schüttelt. Das meine Eltern mich ansehen, als hätte ich den Verstand verloren, lässt mich fast ersticken.

„Was ist, warum lachst du?"

„Normaaaaaal..."

„Constantine!"

„Was, was denn?"

„Wir geben uns echt Mühe nicht aufzufallen."

„Ja, ich weiß! Aber normal, klingt aus eurem Mund einfach so lustig, ihr habt eindeutig den Bezug zur Realität verloren. Aber gut, alles gut, ihr habt alles richtig gemacht. Ich kann euch versichern, dass ich glücklich bin."

„Ok, also Rumänien und dort führen wir dann endlich ein normales Leben."

„Ja Dad, machen wir!"

Ich amüsiere mich noch, als ich im First Class Bereich strecke und mit Kaviar auf dem Beistelltisch einschlafe.

Nach der Landung ist es wie immer, Kamerateams, Zeitungen und Radiosender empfangen uns. Meine Eltern sind wie immer entspannt und geben sich Mühe alle Fragen der Reporter zu beantworten, als würden sie einen Plausch mit guten alten Freunden halten. Meine Eltern wirken auf mich immer wie ein Hollywood Pärchen. Mum trägt bei den Ausgrabungen immer einen riesigen Sonnenhut, um ihren blassen Teint zu bewahren. Ihr blondes Haar glänzt, wie aus einer Shampoo Werbung, es ist dick und schulterlang. Schon immer ist es mir ein Rätsel, wie sie sich in edler Haute Couture überhaupt bewegen kann. Sie ist immer elegant gekleidet und wenn ich es nicht besser wüsste, würde ich annehmen, dass sie ihre sinnlichen Lippen aufgespritzt hat.

Daddy ist so der verwegene Dreitagebart Typ. Da er ständig irgendwo in der Sonne hockt und buddelt, sind seine Haare stets sonnengebleicht und seine Haut braun gebrannt. Er hat einen umwerfend durchtrainierten Körper, da herrscht eine gewisse Ähnlichkeit zu Brad Pitt.

Gott sei Dank, lassen die Reporter mich meistens in Ruhe, sehr selten beachten sie mich, oder stellen dumme Fragen wie:

„Na, Kleine? Wie ist das so, die berühmtesten Archäologen der Welt, als Eltern zu haben?"

Oder: „Kannst du uns nicht irgendwelche Geheimnisse deiner Eltern verraten?"

Da ich schon immer ein verschlossener Mensch war, und niemals eine Antwort gab und optisch auch nicht ins Bild passe, ließen sie mich irgendwann komplett in Ruhe.

Als der Rummel endlich vorbei ist, steigen wir in unsere schwarze Limousine. Pagen verladen unser Gepäck und der Chauffeur fährt endlich los.

So viel zum Thema, normal!

Die Fahrt vom Flughafen zu unserem neuen Zuhause dauert fast drei Stunden. Ich habe das Gefühl nie anzukommen und schlafe wieder ein.

1. Kapitel

„Wach auf Constantine, wir sind da. Hey, aufwachen, wie kann man in deinem jungen Alter nur ständig so müde sein und so viel schlafen." Meine Mama rüttelt mich.

„Mann, ich werde ja schon wach, nun mache doch nicht so ein Theater!"

Aber meine Eltern sind schon ausgestiegen und haben beide Türen offenstehen lassen.

Warme süße Luft strömt in unseren Mercedes Benz und lässt diesen albernen Plastikgeruch von Neu verschwinden. Ich strecke mich auf der Rückbank und blinzle durch das getönte Glas in das Tageslicht. Ich habe sowas von null Bock, mir jetzt dieses dumme Vampir Schloss anzusehen. Aber ich muss, also setze ich meine Versace Sonnenbrille auf und verlasse den mit schwarzem Leder ausgestatteten Wagen.

Was ich sehe, ist unglaublich, ganz langsam nimmt das Blumenmeer in der Größe eines Fußballfeldes vor mir Form an. Langsam setze ich meine Brille ab, als wäre sie der Grund für eine Sinnestäuschung. Ein schwacher Wind bewegt diese Blumenpracht, der süße Duft ist intensiver als man es sich vorstellen kann. Hunderte von Schmetterlingen tanzen verzückt über dem Nektar im Überfluss. Ich setze mich wie fremdgesteuert in Bewegung, betrete das Feld und lass meine Gedanken verschwinden. Vorsichtig gehe ich über dieses Feld, lasse meine Hände dabei über die Blüten streifen. Ich fühle mich als sei ich allein auf dieser Welt. Dieser Ort erscheint unberührt, so rein, jegliche Anspannungen verschwinden im Nichts. Mein Blick schweift über dieses Feld wie in einem Traum, ich bin fasziniert. Die Schmetterlinge sind unbekümmert, sie fliegen nicht vor mir weg. Ein gelber Zitronenfalter setzt sich auf meine ausgestreckte Hand, als will er mich im Namen von allen herzlich begrüßen.

Hier spüre ich es zum ersten Mal, dieses unglaubliche Gefühl in mir, so wie Knisterkaugummi auf der Zunge, nur in meinem ganzen Körper. Es muss an diesem unglaublichen Duft liegen, dieser Ort ist mir vertraut, es ist als würde ich etwas alt

14

Bekanntes spüren. Sowie ich tief einatme, nehme ich hinter dem Schmetterling auf meiner Hand etwas wahr.

Zuerst glaube ich auf Grund der Hitze, an eine Fata Morgana. Doch dann nimmt, dass sich in der Sonne bewegende Gebäude Form an, es ist so riesig.

Heller Sandstein formt zwei Türme neben dem Hauptgebäude, das wie in einem Märchen aussieht. Dass Kupferdach ist, hellgrün angelaufen, Rosenranken erstrecken sich über die hellen Mauern, das kleine Schloss wirkt uralt. Unser Schloss in Frankreich war pompös, alle unsere anderen Häuser hatten etwas Gewaltiges.

Doch dieses hier ist nicht zu übertreffen, denn es passt sich so lieblich in seine Umgebung ein, wie der Schmetterling auf meiner Hand. Es scheint die Pastellfarben der Blumen auf dieser Wiese widerzuspiegeln. Es sieht aus als hätte Michelangelo persönlich Hand angelegt.

„Constantine! Ist es nicht wunderbar? Habe ich dir nicht zu viel versprochen?"

Meine Mutter kommt mit einem Blumenstrauß in der Hand über die Wiese gelaufen. Sie passte hierher, ihr Haar, ihre Haut, ihr zierliches und filigranes Wesen, scheint mit der Magie hier übereinzustimmen.

„Oh Mama, es ist mehr als man erträumen kann."

Überglücklich wirft sie die Blumen in die Luft, nimmt meine Hände und dreht sich mit mir im Kreis, bis wir beide umfallen und atemlos auf dem Rücken liegen bleiben.

„Ich werde diesen Ort lieben Mama, ganz bestimmt."

„Ja das weiß ich, dein Vater und ich haben hier die schönste Zeit unseres Lebens verbracht."

Ich ziehe eine Schnute.

„Natürlich, bevor wir dich bekommen haben, mit dir ist es noch schöner."

„Das will ich auch meinen."

Wir lachen beide.

„Komm, lass uns zum Haus gehen. Jack ist schon da, er kann sich für diese Blumen merkwürdigerweise nicht begeistern."

„Ja, merkwürdig!"

Lachend, rennen wir zum Haus, wie Mama es so verniedlicht nennt.
Es gibt eine Einfahrt aus weißem Kies, die sich in einem weiten Bogen vor dem Haupteingang erstreckt. Dort steht ein großer runder Brunnen, in dessen Mitte die heilige Jungfrau Maria kniet, um den toten Jesus im Arm zu halten. Die Skulptur ist aus Sandstein und verwittert, es ist unschwer zu erkennen, dass sie sehr alt sein muss. Das Wasser drumherum ist grün und voller Algen, hier ist wohl schon ewig niemand mehr gewesen. Überall ist Unkraut und Wildblumenwuchs, womit der neue Gärtner wohl wochenlang zu tun haben wird. Mama und ich sagen kein Wort, jeder unserer Schritte hallt auf der Einfahrt wie der nächste Schritt in eine unglaubliche Geschichte. Wir spüren beide diese Magie, wir haben Ehrfurcht, vielleicht auch ein wenig Angst, es ist unheimlich. Die große Bronzetür steht so weit offen, dass wir sie nicht berühren müssen, um einzutreten. Sie sieht so aus als würden wir sie selbst mit vereinten Kräften nicht bewegen können. Ich denke, sie ist mindesten zwei Meter fünfzig hoch. Typische Jagdszenen wie man sie überall zu Lande finden kann, sind hier in einem unglaublich feinen Kunstwerk eingearbeitet.
Als wir die Halle betreten, trifft mich jedoch fast der Schlag.
Überall stehen Möbel, die mit weißen Tüchern bedeckt sind, es ist staubig hier. Die Spinnweben hängen wie Trauerweiden von der Decke herab. Es sieht so aus, als sei hier seit tausend Jahren niemand mehr gewesen. Außer Spinnen und Mäuse, deren Kot und kleine Fußabdrücke überall im weißen Staubteppich zu sehen sind. Eine mindestens vier Meter breite, pompöse Treppe führt zum ersten Treppenabsatz. Von dem jeweils eine weitere Treppe nach links und rechts führt. Der rote Teppich darauf, ist nur noch zu erahnen. Dort steht mein Vater mit dem Rücken zu uns, vor einem riesigen Ölgemälde und starrt es an.
Mama und ich gehen schweigend die Stufen hinauf zu ihm, Dreck knistert leise unter unseren Schuhsohlen. Ich streiche mit einem Finger über den weißen Handlauf und hinterlasse dabei einen Streifen von feinem glänzendem Mahagoniholz.
„Jack, es ist immer noch da!"

Mama flüstert so zaghaft, dass ich sie kaum verstehe.

Er zögert kurz, dreht sich zu uns und strahlt über das ganze Gesicht.

„Ja Liebes, es ist der Graf von Marotinu de sus, Herrscher über Wrukolakas!"

Sein Strahlen verwandelt sich in ein noch breiteres Grinsen, er kommt zwei Stufen zu uns herunter und nimmt Mama in seine Arme.

Als er innehält, sieht er sie verliebt an.

„Was ist? Wieso freut ihr euch denn so?"

„Wir haben gehofft, dass es noch da ist. Aber nach so vielen Jahren ist das hier ein kleines Wunder. Wir hofften irgendwelche kleinen Portraits, in irgendeinem Zustand zu finden. Doch dieses hier übertrifft alles bei weitem, sieh dir doch nur an wie ungeheuer gut erhalten es ist. Wie brillant der Künstler gearbeitet hat, es muss ein Vermögen wert sein. Ich verstehe, nicht wieso es hier noch hängt und nicht in irgendeinem Museum."

„Papa, der ist einfach nur voll hässlich! Wer hängt sich so eine Monsterbacke an die Wand?"

Da ich noch nie viel Sinn für Kunst hatte, lachen meine Eltern sich einfach nur kaputt, ohne auch nur den Versuch zu starten, mir dieses „Wunder der Kunst" zu erklären.

Im gleichen Augenblick klopft es auch schon an der Tür. Es ist die Putzkolonne, die eigentlich schon hätte fertig sein sollen. Da ich mich schon in Frankreich mit der Rumänischen Sprache auseinandergesetzt habe, ist es für mich kein Problem den Reinigungskräften zu erklären, was sie machen sollten.

Meine Eltern und ich gehen in der Zwischenzeit ins erste Stockwerk, um uns umzusehen und um uns Zimmer auszusuchen.

Dieses Haus verfügt über zweiundzwanzig Zimmer! Ich schaue mir alle an. Es ist sehr interessant, sich vorzustellen, dass vor Circa zweihundert Jahren schon Menschen hier gelebt haben. Ich stelle mir vor, wie sie sich kleideten, wie das Leben ohne Strom war, keinen Laptop zu haben, einen Fernseher, oder Licht und all diese Dinge, die für mich so selbstverständlich sind.

Was würde ich eigentlich morgens ohne meinen Toaster machen?

Alles scheint hier ein bisschen brüchig, doch das werden die Handwerker schon hinbekommen. Zumindest wurde hier schon Strom gelegt und in allen Zimmern Lampen angebracht. Eigentlich stehe ich nicht auf Kristallkronleuchter, aber hierher passen sie. Ich suche mir das größte Zimmer im Westflügel aus, es ist am Ende des Flures und wahrscheinlich für jemanden vorgesehen, der eine besondere Stellung im Personal gehabt hat. Die hellgrün geblümten Tapeten lösen sich bereits an einigen Stellen und auch hier ist es staubig und voller Spinnennetze. Trotzdem gefällt mir dieses Zimmer, es hat Charme, ich kann mir genau vorstellen, wo ich meine Möbel hinstellen werde. Es ist wohl sechs mal sechs Meter groß, hat mehrere große Fenster und einen gewaltigen Kamin. Den finde ich besonders eindrucksvoll, ich freue mich jetzt schon auf die gemütlichen Stunden im Winter. Wir werden hier sicherlich Marshmallows grillen und warmen Kakao genießen. Alles hier im Haus scheint gewaltig, ich möchte gar nicht wissen, wie das Hauptschloss wohl aussehen wird.

Wie ich einen der grünen Samtvorhände zur Seite ziehe, weiß ich es.

Keine fünfhundert Meter von meinem Fenster entfernt steht es. Beim bloßen Anblick läuft mir ein kalter Schauer über den Rücken. Ich blinzele mit den Augen, kann gar nicht glauben, was ich da sehe. Es ist so, als stünde das Schloss des Grafen in einem ganz anderen Land, in einer ganz anderen Welt. Das überdimensionale Gebäude liegt mitten im Nichts.

Rundherum wächst, kein Baum, kein Strauch und kein Stück Wiese ist zu entdecken. Die Umgebung ist so schwarz, wie das Schloss selbst, als wäre es aus dem Boden gestanzt worden. Nicht einmal die Sonne, die sich in meinem Fensterglas spiegelt, scheint auf diesen Ort. Raben haben sich diesen unrealen Fleck wohl zu Eigen gemacht, denn sie sind selbst aus dieser Entfernung, überall zu sehen. Es sind so viele, dass die Steinmauern des schwarzen Schlosses sich zu bewegen scheinen.

„Das ist Wrukolakas."

Mein Papa steht hinter mir, legt eine Hand auf meine Schulter, und ich spüre seine Sorge. Ohne meinen Blick von dem Schloss abzuwenden, antworte ich ihm leise flüsternd. „Es sieht so düster aus, richtig gruselig, Dad. Wieso ist da denn alles so öde und schwarz?"

Sanft streichelt er meine Schulter, scheint in Gedanken versunken.

„Es ist der Granitstein, das ganze Schloss wurde aus dem Stein der Umgebung gehauen, der Graf wollte es so. Sogar jetzt, nach Hunderten von Jahren, wächst dort immer noch kein Kraut. Mann hat sogar mal in Erwägung gezogen, die Umgebung zu bewirten, doch die Bewohner hier setzen keinen Fuß auf das Land. Sie sagen es ist verflucht. Jeder der sich je dorthin wagte, ist niemals zurückgekehrt."

„Papa! Du glaubst wohl nicht an diesen Quatsch!"

Meine Stimme verrät, dass ich selbst nicht von meinen Worten überzeugt bin.

„Na ja, es sieht auf jeden Fall grauenhafter aus, als ich es mir vorgestellt habe. Eigentlich ist es sogar die düsterste Ausgrabungsstelle, die ich mir vorstellen kann. Spannend, was?"

„Spannend? Ich finde ihr solltet da nicht hingehen, irgendwie mache ich mir Sorgen. Was ist, wenn ihr auch nicht zurückkommt?"

„Ach Schatz, glaub doch nicht was sich hier erzählt wird. Wahrscheinlich gibt es für jedes Verschwinden einer Person eine logische Erklärung."

„Und wenn es dieses Mal nicht so ist? Wenn du dich irrst? Mir wäre lieber.."

„Mach dir keine Sorgen, Mama und ich sind Profis. Aber ich habe eine bitte an dich."

Ich drehe mich, um ihm ins Gesicht schauen zu können, er sieht wirklich besorgt aus.

„Bitte, mein Schatz, gehe niemals allein zum Schloss."

„Nein, aber wieso?"

„Versprich es mir einfach."

Noch nie zuvor sah mein Vater mich so flehend an.

19

„Ja, Papa, ich verspreche es dir." Er nimmt mich wieder in den Arm.

„Das ist mein Mädchen, wenn Mama und ich es uns angesehen haben werden wir dich mitnehmen, sobald es geht, versprochen. Aber bis dahin keine Tour auf eigene Faust."

In dem Moment, in dem ich nicke, ruft Mama nach ihm. Er hält mich noch einen Augenblick fest, sieht mir verschwörerisch in die Augen, küsst mich auf die Stirn und lächelt mich an. Ach, ich liebe meinen Daddy einfach über alles, alles, alles.

Niemals werde ich einen anderen Mann lieben, heiraten und fort gehen. Als er zur Tür geht bemerkt er, dass mein Zimmer riesig ist und ich bin wieder allein.

Bevor ich den grünen Samtvorhang wieder zuziehe, wage ich noch einen letzten Blick. Vielleicht übertreibe ich ein wenig, aber der Anblick, der sich mir bietet, ist wirklich erschreckend. Erschreckend im Gegensatz zu dem Land, das an unserem Haus grenzt. Hier ist alles so schön und ein Stück weiter ist alles so unrealistisch schwarz. Kein Wunder, dass es von diesem Ort so viele unheimliche Geschichten gibt. Jetzt ist es für mich nachvollziehbar, dass die Menschen hier Angst haben, sich nicht einmal trauen dort hinzugehen.

Möbelpacker betreten mein Zimmer und lenken mich ab. Sie schieben ein Möbelstück und einen Karton nach dem anderen herein. Schnell überlege ich mir, wo sie meine Schränke, mein Bett, den Schreibtisch, die Couch und die Kartons hinstellen sollen.

Bei acht Männern geht sowas rasend schnell! Glücklich, etwas tun zu können, stürze ich mich in die Arbeit und vergesse was da draußen steht. Ich hole mir einen Putzeimer von der Reinigungsfirma im Erdgeschoss, krempele die Ärmel hoch und fange an. Mit Stöpseln im Ohr und den Red Hot Chilli Peppers, macht es richtig Spaß zu putzen. Nachdem alles sauber ist, räume ich meine Klamotten in die gewohnten Fächer meiner Schränke. Richte mir meinen Schreibtisch her, verstaue alle Utensilien in meinem eigenen angrenzenden Bad und schließe meinen Laptop an. Mama kommt herein und begutachtet meine Bemühungen. Sie bringt außerdem Sandwiches und Limo mit. Wir setzen uns auf mein Bett. Während ich esse, äußert sie

20

Dekorationsbeispiele für Tapeten, Farben und Vorhänge. Ich lasse wie immer alles über mich ergehen, es ist mir egal, sie kann sich auch in diesem Zimmer auslassen, oder besser gesagt, ihre Innenarchitektin. Ich nicke, lächle und stopfe dieses hervorragende Sandwich in mich hinein.

„Meinst du, du kannst dich hier einleben? Die Handwerker kommen nächste Woche, sie werden alles neu tapezieren, streichen und die Böden abschleifen."

Mit vollgestopftem Mund nicke ich zum Fenster.

„Wenn die Vorhänge zu bleiben und ich dieses
Ding nicht ständig sehen muss."

„Ja, ich habe es auch vom Schlafzimmer gesehen, kein schöner Anblick, ich glaube ich brauche auch blickdichte Vorhänge ist ja schrecklich."

„Mama, ich hab mir überlegt, dass ich morgen direkt zur Schule gehe, mal gucken was da so los ist."

„Morgen schon? Bleib doch zu Hause und schlafe dich aus, übermorgen komme ich gerne mit."

„Mit? Mama ich bin fast achtzehn, da kann ich wohl allein hin, ist doch voll peinlich, von Mutti zur Schule gebracht zu werden."

„Peinlich?" Ich weiß was mir jetzt blüht.

„Peinlich? Du findest deine Mutter peinlich?" Ich versuche vom Bett zu springen, um mich in Sicherheit zu bringen. Aber es ist zu spät, sie packt mich, schmeißt sich auf mich und kitzelt mich. Ich schreie laut und lache, ich bin so kitzelig, ich hasse es und kann trotzdem einfach nicht aufhören zu lachen. Wie eine Statue, liege ich stocksteif im Bett, presse mein Kinn auf die Brust damit sie mich dort nicht zu fassen bekommt.

„Bin ich peinlich?" Sie verausgabt sich!

„Nein!!!!!!!!!!!!!"

„Na, was sagst du jetzt? Bin ich immer noch peinlich?" Sie versucht an meinen Hals zu kommen.

„Neinnnnn!!!!!!! Nein, nein! Du bist nicht peinlich!" Irgendwie quetsche ich die Worte mit letztem Sauerstoff heraus.

„Höööööör auf, ich ersticke, bitte, du bist die beste Mama der Welt!" Ich quieke und schreie wild herum.

„Geht doch!"

Abrupt lässt sie von mir ab, steht vom Bett auf, streicht ihren Rock glatt und steckt eine Haarsträhne zurück in ihre Frisur.

„Also meinetwegen, geh morgen allein zur Schule, du musst aber mit dem Roller fahren, hier gibt es keine öffentlichen Verkehrsmittel. Er steht vollgetankt vor der Tür."

Ich liege immer noch wie erschlagen auf dem Bett und wische mir die Tränen weg.

„Jack und ich sitzen gleich noch ein wenig in der Küche, wenn du noch Lust hast, komm zu uns."

„Nein, danke!" Ich schniefe und putze mir mein Gesicht mit dem Ärmel.

„Dann schlaf gut, mein Schatz."

Sie bückt sich über mich und gibt mir einen dicken Kuss. Sowie sie in der Tür steht, hält sie inne und lächelt verschwörerisch.

„Träum etwas Schönes, denn was man in der ersten Nacht in einem Neuen zu Hause träumt, wird in Erfüllung gehen."

Sie schließt die Tür, völlig erschöpft bleibe ich liegen und überlege mir, dass sich ja bei mir schon verdammt viele Träume erfüllt haben müssten, so oft wie wir umgezogen sind. Aber irgendwie habe ich nie sehr spektakuläre Träume, anscheinend habe ich weder Ängste noch Sehnsüchte.

Nach ein paar Minuten hat sich mein Herzschlag wieder normalisiert, mein Puls rast nicht mehr und ich atme wieder normal. Ich stehe auf und gehe zu meiner Holztruhe, in der mein kleiner Koffer mit Samtbezug liegt.

Mit ihm setzte ich mich im Schneidersitz auf mein Bett.

Die goldenen Messingbeschläge lassen sich nur schwer öffnen, der Koffer ist sehr alt. Papa hat ihn doch tatsächlich in einem alten Verlies in Italien gefunden und mir zum zwölften Geburtstag geschenkt. Ich will gar nicht wissen wie viel er dem örtlichen Museum zahlen musste, um diese überaus kostbare Antiquität zu erwerben.

Wie immer bewundere ich das Glanzstück darin, eine unglaubliche Handarbeit! Bevor ich sie herausnehme, streiche ich immer zuerst über ihren glatten kalten Bauch. Dieses Geräusch, wenn ich sie aus dem mit Seide ausgekleideten

22

Koffer nehme, berauscht mich jedes Mal. Es ist ein Einzelstück, gemacht, um in sich zu gehen, um alles rundherum zu vergessen, eins zu sein mit der Musik. Sie liegt in meinem Arm wie eine Erweiterung meines Körpers und meiner Seele. Meine Violine.

Ich stimme sie zuerst an, lasse sie langsam erwachen und spiele eine sanfte Melodie. Danach fordere ich sie heraus, ich bin bereit, ihr alles abzuverlangen. Mit geschlossenen Augen bin ich an unbekannten Orten dieser Welt, mein Blut rauscht wie ein Wasserfall durch meine Adern. Eine Explosion aus dem innersten meines Körpers, jede Faser schreit nach dem Ächzen des feinen Zedernholzes. Bis mein Blut sich beruhigt und sanft traurige Klänge den Raum verlassen, bis hin zur Erschöpfung eines jeden Tones.

Es kommt mir vor wie Minuten, aber ich spiele lange, so lange bis ich wieder diese Einsamkeit fühle, die mich schon mein Leben lang quält.

Meine Eltern liegen im Bett und lauschen mir, wie immer steigen Rose und Jack dabei Tränen in die Augen. Sie wissen, wie ich leide, sind machtlos mir zu helfen, sie haben schon alles versucht.

Am nächsten Morgen frühstücken wir zusammen, Mama ist Obst und Papa ein Eieromelette mit Speck, ich meinen Toast mit Butter und Marmelade. Wie verschieden wir doch sind.

„Sollen wir dich nicht doch begleiten, vielleicht findest du den Weg ja nicht."

„Wie soll ich mich in diesem Nest verfahren? Wenn ich in Paris klargekommen bin, werde ich hier ja wohl die Schule finden."

„Ja, aber du bist doch noch so klein, ich würd dich gerne begleiten."

„Och so klein, ja erst 17 Jährchen alt." Mama kichert in ihren Apfel hinein.

„Jack lass sie doch allein fahren, sie wird das schon schaffen. Gewöhn dich mal lieber daran, dass sie nicht mehr dein Baby ist. Sie ist eine junge Frau und außerdem nicht auf den Kopf gefallen."

Schmollend schiebt sich mein Papa noch eine Riesengabel voll Ei mit Speck in den Mund. Da ich sowieso schon satt bin, stehe ich auf und nehme Papa von hinten in den Arm.

„Papa, ich habe doch mein Handy dabei, wenn irgendetwas ist, kannst du mich ja anrufen. Sprich nicht mit Fremden und geh auf keinen Fall irgendwelche einsamen Wege. Nimm dein Pfefferspray mit, und wenn du dich bedroht fühlst, renn weg, schrei um Hilfe und ruf mich sofort an!" sage ich.

Mama schüttelt sich vor Lachen.

„Das ist überhaupt nicht witzig!"

Mama und ich brechen in schallendes Gelächter aus, auch Papa muss grinsen.

Obwohl meine Mutter immer die coole spielt, weiß ich, dass sie sich noch mehr Sorgen macht als mein Vater. Sie will mir nur nicht ständig mit ihrer Sorge auf den Wecker gehen.

Ich quetsche Papa´s Gesicht zwischen meine Hände und drücke ihm einen dicken Kuss auf den Mund.

„Ich hab dich lieb und mache keinen Blödsinn auf diesem Schloss da drüben."

Gott sei Dank, kann man dieses Ungetüm vom Salon aus nicht sehen, also zeige ich einfach auf die Wand, die in der Richtung steht.

„Mach ich nicht, wenn du mir versprichst heute auch kein Risiko einzugehen."

„Versprochen!" Ich nehme meine Schultasche vom Stuhl, gebe Mama noch einen Kuss auf die Stirn und mach mich auf den Weg.

Ich habe mir bereits eine Wegbeschreibung ausgedruckt, die ich mir ordentlich angesehen habe. Von unserem Haus zur Schule sind es lediglich 7 km, die ich mit meiner Vespa fahren werde. Öffentliche Verkehrsmittel scheint es hier nur sehr begrenzt zu geben und schon mal gar nicht an unserem Haus vorbei. Doch der Weg ist relativ einfach, immer geradeaus, bis ein Schild mit der Aufschrift „Marotinu des Sus" erscheint. Links abbiegen und Schwups ist man nach drei Kilometern in der Stadt (im Dorf). Ich folge einfach den anderen Schülern. Dass sie Schüler sind, ist ja wohl nicht schwer zu erraten, da jeder eine Schultasche trägt. Der Parkplatz ist etwas weiter vom Schulgebäude weg, sodass ich meine Vespa unbemerkt abstellen kann. Niemand beachtet mich groß, was mir nur recht ist. Das Gebäude ist bombastisch, groß und modern, es ist wohl ganz neu. Als ich über den großen Schulhof gehe fällt mir auf, dass hier alle Menschen schwarze Haare haben, so wie ich.

Die Schüler, denen ich so flüchtig ins Gesicht schaue, haben zum größten Teil grüne oder blaue Augen! Ich freue mich schon jetzt, dass ich hier keine subtropische Pflanze sein werde.

Zuerst suche ich das Sekretariat, um mich anzumelden, ist ja jedes Mal die gleiche Prozedur. Der Weg ist auch wie immer ausgeschildert. Ich öffne die grüne Eisentür mit dem Glasfenster und frage mich, ob alle Sekretariatstüren gleich aussehen.

„Hi, ich bin Constantine O´Hara-Williams."

„Ach wie schön, ich bin Mrs. Abdullah die Schulsekretärin. Bitte fülle diesen Bogen hier aus. Du kannst dort Platz nehmen und beeile dich, der Unterricht fängt gleich an."

Die furchtbar dicke Frau reicht mir den Bogen und wendet sich auch schon wieder ihrer Arbeit zu. So wenig Aufmerksamkeit möchte ich dann auch wieder nicht!

Aber egal, ich setzte mich an diesen kleinen Tisch, der direkt an der Wand steht. Eine orangefarbene, selbst gehäkelte Tischdecke überdeckt wohl die etwas kaputte Arbeitsplatte. Also nehme ich ein Buch, um es als Unterlage zu benutzen und schreibe. Bei meinem ständigen Schulwechsel ist die Spalte für bereits besuchte Schulen einfach immer zu klein. Egal, ich nenne einfach nur die letzten drei.

„Ich bin fertig Mrs. Abdullah."

Ruckartig steht sie auf, rückt ihre Brille gerade, nimmt den Zettel und zuckt dreimal mit Ihrer Stirn, als sie ihn überfliegt.

„Nennt man so ein Syndrom nicht Pseudo-Lennox?" Ich frage mich, was an dieser Frau so anders ist.

„So mein Kind, dann komm mal mit, dann bring ich dich jetzt in deine Klasse."

Schon wieder rückt sie ihre Brille zurecht und zuckt zweimal mit der Stirn. Danach macht sie so ein komisches Geräusch mit der Nase und zuckt noch zweimal mit Ihrer Stirn.

„Hoffentlich sind hier nicht alle so!" Denke ich.

„Wie bitte mein Kind?", fragte sie, hält mir dabei die Tür auf und zuckt wieder drei Mal mit der Stirn.

„Nichts Mrs. Abdullah." Ich lächele sie an und gehe durch die Tür. Ich frage mich ob ich gerade ausversehen laut gedacht habe.

Wir laufen durch einen rot geziegelten Gang, die eine Wand ist mit Acrylarbeiten der Schüler geschmückt. Die meisten Bilder sind künstlerisch nichts aussagend, doch einige Arbeiten sind richtig gut. Auf der anderen Seite sind Spinte angeordnet, einer nach dem anderen, wie sollte es auch anders sein. Alles ist hier wie immer, alle Schulen ähneln sich einfach zu sehr. So gelangen wir zu meinem Klassenraum, und Mrs. Abdullah reißt, ohne zu klopfen die Tür auf.

„Mr. Tsarpournis? Hier ist ihre neue Schülerin Constantine O´Hara-Williams."

Sie schiebt mich in die Klasse und knallt die Tür hinter mir zu. Alle schauen mich erschrocken an, aber dieses Mal nicht wegen meines Aussehens, sondern einfach nur, weil ich, ungewollter Weise, so hereingeplatzt bin.

Hier hat jeder im Raum schwarze Haare, grüne, blaue oder braune Augen und den gleichen olivfarbenen Teint wie ich!

„Hallo Constantine, willkommen in unserer Schule. Ich bin Chrisostomos Tsarpournis, nenne mich doch einfach Chris, mich dürfen alle meine Schüler gerne duzen. Ich bin dein Erdkunde-Lehrer, wir haben jetzt eine Doppelstunde."

Komplizierter Name, sehr unkomplizierter Lehrer.

„Äh, ja danke Chris."

„Setz dich doch einfach dort in die Fensterreihe, neben Lara ist noch ein Platz frei."

„Ja, danke."

Nun schauen mich doch alle an, aber nett und nicht so aufdringlich neugierig. Als ich mich neben Lara setze, lächelt sie mich freundlich an und schaut dann wieder in ihr Buch. Anscheinend traut sich niemand bei Chris auch nur ein Wort zu flüstern. Vielleicht ist er doch nicht so cool wie er jetzt vorgibt. Er setzt sich auf seinen Schreibtisch und fängt an, laut vorzulesen. Das Thema ist Ägypten, als ich das bemerke, schalte ich auch schon ab.

Es gibt nichts, was in einem Buch steht, was ich nicht über die Geschichte Ägyptens weiß. Das waren schon gute Nacht Geschichten, als ich noch nicht laufen konnte. Auf jeden Fall schaue ich nach vorne und versuche, mich wach zu halten. Respektlos muss man nicht sein.

Als die Stunde zu Ende ist, dreht sich Lara ruckartig zu mir um und reicht mir ihre Hand.

„Hi, ich bin Lara und ich habe gehofft, dass du dich neben mich setzt. Wie geht es dir?"

„Ähm, gut, danke."

Sie klingt so naiv und freundlich, dass ich sie sofort mag, solche Menschen gibt es, glaube ich, nur wenige.

„Seit wann seid ihr denn in der Stadt, du und deine Eltern?"

„Wieso, wusstest du, dass ich komme?"

„Natürlich, wer wusste davon nicht, wir sind hier schon alle gespannt auf dich."

„Oh mein Gott, bitte nicht."

„Wieso? Was hast du denn?"

„Bitte keine Fragen über meine Eltern, oder..."

„Ach ja deine Eltern, ich bin mal gespannt, ob sie irgendwelche versteckten Hinweise zu Vampiren finden."

„Was?"

Lara fängt an zu flüstern und schaut mir verschwörerisch in die Augen.

„Die Legende besagt, dass vor vielen Jahrhunderten Vampire in dem Schloss lebten. Wir wissen alle hier, dass da was dran ist, an der Geschichte, im Schloss spukt es. Wenn man Glück hat, sieht man des Nachts dort immer noch Lichter, aber keiner von uns traut sich dorthin. Denn alle, die es getan haben sind nie wieder gekommen."

Ihre Augen glänzen, sie stellt sich das Schloss gerade vor tausend Jahren vor, voller Vampire. Ich bin so was von sprachlos und abgelenkt, dass ich mich fast zu Tode erschrecke, weil irgendetwas auf meinen Tisch kracht.

Lara und ich schreien gleichzeitig hysterisch. Als ich hochblicke sehe ich einen Jungen.

„Lara, erzähl ihr doch nicht direkt am ersten Schultag so einen Scheiß. Huhuhu ich bin ein Vampir!"

Der Junge macht eine Fratze und Lara scheuert ihm eine.

„Lass den scheiß du Idiot, wer hat dich denn nach deiner Meinung gefragt?"

„Komm beruhige dich, ich habe es ja nicht so gemeint, übrigens ich bin Juri."

Er ignoriert Lara plötzlich und lächelt mich höflich an, während er sich seine gerötete Wange reibt.

„Hi, ich bin Constantine."

„Ja ist mir schon klar, wollt ihr hier eigentlich Wurzeln schlagen, oder gehen wir in unserer Pause auch noch ein wenig raus?"

So als wäre gerade nichts passiert, steht Lara auf, nimmt ihr Schulbrot aus der Tasche und wendet sich zum Gehen.

„Komm, beeile dich, wir haben nur noch fünfzehn Minuten."

Ich greife mein Brot, schmeiß meine Tasche unter den Tisch und folge den beiden auf den Schulhof. Wir überqueren den Platz und steuern eine Holzbank an, die sich im Schatten einiger Bäume befindet. Juri nimmt Lara dabei an die Hand und gibt ihr einen flüchtigen Kuss.

„Ihr seid also ein Paar?"

Juri schaut mich so traurig an, wie es nur eben geht.

„Ja, leider, ich komme nicht von ihr weg, sie hat mich mit einem alten Vampir fluch belegt und nun bin ich wahrscheinlich für den Rest..."

(Zag) Lara boxt ihn völlig unverhofft in den Bauch, zwar nicht hart, aber es reichte, dass Juri Ruhe gibt.

„Lasse das! Mit Vampiren scherzt man nicht, warte, bis dir einer über den Weg läuft. Und wenn du keine Lust mehr hast mit mir zusammen zu sein, dann verschwinde doch!"

So wie Lara motzt und vor sich hin lamentiert, schaut Juri sie an, als sei sie das schönste Wesen der Erde. Er lächelt, als sie wild gestikuliert, seine Augen leuchten vor Glück.

„Schatz! Hör auf! Ich glaube dir ja, es war nur Spaß! Jeder hier weiß das es sie gegeben hat."

Mit diesen Worten nimmt er sie in den Arm und drückt ihr einen dicken Kuss auf den Mund. Jeglicher Ärger ist im Nu verflogen, sie liebt ihn anscheinend genauso wie er sie liebt. Ich kann ein Schmunzeln kaum unterdrücken, irgendwie schäme ich mich. Wenn ich mal genau darüber nachdenke, bin ich noch nie verliebt gewesen.

Kein Junge, in irgendeinem Land, ja noch nicht einmal ein Superstar aus den Medien, konnte meine Aufmerksamkeit erregen.

Dass sich das schon sehr bald ändern würde, wäre mir niemals in den Sinn gekommen.

Nach der Pause begeben wir uns wieder in den Unterricht, es fällt mir nicht besonders schwer, Rumänisch zu verstehen oder zu sprechen. Obwohl ich sehr sprachbegabt bin, wundere ich mich trotzdem, wie leicht ich Rumänisch lerne. Es ist merkwürdig, als würde diese Sprache von ganz tief innen, aus mir herauskommen. Als ob ich diese Sprache schon immer gesprochen hätte. Sie ist mir so vertraut, genau wie die Menschen hier. Noch nie habe ich mich in einem Land zu Hause gefühlt und hier denke ich bereits nach einem Tag so. Ich habe einfach nichts auszusetzen, weder an diesem Ort noch an den Menschen hier.

Mein Aussehen fällt kaum auf, alle hier sind so dunkel wie ich. Zwar schauen mich einige neugierig an, begegnen mir aber ganz normal, als sei ich absolut nichts Außergewöhnliches. Was sich wahrscheinlich schlagartig ändern wird, wenn meine Eltern hier auftreten. Sie sind hier richtige tropische Vögelchen. Es ist schon merkwürdig, dass mir hier alle so ähnlich sind. Der Tag vergeht wie im Flug, ich kann jeder Unterrichtsstunde folgen. Die Pausen verbringe ich zwar hauptsächlich mit Lara und Juri, lerne aber auch viele andere kennen, die so ungefähr in meinem Alter sind.

Ein kleines, hübsches Mädchen aus der dritten Klasse kommt zu mir gelaufen. Sie gibt mir eine Margeritenblume und lächelt mich an. Es ist als schaue ich in einen Spiegel, ihre grünen schrägen Augen strahlen mit den meinen um die Wette. Sie sagt, dass sie sich so sehr auf mich gefreut hat und die letzten Wochen bereits die Tage bis zu meiner Ankunft gezählt habe. Bevor ich verstehe oder fragen kann, was sie damit gemeint hat, ist sie auch schon wieder weg.

Auf dem Nachhauseweg denke ich die ganze Zeit über Lara's Worte nach. Anscheinend glaubt sie felsenfest an die Existenz von übernatürlichen Wesen. Sie ist zwar sehr nett, aber durcheinander ist sie auf jeden Fall.

Es kommt mir so vor, als sei die Geschichte des Schlosses, mit seinen Mythen oder Legenden hier ganz selbstverständlich. Ich habe an meinem ersten Schultag niemanden kennen gelernt, der die Arbeit meiner Eltern abschätzig lächelnd in Frage stellte. Im Gegenteil, sie waren alle neugierig und angetan. Es ist so, als warteten sie nur darauf, dass meine Eltern, mit ihren Fähigkeiten, endlich belegen würden, dass dieser Graf Vitaliy Ivan Avdijai tatsächlich ein Vampir war. Na ja, anscheinend ist das rumänische Volk noch nicht so zivilisiert, wie die Menschen im übrigen Europa und halten an ihren alten Geschichten fest.

Das Kopfsteinpflaster vor unserem Haus macht mir ein wenig Schwierigkeiten die Vespa im Griff zu behalten. Also steige ich ab und schiebe sie den Rest der Auffahrt hoch bis vor die Tür. Hier wird wahrscheinlich sowieso niemand hochkommen, also schließe ich sie nicht ab und lasse auch meinen Helm am Lenkrad hängen. Unsere Haustür ist auch mal wieder nicht abgeschlossen, das ist so ganz typisch für meine Eltern. Wir wurden zwar noch nie ausgeraubt, was aber nicht bedeutet, dass es nicht irgendwann passieren könnte. Wenn meine Violine dabei verschwinden würde, wäre ich untröstlich. Doch egal, wie oft ich meine Eltern ermahne, sie vergessen es einfach immer wieder.

Sie! Nicht ich, dass Kind, sondern meine Eltern! Unsere neue Haushälterin ist wohl schon da gewesen, hat den Frühstückstisch gesäubert und etwas zu essen gekocht. Überhaupt ist alles aufgeräumt, und gut gelüftet, der Blumenduft der Wiese vor dem Haus drängt sich durch jedes Zimmer.

Es riecht so unglaublich bezaubernd hier im Haus.

Ich habe Hunger und steuere den Herd an. Was da in dem Topf ist, kenne ich nicht, aber es sieht sehr gut aus und duftet herrlich. Ich lege mir einige von diesen Hackwürstchen in roter Soße und dazu Reis auf einen großen weißen Teller. Während die Mikrowelle surrt, flitze ich schnell hoch in mein Zimmer, werfe meine Schultasche auf mein akkurat gemachtes Bett und nehme meine Violine mit nach unten.

In der Küche lege ich den Koffer auf die graue Granitplatte und hole mir mein Essen aus der Mikrowelle.

Ich habe schon sehr viele delikate Dinge in den teuersten Restaurants dieser Welt gegessen, aber diese Würstchen gehen mir runter wie Öl. Es ist so lecker, dass ich mir direkt noch eine Portion mit extra viel von dieser Tomatensoße nehme. Es schmeckt nach angebratenem Tomatenmark, Aubergine und einem Gewürz, das ich nicht kenne.

Lecker!!!

Während ich so esse, überlege ich mir, dass ich Mama und Papa unbedingt sagen muss, wie großartig diese Haushälterin doch Betten macht und wie gut sie kocht. Ich stellte mir vor, wie sie wohl aussieht, ob sie mir auch ähnlich ist.

Dann räume ich mein Geschirr in die Spülmaschine und gehe zum Kühlschrank. Bingo, genau was ich brauche, frische Zitronen. Irgendwann finde ich eine Fruchtpresse, eine Glaskaraffe und Zucker. Selbstgemachte Limo ist schon immer mein Lieblingsgetränk gewesen, besonders an so heißen Tagen wie diesen. Bei dem ersten Schluck sehe ich aus dem

Küchenfenster auf die riesige Blumenwiese und bekomme eine Idee.

Ich nehme mir einen Stuhl und klemme mir meinen Koffer unter den Arm. Der Stuhl ist sehr schwer, dass es gar nicht so leicht ist ihn zu tragen und zugleich auch noch die kupferne Haustür mit der Hüfte aufzustoßen. So circa dreißig Meter von unserm Haus entfernt, lasse ich den Stuhl in die Wiese fallen. Nachdem ich meinen Koffer vorsichtig abgesetzt habe, richte ich den Stuhl wieder auf. Obwohl ich schon gestern hier war, bin ich erneut von der Pracht an Blumen, dem Duft und den vielen Schmetterlingen fasziniert, es ist kaum zu glauben. Mein Blick schweift ein wenig in die Weite, bis ich mich setze und den Koffer auf den Schoß nehme. Die alten Verschlüsse klemmen ein wenig, ich öffne sie behutsam, um nichts zu beschädigen. Dabei frage ich mich, ob es hier jeden Sommer so schön sein wird. Meine Vorfreude hier bleiben zu dürfen ist riesig, ich liebe diesen Ort schon jetzt. Zufrieden streiche ich über das glatte Zedernholz meiner Violine, nehme sie heraus, lege sie an mein Kinn und fange langsam an zu spielen.

Dieses Blumenmeer und der Duft berauscht mich, lassen mich sanfte liebliche Töne spielen. Als wäre ich allein auf dieser Welt, schließe ich die Augen, um ganz in ihrem Klang zu versinken.

Wieso ich mich plötzlich gestört fühle, kann ich gar nicht so genau sagen. Es ist kein Geräusch oder so.

Es ist einfach das überwältigende Gefühl, nicht mehr allein auf dieser Welt zu sein.

Genauso, wie ich mich mein Leben lang einsam fühlte, spüre ich, wie sich eine Riesenwunde in meinem Herz zuzieht. Dieses Gefühl durchfährt meinen Körper, meine komplette Haut vibriert. Ängstlich vor dem, was mich wohl erwartet, öffne ich meine Augen.

Ein paar Meter von mir entfernt, steht ein junger Mann. Ist es ein Gott, oder doch nur eine Sinnestäuschung?

Er ist riesig, muskulös, braun gebrannt, einfach gewaltig. Meine erste körperliche Reaktion ist Angst und schreit nach Flucht.

Doch dann begegne ich seinem Blick. Grüne Augen, groß und leuchtend, wie die meinen, sehen mich liebevoll an. Seine wohlgeformten Lippen verziehen sich zu einem lieblichen

Lächeln, das schneeweiße Zähne preisgibt. Er trägt ein weißes Leinenhemd mit einer weißen Leinenhose, die ihn wie einen Engel erscheinen lässt. Völlig irritiert schaue ich an seinem Arm herunter, in der er eine Geige hält.

Das muss meine erste augenfällige Reaktion gewesen sein, denn er hebt sie ein wenig hoch und sieht mich an.

„Constantine!"

Der Klang seiner Stimme vibriert in meinem Kopf. Unfähig zu antworten, starre ich ihn an. Ein Schauer huscht mir durchs Gesicht und ich befürchte rot zu werden.

„Darf ich mit dir spielen?"

Rau und sinnlich zugleich, er betört mich, lässt keinen Gedanken zu. Umringt von Blumen aller Art, fühle ich mich wie in einem Traum, so unreal, als wären die Blumen nur für uns und dem Jetzt gewachsen. Unfähig zu antworten, nicke ich kaum merkbar.

Dort wo er steht, legt er seine Geige an und spielt etwas, was ich noch nie gehört habe, mir dennoch so vertraut vorkommt. Wie selbstverständlich lege ich meine Violine an mein Kinn und begleite ihn, zu dieser melancholischen Melodie.

Obwohl wir uns nicht kennen, es keine Notenblätter gibt und wir uns noch nicht einmal abgestimmt haben, spielen wir zusammen als hätten wir es schon unser ganzes Leben lang getan. Er reißt mich mit seinen Klängen mit, sie sind instinktiv da.

Unser Duett wird schneller und feuriger, so wie ich es mir mit meiner Violine niemals hätte vorstellen können. In meinem Gedanken tanzen Frauen neben einem Feuer. Dessen Rage sich in Schmerz umzuwandeln scheint, bis zu einem gewissen Sterben. Tiefe Traurigkeit überflutet mich, meine Tränen, die den Klang seiner Geige widerspiegeln, fühlen meinen Schmerz, bis die Musik verblasst.

Wie durch einen Regenschleier öffne ich meine Augen, bemerke erst jetzt, dass ich aufgestanden und zu ihm gegangen bin. Ganz nah stehe ich bei ihm, ich spüre unsere Herzen rasen. Ich kann kaum Atmen, meine Violine scheint zu brennen. Sein Körper strahlt eine unglaubliche Hitze aus, seine Haut erscheint mir wie Samt, er duftet nach Leder und

Moschus. Völlig gebannt schaue ich langsam zu ihm auf, sehe in seine Augen, die ich schon so oft im Spiegel gesehen habe. Wieder lächelt er mich liebevoll an, nimmt eine meiner Haarsträhnen und wickelt sie um seinen Finger.

„Du bist noch viel schöner geworden, als ich es für möglich gehalten habe."

Was? Was hat er da gerade gesagt? Meine Gedanken überschlagen sich, können aber nichts Sinnvolles in meinem Gehirn finden, das sich anscheinend verabschiedet hat.

„Schön, dass du endlich da bist, ich soll dich im Namen der ganzen Familie willkommen heißen."

„Wie bitte?"

So langsam kehrt mein Geist zurück in meinen Körper. Ich fühle meine Füße auf der Blumenwiese und registriere meine Umgebung.

„Ich heiße Balu, Abstammung der Bengali."

„Ich, ich weiß nicht..."

Er verwirrt mich, was noch ein breiteres Grinsen in sein Gesicht zaubert.

„Hast du Angst vor mir?"

Alle Alarmglocken läuten in mir, sollte ich Angst vor ihm haben? Ist er gefährlich?

„Ich bin hier mutterseelenallein mit ihm! Wo ist eigentlich mein Pfefferspray?" Schießt es mir durch den Kopf. Doch dann sehe ich in sein Gesicht, seine Augen, erinnern mich an unser Spiel von soeben. Ich beruhige mich so schnell und lächele und ich weiß nicht warum.

„Nein, habe ich nicht! Wieso? Sollte ich Angst vor dir haben?"

Er spielt immer noch mit meiner Haarsträhne und legt sie nun ganz sanft über meine Schulter.

„Nein mein Liebes, das brauchst du nicht." Was er sagt und vor allen Dingen wie er es sagt, ist absurd. Er kennt mich doch gar nicht! Er sieht mich aber an, als sei ich sein kostbarster Besitz, als würden wir uns schon ewig kennen. Seine Worte sind so innig, seine Stimme klingt vertraut, er ist mir nicht fremd.

Ich kann zwar keinen vernünftigen Gedanken fassen, spüre aber im tiefsten meines Herzens, das ich zu ihm gehöre, wie zu keinem anderen Menschen auf dieser Welt.

„Aber ich hätte jetzt furchtbar gerne etwas von deiner Zitronenlimonade."

„Zitronen...was?"

„Zitronenlimonade."

„Ach so, ja habe ich."

„Kann ich welche bekommen?"

„Was?"

„Ich habe Durst."

„Äh, ja natürlich, dann komm doch einfach mit rein."

„Ja, gerne."

Er nimmt den schweren Eichenstuhl, mit dem ich mich so abgequält habe, in die andere Hand als wäre er ein Badminton Schläger. Sein Riesenkörper spannt sich dabei so sehr an, dass seine Muskelberge sogar durch den Leinenstoff zu sehen sind. Ich kann nicht wegschauen.

Mit zittrigen Händen versuche ich meine Violine in den Koffer zu verstauen. Was nicht so einfach ist, denn er beobachtet jede meiner Bewegungen. Ich möchte gerne irgendetwas sagen, aber es fällt mir nichts ein. Die Stille ist zum Zerreißen und ich gehe einfach los.

Zuerst frage ich mich, ob ich nicht zu leichtsinnig bin, einfach so einen riesigen Mann mit nach Hause zu nehmen. Aber wenn er mir irgendetwas antun will, hätte er es schon längst getan. Hier wird mich sowieso niemand schreien hören, also versuche ich mich zu beruhigen.

Wir laufen nebeneinanderher, unsere Blicke treffen sich und ich werde wieder die Ruhe selbst. Einzig und allein das Rauschen der Blumen sind zu hören. Obwohl er so massig ist, bewegt er sich wie eine Katze, er ist einfach nicht zu hören.

Seine Nähe wird mir mit jedem Schritt, dem wir unserem Haus näher kommen bewusster.

Bin ich bescheuert? Wie kann ich einen wildfremden Mann mit ins Haus nehmen? Das Schweigen zwischen uns wird so langsam unangenehm, richtig peinlich. Ich muss irgendetwas sagen. Doch bevor ich zu Ende gedacht habe, schmunzelte er bereits.

„Machst du eigentlich Bodybuilding?" Ich bereue meine dumme Frage schon bevor ich sie gestellt habe. Ein kleines unterdrücktes Lachen, glaube ich gehört zu haben.

„Nein, mache ich nicht." Antwortet er, während er mir mit dem Stuhl in der Hand die schwere Bronzetür aufhält. Er grinst mich so frech an, dass es eigentlich schon eine Unverschämtheit ist. Anscheinend weiß er ganz genau was für eine Wahnsinns Ausstrahlung er hat.

Irgendwie bin ich beleidigt, weil er mir so überlegen vorkommt.

In der Küche angelangt, hole ich ein frisches Glas aus dem Schrank und gieße uns beiden Limonade ein. Er setzt sich auf einen der Barhocker, seine Füße bleiben dabei locker auf dem Boden stehen.

„Sag mal wie groß bist du eigentlich?"

Er zuckt mit den Schultern, lächelt mich an, führt sein Glas zum Mund und sagt:

„Zwei Meter vier."

Während ich ihn ungläubig anstarre, setzt er das Glas, das in seiner Hand winzig erscheint, an die Lippen. Wie gebannt, kann ich meinen Blick nicht von ihm lassen, das ist die einzige Gelegenheit ihn unbemerkt anzustarren. Seine Arme sind mächtig, seine Schultern so breit wie ich sie noch nie gesehen habe. Sein Gesicht ist bildhübscher er hat ein breites Kinn mit einem kleinen Grübchen, volle sinnliche Lippen. Er wirkt wie ein Schönling, aus einem Barbaren Film. Dichte schwarze Wimpern formen sich um seine großen grün leuchtenden Augen. Das schwarze leicht gewellte Haar, hängt ihm offen bis zur Schulter. Ich glaube, dass er mir extra diese Zeit gegeben hat, um sein Gesicht zu studieren, mich mit ihm vertraut machen zu können.

„Was steht da auf deiner Tätowierung am Hals?" So locker wie nur möglich, setzte ich mich bei dieser Frage auf den Küchenblock, ihm gegenüber. Ich glaube er sieht meine Unsicherheit, ich muss lächerlich aussehen.

Er streicht mit seinem Daumen über die besagte Stelle und sieht mich dabei an, als würde er lieber mich berühren.

„Da steht natürlich Sindh."

„Natürlich? Was bedeutet denn Sindh?"

„Das ist eine gute Frage!" Lautes Lachen erfüllt die große Küche. Ich erschrecke mich so sehr, dass ich fast vom Küchenblock falle.

„Tut mir leid, ich wollte nicht zu laut sein. Es ist nur so, dass du mich nervös machst. Ich weiß gar nicht, wo ich anfangen soll zu erzählen."

Ungläubig starre ich ihn an, der will mich wohl auf den Arm nehmen! Ich soll ihn nervös machen?

„Also wortwörtlich bedeutet Sindh, am Fluss lebendes Volk. Ist aber heutzutage gleichbedeutend mit, fahrendes Volk."

„Fahrendes Volk?"

„Die meisten Menschen nennen uns einfach nur Sinti."

Meine Gedanken überschlagen sich.

„Also bist du ein bulgarischer Sinto?"

„Na, ja bulgarisch? Keine Ahnung, so könnte man es wohl sagen."

Wieder lächelt er mich an, als sei er der glücklichste Mensch auf dieser Erde.

„Constantine, es gibt Dinge auf dieser Erde, von denen du noch nichts weißt. Aber ich würde sie dir gerne erklären, wenn du mir die Chance dazu gibst."

In meinem Kopf rattert es, wieso hat dieser Fremde so ein Interesse an mir?

Wieso ist er hier, wie meint er das, das er lange auf mich gewartet hat? Woher kennt er meinen Namen?

„Ich verstehe das nicht, wieso bist du überhaupt hierhergekommen? Ich meine es klingt so, als ob du mich erwartet hättest."

„Ich weiß nicht so recht, wie ich anfangen soll. Ich habe Zetra ja gesagt, dass ich für diese Aufgabe nicht geeignet bin."

Eigentlich spricht er eher mit sich selbst als mit mir.

„Wer oder was ist, Zetra?"

„Meine Urgroßmutter, sie meint ich sei dazu bestimmt dir alles zu erklären."

Ich bin so durcheinander, dass ich gar nicht weiß, was ich Fragen oder sagen soll.

Nach einer kleinen Denkpause und einem tiefen Seufzer fängt er endlich an zu erzählen.

„Also, du bist ja von deinen Eltern adoptiert worden."

„Woher weißt du das?"

„Zetra hat dich auf die Türschwelle deiner, naja Eltern gelegt."

„Zetra? Deine Großmutter?"

„Urgroßmutter."

Wie lange haben meine Eltern und ich nach Hinweisen nach meiner Herkunft gesucht! Mein Leben lang habe ich mich gefragt, wer ich bin und wo meine Wurzeln sind. Und jetzt kommt da so ein Dahergelaufener und erzählt mir so einen Unsinn!

„Findest du das witzig? Hierher zu kommen und mir so etwas zu erzählen!"

Jetzt bin ich sauer, hüpfe vom Küchenblock und türme mich vor ihm auf. Meine Wut lässt mich vergessen, dass ich ihm körperlich unterlegen bin. Das wir uns hier allein aufhalten und ich besser kleine Brötchen backen sollte.

„Ich habe keine Ahnung, woher du weißt, dass ich adoptiert bin. Aber hierher zu kommen und solche Sachen zu erzählen! Es reicht, verschwinde aus meinem Haus und lass dich nie wieder hier blicken! Raaaaus!"

Anstatt sich zu ärgern, oder Anstalten zu machen zu gehen, bleibt er einfach seelenruhig sitzen und grinst mich an.

„Du bist noch viel schöner, wenn du sauer bist."

„!!SAUER???!!"

„Bitte beruhige dich, ich werde dir alles erklären, ich weiß nur nicht, wie ich anfangen soll."

„Ich will aber nichts hören! Raus hier! Jetzt! Oder ich rufe die Polizei!"

In dem Moment als ich mit dem Finger in Richtung Tür zeige, passieren drei Dinge in einer Sekunde. Er springt blitzschnell auf, nimmt mich auf den Arm und rennt mit mir raus!

Erst als wir, oder besser gesagt er, schon weit über die Blumenwiese gerannt sind, registriere ich das er mit mir davonläuft. Unser Haus wird rasend schnell immer kleiner, bis es hinter dem Blumenhügel ganz verschwindet. Dann wird alles dunkeler und viel kühler, wir sind bereits in einem Wald.

Panik, panische Angst erfasst mich, ich schreie wie am Spieß, trommle mit den Fäusten auf seinen Rücken ein. Ich strampele mit den Beinen, ich versuche ihn zu beißen. Als ich ihm durchs Gesicht kratzen will, hält er meinen Arm fest und rennt weiter.

Als wäre ich ein Fliegengewicht, scheint er mich überhaupt nicht auf seiner Schulter zu bemerken. Er läuft so schnell, dass die Bäume rechts und links von mir verwischen. Irgendwann erkenne ich, dass mein Widerstand zwecklos ist und ich hoffnungslos verloren bin.

Wie konnte ich ihn nur mit ins Haus nehmen? Aber andererseits hätte er auch direkt von der Wiese aus mit mir losrennen können. Meine Rippen fangen so langsam an zu schmerzen, seine Schulter ist alles andere als weich.

„Langsamer, bitte, ich habe Schmerzen!"

Als würde das meinen zukünftigen Mörder interessieren.

Doch ich irre mich, er hat mich sehr wohl gehört und bewegt sich tatsächlich ein wenig langsamer. Vielleicht habe ich ja doch noch eine Chance, ich versuche es erneut.

„Kannst du mich bitte runterlassen, ich kann auch allein laufen."

Ich bete, dass er mich absetzt und ich nach Hause gehen darf. Bitte lieber Gott, lass ihn mich nicht vergewaltigen, in Stücke schneiden und dann im Wald verscharren.

Als ich mich gerade in Gedanken von meinen Eltern verabschiede, verfällt er in einen ganz langsamen Schritt, bis er endlich stehen bleibt. Mich sachte, wie eine kostbare Ware, auf den Boden, ganz nah an seinem Körper stellt. Er hält mich behutsam fest, damit ich nicht strauchele. Als sich unsere Blicke treffen, ist jegliche Angst verschwunden, ich fühlte mich noch nie in meinem Leben so geborgen wie in seinem Arm. Meine Rippen sagen mir, das er gerade mit wahrscheinlich hundert Sachen, mit mir durch den Wald geflogen ist. Mein Verstand wehrt sich massiv gegen diesen Eindruck, er ist ja noch nicht einmal aus der Puste. Sein Atem ist so ruhig wie sein Puls, er schwitzt auch nicht, er duftet einfach nur herrlich. Sowie er die tausend Fragen in meinen Augen sieht, fasst er meine beiden Schultern und dreht mich langsam um.

Erst jetzt nehme ich wahr, dass das Rauschen in meinen Ohren keine Einbildung ist, sondern der riesige Wasserfall hinter mir. Er ist wohl zehn Meter hoch und stürzt auf ein Bett aus riesigen Steinfelsen, an dem ein Fluss entspringt, der wenigstens acht Meter breit ist. Die Strömung ist reißend, in wenigen Sekunden werde ich von der Gischt so nass, als sei ich in den Fluss gefallen. Zaghaft nimmt er meine Hand in seine und betrachtet einen Augenblick meine Finger.

Dann lächelt er wieder und mir wird warm ums Herz.

„Komm mit mir und habe keine Angst."

Ich zögere kurz und bleibe stehen. Obwohl er mich wahrscheinlich locker zum Mond werfen könnte, bemerkt er meine Angst und wartet.

„Komm, es wird dir nichts geschehen."

Langsam setze ich mich in Bewegung und lasse ihn nicht aus den Augen.

Zum Teufel noch mal, das ist wie Hypnose! Wir gehen auf die Felsformation zu, springen von einem Stein auf den nächsten. Der letzte Sprung ist zu weit für mich. Also schnappt er mich und springt aus dem Stand drei Meter mit mir auf den nächsten Felsen. Bevor ich begreife, stehe ich auch schon wieder auf den Füßen. Es reicht ein Blick und ich weiß, dass ich ihm folgen solle. Mechanisch greife ich seine Hand und lasse mich hinter den Wasserfall führen. Wir befinden uns am Anfang eines Tunnels. Direkt neben uns hängt eine Feuerfackel, die er anzündet. Es ist weder feucht noch nass in dem Gang. Die Wände zeigen bunte Bemalungen. So im Vorbeilaufen machen sie den Eindruck, als sei eine sehr lange Geschichte dargestellt, die sich den ganzen Tunnel entlang erstreckt. Je weiter wir kommen, desto wärmer wird es auch, nicht so, wie ich es gewohnt bin. Wie oft haben meine Eltern mich schon mit in irgendwelche Grotten und Höhlen genommen, sie waren alle kalt oder nass.

„Warte, meine Eltern, sie werden sich fürchterliche Sorgen machen."

„Du bist wieder zu Hause bevor sie von ihren Ausgrabungen kommen."

„Wieso weißt du...?"

„Versprochen, komm jetzt, wir sind gleich da." Dieser ist nicht mein Tag, ein Hirngespinst folgt dem nächsten, vielleicht träume ich ja alles nur. Ja genau, das muss es sein, ich schlief auf der Wiese ein und habe einen Alptraum.

„Wach auf! Wach auf, Constantine!"

Balu bleibt so abrupt stehen, dass ich in ihn hineinlaufe.

„Du träumst nicht Liebes, ich bin genauso real wie das was du gleich, sehen wirst."

„Hätte ja sein können, man kann's ja mal versuchen!"

Mit einem Schmunzeln zieht er mich weiter, ich genieß, meine Hand in der seinen zu spüren. Es wird zwar heller am Ende des Tunnels, aber auch nicht hell genug, um Tageslicht zu sein. Balu löscht die Fackel in einem Metallbottich und schaut mich wie ein Kind an, das gerade den Weihnachtsbaum zu Gesicht bekommt.

„Die goldene Stadt Sindh!"

Die Leidenschaft in seiner Stimme ist nicht zu überhören und mir wird auch sehr schnell klar, warum.

Ich stehe auf einer Treppe, die wohl tausend Stufen nach unten in eine enorm große Höhle führt. Sie ist zu groß, um wahr zu sein! Neben mir rauscht der Wasserfall noch mächtiger als vor dem Eingang in die steile Tiefe. Er mündete in einem Fluss, der sich an einer Stadt vorbeischlängelt. Der Lärm der unglaublichen Wassermassen ist wie ein Donnergewitter.

Hunderte von Säulen, so groß und breit wie Wolkenkratzer, stützen die Decke der Höhle. Jede davon ist komplett aus Gold oder vergoldet?

Ich weiß nicht, wie da überhaupt jemand oben drangekommen ist, um alles zu bemalen. Aber die Decke dieser Höhle ist schöner als die im Petersdom.

Wie eine aufgerissene Wolkendecke, die den Himmel mit all seinen Engeln zeigt. Zur Mitte hin wird sie immer heller, so hell, dass es schon fast blendet, als sei Gott persönlich da oben zuhause. Es fühlt sich so an als wäre dort oben tatsächlich der Eingang zum Himmel. An den Säulen gleitet mein Blick nach unten und ich halte die Luft an.

Zu meinen Füßen liegt eine Stadt aus Gold, so groß wie das Auge reicht, sie ist riesig. Unsagbar große, grüne Felder erstrecken sich im hinteren Teil der Höhle, auf den Herden von Pferden weiden.

Die Dächer der Gebäude sind aus Gold, überall glänzen scheinbar Edelsteine.

„Ist das alles echt Gold?"

Balu muss lachen, versucht aber ernst zu bleiben.

„Ja, es ist alles Gold und es sind überall echte Edelsteine. Ich finde das mit den Dächern zu protzig, zumal es hier ja sowieso nie regnet."

Er zieht die Schultern hoch und wirkt tatsächlich ein wenig verlegen.

Mein Blick wandert von ihm wieder zur Stadt und wieder zu ihm. Das muss alles ein Traum sein.

Balu starrt liebevoll auf seine Stadt. Alles Gold der Welt scheint sich hier zu vereinen und in seinen Augen wieder zu spiegeln.

Sein Gesichtsausdruck hat jedoch etwas Melancholisches, als sei seine Stadt in Gefahr.

Als würde ich ihn schon ewig kennen, spüre ich seine Angst in Knochen und Mark.

„Balu, was ist los?"

Mit einer Kopfbewegung schüttelt er meine Frage ab, bevor ich sie stellen kann.

Dann lächelt er wieder, er nimmt meine Hand und zieht mich die Stufen hinunter.

„Komm mein Liebes, lass uns gehen, sie warten schon alle auf dich."

„Wer wartet auf mich?"

„Deine Familie, sie wartet seit siebzehn Jahren auf dich."

Bevor ich irgendetwas erwidern kann, nimmt er mich auf den Arm und springt mit mir die Treppe hinunter, immer zwanzig Stufen auf einmal! Aus Angst klammere ich mich so fest ich kann an seinen Hals.

„Du brauchst dich nicht so festzuhalten, ich werde dich in den nächsten tausend Jahren nicht einmal fallen lassen."

Ich habe zwar keine Ahnung, was er mit tausend Jahren meint, doch beruhigen kann er mich dadurch auch nicht. Wir sind in einer Minute unten, als er mich auf die Beine stellt, hoffe ich immer noch es sei ein Traum.

Ich muss doch irgendwann mal wach werden!

„Wie kannst du eine Millionen Stufen unter einer Minute runterspringen?"

„Eine Millionen Stufen, hahahah jetzt übertreibst du aber."

„Das ist nicht witzig..."

Aber bevor ich meinem Frust freien Lauf lassen kann, verstummt und erstarrt so abrupt, dass ich mich umdrehe, um zu sehen, was er sieht.

Zuerst erschlägt mich der Anblick des gigantischen Stadttores, es ist ein riesengroßer Bogen aus purem Gold. Er ist über und über mit Faustdicken Saphiren verziert, in der Mitte des Tores steht das Wort *Sindh.*

Nach einigen Sekunden nehme ich die Menschen, die darunter stehen wahr.

Alles Menschen mit schwarzen Haaren, alle sind in weiße Leinen gekleidet. Sie sehen mich neugierig, freundlich und ehrfürchtig an. Bevor ich mich fragen kann, was hier eigentlich los ist, tritt eine alte kleine Frau aus der Mitte heraus und kommt auf mich zu. Ihr weißgraues Haar ist zu einem strengen Dutt nach hinten gebunden, sie ist höchstens ein Meter fünfundfünfzig groß und ist mindestens hundert Jahre alt. Obwohl sie sehr alt aussieht, wirkt ihr Gang jung und dynamisch. Ihre grünen Augen leuchten, wie die meinen.

Sie sieht mich an, als sei es ein Wiedersehen, Tränen brennen in ihren Augen. Noch einen Schritt kommt sie auf mich zu, hebt eine Hand, um mich zu berühren, lässt sie aber wieder sinken. Als glaube sie nicht, dass ich tatsächlich da bin, als müsste sie mich anfassen, um sich sicher zu sein. Wer ist diese Frau?

„Sindh?" Ihre raue Stimme hörte sich so alt an, wie sie aussieht. Sie kommt mir bekannt vor!

Ich weiß nicht, was ich sagen soll, man kann eine Stecknadel fallen hören, alle Menschen hier starren mich an.

„Hat sie das Amulett dabei?" Fragt sie mit zittriger Stimme.

Balu zuckt mit den Achseln und guckt mich fragend an.

„Hast du es dabei?"

So langsam begreife ich, dass das hier kein Scherz ist. Natürlich trage ich mein Amulett, ich trage es immer. Es ist doch das Einzige, was ich mitbekommen habe, als man mich vor irgendeine Tür legte. Ohne etwas zu sagen, greife ich in meinen Hemdausschnitt, ziehe an meiner Halskette, bis das Amulett in meiner Hand liegt.

Die Augen der alten Frau fangen an zu glänzen und jeder hier scheint die Luft anzuhalten. Mit dem Zeigefinger winkt sie mich zu sich heran, erst jetzt bemerke ich, dass sie das Tor nicht durchschritten hat.

Unsicher schaue ich Balu an, frage ihn stumm, ob ich gehen soll. Er spürt meine Angst eindeutig, legt eine Hand auf meinen Rücken und sieht mir tief in die Augen. Wieder schleicht eine Gänsehaut über meine Wange und ich weiß, er wird mich beschützen, egal was kommen wird. Mit dem Medaillon in der Hand gehe ich langsam auf das Tor zu. Sowie ich direkt darunter stehe, spüre ich etwas das ich schlecht beschreiben kann. Es ist verrückt, aber es fühlt sich genauso an, wenn ich meine Violine spiele.

Glück und Zufriedenheit überkommt mich, als sei ich nach Hause gekommen.

Ein ungewohntes Gefühl, denn ich hatte nie ein zuhause. Ich war nie länger als zwei Jahre an einem Ort. Ich weiß doch gar nicht was ein Zuhause ist. Doch hier fühlt es sich so an, als sei ich zu Hause.

Das Amulett in meiner Hand blendet mich plötzlich, die grünen Saphire darauf leuchten. Sie durchbrechen einen unsichtbaren Schutzschild in dem großen Tor. Es ist wie eine halbdurchsichtige grüne Wand aus Nebel, die vorher nicht zu sehen war. Alle Menschen fangen plötzlich an zu jubeln, sie klatschen und freuen sich. Die alte Frau kommt einen letzten Schritt auf mich zu. Sie nimmt mich zur Begrüßung liebevoll in den Arm.

Balu steht neben uns, nimmt ihren Arm und stützt sie.

„Weine doch nicht Großmutter, jetzt ist alles wieder gut, wir sind vereint."

Sie schluchzt noch einmal leise und reißt sich wieder zusammen. Es ist mir gar nicht peinlich, dass sie mich so umarmt. Im Gegenteil es fühlt sich so normal an, selbstverständlich umarme ich sie auch.

„Mein Kind, mein liebes, liebes Enkelkind, endlich bist du wieder daheim."

Fragend, formen meine Augen sich zu Schlitzen.

„Dein Enkelkind?"

„Ja, das bist du und dies hier ist deine Familie."

Sie macht eine ausladende Handbewegung und zeigt über die Menschenmassen.

Meine Gedanken überschlagen sich, was ist hier los? Anscheinend ist das kein Traum, es ist alles zu real. Ist dies meine Familie? Ist diese alte Frau meine Urgroßmutter? Woher weiß sie, dass ich hier in Bulgarien bin? Wie meint sie, dass ich endlich wieder daheim bin? War ich schon mal hier? Warum ist mir hier alles so vertraut? Balu schickt sich an, mit mir weiterzugehen, ich bewege mich, ohne weiter zu fragen. Wir gehen durch von Menschen vollen Straßen, sie weichen zur Seite machen mir Platz. Alle begegnen mir freundlich, wollen meine Hand zur Begrüßung, Zetra führt mich durch die Hauptstraße. Überall stehen kleine verwinkelte Häuser, die miteinander verbunden sind, es scheint mir, ein unendliches Labyrinth von Mauern zu sein. Obwohl die Gebäude alle flach und einfach gebaut sind, kann man ihren Prunk nicht überbieten. Noch nie, in keinem Museum und auf keiner Ausgrabungsstätte habe ich jemals so einen Reichtum gesehen. Überall sind Pferde zu sehen, sie stehen vor Häusern, in kleinen Scheunen oder werden gerade langsam vor sich hergetrieben. Über mir hängen Wäscheleinen, die von Haus zu Haus über die Straße gespannt sind. Kleine Kinder sitzen auf Fensterbänken und winken mir zu. Eines davon erkenne ich, es ist das kleine Mädchen aus der Schule, dass mir die Margeritenblume geschenkt hat. Ich winke ihr freundlich zu und höre überall Musik, Geigen, Gitarren, Schellen und Rasseln.

Eine Frauenstimme klingt an mein Ohr, sie ist so betörend, ja nahezu berauschend, dass ich ihr am liebsten folgen würde. Als wenn Balu meine Gedanken liest, hält er meinen Arm fest, damit ich nicht davonlaufe. Als ich ihn fragend anschaue, hat er nur ein schelmisches Grinsen für mich übrig.

„Du hörst gerade Shiva die glücklich Verheißende. Wenn sie singt oder tanzt, verfallen ihr alle Menschen, man glaubt bei ihr das wahre Glück zu finden, folgt ihr, wenn es sein muss, bis in den Tod. Sie kann fast jedes Lebewesen manipulieren, aber du wirst sie schon noch kennen lernen. Du wirst dich daran gewöhnen, Sinti sind immun für ihren Singsang."

„Was?"

„Ja und warte erst mal, wenn du ihre Schwester Savita kennen lernst, die haut dich aus den Socken!" sagt Zetra.

Alle in unserer Nähe lachen, da die Worte so gar nicht zu einer uralten, kleinen Frau passen.

„Was ist denn mit dieser Savita?" Frage ich Balu.

„Sie gilt bei Sinti als die schönste Frau der Welt. Eigentlich heißt sie Sheherazad, was so viel bedeutet wie aufgehende Sonne, aber wir nennen sie einfach nur Savita."

Ich spüre wie die Eifersucht mich fast zu ersticken droht. Das kann doch nicht wahr sein, wie kann ich auf eine Frau eifersüchtig sein, die ich nicht einmal kenne und das nur, weil dieser Balu sagt, dass sie die schönste Frau der Welt ist. Was interessiert mich das eigentlich, wen er schön findet und wen nicht? Ich versuche meinen Ärger herunterzuschlucken, was mir leider nicht so ganz gelingt.

„Tja, wenn du meinst!"

Zetra und Balu bleiben stehen, schauen sich an und lachen. Balu wirbelt mich durch die Luft.

„Lass mich runter, du Gorilla!" Mein Ärger ist noch nicht verflogen!

„Balu! Lass sie runter, du tust ihr gleich noch weh!"

Die alte Zetra schlägt ihm auf den Oberschenkel und stapft mit den Füßen.

Abrupt bleibt er stehen, hält mich noch ein wenig in die Luft und schaut mir lächelnd in die Augen. Meine ganze Wut ist verraucht, ich sehe nur noch ihn, den Mann, der mich so sehr in seinen Bann zieht.

„Wir sind da, lass sie jetzt runter!" Wieder schlägt sie ihrem Enkel auf den Oberschenkel.

Wie ein Soldat gehorcht er und lässt mich behutsam herunter, ohne auch nur eine Sekunde seinen Blick von mir zu lösen.

Wir stehen inmitten der Stadt auf einem großen Marktplatz, die Menschen kommen aus allen Gassen herbeigelaufen. Zetra nimmt meine Hand und zieht mich mit, wir gehen auf eine kleine Steintreppe zu, die zu einer Anhöhe führt. Ich stehe nun zwei Meter über dem Boden, im Zentrum der Aufmerksamkeit und mir wird ganz flau im Magen.

Am liebsten würde ich weglaufen, oder einfach wach werden!!!!! Doch beides scheint aussichtslos.

„Hört mich an, Volk des Sindh, heute ist ein großer Tag."

Es ist unglaublich, dass so eine kleine alte Frau, so eine Macht demonstriert. Keiner spricht mehr ein Wort, sie hat volle Aufmerksamkeit. Mir schwankt bereits, was jetzt kommen wird und schlucke schwer.

„Wie erwartet hat sich unsere Prophezeiung erfüllt, Sindh hat es überlebt, sie ist hier und die dunkle Zeit für unser Volk wird bald ein Ende haben!"

„Sindh? Wer ist Sindh? Ich denke, so heißt diese Stadt!?"

Tosender Lärm erfüllt die riesige Höhle, alle Menschen rufen glücklich durcheinander, klatschen und pfeifen. Alle sind außer sich, doch es reicht, dass Zetra ihre Hand hebt und alle wieder ruhig werden, genauso so still wie vorher.

„Lasst uns Beeten!"

Ich begreife nicht, wie dieser Pfarrer auf einmal neben mir stehen kann.

Doch er ist da, groß, schlank und schneeweiß. Er ist das absolute Gegenstück von dem, wie all die anderen Menschen hier aussehen. Erst denke ich, ich bilde mir die plötzliche Kälte nur ein. Doch dann spüre ich deutlich, dass von diesem Geistlichen, Kälte wie aus einem Kühlschrank strahlt.

Er blickt mich kurz und höflich an, tiefschwarze Augen starren in mein Innerstes. Ein dicker Schauer läuft mir über den Rücken und wie er mich anlächelt, sehe ich ganz deutlich zwei ungewöhnlich lange Eckzähne.

Mit offenem Mund vermute ich mir hier alles einzubilden!

Er trägt eine weiße Tunika, die bis auf den Boden hängt, blonde Haare liegen in perfekten Wellen bis über seine Schultern. Er hebt seine Hände in die Luft und schaut freundlich in die Menge.

„Vater unser im Himmel…..
Er hat eine göttliche Stimme, nicht zu vergleichen mit irgendeiner Stimme, die ich jemals gehört habe. Sie ist so klar wie morgendlicher Raureif auf einer sattgrünen Sommerwiese. Jeder Mensch an diesem Ort hat den Kopf gesenkt, die Hände gefaltet und betet mit ihm, außer mir.

Die ganze Zeit über starre ich diesen Pfarrer an, was ihm unmöglich entgangen sein kann. Ich fasse nicht, was ich da gerade sehe, ist es ein Mensch oder bilde ich es mir nur ein? Seine ganze Gestallt wirkt so kalt und hart wie eine weiße Marmorstatue von Rodin, sein Gesicht hat nahezu perfekte Gesichtszüge. Seine Bewegungen sind fließend, als bewege er sich zu einem Stück von Chopin.

„Hilf ihr, den richtigen Weg zu finden, damit sie ihrer Bestimmung gerecht werden kann. Das ihr Herz immer rein bleibt, dass sie niemals vergisst, was sie ist, und auf welcher Seite ihr Platz in diesem Leben ist.“

„Herr wir bitten dich erhöre uns.“ Meint der da gerade mich?

„Herr, beschütze sie auf all ihren Wegen, sie werden schwer und gefährlich sein, gib ihr die Kraft und den Mut, sich dem Bösen zu stellen.“

„Herr wir bitten Dich erhöre uns.“

Das komplette Gebet rauscht an mir vorbei, ich bin unfähig mich zu bewegen, geschweige denn zu sprechen.

Mein Blick wandert über diese Menschen, die mich so herzlich in Empfang genommen haben, als sei ich ein Teil von Ihnen.

Die Stadt raubt mir noch jetzt den Atem, ungläubig schaue ich diesen Balu von der Seite an. Dieser Mensch kniet auf einem Bein, betete mit geschlossenen Augen und gesenktem Kopf, als sei dies die letzte Rettung.

„Im Namen des Vaters, des Sohnes, des Heiligen Geistes.“

„Amen.“

Dröhnend nehme ich die letzten Worte wahr, alle Menschen, ob Alte oder Kinder bekreuzigten sich und stehen auf.

Ich frage mich ob Balu mir zu Hause irgendetwas in meine Limonade getan hat und ich jetzt inmitten einer Sekte stehe.

Dann brechen alle in Jubel aus, schnelle feurige Geigenmusik, begleitet von Gitarren erklingt. In der Mitte des Marktplatzes wird ein Feuer entzündet, zwei riesige Männer hängen ein ganzes Schwein darüber. Frauen tauchen in farbenprächtigen Kleidern auf und tanzen um das Feuer herum. Ihre goldenen Fußschellen klirren in dem Gewirr von Menschen. Wein fließt in rauen Mengen, ein riesiges Fest entwickelt sich, alle Menschen scheinen hier glücklich und ausgelassen zu sein.

„Sindh?"

Die klare Stimme des Pfarrers reißt mich aus meinen Beobachtungen, holt mich wieder zurück auf die kleine Plattform, zwei Meter über dem Boden zurück.

„Es ist mir eine Ehre dich kennen zu lernen, ich bin Pfarrer Gudal."

Als er mir seine schlanke Hand reicht, zögere ich zuerst, dann ist es als würde ich einen kalten Stein anfassen. Ich starre erst auf unsere Hände, dann sehe ich in seine schwarzen Augen. Die wie ein alter Brunnen einen abgrundtiefen Eindruck machten.

Bis zu diesem Moment in meinem Leben, wusste ich nicht, was Hass bedeutete, aber dieses neue Gefühl in mir ist eindeutig.

„Es mag verwirrend für dich sein, heute hast du viele neue Dinge gesehen, die du erst einmal verarbeiten musst. Wahrscheinlich kann ich deine Gedanken soeben nicht nachvollziehen, aber ich kann mir gut vorstellen, dass du durcheinander bist und dies hier alles ein wenig zu viel für dich ist. Du wirst Zeit genug haben, um über alles nachzudenken, mehr Zeit als du glaubst, aber das wird Zetra dir noch alles erklären. Für heute möchte ich dir eines mit auf den Weg geben.

Vertraue immer auf Gott. Er zählt auf dich und wird dich auf all deinen Wegen begleiten."

Was er sagt, geht rechts zum Ohr rein und links wieder raus. Wie er es sagt, geht mir durchs Knochenmark. Und es stellt sich mir die ganze Zeit nur eine einzige, völlig verrückte Frage!

„Bist du ein Vampir?"

Nach einer kurzen Atempause bricht Balu in einem Lachkrampf fast zusammen.

Zetra reckt sich und scheint vor Stolz zu platzen.

Habe ich nicht eine unsinnige Frage gestellt? Bestimmt halten mich hier gerade alle für geisteskrank!

Doch Pfarrer Gudal entblößt eine Reihe von weißen Zähnen wie sie im Bilderbuch stehen und nickt mir hochschätzend zu.

„Das hast du gut beobachtet." Nachdenklich schaut er mir eine Sekunde zu lang in die Augen, eine Sekunde die mir Angst macht.

„Du hast eine schnelle Auffassungsgabe und zweifelst nicht an deinem Urteil, wie abwegig es auch sein mag."

Habe ich etwa Recht, steht hier ein Vampir mit einer Soutane vor mir?

So langsam zweifele ich sehr wohl an meinem Verstand. Das alles hier ist doch gar nicht möglich! Diese Menschen, Balu, diese Höhle, mein Amulett das nach 17 Jahren plötzlich leuchtet, ein Vampir? Ein Vampir ist das Unmöglichste!

„Aber das kann doch nicht sein, es gibt keine Vampire!"

„Kommt Kinder lasst uns diese Unterhaltung nicht auf dem Präsentierteller führen."

Zetra geht noch weitere Stufen hinauf, die in einen runden Raum führen. Weil ich sowieso nicht mehr weiß, was echt und was Halluzination ist, folge ich ihr aufs Kommando. Überall hängen rote und goldene Vorhänge an den Wänden, dicke reich bestickte Kissen laden jeden zum Platz nehmen ein. In der Mitte befindet sich ein runder flacher Tisch mit Gebäck und Tee. Es riecht hier nach Vanille und Kräutern, einige goldene Petroleumlampen erhellen den Raum.

Dieser Pfarrer sieht einfach zu freundlich aus, zu gütig, zu schön, um real zu sein. Wie soll er etwas sein, das in Mythen und Legenden behandelt wird, deren Existenz nie bewiesen wurde. Stehe ich hier vor einer Sensation, oder habe ich einen Nervenzusammenbruch? Ich setze mich ihm gegenüber auf einen der großen Kissen und versuche mich zu beruhigen.

Zetra schüttet mir eine Tasse Tee ein, setzt sich auf meine linke Seite und nimmt meine Hand. Sie grinst hintergründig, mir fällt auf, dass sie auf einem Auge leicht schielt. Was ich hier hören soll, weiß ich nicht, ich sehe Gudal erwartungsvoll an.

„Mein Kind, es gibt uns, es gibt sogar sehr viele von uns. Lange vor Christi Geburt sind wir auf diese Erde gekommen, um zu töten und zu herrschen."

Mein Körper, meine Seele und mein Verstand glauben ihm und ich weiche instinktiv ein Stück zurück. So langsam werde ich nervös, meine Hände sind schweißnass, einen Ausweg gibt es hier auch nicht.

Ein kurzer Blick in Balus Augen reicht, um mir die Angst zu nehmen.

„Fürchte dich nicht, wir leben seit langem in Frieden mit den Menschen. In den vergangenen Jahrhunderten haben meinesgleichen sehr viele Schanden begangen, wir verkörperten das Böse und lebten in Sünde. Bis wir an einen Punkt angelangten, an dem wir vor Gott in die Knie gingen und um Vergebung baten. Wir dienen ihm, geben seine Worte an die Menschheit weiter. In der Hoffnung, eines Tages unsere Seele zurückzubekommen, um ins ewige Paradies zu gelangen. Wir versuchen alles wieder gut zu machen."

„Du willst mir jetzt sagen, dass du ein guter Vampir bist, dass ich keine Angst vor dir haben muss?"

Nur das aussprechen meiner eigenen Worte lässt an meinem Verstand zweifeln, was ist hier eigentlich los?

„Ja, das bin ich! Wie du siehst, vertrauen mir hier alle Menschen, sie feiern und registrieren mich kaum."

Er macht eine ausladende Handbewegung über diejenigen, die mir zu ehren ein Fest geben.

„Es macht ihnen nichts aus, dass ich seit Jahrhunderten unter ihnen lebe, obwohl sie meine natürlichen Feinde sind."

„Wieso natürliche Feinde?"

„Das ist eine lange Geschichte, die soll Zetra dir am besten erzählen."

„Und wieso seid ihr überhaupt hier? Ich meine woher kommt ihr denn, oder wie seid ihr entstanden?" Als würden Bilder lang vergangener Tage an ihm Revue passieren, starrt er einige Sekunden ins Leere.

„Ich versuche mich kurz zu fassen. Es war und ist schon immer ein Machtkampf zwischen unserem allmächtigen und Asura gewesen. In der dunklen Zeit der Menschheit, hat es Asura geschafft, sehr viele von uns auf die Erde zu lassen, Dämonen. Wir wilderten förmlich über diese Erde, wir zettelten die schlimmsten Schlachten an, beeinflussten Menschen, die abscheulichsten Dinge zu tun. Wir nahmen uns alles, Land, Macht, Menschenleben. Und es langweilte uns eines Tages. Die Menschen waren zu leicht zu beeinflussen, zu leicht zu töten, sie waren keine Gegner. Also forderten wir in unserer Arroganz Gott heraus, indem wir uns an einem heiligen Ort zwei Städte errichteten.

Wir feierten, ließen unseren bösen Trieben freien Lauf, wir beeinflussten jeden Menschen, der dort hinkam, es uns gleich zu tun, es herrschte Chaos in

Sodom und Gomhorra."

In alten Erinnerungen schwelgend huscht ein kleines Lächeln über sein Gesicht, das nur ich zu sehen scheine.

„Unserem Herrn ist anscheinend der Kragen geplatzt, denn er forderte uns auf sich vor ihm zu verneigen. Wir lachten ihn förmlich aus und spuckten ihm ins Gesicht.

Normalerweise kann Feuer uns nichts anhaben, aber sein Zorn war so groß, dass uns sein Feuer fast alle vernichtete. Da wir bekanntlich sehr schnell sind, hat er diejenigen, die es aus der Stadt geschafft hatten, zu Stein erstarren lassen."

„Also sind alle jetzt tot?"

„In Babylon hat niemand überlebt außer Lot und seine Töchter. Bist du bibelfest?"

„Ja, geht so."

„Dann kennst du die offizielle Version ja. Es hat sonst kein Mensch und auch kein Dämon überlebt. Es gibt allerdings immer noch sehr viele von uns, denn nicht alle waren zu dem Zeitpunkt dort. Für diejenigen die sich glücklicherweise wo anders aufgehalten haben war es eine Warnung.

Er gab uns die eine Chance, fast alle sanken vor ihm auf die Knie und schwuren ihm Treue."

„Was ist mit denen passiert, die sich nicht ergeben haben?"

„Gott hat sie beobachtet, ihnen zugesehen, wie sie wie Götter auf dieser Erde lebten. Wie sie sich die Dummheit der Menschen zu nutzen machten, um ganze Königreiche aufzubauen. Ein guter alter Freund von mir hieß Melthemor, er ist als der blutrünstigste und böseste Priester der Inkas, in die Geschichte der Menschheit eingegangen. ChiangShih hat Ewigkeiten in China gewütet und die Mauer bauen lassen. Ich glaube, seine Angst vor Gott war doch größer, als er zugeben wollte. Na, ja, diese Vampire haben eine Zeitlang ein ganz gutes Leben geführt. Sind dann aber doch nach und nach alle vernichtet worden.

Gott wollte das Böse endgültig von der Erde vertreiben.

Asura hat uns vor vielen Jahrtausenden unsere Seelen genommen, ob Gott sie uns zurückgeben kann, weiß niemand. Wenn wir vor seinem Gericht stehen, wollen wir wenigstens Buße getan haben, um eine zweite Chance zu bekommen."

Gudal versinkt einen Augenblick in alten Erinnerungen, aus denen er sich ruckartig wieder löst.

„Sindh, es steht eine enorm große Aufgabe vor dir, denn nicht alle denken so wie ich. Es gibt Abtrünnige, die versuchen werden, ihr altgewohntes Leben wieder aufzunehmen. Wir sind praktisch unsterblich, sie sehen keinen Sinn darin Gutes zu tun, sie wollen die Welt beherrschen mit allen Konsequenzen.

Ihre Seelen sind alle verloren."

Er sieht mich traurig und mitfühlend an, was das alles bedeutet, verstehe ich noch nicht so ganz.

Erst jetzt bemerke ich, dass Balu ganz nah bei mir sitzt und mich im Arm hält. Entsetzt schaue ich von ihm zu Zetra, denn so langsam glaube ich jedes Wort.

„Ist das alles wahr?"

„Ja Liebes, habe bitte keine Angst, hier wird dir niemals etwas zustoßen."

„Hier? Was soll das heißen? Bin ich auf der Erde nicht mehr sicher?"

Alle im Raum schauen sich still an, keiner wagt es, das Wort an sich zu reißen. Bis die alte Zetra sich rührt.

„Deine Eltern haben dich Constantine getauft, aber du bist Sindh. Es ist nicht nur ein Name, es ist deine Bestimmung, dein

Geburtsrecht. Du hast die Prophezeiung erfüllt, du bist die einzige Hoffnung, die wir haben."

Oh,oh, wo bin ich da nur hineingeraten?

„So ein Quatsch, das muss eine Verwechslung sein."

„Nein mein Kind, das ist es definitiv nicht, du bist Sindh."

Sie sagt es so ruhig und sicher, dass es wahr sein muss.

„Und was ist, wenn ich gar keine Lust habe, hier bei eurem Verein mitzumachen? Ich gehe jetzt nach Hause, ich will mit diesem Schwachsinn gar nichts zu tun haben."

Weg, ich muss hier einfach so schnell wie möglich weg!

„Es ist nicht möglich, du kannst zwar nach Hause gehen, aber kannst nicht vor deiner Bestimmung davonlaufen."

Jetzt werde ich laut, Panik kriecht mir die Kehle hoch.

„Wieso nicht? Ich will nicht! Lasst mich doch einfach in Ruhe!"

„Der Vatikan wird dich nicht fragen, ob du das willst. Sie werden dich suchen und wenn sie dich gefunden haben, werden sie dich vernichten." So, jetzt habe ich Magenschmerzen!

„Wieso denn? Ich habe doch gar nichts getan!"

„Deine Existenz, ist neben unserem Herrn, die größte Bedrohung die der Vatikan je erlebt hat. In den letzten dreitausend Jahren gab es niemanden auf dieser Erde, der in der Lage war, sie zu entkräften."

„Ich will aber niemanden vernichten, habt ihr hier alle zu viel Krieg der Sterne gesehen?"

Zetra wird seelenruhig, nimmt einen Schluck Tee und behält das wärmende Glas in ihren faltigen Händen. Es sieht so aus, als sucht sie etwas in der braunen Flüssigkeit. Sie hält mir das Glas vor die Nase, ganz automatisch blicke ich hinein. Die kleinen Teeblätter hätten schon lange aufhören müssen sich zu bewegen. Sowie Zetra anfängt zu sprechen, sehe ich in dem Tee eine Erinnerung. Es fühlt sich so an, wie wenn man morgens aufwacht und sich blass an den Traum der letzten Nacht erinnert.

„Als meine Tochter schwanger wurde, war uns allen klar, dass ein Wunder geschehen würde. Wir spürten es alle, wir wussten, dass ihr Kind die Erlösung von dem Bösen sein wird. Deine

Mutter war eine wahre Schönheit, du bist ihr wie aus dem Gesicht geschnitten."

Ich sehe meine Mutter in der Teetasse, wie sie meinen Vater anlächelt und er sie liebevoll in den Arm nimmt. Gebannt schaue ich, sauge jede Bewegung der beiden in mich auf. Mein Puls wird immer schneller, sowie meine Atmung, meine Tränen kann ich kaum zurückhalten. Ich sehe dieser Frau tatsächlich sehr ähnlich, es ist verblüffend. Es ist mir egal ob das nun spuck ist oder Wirklichkeit, ich bin so dankbar, für die kleinen Bilder meiner Eltern. Ich möchte auch nicht, dass es ein Spuck ist, ich wünsche mir, dass sie es sind. Wie oft habe ich in den Spiegel geschaut und mich gefragt, wie meine Mutter wohl aussieht, was ich von meinem Vater geerbt habe?

„So wie wir es wussten, wusste auch der Vatikan von deiner bevorstehenden Geburt. Unter ihnen gibt es einen Clan, von nicht bekannten Dämonen, die versuchen, die Herrschaft wieder an sich zu reißen. Es ist nicht ganz einfach, denn wir sind im Laufe der Zeit ein sehr starkes Volk geworden. Damit meine ich nicht, dass wir unglaublich viele sind. Die Gaben, die sie uns damals verliehen, haben sich nicht nur weitervererbt, sie haben sich auch verändert, sie sind sehr viel stärker geworden."

„Was für Gaben?"

„Vor vielen Jahrhunderten, als die Dämonen noch herrschten, diente mein Volk ihnen. Es ist eine Schande, aber sie taten es für ihre unersättliche Gold gier. Vampirgold ist nichts anderes als Dämonengold, das direkt aus der Hölle stammt. Nirgendwo anders ist es möglich Gold so zu härten wie im Fegefeuer, die Veredelung so zu perfektionieren."

Bei diesen Worten fangen Zetras Augen an zu glänzen, als sei dieses Gold ihr einziges Lebenselixier. Ich bin nicht mehr in der Lage Fragen zu stellen, das ist alles so unwirklich, ich fühle mich gelähmt.

„Doch sie gaben uns nicht nur das wertvollste Metall, das jemals auf dieser Erde existiert hat. Wir bekamen hellseherische Kräfte, unendliche Stärke, sie gaben uns die Macht, Mensch und Tier allein durch Gesang, Tanz oder Willenskraft zu manipulieren. Wir bekamen alles, was wir uns wünschten, als Gegenleistung dazu brachten wir ihnen Jungfrauen."

Zetras Stimme zittert, sie schämt sich zutiefst, schaut auf den Boden und lässt die Tasse fallen. Es zerbricht kleine Teilchen, der Tee versickert in dem edlen Teppich, als hätte er niemals existiert.

„Ich hoffe, du kannst uns unsere Sünden eines Tages vergeben."

Zetra zittert nun am ganzen Körper, senkt ihren Kopf und legt ihre rechte Hand aufs Herz.

„Ich?"

Jetzt sieht sie mir tief in die Augen, niederschmetternder Scham und noch etwas anderes ist in ihren alten Augen zu sehen. Kampflust!

„Ja, es liegt an Dir uns zu vergeben, unser Herr hat es so gewollt."

Wie aus der Pistole geschossen, vergebe ich ihr und allen anderen ihre Sünden. Zetra schmunzelt und weint leise.

„So geht das nicht mein Kind, du musst es aus tiefster Überzeugung tun, aber erst dann, wenn der Kampf gewonnen ist, wenn jeder Asmodi zurück in die Hölle gefahren ist."

„Ja ich tue es doch aus …"

Aber Zetra stoppt mich und ich halte inne.

„Die Dämonen haben nicht damit gerechnet, dass sich unsere Gaben von einer Generation zur nächsten weitervererben und stärker werden würden.

Wegen deiner Vorfahren stehst du jetzt hier, musst dir dieses Desaster anhören, stehst im Mittelpunkt eines übersinnlichen Krieges."

„Ja, aber dafür könnt ihr doch gar nichts!"

„Doch, ich war damals dabei, ich bin die einzige Überlebende, die dafür verantwortlich gemacht werden kann."

„Aber du bist doch kein schlechter Mensch."

„Doch, denn unser Heiland wollte auch uns vernichten, wir haben unzählige, unschuldige Menschen ins Verderben geschickt. Wir baten um Gnade, wir bekamen eine zweite Chance. Als uns bewusstwurde, dass wir zwar uralt aber trotzdem irgendwann sterben würden, wurde uns auch klar, dass wir keinen Deut besser als die Dämonen waren und auch in die Hölle kommen würden. Unser Grundgedanke ist gut, Sinti sind keine schlechten Wesen. Unsere Gier nach Gold hat uns allerdings geblendet und ins Verderben gezogen, es gibt keine Entschuldigung dafür."

„Was meinst du eigentlich mit uralt? Wie alt bist du denn?"

Balu schmunzelt, auch Pfarrer Gudal und sowie Zetra mich ansieht weiß ich, dass das eine schlechte Frage ist!

„2645 Jahre!"

Meine Stirn legt sich in Falten, das ist ja unmöglich.

„Ja mein Kind, du brauchst gar nicht so ungläubig zu gucken. Ich bin der älteste Mensch auf dieser Welt, wir werden alle so alt. Du auch!"

„Das ist ein Scherz! Ich? Unmöglich!" Die Frau muss verrückt sein!

„Nein Kind, bin ich nicht, du wirst sehen, dass alles, was du hier heute siehst und hörst, wahr ist."

„Wie kannst du…?"

„Sie liest deine Gedanken, sie liest sie von uns allen, außer von ihm!"

Balu guckt belustigt von Zetra zum Pfarrer und wieder zu mir.

„Wieso bist du denn die Einzige, die so alt ist?"

„Alle anderen sind tot, die Dämonen haben sie alle umgebracht."

Eine beklemmende Stille liegt nun im Raum, Zetra starrt ihre gefalteten Hände an und Tränen laufen über ihr altes Gesicht. Es tut mir in der Seele weh, so eine alte Frau weinen zu sehen. Gudal räuspert sich, rutscht unruhig auf seinem Sitzkissen hin und her.

„Constantine, es ist so, Zetra glaubt, dass ihre Verwandten noch nicht lange genug gebüßt haben und alle in die Hölle gekommen sind. Obwohl ich ihr schon mehrfach versichert habe, dass dies nicht der Fall ist."

Seine Worte klingen wie Kirchenmusik, noch nie habe ich eine gütigere Stimme gehört als die Gudals.

„Ach rede doch keinen Blödsinn, du alter Sack, was weißt du denn schon?"

Sie fährt den Pfarrer durch ihre schniefende Nase an und schlägt seine Hand weg. Zuerst sind wir alle Sprachlos, lachen dann aber alle gleichzeitig los! Zetra findet das gar nicht lustig und auch hier reicht eine Handbewegung und wir schweigen alle still.

„Sindh! Du bist die einzige Hoffnung, die wir haben! Sämtliche Gaben sind in dir vereint, nur du kannst das Gleichgewicht wieder herstellen!"

„Ich? Ich kann gar nichts, bitte glaub mir! Ich kann nichts von all diesen Dingen, ich verstehe ja noch nicht einmal, was ihr so könnt!"

„Noch nicht, aber du wirst es! Du bist am 31.12.2000 um genau 24:00uhr geboren, an deinem achtzehnten Geburtstag wirst du erwachsen werden, alle Kräfte dieser Welt werden auf dich einströmen, du wirst die mächtigste Frau auf diesem Planeten sein!"

Mein Geburtstag! 18? Ich mächtig? Was sollte ich zuerst fragen? Meine Gedanken überschlagen sich! Ich stehe schon bevor ich begreife, dass ich aufstehen wollte.

„Woher willst du wissen, wann ich geboren wurde?" Zetra ist ganz ruhig, nichts scheint diese Frau aus der Fassung zu bringen.

„Weil ich bei deiner Geburt dabei war, ich war es die dich auf diese Welt geholt hat!"

Sie platzt fast vor stolz, alle Tränen sind weggewischt.

Dann starrt sie ins Leere, lässt die alten Bilder Revue passieren.

„Es war gefährlich, der Vatikan wusste von deiner bevorstehenden Geburt, sie haben bereits überall nach dir gesucht. Sie wussten es und sie wollten dich um jeden Preis vernichten. Als das Unwetter immer schlimmer wurde und sich der Himmel komplett zuzog, wusste ich, dass sie nicht mehr weit sein konnten.

Ich legte dich für einen kurzen Moment in die Arme deiner Mutter. Sie und dein Vater weinten und verabschiedeten sich von dir. Denn sie wussten, dass sie mit den anderen kämpfen und dabei sterben würden. Ich wickelte dich in die einzige Decke, die ich hatte und floh, schaffte es wie durch ein Wunder, meine Spur zu verwischen. In meiner Not dachte ich, normale

Menschen wären jetzt das einzig richtige. Nur hier würdest du sicher sein, der Vatikan hat jeden Sintistamm der Erde durchkämmt, bis heute haben sie die Suche nach dir nicht aufgegeben.

Da Rose und Jack sehr viel reisten, hoffte ich, sie würden dich niemals finden und ich hatte Recht. Damals wusste ich gar nicht, dass sie Archäologen waren, doch das war wohl einfach Schicksal. Durch ihre ständige Reiserei haben sie dir und sich selbst wahrscheinlich das Leben gerettet. Fast jeden Tag habe ich nach dir gesehen, ich muss zugeben, dass ich keine bessere Wahl hätte treffen können als mit Rose und Jack. Sie sind bewundernswerte Menschen, sie lieben dich wie ihr eigenes Kind."

„Wie meinst du das, du hast mich jeden Tag besucht? Ich habe dich noch nie zuvor gesehen!"

„Ich bin eine Eule!"

Irgendwie muss ich sprachlos aussehen, denn Zetra entblößt ihre goldenen Zähne beim Grinsen.

Ich fragte zwar:

„Wie? Eule?" Ich bin aber eigentlich eher irritiert, weil diese alte Frau Zähne, wie ein Hip-Hop Sänger hat.

„Na ich verwandele mich nach Belieben in eine Eule, was gibt es denn da nicht zu verstehen?"

„Tja, keine Ahnung? Dumme, dumme Frage! Ich bin eine getigerte Panzerschildkröte!"

Sogar Pfarrer Gudal kann ein herzhaftes Lachen nicht unterdrücken.

„Wie ich sehe, hast du den Humor deines Vaters geerbt. Aber ich muss dich enttäuschen, du bist nur ein Bär, genau wie Balu."

„Ach sooo, nur ein Bär. Alles klar, was ist denn jetzt mit meinen Eltern passiert?"

Zetra erkennt in meinen Gedanken, dass ich ihr nicht glaube und sie gleichzeitig für eine verrückte Alte halte, die anscheinend auf Hip-Hop Musik mag.

Sie schüttelt den Kopf und versucht den Faden wieder aufzunehmen.

Ist nicht gerade hilfreich, wenn meine angebliche Oma meine Gedanken lesen kann.

„Sie müssen dich unbedingt vor deinem Geburtstag finden, dann ist es einfacher dich zu töten, weil deine Kräfte noch nicht entfaltet sind. An deinem Geburtstag werden sie alle Augen und Ohren offenhalten. Sie werden selbst über die halbe Erdkugel mitbekommen, wo du dich aufhältst. Also lockten wir deine Eltern hierher, damit wir dich in unserer Nähe wissen, wenn es so weit ist."

„Wie habt ihr sie denn hierhergelockt?"

„Wir gaben ihnen bei jeder Ausgrabung Hinweise auf Vampire, die sie hierherführten. Welches Versteck wäre besser geeignet als das älteste Vampirschloss der Welt? Hier würden sie dich niemals vermuten, und an deinem Geburtstag werden wir alle bereit sein."

„Mein Geburtstag ist erst in vier Monaten, was ist, wenn sie mich vorher finden?"

„Das werden sie nicht, wir haben sie auf eine falsche Fährte gelockt. Sie können dich noch nicht sehen, weil du deine Kräfte noch nicht hast. Es ist, als ob sie die Stecknadel im Heuhaufen suchen. Was sie in den letzten siebzehn Jahren nicht geschafft haben, werden sie auch nicht in den nächsten vier Monaten schaffen."

„Aber was meinst du damit, dass sie mich an meinem Geburtstag sehen können?"

„Um 24:00 Uhr wirst du von jedem Sinto dieser Welt einen Teil seiner Kräfte abbekommen. Sie werden aus allen Richtungen kommen, es wird mehr Energie auf dich einströmen als bei einer Atombombe. Ohne Zweifel werden die Asmodi dich bemerken, selbst wenn sie noch nicht einmal von deiner Existenz wüssten. Sogar die noch in der Hölle lebenden Asmodi, werden dieses enorme Energiefeld mitbekommen."

„Was ist mit meinen Eltern? Was soll ich denen erzählen?"

„Sie werden es genau wie alle anderen Menschen auf dieser Erde nicht spüren. Die Menschen haben aufgehört zu glauben, sie sind zu sehr mit sich selbst beschäftigt, als dass sie etwas von uns mitbekommen würden. Die Menschen glauben nur das, was sie sehen, sie sind dankbar dafür, dass es angeblich niemals Vampire gegeben hat, dass sie nur eine Legende sind."

„Was ist mit euch? Hat noch nie ein Mensch mitbekommen das ihr hier unten lebt? Oder dass ihr augenscheinlich alle verrückt seid?"

Balu hat unsere ganze Unterhaltung am Boden liegend verfolgt und sich die meiste Zeit den Bauch vor Lachen gehalten. Endlich hört er damit auf, rappelt sich schniefend von dem ganzen Kissenberg auf.

„Also, das ist das Lustigste, was ich je gehört habe!"

Er lacht mich aus, definitiv!

„Was ist bitte schön hier eigentlich lustig?"

„Na du, dafür das du im Grunde genommen nichts von all dem hier glaubst, schlägst du dich echt meisterhaft. Aber ich denke, für heute ist es genug gewesen, wir sollten so langsam aufbrechen. Ich möchte nicht, dass deine Eltern vor dir zuhause sind und sich sorgen machen."

Meine Eltern habe ich komplett vergessen, wie spät ist es eigentlich?

„Wie spät ist es denn?"

„Keine Ahnung, es ist abends."

„Ja wie abends, wie spät denn? Meine Eltern kommen meistens um sieben nach Hause."

„Wir tragen keine Uhren, es ist uns egal, wie spät es ist. Zeit spielt bei uns keine Rolle, entweder es ist morgens, mittags oder abends."

„Ja, aber woher soll ich dann wissen, dass sie nicht schon zu Hause sind!"

„Das sind sie nicht mein Kind, sie kommen erst später. Aber geh nur, wir werden noch alle Zeit der Welt haben, um alles zu besprechen."

Zetra, Pfarrer Gudal und Balu stehen endlich auf, erst jetzt merke ich, dass ich die ganze Zeit stand.

Ich will nicht gehen, ich habe noch tausend Fragen! Außerdem bin ich durcheinander, so viele Gedanken schießen durch meinen Kopf.

„Mach dich nicht so verrückt mein Liebes es wird einige Zeit brauchen bist du alles verstehst. Geh nach Hause und schlaf eine Nacht darüber, morgen geht die Sonne erneut auf."

Sowie ich etwas erwidern will, ist es als würde die Sonne hinter mir aufgehen.

„Hallo ihr Lieben, komme ich zu spät?"

Eine große, schlanke, junge Frau tritt herein. Sie ist so weiß wie der Mond, kupferrotes, dichtes Haar hängt ihr offen bis zu den Hüften. Schwarze, dichte Wimpern umranden ihre stechend grünen Augen, Sommersprossen übersäen ihr makellos, schönes Gesicht. Sie bewegt sich elfenhaft, scheint nur so über den bunten Teppich zu gleiten. Ihr schwarzer Rock rauscht, zu verlockendem Klirren ihrer goldenen Fußschellen. Als sie ihre Hand hebt, um mich zu begrüßen, schimmern und singen gleichsam ihre unzähligen, goldenen Armreifen.

„Ich bin Savita, deine Cousine mütterlicherseits." Sie verschlägt mir den Atem sie ist unfassbar schön. Sie weiß um ihre Schönheit, schaut mich kokettierend an, und es ist mir nicht möglich zu antworten. Für einen Augenblick zieht sie ihre Stirn in sorgenvolle Falten, um dann wieder unauffällig zu lächeln.

„Das wird sie nicht, Savita! Du wirst sehen." sagt Gudal.

„Dein Wort in Gottes Ohr."

Pfarrer Gudal räuspert sich, straft Savita mit einem mahnenden Blick.

Sie geht mit schwingenden Hüften auf ihn zu, oder hat sie gerade getanzt?

Es ist wie ein Summen, das über ihre Lippen kommt, ihre Augen glänzen wie Wasser als sie mit ihm spricht.

„Was habe ich denn schon gesagt? Ist es nicht unser Schöpfer, der mich so geschaffen hat, wie ich bin? Anmutig wie eine Göttin es nur sein kann, lieblich wie das Tal der Blumen? Mein Gesang wie..."

„Lass das sein Savita, du weist ganz genau, dass das bei mir nicht zieht."

Doch seine Augen strafen seine Worte Lügen.

„Hm, schade vielleicht kriege ich dich ja in den nächsten hundert Jahren doch noch rum?"

„Ganz bestimmt nicht, du kleine Hexe, lass es jetzt sein."

Galant und völlig ungeniert, vor Selbstsicherheit nur so strotzend, wendet sie sich von ihm ab und schaut mich an.

„Wie du siehst erliegen nicht alle meinem Charme, Vampire können angeblich nichts empfinden, deswegen sind sie auch immun gegen unsere Talente, und ich kann sie auch nicht sehen, nicht deutlich zumindest. Dich habe ich allerdings genau gesehen, in meinen Visionen warst du allerdings nicht so hübsch. Vielleicht machst du mir ja eines Tages sogar noch Konkurrenz." Sie ist bezaubernd!

Bin ich hier eigentlich neben Zetra die einzige hässliche Kröte? Ich bemerke, wie mir das Blut in den Kopf steigt, Wut kriecht in mir hoch.

„Du brauchst nicht eifersüchtig zu sein, er gehört doch bereits dir. Oh, ihr werdet so glücklich sein, aber keinen Sex vor der Ehe mein Schatz!"

Kichernd fuchtelt sie mit dem Zeigefinger vor meiner Nase herum. Was hat sie da gerade gesagt? Gott, ist das peinlich!

„Savita!"

Balu ist plötzlich sehr wütend.

„Was denn? Sie soll es ruhig wissen, oder wann gedenkt der gnädige Herr ihr es zu erzählen? Außerdem ist es schon lange passiert, sonst würde ich euch ja nicht in der Zukunft sehen."

„Das reicht jetzt Sheherazad!"

Balu brüllt so laut wie... keine Ahnung, so laut kann kein Mensch brüllen. Alle außer Gudal zucken zusammen, mir bleibt fast das Herz stehen. Er beruhigt sich aber genauso schnell, wie er außer sich gewesen ist. Dann dreht er sich zu mir und nimmt meine Hand.

„Es tut mir leid, dass ich dich so erschreckt habe, das war nicht meine Absicht."

Er wird nun rot im Gesicht und schaut Sheherazad böse an.

„Und du hältst in Zukunft bitte dein Schandmaul, nicht alles, was du siehst, musst du auch sofort herumerzählen."

Lächelnd pirscht sie sich langsam an Balu heran, fährt mit dem Daumen über seinen Bizeps. Schon wieder raste ich innerlich aus, dieses kleine Miststück.

„Dann sollte ich vielleicht auch besser für mich behalten, dass Jack und Rose sich gerade ins Auto gesetzt haben und nach Hause fahren?"

Mir weicht sämtliche Farbe aus dem Gesicht, wie sollt ich ihnen erklären, dass ich immer noch nicht zu Hause bin.

„Mach dir keine Sorgen, Balu wird dich in Windeseile nach Hause bringen."

Zetra nimmt mich noch einmal in den Arm und drückt mich, sie ist wirklich sehr klein.

„Schön, dass du wieder zu Hause bist mein Kind, ich freue mich so sehr."

Es fühlt sich an wie Familie, meine Großmutter, diese fremde Frau steht mir so nahe.

„Komm Constantine, lass uns gehen, es wird Zeit." Savita kommt ganz plötzlich auf mich zu, nimmt mich ebenfalls in die Arme.

„Vielleicht erscheint es dir nicht so, aber ich erwarte dich schon eine Ewigkeit. Ich bin überglücklich das du hier bist, du kannst immer auf mich zählen." Irgendwie traue ich ihr nicht, kann sie einfach nicht ertragen. Vielleicht, weil sie so verdammt schön ist. Balu nimmt meine Hand und zieht mich langsam aus dem runden Raum. Ich sehe alle noch einmal freundlich an und verabschiede mich. Pfarrer Gudal lächelt mir so freundlich hinterher, dass es für meine Begriffe schon nicht mehr echt wirkt.

„Wir müssen uns beeilen, darf ich?" Bei dieser Frage hält er seine Arme, als wolle er mich hochheben.

„Muss das sein?"

Statt mir eine Antwort zu geben, sieht er mir einfach nur in die Augen, kommt einen Schritt näher und nimmt mich bei der Hand.

Mein Herz fängt an zu rasen, mein Blut steigt mir in den Kopf. Nichts ist mehr, wie es sein sollte, in diesem Moment gibt es nur noch uns.

Vorsichtig greift er meinen Arm, bückt sich etwas und zieht mich auf seinen Rücken.

„Halt dich fest, wir haben es eilig!" Wie ein kleiner Junge, freut er sich und lächelt schelmisch. So schnell, wie er losrennt kann ich gar nicht gucken, er fliegt förmlich mit mir über die Dächer der Stadt, springt in zwei Sätzen die tausend Stufen hoch, rast durch den engen Tunnel, überwindet mit mir die Felsen und rennt durch den Wald. Dass aller merkwürdigste daran ist, dass ich mich nicht einmal durchgeschüttelt fühle. Wie ein Magnet klebe ich an seinem Rücken, es ist nicht schwer sich an ihm festzuhalten. Bei jedem Sprung, trotz des wahnsinnigen Tempos, verschmelzen wir miteinander. Als könnte ich jede seiner Bewegungen im Voraus ahnen, passt sich mein Körper ihm an, wir sind eine Einheit.

So wie wir den Wald verlassen, bemerke ich, dass es bereits dämmert. Die Blumenwiese rauscht in Orange und Rottönen an mir vorbei, der kräftig süße Duft vermischt sich mit der abendlichen Kühle. Ehe ich mich versehe, stehen wir vor meiner Haustür neben meiner Vespa.

Er nimmt mich wie einen kleinen Rucksack nach vorne, ich sitze auf seinem Unterarm wie ein kleines Kind!

Ein lauer Windstoß wirbelt mir seinen Duft um die Nase, was mein Körper wie eine Droge aufnimmt. Unbeweglich wie eine Statue, nimmt er mein Gewicht überhaupt nicht wahr. Mit der anderen Hand streicht er mir eine Haarsträhne hinter meine Schulter, bewundert mein Gesicht als sei ich Savita!

„Was meinte sie gerade mit, er gehört doch bereits dir?"

Meine Frage ist ein einziges Flüstern, für einen Menschen kaum zu hören.

Verlegen schaut er einen Augenblick zur Seite, ich befürchte schon, keine Antwort zu bekommen.

„Sinti verlieben sich nicht einfach, sie sind von Geburt an füreinander bestimmt."

Da ich völlig reglos auf seinem Arm hocke und nichts sage, schaut er mich wieder an. Die Verzweiflung in seinen Augen spricht Bände. Wie kann ein einziger Blick so viel Leid klagen?

„Ich weiß nicht, wie es bei Sinti ist, die nicht unter ihresgleichen groß werden."

„Was bedeutet das?"

Habe ich gerade gesprochen oder einfach nur gedacht?

„Es bedeutet, dass ich ohne dich nicht existieren kann. Bisher habe ich keinen Tag meines Lebens verbracht, ohne dich schmerzlich zu vermissen. Eine ständige Leere begleitete mich mein Leben lang, weil du nicht an meiner Seite warst."

Ich bin nicht fähig mich zu rühren, denn er spricht aus was mich mein Leben lang gequält hat, ich aber nicht einordnen konnte.

Bin ich nicht von Kindesbeinen an unglücklich gewesen? Habe ich nicht immer das Gefühl, dass mir etwas in meinem Leben fehlt?

Jetzt wo er es ausspricht, wird mir bewusst, dass ich mich noch nie in meinem Leben so komplett gefühlt habe wie in den letzten Stunden. Diese Erkenntnis durchfährt mich, ich bin nicht mehr allein.

In Balus Augen sind Tränen, vielleicht aus Angst ich erwidere diese liebe nicht, sein Gesicht erstarrt.

Mein Herz fühlt sich schwer an, es will mehr in seine Nähe, vorsichtig schmiegt sich mein Körper an den seinen.

Erleichtert, immer noch ein wenig ängstlich, drückt er mich ein wenig mehr an seine Brust. Wie selbstverständlich, als gäbe es keine andere Möglichkeit auf dieser Erde, kommen unsere Lippen sich näher. Mein Herz holpert nur noch, scheint fast stehen zu bleiben. Als seine Lippen die mein Berühren, schießt mein Blut mit doppelter Geschwindigkeit durch meine Adern. Mein Herz pocht, sendet Stromschläge durch meine Nerven, die mir den Boden unter den Füßen wegziehen. Jetzt kommen mir Tränen des Glücks, denn ich habe mein Gegenstück gefunden. Er ist das, was mir seit Kindesbeinen an gefehlt hat, er ist der Grund, weshalb ich lebe, weshalb ich überhaupt existiert.

Widerwillig schiebt er mich ein Stück zurück, als ich meine Augen langsam öffne, grinste er mich überlegen an.

Seine Stimme ist rau und atemlos.

„Deine Eltern fahren gerade die Promenade hoch, ich glaube ich sollte jetzt lieber gehen."

Wie mit einem Katapult aus meiner Ohnmacht geschleudert, setze ich mich auf.

„Wo? Oh mein Gott, wenn sie dich hier sehen, schnell!"

Sein Grinsen wird jetzt nur noch breiter, behutsam stellt er mich wieder auf die Füße. Es ist gar nicht so einfach für mich, den Boden unter meinen Füßen wieder zu fühlen, um gerade stehen zu bleiben.

So wie er mich jetzt ansieht, vergesse ich meine Eltern schon fast wieder, es ist mir auch eigentlich egal, sollen sie ihn doch sehen.

Er stützt mein Kinn mit einem Finger und gibt mir einen Kuss auf die Stirn.

„Gute Nacht Sindh, schlafe gut und träume etwas Schönes, wir sehen uns morgen."

Noch bevor ich mich dazu entscheide etwas zu sagen, ist er auch schon in der Nacht verschwunden.

Es ist unfassbar, wie schnell er sich bewegt! Fast im gleichen Augenblick, rollt der Wagen meiner Eltern die Auffahrt herauf. Wie angewurzelt stehe ich vor unserer Haustür im Licht der Scheinwerfer. Meine Mama verlässt sofort den Wagen und kommt auf mich zu gelaufen.

„Was ist? Ist was passiert? Warum stehst du hier im Dunkeln vor der Tür? Hast du dich ausgesperrt?" Ihre Sorge zaubert direkt ein paar Falten auf ihr wunderschönes Gesicht.

„Nein Mama alles gut ich wollte nur etwas frische Luft schnappen, außerdem habe ich euch kommen hören."

Ungläubig wechseln meine Eltern einen kurzen Blick, was sie immer machen, wenn sie mir nicht glauben.

„Was ist denn Schatz, sag es doch." Mein Papa nimmt mich in die Arme und drückt mir einen dicken Kuss auf die Stirn.

Sofort erinnere ich mich an den Kuss von Balu, ein Lächeln huscht über mein Gesicht, was mein Vater natürlich seiner Fürsorge zuschreibt.

„Siehst du, kaum ist dein Papa wieder da, bist du glücklich. Haben wir dich heute zu lange allein gelassen? Wieso hast du uns nicht angerufen, wenn es zu lang war. Du weißt doch, dass ich sofort gekommen wäre."

„Nein, es war ein toller Tag, mir geht es wirklich gut, ich wollte gerade einfach nur mal vor die Tür."

„Ich finde wir sollten uns drinnen, bei einer guten Tasse Kaffee weiter unterhalten."

Mama klemmt ihren Arm unter meinen und zieht mich ins Haus. Wir gehen alle drei in die Küche, Mama stellt direkt die Kaffeemaschine an, mit der sie sich bestens auskennt. Das ist aber auch das einzige Küchengerät, das sie beherrscht.

„Möchte jemand eine Latte oder einen Milchkaffe? Jack möchtest du einen Espresso?"

„Ja bitte einen Doppelten."

„Und für mich eine Latte."

„Kommt sofort, Constantine guckst du mal dort in den unteren Schrank links, da habe ich eine Schachtel Kekse verstaut."

„Wieso versteckst du eigentlich immer alle Kekse vor mir?" Fragt Papa mit gespielter Ärgerlichkeit.

„Weil du sonst immer alle in einer Mahlzeit auffutterst."

„Mach ich gar nicht."

„Machst du wohl."

„Ja und wenn, ist doch nicht schlimm, für mein Alter habe ich noch einen fantastischen Körper möchte ich behaupten."

Mit diesen Worten geht mein Vater auf meine Mutter zu und drückt sie fest an sich. Als er sie zärtlich auf den Hals küsst, lächelt sie in Richtung Kaffeemaschine und schiebt mit der freien Hand die Keksdose in seine   Richtung.

„Geht doch." Flüstert er ihr leise ins Ohr.

Bis gestern hat es mich immer genervt, wenn meine Eltern ihre liebe so zur Schau stellten. Jetzt wird mir auf einmal klar, dass das kein Theater ist. Sie lieben sich wirklich, sie können nicht voneinander ablassen. Sie sind wohl füreinander bestimmt, so wie ich und Balu. Ich grinse wohl sehr zufrieden, denn beide schauen mich erstaunt an.

„Schatz geht's dir nicht gut?"

„Mir? Wieso?" In meinen Gedanken bin ich gerade vor der Haustür auf seinem Arm und spüre seinen Herzschlag.

Papa löst sich von Mama und setzt sich wieder an meine Seite. Die Keksdose schiebt er dabei über den Tisch auf seinen Platz und öffnete sie. Er stopft direkt zwei Kekse in den Mund, es krümelt, als er mich fragt.

„Was hast du eigentlich heute so den ganzen Tag gemacht? Wie war eigentlich deine Schule, gibt es irgendwas Besonderes zu erzählen?"

So, jetzt hat er mich auf dem falschen Fuß erwischt. Was soll ich denn erzählen? Die Wahrheit wohl kaum, die würden mich beide für verrückt erklären und nur wieder zu einem Psychiater schicken. Am liebsten würde ich jetzt die Kekskrümel mit einer Pinzette aufheben, nur um nicht antworten zu müssen.

Papa schiebt sich noch zwei Kekse in den Mund.

„Ach, nichts Besonderes, die Schule war ganz ok. Ich habe zwei nette Klassenkameraden kennen gelernt. Die eine heißt Lara, sie ist nett nur ein bisschen durch den Wind. Sie glaubt an..." Mist, welches Thema habe ich da nur angeschnitten, dem würde ich ja jetzt eigentlich gerne aus dem Weg gehen. Ich Trottel!

„Sie glaubt an was?" Papa wird sofort hellhörig.

„Ach nichts, die Leute hier scheinen mir ein bisschen hinterwäldlerisch."

„Ja, aber an was glaubt sie denn?"

„Ach, an Vampire, das ist ja völlig lächerlich."

„Tja, ich weiß nicht, ob das so lächerlich ist, die Menschen glauben seit Generationen daran. Du weißt ja, wo es Qualm gibt, gibt es auch irgendwo ein Feuer."

„Hhm."

„Deine Mama und ich haben uns heute dieses Schloss angesehen, es ist unsagbar. Obwohl es sehr alt sein muss, gibt es keinen Zerfall, irgendetwas an diesem Ort ist magisch. Wir haben erste Bodenproben genommen, sie sind alle faul und voller Ungeziefer. Ich habe noch nie so viel Ungeziefer und ich weiß nicht was an einem Ort gesehen. Wir haben in den letzten fünfundzwanzig Jahren noch nie so verdorbene Erde gesehen. Ich verstehe nicht warum, dort regnet es ja nicht mehr als hier, es gibt auch keinen Fluss oder einen verdorbenen See in der Nähe. Sicher der Ort ist düster, aber warum? Es ist als würde dort niemals die Sonne scheinen und das ist völlig unmöglich. Wir haben heute den ganzen lieben Tag lang um die fünfunddreißig Grad, in und um das Schloss herum hatten wir nur lächerliche sechzehn Grad. Wie kann das sein?

Es ist unmöglich! Das Schloss scheint tatsächlich komplett aus dem Boden geschlagen zu sein, die Bodenkonstruktion wirkt, als wäre sie mit dem Untergrund verschmolzen. So ein großes Gebäude, ohne Fundament, müsste eigentlich absacken, besonders nach so vielen Jahrhunderten. Aber es steht dort wie frisch gebacken, nach ersten groben Untersuchungen macht es den Anschein, dass es ein architektonisches Meisterwerk ist. Nicht eine Mauer steht auch nur einen Zentimeter schief. Jeder Winkel beträgt genau neunzig Grad, erklär mir mal bitte, wie die Menschen so was vor hunderten von Jahren zustande bekommen haben sollen? Ohne jegliche Art von technischen Hilfswerken."

„Hier Jack, trink deinen Tee und beruhige dich."

„Ich wollte doch gar keinen Tee!"

„Ich möchte heute Nacht gerne noch ein bisschen schlafen, und wenn ich dir jetzt einen doppelten Espresso gebe, wird daraus ja wohl nichts!"

„Hm, Frauen!"

Hörig trinkt Papa seinen Tee und tunkt einen Keks hinein.

„So und jetzt möchte ich nichts mehr von Käfern hören, erzähl doch, was hast du denn nach der Schule gemacht?"

Eigentlich bin ich zum ersten Mal in meinem Leben glücklich, dass mein Papa mich mit seiner Arbeit voll quatscht. So muss ich nicht lügen, was meinen Tagesablauf angeht und ich muss nicht darüber nachdenken, was ich heute eigentlich getan und gesehen habe. Was habe ich eigentlich heute gesehen?

Also, ich erinnere mich daran, dass ich auf meiner Violine spielte. Dann war da Balu, der mit mir weggerannt ist, um dann in die tiefste Höhle der Welt zu springen. Da war eine Stadt aus Gold, Zetra, die unglaublich schönste Savita der Welt und ein Vampir. Außerdem habe ich einen Sinto geküsst! So sehr ich mich auch anstrenge, ich finde einfach nichts, was ich meinen Eltern erzählen kann, ohne danach zwangseingewiesen zu werden.

„Constantine?"

Meine Eltern schauen mich erwartungsvoll und sehr besorgt an.

„Ach nichts Besonderes, ich habe etwas gegessen, auf der Blumenwiese ein bisschen Violine gespielt und dann in meinem Bett gelegen. So ein bisschen rumänisch gelernt und so."

In dem Moment als ich so vor mich her lüge, entdeckt meine Mama die zwei Gläser, die ich am Nachmittag dort stehen gelassen habe.

„Hattest du heute Besuch?"

„Nö, wieso?"

„Weil da zwei Gläser auf der Anrichte stehen." Unruhig huscht mein Blick von einem zum anderen Glas, soll ich von Balu erzählen? Nein, auf keinen Fall!

„Ach, ich habe irrtümlich zwei Gläser benutzt, als ich von der Wiese kam habe ich vergessen, dass ich nach der Schule bereits eins hatte."

Meine Panik verfliegt in dem Moment, in dem meine Mama beide Gläser einfach in die Spüle stellt. So wichtig sind ihr die Gläser wohl doch nicht gewesen, nur Papa schaut mich ein wenig misstrauisch von der Seite an.

„Ich bin müde, ich nehme meine Latte mit aufs Zimmer, wenn ihr nichts dagegen habt."

Zuerst gebe ich Papa einen Kuss, dann Mama, das ist bei uns vor dem Schlafengehen so üblich.

„Ok, Schatz dann geh schlafen, Mama und ich legen uns auch in einer Stunde hin. Wir wollen noch ein paar Dinge schriftlich festhalten, du weißt ja, Tagebuch führen."

„Ja, ja, macht mal, ich gehe nach oben, bin kaputt."

„Mhm, gute Nacht Engel."

„Ja, gute Nacht."

Das ist besser gelaufen, als ich gedacht habe, anscheinend haben sie mir meinen gähnend langweiligen Tag einfach abgenommen.

So gelangweilt wie nur möglich, steige ich die breite Treppe hinauf. Ich betrachte das Portrait von diesem Grafen nun mit anderen Augen. Ich verweile einen Augenblick und frage mich, ob dieser Graf wohl möglich sogar noch lebt und hoffe, dass er nicht auf die Idee kommt, seine Sommerferien hier zu verbringen. Wie ich ihn so betrachte, höre ich ganz leise meinen Namen. Seine Augen taxieren mich, als würde das Bild leben, wieder höre ich jemanden meinen Namen nennen. Unerklärliche Kälte kriecht von meinen Füßen hoch bis zu meinem Kopf, genau wie bei Gudal, aber das kann nicht sein. Auf einmal fühle ich mich so allein in diesem Haus. Mein Name wird ein drittes Mal geflüstert, ganz leise, ganz bestimmt, so wie dieses Bild vor mir. Ich werde das Gefühl nicht los, dass dieses Bild irgendwie lebt, dass es mich hasst, mich anstarrt.

Mein Vater tritt plötzlich hinter mich, innerhalb von einer Sekunde, ist die Kälte, die Stimme und der beißende Gesichtsausdruck des Grafen weg.

„Ich dachte du wolltest zu Bett gehen?"

„Ja, ich habe nur, es war gerade als würde er mich anstarren."

„Tja, der Graf ist wirklich unangenehm anzusehen, aber jede Mutter liebt ihr Kind."

Am liebsten würde ich hysterisch lachen, meine Kiefer klemmen sich mit barer Gewalt zusammen. Denn dieser Mann hat mit Sicherheit keine Mutter.

Wie soll ich sagen, was ich gerade gespürt habe? Oder bin ich jetzt komplett verrückt geworden?

„Tja, dann gehe ich mal in mein Zimmer, gute Nacht Papa."

„Ja, ich hole noch eben ein paar Unterlagen aus dem Schlafzimmer, soll ich nachher noch mal nach dir sehen?"

„Nein, ich geh gleich schlafen."

„Ja, bis morgen."

In meinem Zimmer werfe ich mich einfach auf mein Bett und schließe die Augen. Irgendwie möchte ich nicht über den heutigen Tag nachdenken, ich versuche alles auszublenden. Bis auf den Teil, als Balu mich küsste, meinen ersten Kuss eines Jungen. Bin ich eigentlich nur so hin und weg vom ihm, weil er mich geküsst hat?

Nein, das war ich schon als ich die Augen öffnete und er mitten in einem Tal aus Blumen vor mir stand.

Die ganze Zeit erinnere ich mich an den Kuss und stelle mir vor, was passiert wäre, wenn meine Eltern nicht plötzlich nach Hause gekommen wären.

„Was denkst du, was mit ihr los ist? Glaubst du, dass sie unglücklich ist, oder dass irgendjemand in der Schule gemein zu ihr war?"

Meine Mama lächelt verschwörerisch in sich hinein und schlürft an ihrem Milchkaffe.

„Möchtest du noch einen Tee?"

„Nein, ich möchte keinen Tee! Ich hätte gerne einen Espresso!"

Wieder lächelt meine Mama in sich hinein.

„Was grinst du denn so geheimnisvoll? Gibt es irgendetwas, was ich wissen sollte? Verheimlicht ihr beiden Hühner mir irgendetwas?"

„Ich glaube, dass sie uns etwas verheimlicht, da ist hundertprozentig ein Junge im Spiel."

„Ach, so ein Quatsch, doch nicht unsere Constantine."

„Wieso denn nicht? Sie ist immerhin 17 Jahre alt, das hätte schon viel früher mit den Jungs anfangen müssen."

„Quatsch! Sie ist gerade mal einen Tag hier und nur weil sie übermüdet ist, interpretierst du da was hinein."

„Ich habe diesen verlorenen Blick bei ihr gesehen, so starrt eine Frau nur in die leere, wenn sie an jemanden besonderes denkt."

„Was für ein verlorener Blick? Ich glaube du hast deinen Verstand verloren!"

Mein Papa ist stocksauer und wird richtig rot im Gesicht.

Behutsam legt Rose ihre Hand auf seine, die er auf die Tischplatte gedrückt hat. Sie streichelt sie kurz, bevor sie hochsieht, ihm direkt ins Gesicht.

„Jack, ich weiß das sie dein ein und alles ist auf dieser Welt ist, aber sie ist kein Baby mehr. Ich glaube das wir uns so langsam mit dem Gedanken anfreunden müssen, dass sie erwachsen wird. Dass sie ihre eigenen Wege geht, dass sie sich verlieben wird, dass sie schon sehr bald eine junge Frau sein wird."

„Sie ist erst 17!"

„Ja, Jack, sie ist 17! Nicht mehr in der Pubertät! Das muss ich dir doch nicht erklären, sie wird wohl kaum als ewige Jungfrau ins Kloster gehen. Das wirst du doch auch nicht für sie wollen. Sieh doch, was wir beide an uns haben, was wäre ich ohne dich? Soll sie denn so ein Glück nicht auch finden?"

„Ja, aber du warst neunzehn, als du mich kennen gelernt hast."

„Und in drei Monaten wird sie achtzehn, wo ist das Problem?"

„Sie ist einfach noch zu jung, außerdem weißt du doch gar nicht, ob da ein Junge im Spiel ist! Davon bin ich sowieso nicht überzeugt!"

„Mach dir einfach keine Sorgen, sie wird schon wissen, was sie tut. Aufgeklärt ist sie auch, sie wird schon nicht schwanger nach Hause ..."

„Rose!"

„Was denn? Denkst du sie wird niemals in ihrem Leben.."

„Lass das! Ich will davon nichts hören!"

Meine Mutter kann ein Kichern kaum unterdrücken.

„Das ist nicht witzig!"

Jack steht auf, nimmt sich den Whisky vom Buffet und schenkt sich einen großen Schluck ein.

„Ach, Jack, du übertreibst maßlos! Was hast du denn gedacht, dass sie für immer und ewig deine kleine ägyptische Prinzessin bleibt? Dass sie immer zu Hause bleibt und dass du und ihre Violine ihr Universum bleiben?"

Jack kippt seinen Whisky in einem Schluck herunter, schüttelt sich und stellt das Glas hart auf den Küchentisch.

„Sie ist noch zu jung, um einen Freund zu haben, sie ist doch meine kleine... es ist doch noch gar nicht so lange her, dass sie... warte, wenn ich den in die Finger bekomme."

Lächelnd geht meine Mutter auf ihn zu, nimmt ihn in den Arm und schmiegt ihre Wange an seine Brust.

„Warten wir doch erst mal ab, vielleicht irre ich mich ja und wenn nicht, werden wir ihn bestimmt bald kennen lernen. Wenn er sich als dummer Fiesling entpuppt, kannst du ihn von mir aus gerne aus dem Haus jagen. Bis dahin bleibt uns nichts anderes übrig als abzuwarten. Komm schon Jack, reiß dich zusammen, sie ist kein Kind mehr. Außerdem hat sie die beste Erziehung genossen, sie wird wissen, was eine Dame tut und was nicht."

Jack entspannt sich ein wenig und legt seinen Arm um ihre Schulter.

„Ich bin mir außerdem sicher, dass sie niemals irgendeinen Mann mehr lieben wird als dich." Nun lächelt er sogar ein bisschen und atmet tief durch.

„Also gut, ich werde versuchen, es zu akzeptieren, wenn es denn dann so sein sollte."

„Sehr gut mein Schatz, können wir jetzt vielleicht ins Bett gehen? Ich habe da noch etwas anderes mit dir zu besprechen."

Ihre Stimme ist nur noch ein Rauschen in seinen Ohren, er sengt seinen Kopf und küsst sie. Dann nimmt er sie auf seinen

Arm und steig mit ihr die Stufen hoch, ohne seinen Mund von ihrem zu nehmen.

2. KAPITEL

Als der Wecker am frühen Morgen schellt, erwache ich nur langsam. Träge öffne ich meine Augen, ich fühle mich als wäre ein Bulldozer über mich gefahren. Beim ersten Gedanken an den gestrigen Tag erschrecke ich so fürchterlich, dass ich sofort senkrecht im Bett sitze. Ich versuche kurz alles zusammen zu fassen, stelle fest, dass ich immer noch die gleichen Klamotten von gestern anhabe und überfliege mein Zimmer mit einem Blick nach Anhaltspunkten für meine Situation. Vielleicht bin ich mit meiner Vespa gestürzt, hatte ein Kopfverletzung und habe den Rest nur geträumt. Vorsichtig taste ich meinen Kopf nach möglichen Verletzungen ab und prüfe meine Arme und Beine. Alles ist gesund, nichts scheint verwundet oder irgendwie bandagiert. Automatisch gehe ich zu meinem Schrank, hole eine frische Jeans und ein weißes Shirt heraus. Mein Blick streift den Wecker, ich habe genau noch vierzig Minuten Zeit, um loszufahren. Schnell dusche ich, kleide mich an und rase nach unten in die Küche. Ich schmiere mir schnell ein Brot, werfe zwei Äpfel und eine Flasche Wasser in meinen schwarzen Rucksack und gehe raus. Die ganze Zeit über hoffe ich, dass meine Vespa nicht da ist, oder demoliert vor der Tür steht. Nein, sie steht genauso da, wie ich sie gestern dort habe stehen lassen. Der Helm hängt am Lenkrad und der Schlüssel steckt.
Wie gern würde ich mir einreden, dass ich einen Unfall gehabt habe und dass alles andere nicht passiert ist. Ich könnte weinen und lachen, ich stehe kurz vor einem Nervenzusammenbruch.
Vielleicht bin ich auch tot, dass von gestern ist alles im Himmel passiert! Gedankenverloren setze ich mich auf den Sattel und starte den Motor, ohne den Helm aufzusetzen. Gestern habe ich keinen Schüler mit einem Helm auf dem Motorrad gesehen, anscheinend nimmt die Polizei das hier nicht so wichtig. Wenn meine Eltern mich allerdings ohne Helm erwischen, bin ich geliefert. Aber da sie gerade nicht in der Küche waren und der

Wagen weg ist, sind sie wahrscheinlich schon wieder auf dem Schloss Gruselstein.

Unsicher schaue ich noch einmal zur Haustür, zur Blumenwiese, höre den surrenden Motor und schüttele meinen Kopf. Ohne es wahr zu nehmen, löse ich meinen Griff und lasse die Vespa langsam anrollen. Immer noch hoffe ich, irgendetwas wird passieren, wird mich aufhalten, oder festhalten, oder mir verdammt noch mal sagen, dass das alles nicht wahr ist.

Doch nichts dergleichen geschieht, ich fahre, werde immer schneller, biege nach drei Kilometern links ab und bewege mich weiter Richtung Schule. Ich bin so verwirrt, dass ich überhaupt keinen klaren Gedanken fassen kann, worüber soll ich eigentlich zuerst nachdenken?

Eins ist sicher, nach der Schule werde ich erst mal ins Netzt gehen und nach einem örtlichen Psychiater suchen, vielleicht kann der mir helfen. Auf dem Parkplatz der Bulgarien National High School, erblicke ich bereits zwei hübsche Gesichter, die mich freudig erwarten.

„Guten Morgen Constantine, wie geht's? Ich habe dich gestern gar nicht nach deiner Nummer gefragt, sonst hätte ich dich ja noch mal anrufen können. Was hast du denn so den ganzen Tag gemacht, so abgeschieden von der Stadt? Dir war doch bestimmt langweilig."

„Meine Güte Lara, musst du denn immer wie ein Maschinengewehr drauf los rattern?"

„Wieso, was habe ich denn jetzt schon wieder gemacht? Ich wollte doch nur höflich sein, wenn dir meine Stimme oder irgendwas nicht passt, kannst du ja gehen."

„Boah, ich hab doch gar nichts..."

„Ja, ja das sagst du immer: ich habe doch gar nichts gesagt."

„Hey Leute, beruhigt euch es ist doch nichts geschehen. Erst mal einen guten Morgen euch beiden, so und meine Handynummer gebe ich dir später und nein mir war gestern nicht langweilig." Mit diesen Worten, die mir aus lauter Unsicherheit nur so herausprudeln, steige ich ab, ziehe den Schlüssel und verstaue den Helm unterm Sitz. Sofort setze ich mich weiter in Bewegung, um möglichst keine weiteren Fragen beantworten zu müssen. Doch Lara und Juri verfolgen mich auf

Schritt und Tritt, sie erzählen mir irgendetwas von einer bevorstehenden Party, und was sie gestern alles so gemacht haben. Gott sei Dank reden sie weiter, bis wir im Klassenzimmer sind und unsere Lehrerin hereinkommt, sodass ich keine einzige Frage mehr beantworten muss. In der ersten Schulstunde bin ich wie betäubt, in der zweiten lasse ich alles noch einmal Revue passieren. Für den Rest der Schulzeit bin ich überall und nirgends. Völlig abwesend, stelle ich mir Fragen:

„Was hat das alles zu bedeuten? Wo führt das alles hin? Wieso ich? War das alles wahr? Der Kuss passierte auf jeden Fall! Bei jedem Gedanken an Balu, schmerzt mein Herz, heute fühle ich mich wieder so leer und so einsam wie in den letzten fünfzehn Jahren. Der gestrige Tag muss gewesen sein, denn was ich gefühlt habe, kann keine Illusion gewesen sein.

Irgendwie kämpfe ich mich durch meinen acht Stunden Schulalltag, unterhalte mich mit Lara in den Pausen, lerne noch ein Parr andere Mädels kennen, deren Namen bei mir rechts rein und links raus gehen Ich versuche zu antworten, einfach mental auf dem Schulhof zu bleiben. So oft wie ich gedankenverloren ins nichts starre, denken die Mädels wahrscheinlich sowieso, dass ich merkwürdig bin.

Aber ich bewahre ruhe bis zum Schulschluss, ja sogar noch auf dem Parkplatz, tratsche ich ein wenig mit ihnen.

Ich will instinktiv Zeit schinden, ich will nicht mit meinen abstrusen Gedanken ganz allein auf meinem Roller sein. Um allein, die ganze Fahrt darüber nachdenken zu können. Um dann allein in diesem Schloss zu sein, wo ich dann ganz irreale Gedankengänge haben werde. Doch nach und nach verabschieden sich die Mädels, nachdem wir unsere Nummern ausgetauscht haben.

Resigniert fahre ich los, ohne mir meinen Helm aufzusetzen. Als ich den Verkehr der Stadt hinter mir lassen, driften meine Gedanken wieder ab.

Hat Balu nicht gesagt, tschüss bis morgen? Wollte er denn heute wieder kommen?

Mein Herz verkrampft sich bei dem Gedanken, dass er es nicht tun wird. Sofort gebe ich mehr Gas, in der Hoffnung er wird gleich wieder auf der Blumenwiese stehen.

Es ist unglaublich schön, mit der Vespa ohne Helm zu fahren, der Wind peitscht mein Gesicht und meine Haare fliegen wild nach hinten. Plötzliche Vorfreude überkommt mich. Ich ziehe den Griff bis zum Anschlag durch und rase bis zur Kreuzung. Dort halte ich einen Moment inne, was ist, wenn er nicht da ist, werde ich den Schmerz ertragen? Vielleicht habe ich mir doch nur alles eingebildet, ich könnte so weinen!

"Reiß dich zusammen, Constantine."

Als ich mir das selbst sage, packt mich der Mut. Ich biege nach rechts und sause an allen Bäumen vorbei. Schon bald erkenne ich unser Haus aus der Ferne, doch von ihm sehe ich nichts. Die letzte Kurve ist ein wenig hügelig und ich verliere es aus den Augen. Als ich die lange Auffahrt hochfahre, bete ich er möge da sein. Zutiefst bereue ich jetzt so viel Zeit mit den Mädels verplempert zu haben. Vielleicht hat er vergebens auf mich gewartet und ist wieder gegangen.

Wie groß meine Sehnsucht ist, kann ich nicht beschreiben, immer noch Zweifel ich, ob das gestern wahrhaft gewesen ist. Dann sehe ich es, da stehen zwei riesige schwarze Pferde, wo sonst der Wagen parkt. Automatisch werde ich langsamer, will diese Tiere nicht beunruhigen. Zehn Meter hinter ihnen halte ich an und ziehe die Vespa auf ihren Ständer. Gebannt starre ich auf diese edlen Tiere, deren Felle in der Sonne glänzen als seien sie nass. Sie sind ruhig, scheinen meine Anwesenheit kaum zu bemerken und fressen das Unkraut neben dem Brunnen weg. Behutsam mache ich einige letzte Schritte auf sie zu, um das Fell zu berühren. Ich streichele beide, klopfe ihnen liebevoll auf den Hals. Wenn ich eines in meinem Leben liebe, sind es Pferde. Auf ihrem Rücken habe ich mich schon immer wohler gefühlt als sonst irgendwo auf dieser Erde. Als Kind hatte ich ein Pferd, eine weiße Stute, doch unser ständiges Umziehen tat ihr nicht gut, sie starb.

Seitdem wollte ich kein eigenes mehr haben, wann immer ich die Gelegenheit hatte, ritt ich auf fremden Pferden.

Diese hier sind sehr schön, nicht einmal auf irgendwelchen noblen Pferdeshows habe ich so glänzende Felle gesehen. Sie sind perfekt gebaut, gleich groß und schwarz wie die Nacht. Sie sind beide unglaublich schön, fast zu schön, um wahr zu sein.

Völlig fasziniert vergesse ich mich zu fragen, wie sie überhaupt hierhergekommen sind, und wem sie gehören. Als mir der Blitzgedanke kommt, meine Eltern haben sie für uns gekauft, hüpfe ich glücklich auf und ab.

„Ja, ja, ja, ja das ist ja großartig, oh mein Gott, was für eine Überraschung, das ist ja, das ist ja..."

„Das ist was?"

Seine dunkle Stimme durchbricht die Atmosphäre wie ein Donnerschlag, mir wird sekündlich heiß, meine rechte Hand greift in den Schweif des Pferdes, um nicht umzufallen.

Wie ein Gott tritt er zwischen den rauschenden Bäumen hervor und kommt lächelnd auf mich zu.

„Das ist was?"

„Was?"

„Ja, was?" Seine Nase kräuselt sich vor Lachen.

„Wie bitte?"

„Was meintest du gerade mit, das ist ja...!" Er verwirrt mich eindeutig! Nein, es verwirrt mich das er vor mir steht, leibhaftig! Es ist kein Traum, ich habe mir nicht eingebildet, oh mein Gott. Ein Geruch aus Leder, Holz und Moschus streichelt meine Sinne. Noch einen Schritt und er steht bei mir, ganz nah, er nimmt meine Hand und zieht mich in langsam an sich heran. Vorsichtig, um zu sehen, ob es denn auch mein Wunsch ist, in seiner Nähe zu sein.

Die Bäume rauschen leise im Sommerwind, eines der Pferde schnauft und dann ist da noch sein und mein Herzschlag. Als würde die Zeit stehen bleiben, die Erde sich nicht mehr drehen und die Sonne heller scheinen, fühle ich mich wie in einem Zauber. In seinen Augen ist nichts außer Freude zu sehen, als sei ich das schönste Wesen auf dieser Welt. Mit der freien Hand fasst er meinen Nacken, und streichelt mit den Daumen über meine rasende Hauptschlagader. Wenn er mich nicht halten würde, würde ich zusammenbrechen. Er studiert mein Gesicht, als sei ich der Traum, nicht er. Sein Blick wandert über meine Brauen, meine Nase. Als er meine kleinen Sommersprossen entdeckt, entblößt er seine weißen Zähne. Dann saugt er meinen Duft tief in sich ein, bevor er meine Lippen berührt. Ich kann mich an ihm nicht satt sehen, immer wieder atme ich seinen Duft ein. Unsere Augen treffen sich, verschmelzen zu einem Saphir, alles um uns herum verschwindet in sich verlaufende Farben. Ein unschuldiger Kuss, der mich dennoch fast ins Grab bringt.

Als er von mir ablässt, bin ich total außer Atem, bin kaum fähig, stehen zu bleiben.

„Also, meine aller schönste Constantine, was hast du gerade gedacht, bevor ich hierhergekommen bin?"

Seine Worte klingen aus weiter Ferne an mein Ohr, aber ich konzentriere mich.

„Ich glaube, ich habe mich für das Geschenk meiner Eltern gefreut."

„Hahahah, kein Mensch auf Erden könnte so ein Pferd besitzen, geschweige denn reiten."

Ich werde immer klarer im Kopf.

„Was meinst du damit?" So langsam komme ich wieder zu Verstand.

Er schaut zu den Pferden herüber, nimmt mich mit in ihre Richtung, sie sind beim Grasen ein wenig weiter gegangen.

Leidenschaftlich klopft er eines der Pferde auf die Schulter und spricht mit ihm in einer Sprache, die ich nicht kenne, oder doch?

„Was hast du da gerade gesagt?"

„Ich sagte, dass die Zeit des Wartens vorbei ist, dass du gekommen bist, um sie zu reiten." Diesen Satz wiederholt er ebenfalls in dieser Sprache, eine Sprache, die ich bis heute noch nie gehört habe.

Trotzdem!

Ich verstehe nicht nur jedes Wort, ich antworte auch in seiner Sprache!

„Soll das bedeuten, dass diese Pferde auf mich gewartet haben?" Ich fasse mir auf die Brust, denn ich wundere mich über die fremden Worte, die da aus meinem Mund sprudeln.

„Was spreche ich denn da?"

„Sanskrit! Es liegt dir im Blut, es wurde dir neben deinen außergewöhnlichen Fähigkeiten, mitgegeben."

„Was sind denn meine außergewöhnlichen Fähigkeiten?"

Balu lächelt mich an, fasst mit beiden Händen meine Taille und setzt mich auf das riesige Pferd.

„Das wirst du gleich erfahren, komm lass uns reiten." Mit diesen Worten hebt er mich auf die Stute und sitzt auf sein Pferd auf. Es scheint kaum zu bändigen zu sein und weicht mit den hinteren Hufen nach links aus. Balu fasst die Mähne und presst seine Beine an seinen Bauch.

„Los Kalnack, zeig Kali wer hier der Herr ist."

Als könnte das Pferd seine Worte verstehen läuft es los. Es gelingt mir noch so gerade, die Mähne meiner Stute Kali zu fassen. Zuerst fürchte ich zu stürzen, ohne Sattel und Zügel bin ich noch nie geritten. Aber es scheint als bin ich mit diesem prachtvollen Tier verschmolzen. Die beiden Pferde liefern sich ein Kopf an Kopf rennen, dass mir den Atem nimmt. So schnell bin ich noch nie in meinem Leben geritten, es fühlt sich an als kann ich fliegen. Wohin wir reiten, weiß ich nicht, doch am liebsten würde ich dort niemals ankommen. Meine anfängliche Angst ist schnell verflogen und wandelt sich schon fast in Hysterie.

„Schneller, schneller."

Mein Pferd Kali versteht mich eindeutig, denn es streckt seinen Kopf nach vorne und wird noch schneller.

Nur einen halben Meter hinter mir höre ich Kalnack schnaufen, oder ist es Balu?

„Warte, du kleine Hexe, wir kommen."

Ein kleiner Seitenblick reicht, um Balu nun auf meiner direkten Höhe zu registrieren. Ehrgeiz packt mich, gemischt mit Vorfreude auf meinen Sieg und Herzrasen einzig und allein durch seine Nähe. Obwohl ich es nicht für möglich halte, dass ein Pferd noch schneller galoppieren kann, sporne ich es noch mehr an.

„Gut mein Mädchen, zeig es den beiden angeblichen Herren des Hauses. Gib alles, tu es für uns." Flüstere ich ihr zu, bücke mich mehr über ihren Rücken und drücke meine Schenkel zusammen. Wie der Blitz, sausen wir den beiden davon, es ist unglaublich, dass ich nicht herunterrutsche. Irgendwie ist es, als kann es meine Gedanken lesen, ahnt jede meiner Bewegungen im Voraus. Wir rasen über ein riesiges Feld auf ein Gebirge zu, umso näher wir kommen, desto deutlicher wird ein schmaler Spalt zwischen den Felsen. Ich weiß genau, dass Balu da hineinwill und steuere Kali ebenfalls darauf zu. Das Schnaufen des Pferdes hinter mir, wird immer lauter und ich weiß, dass er aufholt. Wie besessen sporne ich Kali an und steuere ohne Angst auf die schmale Schlucht zu.   Er holt auf, es ist zum Verzweifeln, ich darf auf keinen Fall verlieren. Als ich zur Seite sehe, grinst er mich so siegesbewusst an, als sei sein Sieg selbstverständlich. Mein Ehrgeiz ist geweckt und als ich gerade etwas sagen will, schießt er an mir vorbei in die Felsspalte. So dicht gefolgt von meiner Stute, dass wir fast zusammenkrachen. Erst jetzt bemerke ich die Wahnsinnige Geschwindigkeit, mit der ich durch diesen Schmalen Pfad presche. Ganz kurz fürchte ich, an die Wand zu schlagen und zu zerschmettern, doch Kali gibt mir das Gefühl, keine Angst haben zu müssen. Ein Lächeln huscht über mein Gesicht und ich lehne mich wieder nach vorne, um sie weiter anzutreiben.

„Ok mein Mädchen, dann zeig mal, was du draufhast."

Als würde sie das Freuen wiehert sie und beschleunigt doch tatsächlich noch ein wenig.

Nach ungefähr tausend Metern mündet der Spalt auf einer Lichtung. Noch bevor ich halt schreien kann, bremst sie bereits ab. Sie rutscht seitlich weg und stellt sich auf ihre beiden Hinterbeine, als wir mit Mühe und Not stehen bleiben. Es gefällt ihr nicht, dass sie halten muss, dass sie verloren hat, sie sieht zu dem Hengst herüber, sie ist fuchsteufelswild. Kali kann sich kaum beruhigen, sie ist sehr wild, das wird mir aber erst jetzt bewusst. Wir stehen in einer Sackgasse der Schlucht, die Felswände sind bestimmt fünfzig Meter hoch.

Böse funkeln meine Augen, Balu zuckt lässig mit den Schultern und lächelt. Innerhalb von einer Sekunde springt er von dem riesigen Hengst und steht neben mir.

„Beruhige dich doch, altes Mädchen, das nächste Mal gewinnt ihr bestimmt."

Mit ausgestreckten Armen steht er vor meinem Pferd, im gleichen Augenblick spüre ich Kalis milder werdenden Puls an meinen Waden. Der Rücken meines Pferdes reicht ihm bis zur

Brust, wie groß dieser gutaussehende junge Mann doch ist.

„Zetra hat mal erwähnt, wie gut du im Sattel sitzt, doch dass du wie Amon reitest habe ich nicht geglaubt."

„Wer ist Amon? Und wieso weiß deine Oma wie ich reite?"

„Amon ist der Teufel und unsere Urgroßmutter hat dich viele Male beobachtet."

„Wie eigentlich?

„Als Eule das hat sie dir doch schon gesagt."

„Ja, wie meint sie das eigentlich?"

„Na sie kann sich in eine Eule verwandeln, sobald die Sonne untergeht. Dann ist sie zu dir geflogen und hat dich beobachtet."

„Wie, wohin denn?"

„Na wo du gerade warst, Ägypten, Regenwald, du bist ja schon weit herumgekommen."

„Und wieso hat sie sich nie bemerkbar gemacht? Ich meine, sie hätte sich doch mal vorstellen können."

„Erstens ist es ihr unmöglich sich bei Tageslicht zurückzuverwandeln, zweitens wäre das zu gefährlich für dich gewesen, wir wollten ja keine Aufmerksamkeit auf dich richten, wegen den Vampiren und so."

Beim Erzählen macht er Anstalten, meine Hüfte zu packen und mich vom Pferd zu heben. Doch anstatt mich auf dem Boden abzusetzen, hält er mich einfach wie ein Strauß Blumen in seinem Arm und starrt mich an.

„So, ihr beiden Turteltauben, wenn ihr dann so weit seid, können wir heute noch anfangen und vielleicht sogar noch etwas schaffen."

Balu setzt mich ab, während sie spricht.

Eine zierliche junge Frau steht etwa zehn Meter von uns entfernt, ihre schwarzen kurzen Haare stehen stachelig in alle Richtungen. Sie trägt eine ausgewaschene Jeans, Sneakers und ein weißes Shirt mit der pinken Aufschrift:

„I´am a Legend".

Sie hat riesige, grüne Augen, einen sinnlichen, rot geschminkten Schmollmund und große Brüste.

„Nein, ich habe keine Silikonimplantate!"

„Entschuldige?"

„Ich sagte, dass ich keine…"

„Ja, aber woher weißt du…"

„Du bist echt noch ein blutiger Anfänger, hast du denn niemals in den letzten siebzehn Jahren bemerkt, was in dir steckt?"

„Nein! Wie auch?"

„So Mädels, jetzt beruhigen wir uns erst mal und stellen uns einander vor. Genau wie bei zivilisierten Menschen, also das ist Shiva und das ist Constantine. Und ich bin der Balu!" Er sagt das mit einem gewissen Unterton, der weitere Streitereien nicht zulassen.

Shiva entspannt sich ein wenig und versucht zu lächeln. Sie ist unglaublich hübsch und cool, eine Mischung aus Madonna und Pink.

„Vielen Dank, aber lass uns mal anfangen."

„Womit anfangen?"

„Mit deinem Training."

Hilflos starre ich Balu an, der sich gemütlich auf einen Felsbrocken gesetzt und die Beine übereinandergeschlagen hat.

„Das sieht doch echt lächerlich aus."

„Finde ich auch."

„Was?"

„Ich finde es auch lächerlich, wenn unser hoch wohlgeborener Rechtsanwalt die Beine übereinanderschlägt! Und so was will ein Sinto sein!"

„Du bist ein Rechtsanwalt?"

„Hast du gedacht, ich renne den ganzen Tag durch den Wald und erschlag Bären?"

„Du erschlägst Bären?"

„Haalloo, Leute, ich habe nicht den ganzen Tag Zeit, ich muss heute Abend noch auf einen Gig."

Sprachlos, wandern meine Blicke von Shiva zu Balu, wollen die mich verarschen?

„Nein, wollen wir nicht! Und jetzt komm, lass uns anfangen."

Ich denke mir nur, was soll's, noch skurriler kann es ja gar nicht werden. Doch da irre ich mich gewaltig!

Shiva bleibt genau da stehen, wo sie ist, und rührt sich keinen Zentimeter. Dann starrt sie auf einen etwa einen Zentner schweren Felsbrocken. Als sie blitzschnell zur anderen Seite der Wand schaut, folgt ihr der Koloss und knallt gegen die Wand. Er zerschellt in Tausende von kleinen Steinchen, von denen die meisten auf Balu herunter prasseln. Ein ohrenbetäubendes Donnern grollt so laut, dass sich kleinere Steine von den Felswänden lösen und ich befürchte, dass hier gleich alles zusammenbricht.

„Mann, Shiva, kannst du nicht besser aufpassen, wo du hinwirfst?"

Doch diese lächelt nur und starrt auf einen alten vertrockneten Baum. Als ihr Blick dann nach oben schnellt, schießen seine Wurzeln aus dem Boden und katapultieren dieses Gerippe wohl zehn Meter hoch in die Luft. Es landet keine zwei Meter von ihr entfernt auf dem Boden und zerbricht in kleine Holzstückchen. Ihre Augen leuchten unnatürlich Grün, als sie dann auf den Boden schaut und sich der Sand unter ihren Füßen zu einem Hügel wölbt, sodass sie drei Meter über dem Boden steht.

Ich muss ein paar Schritte zurückweichen, um von den Sandmassen nicht umgeworfen zu werden.

„So, du Wunderwaffe, ich hoffe du hast genau aufgepasst und zeigst mir jetzt mal, was du so draufhast."

Mit diesen Worten wird der Sandhügel unter ihr wieder kleiner, bis es so aussieht, als sei der Sand dort niemals in Bewegung gewesen. Der Boden, auf dem sie sich befindet, ist genauso hart und ausgetrocknet wie wahrscheinlich schon die letzten hundert Jahre zuvor. Völlig entsetzt und voller Ehrfurcht, schaue ich auf ihre abgewetzten Jeans.

„Es ist ganz einfach, versuch es einfach, es steckt in dir."

Jetzt steht Balu von seinem Felsen auf und kommt näher, ich schaue ihn ungläubig an.

„Was soll ich machen? So etwas kann ich nicht!"

„Doch du kannst, du bist der Inbegriff aller Sinti, es liegt dir im Blut."

„Aber, ich habe gedacht das ich erst an meinem achtzehnten Geburtstag..."

„Dann wirst du vollkommen sein, doch die Magie steckt bereits in dir, versuch es einfach."

„Wie soll ich das denn machen?" Shiva tritt näher zu mir und nimmt meine Hand.

„Konzentrier dich einfach auf das, was du machen willst, sieh einmal den großen Stein dort an."

Erstens fasse ich noch gar nicht, was diese kleine Shiva da gerade gemacht hat.

Zweitens weiß ich nicht, was die beiden hier jetzt von mir wollen. Und drittens, ist mir immer noch unklar, was diese kleine Shiva da gerade gemacht hat.   Mit offenem Mund schaue ich den beiden abwechselnd ins Gesicht. Mit der Hoffnung irgendetwas zu entdecken, was ihre Worte Lügen straft. Doch sie sehen mich so ernst und mit Nachdruck an, dass ich begreife, dass es deren tödlicher Ernst ist.

„Ok, das funktioniert ja sowieso nicht. Aber ich tue euch beiden den Gefallen und dann können wir ja auch wieder gehen."

Mein Blick wandert zu diesem kleinen, zirka dreihunderttausend schweren Steinchen und ich konzentriere mich, aber auf was eigentlich?

Simsalabim? Hokuspokus Fidibus? Hex, Hex!? So ein Unsinn! Shiva kichert, na das funktionierte ja echt super.

„Nein, Sindh, konzentrier dich darauf, dass du diesen Stein bewegen willst. Zwing ihm deinen Willen auf."

„Ja, wie denn? Du Freak!"

Ungeduldig stellt sie sich zu mir, hält mich fest und schaut mit mir zusammen auf den Stein.

„Fühle es, lass deine ganze Energie von deinem Zwergfell, durch deinen Körper strömen, durch deinen Kopf, durch deine Augen, auf den verdammten Stein, streng dich an, du kannst das."

Irgendwie macht diese blöde Kuh mich wütend, wieso ist sie denn so fordernd, wer hat überhaupt gesagt, dass ich den Blödsinn hier lernen will!?

„Ja Wut ist gut, hasse mich, wenn du willst, du hast auch gar keine andere Wahl, du musst es tun, ob du nun willst oder nicht."

„Wie bitte?" So langsam provoziert sie mich wirklich.

„Außerdem tut dir so ein bisschen Sport ganz gut, bei deinem schwabbeligen Körper!"

Es ist noch nicht einmal, was sie sagt, sondern wie dieses Miststück es sagt.

„Schwabbelig?"

So arrogant wie es nur eben möglich ist, wandert ihr prüfender Blick von meinem Scheitel bis zur Sohle.

„Na ja, ein paar Kilo zu viel hast du ja auch."

„Das reicht, was fällt dir ein, ich bin nicht dick und schwabbelig."

Doch Shiva verschränkt locker ihre Arme, verlagert ihr Gewicht auf ein Bein und nickte Richtung Stein.

Wütend wie nie, starre ich auf diesen Stein, meine Gedanken kreisen nur darum, dass ich Shiva gerne schlagen würde, wenn Balu nicht hier wäre. Ihr selbstgerechtes Grinsen, treibt mich fast in den Wahnsinn. Plötzlich aber will ich ihr oder mir, keine Ahnung, etwas beweisen. Noch nie wollte ich etwas so sehr bewegen wie, jetzt!

Voller Wut und Angst vor dem was gleich passieren könnte, fixiere ich den Stein. Ich konzentriere mich, lasse all meine Gedanken, meine Wut und was sonst noch da ist, durch mein Zwergfell, auf das Ding vor mir scheinen.

Eine Sekunde, zwei Sekunden, zehn Sekunden, es passierte nichts!!! Gar nichts!!!

„Versuche es weiter, du hast es in dir!" Es ist nur noch ein leises Flüstern von Balu in meinem Ohr.

Abrupt schaue ich von meinem Ziel weg und sehe ihm in die Augen. Einige Sekunden vergehen, bis ich mich wieder auf den Boden dieser Lichtung holen kann.

„Ich kann nicht." Meine Augen sprechen Bände, die Angst Balu zu enttäuschen ist wohl zu groß. Worauf er nur schmunzelt, mich in den Arm nimmt und mir einen Kuss gibt.

„Doch du kannst, versuch es mir zuliebe, bitte."

„Oh mein Gott, können wir jetzt bitte weitermachen?"

Diese Frau nervt mich, wie kann man nur so eine Nervensäge sein.

„Na los Dickerchen, gib dir mal ein bisschen Mühe."

„Ich bin nicht dick!"

Mittlerweile bin ich so genervt, gestresst, stinke sauer und von Misserfolg geplagt, dass ich mich von Balu losreiße, den Stein fixiere und ihn mit geballter Wut anschreie.

„Nuuun maaach schooon."

Mein Schrei ist wie ein Sturm, der Fels schießt durch die Luft, knallt in die Felswand gegenüber und bohrt ein Riesenloch von in die Felswand. Sämtliche kleineren Steine, Äste und auch der Sand auf dem Boden, jagen wie ein Sandsturm hinterher und landen in der klaffenden Felswunde. Ohrenbetäubender Lärm prescht von der Wand durch die Lichtung in den Felsspalt. Die hohen Wände scheinen zu wackeln, Steinbrocken lösen sich und prasseln auf uns herab. Bevor ich meine Gedanken zu Ende bringen kann, dass hier gleich alles zusammenbricht und uns begräbt, springt Balu mit mir und Shiva im Arm in die Höhe. Als haben seine Hände und Füße Saugnäpfe, springt er von einer zur anderen Wand hoch, bis er mit einem letzten Satz oben neben der Schlucht steht.

Was habe ich getan? War ich das? Ich atme hektisch, ich sinke mit den Knien in den Boden und schaue die Schlucht hinunter.

„Die Pferde!"

Doch Balu und auch Shiva, sehen mich nur sprachlos an.

„Mach dir keine Sorgen, die sind schon weg, bevor du...naja, die sind bestimmt schon in Sindh." Dann starren sie mich beide wieder an, als wäre ihnen der Heilige Geist begegnet.

„Ja, so ungefähr kommst du mir auch vor!" Sagte Shiva.

„Wie bitte?"

Shiva hüpft wie ein Flummi auf mich zu, hebt mich vom Boden hoch und umarmte mich.

„Oh, das war abartig geil! Ich wusste das du es drauf hast, du bist einfach die Beste!" Sie erdrückt mich fest, küsst mich auf die Wange, lächelt mich an ohne mich aus dem Arm zu lassen.

„Bitte verzeih mir, dass ich gerade so grob zu dir war, aber uns war allen klar, dass du deine Kräfte nur mit einem starken Gefühl zu Tage fördern kannst. Verstehst du? Du hast es nicht von klein auf gelernt, wie wir. Du brauchtest einen Auslöser, um zu merken, wo es lang geht, wo es herkommt."

Sie nimmt ein wenig Abstand von mir und drückt ihren Zeigefinger auf mein Zwergfell.

„Hast du es hier gespürt? Es muss aus deiner tiefsten Überzeugung kommen, dann kannst du alles bewegen."

Mir wird schwindelig bei dem Gedanken, was ich gerade getan habe.

„War ich das wirklich?"

Ich löse mich von Shiva und gehe an den steilen Rand der Klippe zurück. Sogar von hier oben, sehe ich den Schaden, den ich angerichtet habe. Überwältigt, von der Gewalt meines Körpers weine ich. Ganz plötzlich und unverhofft schüttelt sich mein Körper, meine Tränen fließen unaufhörlich. Wie ein kleines Kind stottere ich und beruhige mich kaum.

„Es tut mir ja so leid."

Balu ist sofort neben mir, Shiva schaut mich verständnislos an.

„Was tut dir leid, mein Liebes? Wieso weinst du, geht es dir nicht gut?"

„Nein, es tut mir ja so leid."

„Was denn?"

„Ich hab alles da unten kaputt gemacht."

Nach einem kurzen Augenaustausch der beiden, bekommen die beiden so einen Lachkrampf, dass sie fast zusammenbrechen. Ich weine dicke Tränen, bekomme auch einen Lachkrampf und weine weiter. Vielleicht habe ich auch nur einen Nervenzusammenbruch, aber da ist etwas in mir, etwas, das ich bis dato noch nicht in mir wahrgenommen habe, es fühlte sich aufregend an. Wie wenn man zu einem Vorstellungsgespräch muss, oder sich zum ersten Mal mit einem Jungen trifft, genau inmitten meiner Brust, wie tausend Wespen, die so laut summen, dass es mir zu Kopf steigt.

„Was ist mit mir passiert?"

Beide lachen noch einen kurzen Augenblick, bis sie dann Ernst werden.

„Eigentlich nichts Besonderes, du hast es in dir, so wie wir alle. Dass du es mit siebzehn zum ersten Mal überhaupt versucht hast, ist zwar untypisch, aber ansonsten war das fast normal."

„Was soll denn fast normal heißen Balu?"

Wieder tauschen sie diesen geheimnisvollen Blick, den ich nicht abhaben kann.

„Na ja, die ersten Versuche unserer Kinder sind sehr schwach, sie werden im Laufe der Jahre erst stärker."

„Also war meine Leistung da unten schwach?"

„Nein, ganz im Gegenteil."

Unruhig legt er die Arme hinter den Rücken, sieht Shiva an als müsse sie ihm erst zustimmen.

„Normalerweise haben Sinti noch nicht einmal nach ihrem achtzehnten Geburtstag, so eine gewaltige Kraft wie du jetzt."

Es dauert einige Sekunden, bis ich begreife, was das heißen soll. Oder begreife ich gar nichts?

„Was soll das heißen?"

„Das soll heißen, dass sich Zetra und alle anderen in unserer Sippe wohl geirrt haben. Wir sind davon ausgegangen, dass du stark sein wirst, stärker als jeder andere Sinto auf dieser Erde. Aber, dass du bei deinem ersten Versuch, mehr Stärke zeigst als zehn Mann zusammen."

Er fasste sich nun ans Kinn und geht einige Schritte auf und ab.

„Shiva, meinst du sie könnten sie schon gespürt haben?"

„Ich weiß es nicht, nein unmöglich die völlige Verwandlung hat ja noch nicht stattgefunden."

„Wer? Mich gespürt haben?"

„Der Vatikan."

„Wieso?"

Balu bleibt nun stehen, umfasst meine beiden Schultern und sieht mich sehr ernst an.

„Begreifst du denn nicht? Wenn du erst einmal ein bisschen geübt hast, wirst du an deinem achtzehnten Geburtstag das mächtigste Wesen zwischen Himmel und Hölle sein. Du wirst das Gleichgewicht der Asmodi durcheinanderbringen, sie werden dich fürchten und deshalb töten wollen. Du bist die größte Bedrohung ihrer Rasse, ihrer Macht auf dieser Erde, ihrem Sein, nur du kannst sie zurück in die Hölle schicken."

„Aber das will ich doch gar nicht! Wenn sie uns nichts tun, können wir sie doch einfach in Frieden lassen."

„Sindh, sie werden dich an deinem Geburtstag um Mitternacht suchen und finden. Deine Absichten sind ihnen Egal, sie wollen dich töten."

„Aber wieso denn, ich habe ihnen doch gar nichts getan!"

„Deine bloße Existenz ist Bedrohung genug, du brauchst erst gar nicht aktiv zu werden, sie dulden keine Herrscher neben sich!"

Ich bin so geschockt, dass ich sprachlos bin. Tausend Gedanken sprudeln in meinem Kopf, doch da ist nichts Taugliches, was ich sagen kann. Gruselige Vampire schwirren mir vor Augen, bleiche Gesichter mit Reißzähnen, so wie aus irgendwelchen Horrorfilmen. Auf einmal wird mir klar, dass das hier kein Spiel ist, das ich weder verrückt noch in einer Sekte bin. Das ist alles echt und warum auch immer, ich diejenige bin. Ich muss etwas unternehmen, ich werde mich auf keinen Fall geschlagen geben. Ich habe Angst, ich will nicht sterben, nicht, nachdem ich Balu kennen gelernt habe.

„Also gut, dann wollen wir mal weiter üben, um diesen Dingern die Hölle heiß zu machen." Ich spreize die Beine, hebe meine Hände und warte darauf, was ich jetzt tun soll. Shiva lacht und schüttelte den Kopf.

„Ich denke, du hast für heute genug kaputt gemacht, lass uns nach Hause gehen."

„Was? Wieso? Nein! Ich werde mich doch nicht abschlachten lassen, wir üben jetzt."

„Überstrapazier deinen Körper nicht, für heute ist genug gewesen, du hast dich völlig verausgabt, das spüre ich."

„Ach, was weißt du denn schon?"

„Ich weiß, dass du Angst hast, aber die brauchst du nicht zu haben. Wir stehen hinter dir, eine ganze Arme von ausgebildeten Sinti, die seit Jahrtausenden darauf warten, um dir zu dienen. Du bist nicht allein und ein jeder von uns, wird sein Leben geben, um dich zu beschützen."

So liebevoll wie Shiva mit mir spricht, werde ich schon ein wenig ruhiger, ich spüre, wie mein rasender Puls sich beruhigt.

„Wieso warst du gerade so gemein zu mir?" Sie grinst.

„Weil ich dich nur so zum äußersten treiben konnte, um Kraft fließen zu lassen braucht man entweder, Angst, Wut, Hass oder einfach nur Routine. Tut mir leid."

Es sieht so aus als sei es ihr Ernst, ihre Worte sind ernst gemeint.

„Ok, kein Problem, Schwamm drüber."

„Balu, ich verschwinde jetzt, ich wollte noch zu meinem..."

„Ja, ja geh du mal zu deinem Gig, ich bringe Sindh nach Hause."

Shiva sieht mich glücklich und zufrieden an, drückt mich noch einmal und geht.

Geistesabwesend blicke ich ihr hinterher, sie sieht aus wie ein Star aus Hollywood. Nicht einmal ein Supermodel könnte so perfekt laufen. Sie verzaubert mich und macht mich ein wenig neidisch. Aber was das aller ungewöhnlichste am heutigen Tag ist, ist ihr Auto. Naja, einfach Auto ist wohl ein bisschen untertrieben, es ist ein silberner SUV mit Swarowski besetzten Chromfelgen. Der Wagen ist so groß und bombastisch, dass sie davor so winzig wirkt, dass ich mich fragt, wie sie wohl die Tür aufbekommen wird.

Ich hätte jetzt erwartet, dass sie zu irgendeinem Tier, einer Fee, von mir aus auch zu Tinkerbell mutierte und wegfliegt. Oder sich mit einem lauten Knall in Luft auflöst.

Aber nein, sie steigt in einen Hummer und fährt mit ohrenbetäubender Hip-Hop Musik davon.

„Seit wann hören Sinti Crunk?"

Balu grinst über beide Ohren, er beobachtet mich wohl schon die ganze Zeit.

„Es gibt ein Klischee, dem wir auch wirklich entsprechen, wie du ja selbst in Sindh gesehen hast. Das ist aber nur unser Zuhause, so wie du dir abends einen Pyjama anziehst, leben wir zu Hause unsere ganz persönliche Privatsphäre aus. Morgens ziehen alle zivilisierte Kleidung an und gehen arbeiten. Es gibt bei uns Handwerker, Konditoren, Lehrer, Beamte, Politiker, eine Sängerin und Anwälte wie mich."

„Na ja, ich habe gedacht, dass ihr alle als Statisten in einem Märchenbuch arbeitet oder so."

Balu lacht und nimmt mich in den Arm, er küsst mich so stürmisch, dass es mir die Schuhe auszieht. Ich habe noch nie geküsst und deswegen keinen Vergleich, aber ich vermute, dass er der beste Küsser der Welt ist.

Zur gleichen Zeit unterhalten sich zwei sehr alte Wesen, in einem geheimen Verließ Kilometer tief unter der Erde des Vatikans. Der große Saal ist düster und wird von Feuerfackeln an den Wänden beleuchtet. Die skurrilen Skulpturen an den Wänden, werden dadurch in noch abstraktere Wesen verwandelt. Es gibt keine Fenster, noch nie hat die Sonne hier einen Lichtstrahl verloren, weshalb es hier modrig und feucht ist. An einer Wand hängen ausschließlich Folterwerkzeuge, Messer, Äxte, Ketten und Schellen aller Art. Dieser Ort wird von Wesen der Unterwelt seit Anbeginn der Zeit genutzt, um von hier aus ihre Machenschaften auszuüben. Vlad sitzt auf einem schwarzen Thron, voller Leid und Schmerz, so wie sein Gebieter Asura es ihm erlaubt.

Vlad, der damalige Herrscher in Rumänien, ist der älteste und mächtigste aller Asmodi auf dieser Erde, was sich auch in seinem Gesicht abzeichnet. Es ist silbergrau und von Falten zerfurcht, weiße dünne Haare hängen ihm über die Knochigen Schultern. Er wütete unter dem Schutz Asuras seit Anbeginn der Zeit. Er ist so mächtig, dass alle Asmodi auf und unter dieser Erde sich vor ihm verneigen. Wahrscheinlich wütete er auch deswegen nicht wie seines Gleichen, er quälte Menschen niemals zum Spaß, um bei anderen Asmodi Eindruck zu schinden. Als des Teufels rechte Hand, hatte er es nie nötig macht zu demonstrieren. Einzig und allein junge Frauen sind sein Schwachpunkt. Jungfrauen zu verführen und dann leer zu saugen ist sein einziges vergnügen auf dieser Welt. Manche Frauen behielt er sogar für eine gewisse Zeit, dann warf er die Leichen in ein Massengrab. Es gibt nur drei Frauen, die er in den letzten tausend Jahren behalten hat, seine Konkubinen. Er hat sie zu Seinesgleichen gemacht, sie sind die Schönsten Wesen auf dieser Erde und ihm hörig.

Diese frauenähnlichen Teufelskreaturen kauern ihm stets zu Füßen. Sie sind blond, schwarz und rothaarig, sonst sind sie gleich, bezaubernd schön und erregend, sie sind der Inbegriff der Lust, bestückt mit Rasierklingenscharfen tödlichen Zähnen und tiefschwarzen Augen.

Sie schmiegen sich unaufhörlich an Vlads Beine, liegen seinem Gewandt zu Füßen und warten nur auf ein Zeichen ihres Herren, um zu töten. Kalkutti kniet vor seinem Thron nieder, Ehemaliger Anführer der Bhutas. Er galt als der böseste Gott in Indien, seine Grausamkeiten kannten kein Ende. Er aalte sich im Schmerz der Menschen, hielt sie gefangen, um sie so langsam und schmerzvoll verenden zu lassen, wie es eben nur möglich war. Er ist blass und bildschön wie alle Asmodi. Da er sich Jahrhunderte lang von deren Blut ernährt hat sieht er aus wie ein indischer Gott. Seine schwarzen Haare glänzen wie Granit und reichen ihm bis zur Hüfte. Er ist wunderschön und so makellos, dass er schon weiblich wirkt. Man sieht ihm seinen Schönheitswahn an, er steckt in feinstem Zwirn und ist sogar dezent geschminkt. Ein wenig Puder, ein bisschen Tusche und ein bisschen Lippenstift machen ihn zum Sinnbild für Schönheit. Doch in ihm stecken die perversesten und bösartigsten Abarten, die jemals in der Hölle gesehen wurden. Er ist mehr als erregt beim Anblick der Asmodi Frauen des mächtigen Vlad. Er will sie kosten, sie schmecken, zu stark strömt ihr verlockender Duft zu ihm herüber. Seine Nasenflügel beben bereits und entfachen ein schwarzes Feuer in seinen Augen. In denen die Frauen seine Abgründe sehen und willkürlich zurückschrecken. Er macht nur einen Millimeter in ihre Richtung und hält bereits inne. Allein die gewaltige Macht, die von Vlad ausgeht, schmerzt ihn mehr als tausend bisse der elendigsten Kreaturen der Unterwelt. Vlad kann es nicht begreifen, wie es sein kann, dass keiner seiner Anhänger es in den letzten fünfzehn Jahren geschafft hat, Sindh zu finden.

„Hast du nichts anderes im Sinn, außer Lust und Schmerz? Ich frage dich, wo ist sie?"

Seine Stimme ist so leise und flüchtig wie die eines Sterbenden.

„Herr, wir haben alles nur Mögliche getan, es gibt keinen Ort, an dem wir nicht waren, keinen Stein, den wir nicht umgedreht haben. Es ist, als würde sie nicht existieren, vielleicht ist sie ja auch schon lange Tod?"

Vlad sitzt auf seinem Thron aus schwarzem Ebenholz, sein schwarzes Gewandt scheint mit ihm zu verschmelzen. Er schaut nachdenklich ins Leere, versucht sich zu konzentrieren.

„Vielleicht weiß sie ja auch gar nichts mit ihrer Kraft anzufangen, vielleicht hat Zetra sie ebenfalls nicht gefunden. Wir werden es ja merken, wenn alles auf sie einströmt, dann werden wir sie schon finden." Sagt Kalkutti.

Bei dem Gedanken zuckt ein gefährliches Lächeln über sein Gesicht. Die Vorfreude, darüber, was er alles mit ihr anstellen will, treibt ihm vor Wonne das Blut in die Augen.

So schnell wie das Licht, packt Vlad Kalkutti an den Hals und hebt ihn hoch. Vlad sieht aus wie ein dünnes zerbrechliches Insekt, das mehr Kraft ausstrahlt als alles auf dieser Erde. Seine Brust hebt sich beim Atmen wie bei einem WerBär, der gleich ein Massaker anrichtet. Dünne Sehnen und Adern ziehen sich an seinem Hals hinauf, die das schwarze Blut erahnen lassen, das in ihnen pulsiert. Seine weiße Haut ist dünn wie Pergament, ekelhaft lange gelbe Fingernägel krallen sich um Kalkuttis Hals. Es würde Vlad nur einen Handgriff kosten und Kalkutti wäre enthauptet, seine Stimme ist bedrohlichen zart, es ist nur ein Flüstern.

„Sie ist nicht Tod, den Tod spüre ich allgegenwärtig, sie ist mir gleich, eine Laune der Natur, oder nenn es ein Geschöpf Gottes. Ihre Kraft wird stündlich stärker, ich spüre ihre vernichtende Macht. Sie ist unser Untergang, such Sie, vernichte Sie, vor ihrem achtzehnten Geburtstag."

Vlad, die hässliche Kreatur, straft seinem Tonfall Lügen. Völlig unverhofft, wirft er Kalkutti durch den großen Saal und schleudert ihn vor die Wand voller Äxte.

Mehrere Waffen durchschlagen seinen Körper gleichzeitig, was ihn vor Lust stöhnen lässt. Er leckt sich das Blut von den Lippen, dass ihm durch seine inneren Verletzungen, aus dem Mund läuft. Der Schmerz, der ihn durchfährt, erregt ihn bis zum äußersten, sodass er nur noch Augen für die Frauen Vlads hat. Sie kommen langsam über den Boden kriechend, angezogen von seinem schwarzen Blut. Zitternd vor Wollust, ziehen sie sich an seinen blutenden Körper hoch, um ihn zu schmecken. Alle drei Geschöpfe der Dunkelheit machen sich voller Gier an Kalkutti zu schaffen.

4. KAPITEL

So langsam verschwinden die roten Rücklichter ihres Hummers im Staub und ich frage mich, wie wir denn jetzt wohl wieder nach Hause kommen sollen. Unsere Pferde sind schließlich durchgegangen und wahrscheinlich schon wieder in Sindh. Wir können auch laufen, aber das ist wohl ein wenig zu weit. Sowie ich den Gedanken habe das Balu mich auch Huckepack tragen kann, verdreht er seine Augen. Bevor ich überhaupt begreife, oder ihn fragen kann was los ist, höre ich auch schon wieder diese schreckliche Musik.

Shiva kommt mit rasender Geschwindigkeit auf und zu, macht eine hundertachtzig Grad Drehung im Staub und bleibt direkt vor unseren Füßen stehen. Balu öffnet die schwere Beifahrertür und bietet mir seinen Arm zum Einsteigen.

„Nun macht schon, ich habe echt nicht ewig Zeit."

Da ich nicht möchte das sie gleich vor Wut den Wagen zum Mond schleudert, steige ich schnell ein.

Als er sich neben mich auf der Bank breit macht, füllt er den Innenraum des mächtigen PKWs so sehr aus, dass ich mich sehr klein fühle.

Er setzt sich dabei auf meine Hand und endschuldigt sich mit verknautschtem Gesicht.

Sowie er die Tür zuschlägt, startet Shiva auch schon mit Vollgas.

„Kannst du deine Gedanken das nächste Mal für dich behalten?"

Schreit Shiva gegen die Musikanlage an.

„Was?"

„Du sollst nicht immer so laut denken!"

„Wie bitte?"

„Ich habe einfach keine Zeit für dich den Babysitter zu spielen!"

„Ich verstehe kein Wort."

Balu bückt sich nach vorne, drückt auf das Display und schreit Shiva sofort an.

„Dich hat keiner gezwungen, klar! Dass du dich verpflichtet fühlst, kann sie auch nicht ändern. Wie soll sie bitte schön schon jetzt, ihre Gedanken abschirmen?"

Anstelle einer Antwort zu geben, drückt sie wieder auf das neonblaue Display und fährt noch schneller. Ich höre sehr laute Musik. Darüber hinaus spüre ich die Spannung zwischen den Beiden auch ohne eine übersinnliche Fähigkeit zu besitzen, während mich der Hummer bei jedem Hügel schüttelt. Shiva denkt wahrscheinlich keine Sekunde an ihre Achsen, sondern einfach nur praktisch, an den kürzesten Weg.

Und der geht eben nun mal über Stock und Stein.

Als sie endlich vor unserem Haus hält, sorge ich mich einen Augenblick, dass sie jetzt den schönen alten Brunnen umfährt.

Sie schleudert den Wagen aber so geschickt herum, dass sie zum Zurücksetzen noch nicht einmal mehr wenden muss.

Die Musik ist so ohrenbetäubender laut, die Fahrt war so wild, dass mir der kalte Schweiß ausbricht.

Wortlos löst Balu meine Hand von seinem Oberschenkel und hebt mich aus den Wagen.

Er wirft die Tür ins Schloss und Shiva saust so schnell davon, dass die weißen Kieselsteine unserer Einfahrt unter ihrem Wagen durch die Gegend fliegen.

„Alles in Ordnung Liebes?"

„Mir ist schlecht."

Ich muss so fertig aussehen, dass Balu anfängt zu lachen.

„Ich finde das nicht witzig, wieso ist sie überhaupt so sauer? Habe ich irgendetwas verpasst?"

„Sie kann deine Gedanken lesen, deswegen ist sie zurückgekommen. Obwohl sie eigentlich keine Zeit mehr hatte, sie kommt jetzt zu spät zu ihrem Gig."

„Ja, aber ich habe sie doch gar nicht gebeten, ich habe ja gerade darüber nachgedacht, wie wir jetzt wohl nach Hause kommen."

„Dabei ist ihr aufgefallen, wie ungern du auf meinem Rücken reist."

Seine Stimme ist plötzlich sanft, seine Augen glänzen in der nahenden Dunkelheit und mir wird jetzt auch noch schwindelig. Er nimmt mich in den Arm, nein auf den Arm und drückt mich an seine Brust.

„Sag mal bin ich gar nicht schwer? Du trägst mich wie eine kleine Puppe."

Mit einem lauten Prusten, lacht und spuckt er mich an.

„Oh, Entschuldigung!"

Dann kracht sein Lachen, über unsere Einfahrt, wie ein Donnerwetter.

Noch während ich mir mit dem Ärmel den kleinen Tropfen von der Wange putze, wirft er mich mindestens einen Meter hoch in die Luft und fängt mich wieder auf. Das geht so schnell, dass ich meinen Ärmel immer noch im Gesicht habe und ihn jetzt verdutzt ansehe.

„Sag mal, was ist hier eigentlich so lustig? Und könntest du mich bitte herunterlassen und schmeiß mich nicht so hoch."

„Ja sorry bitte verzeih mir."

Er lässt mich sofort herunter, grinst wie ein Honigkuchenpferd.

Keine Ahnung, warum aber ich sage.

„Ja, komm mit rein."

„Sehr gut, sehr, sehr gut, du hast gerade meine
Gedanken gelesen."

Ich überlege kurz, er hat tatsächlich nicht gesprochen, dennoch weiß ich ganz genau, dass er mit ins Haus und etwas trinken möchte.

Ich habe einfach keine Lust mehr mir Gedanken über die Stadt Sindh, den Teufel, Zetra oder dem schlechten Musikgeschmack, dieser beknackten zu machen. Völlig kaputt gehe ich einfach auf unsere Haustür zu, die wie immer nicht abgeschlossen ist. Da der Elektroinstallateur bereits ein umfangreiches Netz von Bewegungsmeldern in unserer tausend Jahre alten Haus installiert hat, wird auch sofort Licht, als ich den Flur betrete. Ich bin einfach glücklich Balu in meiner Nähe zu wissen. Früher konnte ich diese ganzen Verliebten Pärchen nicht verstehen. Ich habe sie immer belächelt, konnte das alles nicht verstehen. Es war mir sogar richtig peinlich, ich habe mich immer geschämt, wenn ich solche Gefühlsduseleien beobachtet habe.

Als wir an der breiten Treppe vorbeilaufen, bleibt Balu stehen, um das große Portrait im ersten Stock anzuschauen.

Jegliches Glück verschwindet in diesem Augenblick. Was sich gerade noch so süß und sonnig angefühlt hat, ist jetzt bitter und düster. Die Nacht und Dunkelheit legt sich wie ein Schleier über unser beides Glück. Balus plötzlicher Gesichtsausdruck erschreckt mich bis ins Mark und lässt mein Herz für einen Augenblick in die allerletzte Ecke huschen. Sein Gesichtsausdruck ist mehr als ernst, er ist sogar einige Sekunden gar nicht hier. Er driftet in Gedanken so weit ab, dass ich das Gefühl habe zu sehen, was er denkt. Wie bei einem aufkommenden Sturm, bläst mir der Wind Dunkles ins Gesicht. Vor meinen Augen erscheinen Bilderfetzen von einer Schlacht. Es ist dunkel, überall brennt es. Ein riesiges, hageres Wesen schlachtet Menschen mit der bloßen Hand ab. Keiner kann ihm die Stirn bieten, er ist zu stark. Seine weißen dünnen Haare wehen in alle Richtungen, dann starrt er mich plötzlich an. Er lacht, schreit vor Wut und fliegt praktisch auf mich zu. Ein nacktes Baby liegt zwischen uns auf dem Boden, es weint und friert. Ich will es aufheben, aber er ist schneller, reißt es mir vor den Füßen weg. Jetzt taucht ein riesiger Bär auf und jagt hinter ihm her. Ich will diesen Bären beschützen, verhindern, dass er wegläuft, mein Herz rast, und ich fange an zu schreien.

Alles wackelt plötzlich, jemand schüttelt meine Schultern und ich finde mich im Flur vor der Treppe wieder.

Ich frage Balu was passiert ist, doch er schaut mich nur verdutzt an. Anscheinend hatte ich soeben eine Vision, ich habe gesehen was passiert ist oder passieren wird. Ich habe Angst, meine Brust hebt und senkt sich hektisch. Doch dann sehe ich in seine Augen und werde wieder ruhiger. Nach einem kurzen Augenblick schüttelt er den Kopf. Es sieht so aus, als sei er stolz auf mich, als würde er mich bewundern.

„Ich weiß nicht genau, ob ich mit so einer starken Frau verheiratet sein möchte." Er sagt dies mit einem Lächeln.

„War das jetzt gerade ein Antrag?"

Balu lächelt und nimmt mich in den Arm.

„Nein, denn ich werde dir den romantischsten Antrag aller Zeiten machen, wenn der richtige Zeitpunkt gekommen ist. Vorerst musst du aber noch ein wenig Geduld haben, du bist sowieso noch viel zu jung."

„Wer hat denn gesagt, dass ich ja sagen werde?" Ich spiele verletzte Arroganz.

„Was bildest du dir eigentlich ein?"

Um mich wieder zu beruhigen, lenkte er einfach sehr geschickt vom Thema ab.

„Ich war gerade in Erinnerungen an die Schlacht um Sindh, als ich das Portrait des Grafen Avdijai erkannte. Ich finde es nicht nur außergewöhnlich, dass du siehst, was ich denke, ich finde es auch sehr gefährlich. Obwohl du keine Jahrelange Übung hattest, so wie wir anderen aus der Familie, hast du gerade unbewusst etwas gemacht. Was nur die wenigsten Sinti und das auch nur nach Jahrelangem üben, können. Sinti können die Gedanken anderer Menschen lesen oder hören. Aber sich das vor Augen zu führen, was der andere gerade denkt, ist wohl mehr als ungewöhnlich."

Ich höre ihm einfach aufmerksam zu und versuche jedes Wort zu glauben. Obwohl ich jetzt schon einige Wunder in seiner Welt gesehen habe, fällt es mir immer noch schwer sie wirklich zu glauben.

„Bist du bei der Schlacht dabei gewesen sei? Und wenn, wie alt warst du da eigentlich?"

Er dreht sich mit dem Rücken zum Portrait und setzt sich auf die Treppe. Auf die vierte Stufe, um genau zu sein und seine Füße berühren dabei immer noch den Boden des Flurs.

Seine Hose spannt sich dabei um seine festen Oberschenkel, das Leinenhemd zeichnet seinen wuchtigen Körper ab und lässt so seine Muskeln erahnen.

„Wenn du immer so abschweifst und über meinen Körper nachdenkst, wird es mir wahrscheinlich nicht gelingen, ruhig zu bleiben."

„Wie meinst du das?" Unruhig stehe ich vor ihm, werde rot vor Scham. Ich habe vergessen, dass er meine Gedanken lesen kann. Aber wie soll ich denn meine Gedanken kontrollieren? Wie soll ich mir denn nicht vorstellen, wie er unter seinem Hemd aussieht, wenn er so vor mir sitzt.

Er zieht mich auf seinen Schoss und meine Atmung verabschiedet sich. Das Kribbeln in mir bringt mich fast um. Ich fühle etwas anderes, etwas Neues, mit nichts vergleichbar.

Sein Lächeln treibt mich fast zum Wahnsinn und wenn sein Blick nicht so fesselnd wäre, würde ich ausweichen und auf den Boden sehen müssen.

„Sindh, versuche bitte deine Gedanken zu kontrollieren. Es schmeichelt mir zwar, wenn du meinen Körper so sehr wertschätzt, es bringt mich aber auch in Versuchung."

Da ist es wieder, dieses freche, wohlwissende Lächeln, dann hüstelt er ein wenig, um die nächsten Worte herauszubringen.

„Ich weiß, dass du noch niemals mit einem Mann zusammen gewesen bist. Auch wenn du mir nicht glaubst, aber ich bin auch noch nie mit einer Frau zusammen gewesen."

Das reicht, ich halte mir die Hand vor Augen, weil ich diese Unterredung nicht führen möchte.

„Bitte hör auf."

„Nein, hör mir zu, das ist wirklich wichtig."

„Es ist mir aber egal, ich will nichts darüber wissen."

So, jetzt schäme ich mich nicht nur in Grund und Boden, sondern bis zum Erdmittelpunkt.

Da er meine Gedanken lesen kann, lacht er mich mal wieder aus.

„Weißt du es gibt bei uns eine Tradition, die besonders für dich sehr wichtig ist. Unsere Frauen gehen als Jungfrau in die Ehe, also die Ehe wird in der Hochzeitsnacht vollzogen."

„Sag mal, willst du mich jetzt verarschen?" Ich bin sauer, weil er so offen mit mir redet und weil er diese angebliche Hochzeit anscheinend für selbstverständlich hält.

„Wieso quatschst du eigentlich immer vom Heiraten? Wir kennen uns gerade erst einmal zwei Tage oder drei! Du weißt doch gar nicht ob ich dich überhaupt heiraten will? Und überhaupt, ich muss dich doch erst einmal richtig kennen lernen."

Da ich mich selbst belüge, um mir ein bisschen Würde zu erhalten, schmunzelt er wieder.

„Ich weiß, ich weiß, wir kennen uns erst seit ein paar Tagen. Aber du weißt ganz genau, dass es so sein wird. Denn ein Leben ohne dich wäre für mich, wie ein Leben ohne Sonne. Du bist mein ein und alles, wenn du nicht mehr bist, kann ich auch nicht mehr sein. Es gibt nichts auf dieser Erde, dass ich mehr liebe als dich, das weißt du doch. Du spürst es. Seit meiner Geburt bin ich einsam, weil du nicht da warst, dir ging es doch genauso. Diese Einsamkeit, die nicht das bunteste Fest erfüllen konnte. Diese ständige Suche nach etwas, das nicht greifbar war, jetzt bist du da."

Übermannt von seinen Gefühlen, spüre ich seine Beine unter mir erzittern, er ist so glücklich, dass ich da bin. Tränen der Freude, drohen mir über zu quellen, ich hole tief Luft, um nicht zu weinen. Denn er spricht mir aus der Seele.

„Zu deiner Information, ich bin einhundert sechsundzwanzig Jahre alt."

Jetzt bekomme ich einen Anfall, meine Tränen kullern mir dabei über mein Gesicht.

Ich wische mir mit dem Ärmel meine Tränen weg.

„Ich werde dich auf keinen Fall heiraten."

Völlig erschrocken, klingt seine Frage

„Wieso". Fast wie ein SOS ruf.

„Weil du ein alter Sack bist!"

Zuerst guckt er mich verwundert an, dann fängt auch er an zu lachen.

Ich bekomme fast keine Luft mehr und versuche mich zu wehren. Er steht mit mir auf und hebt mich hoch in die Luft, ich schreie und lache.

„Lass sie sofort runter oder ich schieße dir deinen verdammten Schädel weg."

Balu bleibt ruckartig stehen und verharrt, während ich immer noch in der Luft baumele. Wir stehen da, wie eine Wachsfigur und sehen meine Eltern an.

Mein Vater hat seine 9 mm gezogen und zielt direkt auf Balus Kopf, meine Mama steht mit einer Bratpfanne hinter ihm. Wenn die Situation nicht so ernst wäre, würde ich wahrscheinlich noch einen Lachkrampf bekommen. Tausend Gedanken schießen mir innerhalb von drei Sekunden durch den Kopf.

„Besser nicht bewegen. Was soll ich jetzt sagen? Wie kann ich mich hier nur herausreden? Sollte ich sagen, dass Balu unser neuer Gärtner ist?"

Dafür geht er gerade zu vertraut mit mir um.

„Oder soll ich sagen er sei mein Klassenkamerad? Nein, er ist viel zu alt! Irgendein Typ der Straße? Mein Dad bringt ihn so oder so um!"

„Ok, lass sie ganz langsam herunter und mach keine schnellen Bewegungen sonst bist du ein toter Mann."

„Papa!"

Mein Vater sieht Balu direkt in die Augen, bäumt sich auf wie ein Stier und scheint mich überhaupt nicht zu hören.

„Papa, nehme die Waffe herunter, er tut mir nichts, er ist ein Freund."

Meine Mutter nimmt die Pfanne herunter, knallt sie auf den Tisch und stemmt die Hände in die Hüften.

„Junge Frau, wer ist das?"

„Mama, ich, er ist, ich kann das erklären." Sie hau meinem Dad auf den Ärmel.

„Jack, nehme die Waffe herunter, du siehst doch, dass sie nicht in Gefahr ist, Jack!"

„Ich kann ihn doch trotzdem erschießen, dann vergraben wir ihn im Schloss." Papa verzieht keine Miene, konzentriert sich weiter auf Balus Kopf.

„Jack, jetzt reicht´s! Nimm die alberne Waffe runter, sonst kannst du was erleben."

Wer meinen Dad kennt, sähe, dass er ein wenig zusammenzuckt.

„Jack!"

Ganz langsam und widerwillig steckt er die Waffe in seinen Hüfthalter.

Mama nähert sich uns einige Schritte, sie ist stocksauer und zeigt mit dem Finger auf mich.

„Also junge Frau, wer ist das? Und sie, Sie lassen jetzt sofort meine Tochter los."

Ich glaube, dass Balu auf Grund seines Erscheinungsbildes, noch nie in seinem Leben so furchtlos angefahren worden ist, wie von meiner Mama. Er erschreckt, das spüre ich genau und grinse deshalb bis über beide Ohren.

„Du brauchst gar nicht so zu grinsen, zu dir komme ich gleich noch! Also, wer sind Sie und was machen Sie mit meiner

Tochter, in meinem Haus?" Ich glaube ich habe meine Mama bis dato noch nie rot, vor Wut gesehen.

Erst als Balu mich ganz langsam herunterlässt, bemerke ich, dass ich immer noch zwei Meter über dem Boden schwebte.

Er setzt ein umwerfendes Lächeln auf und versprüht so viel Charme, dass selbst der Graf auf dem großen Gemälde weiche Knie bekommen könnte. Er nimmt die Hand meiner Mutter höflich und küsste sie.

„Mrs. Williams, es freut mich sehr sie endlich persönlich kennen zu lernen, ich heiße Balu Benjani. Es tut mir fürchterlich leid, dass ich sie und ihren Ehemann erschreckt habe."

Dad nähert sich nun auch und reicht ihm, immer noch recht skeptisch, seine Hand.

Es ist ein fester Händedruck und ich wette, dass Papas Augen funkeln. Balu scheint das überhaupt nicht zu imponieren und verhält sich einfach freundlich weiter, als wäre nichts geschehen.

Meine Mama zeigt bereits viel weichere Gesichtszüge, sie findet ihn offenbar sehr sympathisch.

„Ich habe Ihre bezaubernde Tochter beim Musizieren kennen gelernt. Wir haben bereits zusammengespielt und ich muss sagen das Constantine sehr begabt ist."

Mama lächelt mich und Balu immer wieder glücklich an, so als habe sie eine Vorahnung. Papa ist und bleibt nicht nur skeptisch, ich glaube er ist auch eifersüchtig.

„Also, sie spielen Violine?" Er scannt Balu von Kopf bis Fuß, bleibt zuerst an seinen mächtigen Oberarmen hängen, starrt auf seine viel zu großen Hände und begutachtete dann so intensiv seine Füße, dass Mama und ich auch auf seine Füße schauen.

„Mann, was haben sie denn für eine Schuhgröße?" Ich spüre, dass er sich das Lachen kaum verkneifen kann, ich frage mich, ob Balu überhaupt irgendwann mal schlechte Laune hat, oder ob er überhaupt zu reizen ist.

„Ich habe Schuhgröße 54 Sir, aber ich versichere ihnen, dass das meine Leistungen im Musizieren in keiner Weise beeinflusst."

Ich weiß nicht, wie mein Vater das jetzt auffangen wird und mir dreht sich der Magen um. Ich habe Angst, dass die beiden sich jetzt streiten. Das könnte ich nicht ertragen.

Doch nach einigen Sekunden, in denen mein Vater aussieht wie eine Steinstatur, lächelt er. Es ist ein ehrliches Lächeln, er mag ihn!

Gott sei Dank!

Mein Papa bittet Balu, mit uns in der Küche Platz zu nehmen, um einen Kaffee zu trinken. Papa ist zwar höflich, aber ich spüre das er ihn noch etwas misstrauisch ist. Überhaupt spüre ich alles viel intensiver, mir war niemals klar, wie gut ich meine Eltern doch kenne. Balu lässt Mama und mir den Vortritt und folgt uns allen in die Küche. Mama stellt direkt ihre Kaffeemaschine an und strahlt dabei über ihr ganzes Gesicht. Sie ist gastfreundlich wie nie, bietet ihm dies und jenes an. Zum ersten Mal wird mir bewusst, wie deutlich ich ihre Freude spüre. Es ist normal, Gefühlsschwankungen der Mitmenschen zu fühlen. Also, dass man so ungefähr spürt, wie es einem Menschen gerade so geht. Doch dies ist anders, ich empfinde ihre Stimmung, höre ihre Gedanken durch ein leises Flüstern. Es ist unglaublich! Ich vermag mir zu nicht erklären, wieso ich plötzlich diese Dinge so deutlich spürte.

Die ganze Zeit über sehe ich zu, wie Mama herumhantiert und nehme gleichzeitig die Gedanken aller hier im Raum war.

Es ist sogar so, dass Mamas glückliches Lächeln mich auch glücklich macht. Das nicht so als würde ich ihre gute Laune nur spüren. Sie schwappt auf mich über, ich bin auch glücklich. Ich fühle Mamas Glück, mein Herz schwillt eine Nummer Größer an. So ein Glücksgefühl hatte ich noch nie in meinem Leben und ich bin ganz überrascht.

„Was genau hat dich denn hierhergeführt?" Fragt Papa Balu.

Nun wird auch Mama ernster und setzt ein geschäftstüchtiges Gesicht auf. Balu ist die Ruhe selbst.

„Ich werde Anwalt und habe vor eine kleine Kanzlei in der Stadt zu eröffnen. Ich bin aber auch ein leidenschaftlicher Musiker und spiele in meiner Freizeit, wann immer ich kann."

Er wirkt plötzlich gar nicht mehr wild oder wie jemand der übernatürlichen Kräfte besitzt. Er sieht jetzt schon wie ein seriöser, erfolgreicher Anwalt aus, der hier zur Schule gegangen ist und in Oxford studiert hat.

„Ich habe ein Stipendium bekommen und liebe Manchester United. Außerdem bin ich sehr an der Geschichte Wrukulakas interessiert und wünsche ihnen beiden viel Erfolg. Ich bin davon überzeugt, dass sie Hinweise zu echten Vampiren finden werden. Die Menschen, die hier leben glauben begründet daran. Es sind nicht nur Geschichten aus Hollywood. Diese Wesen tauchen bereits in den frühesten Geschichtsbüchern auf. Außerdem verbinde ich auch persönliche Kindheitserinnerungen damit, schließlich bin ich mit den Geschichten groß geworden. „

Meine Eltern sind beeindruckt, sie mögen Balu, die Unterhaltung wird immer leichter.

Doch Balu geht plötzlich für einen Augenblick in sich, es sind nur Sekunden, in denen meine Eltern sich fragen was los ist.

Ich hingegen spüre Kälte, Schmerz, Wut, Hass, Angst und unglaubliche Dunkelheit. Das Ganze Packet an Gefühlen, das mir so sehr bekannt ist. Das Gefühl, das mich mein Leben lang immer wieder eingeholt hat. Nur dieses Mal ist es nicht mein Gefühl, es ist sein Gefühl und ich spüre es. Wieso spürt er das? Wieso jetzt? Es ist doch alles in Ordnung, hier in der Küche. Es ist so erdrückend, ich kann zwar nicht sehen, was genau in Balu vorgeht, aber es lässt mich vom Stuhl hochfahren.

So wie ich stehe, steht auch er vor mir, nimmt meine Hand und denkt. Dann sagt er:

„Es tut mir leid, Bitte verzeih mir." Auch Papa steht
auf."

„Sagt mal, was ist hier eigentlich los? Habt ihr jetzt beide den Verstand verloren?"

Mama bleibt zwar sitzen, fasst sich aber auf die Brust und schaut mich an, als wisse sie etwas.

„Es tut mir leid Sir, dass ich so schnell aufgestanden bin, ich dachte Constantine würde, sie hat mich einfach erschreckt."

„Schatz, was soll das denn? Kann man sich nicht einmal in Ruhe unterhalten, ohne dass du unsere Gäste vom Stuhl hochfahren lässt?"

Balus Hand auf meiner Schulter, vermittelt unendliche Ruhe und Liebe.

Tränen schießen mir in die Augen, das ist zu viel für mich, irgendwie stammele ich vor mich hin.

„Mir ist gerade etwas Wichtiges eingefallen, ich muss noch etwas für die Schule tun."

„Ja deshalb brauchst du aber nicht so über zu reagieren."

Papa ist rot vor Empörung.

„Ja tut mir leid, ich muss mich jetzt entschuldigen Balu, du kommst ja bestimmt mit meinen Eltern zurecht. Also Mama, Papa, bis morgen oder nachher ich gehe jetzt nach oben."

Balu schüttelt mir die Hand und wünscht mir noch formvollendet eine gute Nacht. Schnell gehe ich durch die Küche, durchquert den Salon und hetze die große Treppe hinauf. Der Mann auf dem Portrait sieht mich an.

Ich bleibe kurz auf dem Absatz stehen und höre ganz deutlich, dass jemand meinen Namen flüstert. Ein kalter Schauer läuft mir über den Rücken und ich drehe mich um. Als ich dem Grafen ins Gesicht starre, ist es als würde ich ein Aufflammen in seinen Augen sehen. Ich höre leise, schmerzverzerrte, grelle schreie. Noch nie zuvor habe ich solche hysterischen, panischen Schreie gehört. Doch statt ängstlich zusammenzufahren, um Hilfe schreiend weg zu rennen, fühle ich etwas Neues in mir, etwas das ich bisher in meinem Leben noch nicht kannte, denn ich hatte niemals Ziele.

Entschlossenheit.

Ich weiß zwar noch nicht, was ich will, aber ich bin mir sicher, dass ich es durchziehen werde. Dieses Bild macht mir keine Angst, ich spüre mein Herz wild pochen, doch es ist keine Angst. Voller Wut gehe ich die letzten Stufen hinauf in die obere Etage..

In meinem Zimmer angekommen, werfe ich die Tür ins Schloss. Ich weiß nicht, was es ist, aber es treibt mich an. Unruhig laufe ich durch mein Zimmer, bis ich mich ausziehe und ins Bad gehe. Heißes Wasser, läuft so lange über meine kalte Haut, bis die Schwaden sich an den Wänden absetzt und dem Spiegel die Sicht nimmt. Mein Kopf ist wieder leer, ich will auch gar nicht nachdenken. Mir ist egal worüber die drei da unten jetzt sprechen oder was in den letzten Tagen passiert ist. Dass ich in irgendeiner Schlucht, fasst einen Erdrutsch verursacht habe, will einfach nicht in den Vernünftigen Teil meines Verstands sickern. Irgendwann stelle ich die Dusche ab, nehme mir ein kleines weißes Handtuch und wickele es zu einem Turban um meinen Kopf. Ich trockne mich in aller Ruhe ab, creme meinen Körper akribisch genau ein, um keinen Zentimeter zu vergessen. Denn dass was ich gerade unbedingt vermeiden möchte, ist dieses wunderbar weiß geflieste Bad zu verlassen. Hier ist alles so sauber und übersichtlich, die Tür ist zu und keiner kann mich stören. Ich will nicht in mein Zimmer zurück und wieder die ganze Nacht nachdenken und nicht schlafen können.

Es ist still im Bad, zu still und obwohl das Bad aufgeheizt und voller Schwaben ist, bekomme ich plötzlich eine dicke Gänsehaut. Mein Bademantel hängt an einem Haken an der Tür, während ich ihn überziehe, lausche ich, höre aber nur den weichen Flanell über meine Haut streifen. Mit einer Hand wische ich über den beschlagenen Spiegel, meine Augen sind grüner denn je. Völlig perplex, gehe ich näher an den Spiegel heran, denke dass ich hier in den letzten Tagen unglaublich braun geworden bin. Das muss eine optische Täuschung sein, anscheinend werde ich gerade verrückt. Kopfschüttelnd streife ich alle Emotionen ab, ignoriere was ich fühle oder sehe und öffne die Badezimmertür. Gedankenverloren und erschöpft von der heißen Dusche, durchquere ich mein Zimmer und steuere meinen Kleiderschrank an. Sowie ich die schwere Tür anfasse, registriere ich das kalte Holz, wundere mich aber immer noch nicht. Langsam lasse ich meinen Bademantel über meine Schultern gleiten und spüre den plötzlichen kalten Windzug. Die grünen Gardienen wehen wild durcheinander, meine Balkontür ist offen. Automatisch gehe ich auf das offene Fenster zu, um es zu schließen. Sowie ich beide Hebel nach unten Drücke, weiß ich das es ein Fehler ist. Irgendetwas stimmt hier nicht, etwas, das den Namen Sindh ausspricht, lässt mich herumfahren.

Nicht weil es meinen Namen nennt, sondern wie es sich anhört, erschreckte mich fast zu Tode. Angst, die sich über meine Brust zieht und sich dann in meinen Gedärmen fest zu fressen scheint. Etwas befindet sich in meinem Zimmer, direkt vor der noch offenen Badezimmertür. Es ist dunkelbraun, fürchterlich dünn, es erinnert an ein Skelett, das mit Pergament überzogen ist. Es ist eine Mischung aus Menschen und Vogel, es hat halb abgerissene Flügel, der Kopf ist schief, die Schnauze ist mit spitzen Zähnen übersät. Unförmige Beine, die gebrochen scheinen, lassen dieses Wesen immer wieder nach vorne auf die Arme kippen. Seine Hände, oder das, was noch davon übrig ist, sind verbrannt oder verwest. Es kommt langsam auf mich zu. Als sei jeder Schritt eine Qual, nähert es sich mit schmerzverzerrten Lauten von sich gebend und ich bewege mich keinen Zentimeter.

Ich stehe neben mir vor Angst, was ich da sehe, kann und will mein Verstand anscheinend nicht verarbeiten. Mir fehlt der Körper, um zurückzuweichen, mir fehlt die Stimme zum Schreien und mir fehlt die Luft zum Atmen. Jede Zelle in mir bricht kreischend zusammen, unfähig einen Gedanken zu fassen, ist es als hat mein Gehirn sich einfach verabschiedet.

Das Wesen kommt näher, es winselt, beißt sich vor Schmerz oder Freude so sehr in den Handstumpen, dass es blutete. Schwarze Flüssigkeit läuft aus seinem Maul seinen Hals herunter und tropft auf den Boden. Immer wieder hört ich meinen Namen im Unterbewusstsein. Er erreicht nicht meine Ohren und dieses Ding scheint auch gar nicht zu sprechen.

Wie bei einem Bunsenbrenner, dessen Flamme langsam höher stellt wird, spürt ich diese unsagbare Hitze in mir. Sie breitet sich wie Lava in meinem Körper aus, das sich in meinen Augen sammelt. Es ist ein angenehmes Feuer, es durchflutet mich, reißt mich aus meiner steifen Lethargie. Ich spüre, wie eine ungeahnte Kraft in mir wächst und sich sammelt, um zuzuschlagen. Als dieses Ding nur noch wenige Zentimeter vor mir steht, schubse ich es mit beiden Händen weg, ohne es dabei nur zu berühren. Leuchtend grünes Licht schleudert dieses Wesen quer durch den Raum. Es knallt an die Wand, rutscht wild zappelnd herunter und windet sich auf dem Boden. Dieses grelle Kreischen hört sich wie ein Schwarm schreiender Fledermäuse an. Es windet sich schmerzverzerrt, als sei es mit ätzender Säure übergossen worden. Es tut mir plötzlich leid, ich weiß nicht, was ich machen soll, ich habe Mitleid es hört einfach nicht auf zu zappeln. In dem Moment als meine Muskeln sich entschließen zu ihm zu gehen, fasst mich Balu am Arm und hält mich zurück.

„Es ist gleich vorbei, du brauchst kein schlechtes Gewissen zu haben, es ist eine Erlösung."

Dieses Wesen wird immer kleiner und verflüssigt sich. Die Pfütze die übrig bleibt, zieht sich zusammen und verschwindet komplett.

Dann wird mir wieder kalt, unendlich kalt und Balu nimmt mich in seinen Arm. Ich spüre seine warme Brust, rieche diesen lieblichen Duft, hört sein Herz mit meinem im Einklang und falle in einen tiefen ruhigen Schlaf.

Die Vögel zwitschern, ich sitze vor unserem Haus zwischen den duftenden Blumen. Sie betören mich regelrecht, die Violine, die ich in der Hand halte, ist nicht meine, sie ist uralt und wunderschön. Sie liegt in meiner Hand als wäre sie für mich angefertigt worden, Balu steht etwas fern von mir und spielt. Da erscheint ein alter, stattlicher Mann mit weißem Haar, das sich von seiner braunen Haut und den grellen grünen Augen absetzt, wie ein Heiligenschein.

„Das ist meine, wo hast du sie gefunden?" Ich sehe ihm direkt ins Gesicht und weiß, wer er ist.

„Ich wollte sie nicht nehmen, sie war einfach da." Als er mich anlächelt, glänzt das Grün seiner Augen und ich fange an zu weinen.

Er fasst mir unters Kinn, hebt meinen Kopf an und streichelt mir übers Haar.

„Eines Tages werden wir wieder vereint sein, mein kleines Mädchen. Aber bis dahin ist noch ein weiter Weg, er wird nicht leicht sein."

Mit halb erstickter Stimme fragt ich ihn, wie ich das denn schaffen sollt.

Tränen laufen ihm über die alten Wangen, Balu spielt herzzerreißende Musik, mein Unterkiefer zittert.

„Vater, ich..."

„Ich weiß mein Kind, ich weiß."

Er küsst mich auf die Stirn und ist verschwunden, bevor ich meine Augen öffne.
In der Ferne steht Balu, er spielt und schenkt mir sein zauberhaftestes Lächeln. Das Blumenmeer um uns herum rauscht, es ist so warm, Blütenblätter und Schmetterlinge fliegen durch die Luft.

„Herr Gott noch mal, musst du denn immer so spät ins Bett gehen, ich habe keine Lust dich jeden Morgen aus dem Bett zu schälen. Constantine! Constantine, es ist halb acht und du hast verschlafen!"

Wenn meine Mama sauer ist, dann kann sie auch laut werden, und ich hasse das.

Ich setzte mich auf, springe aus dem Bett und taxiere die Wand, an der sich gerade noch irgendein ekeliges Wesen verflüssigt hat. Ich drehe mich um, sehe so schnell in jede Ecke meines Zimmers, dass mir schwindelig wird und ich mich wieder setzen muss. Ich lege mein Gesicht in die Hände, meine ungekämmten Haare fallen kraus und durcheinander über meine Knie. Mama wirft mir auch schon eine frisch gewaschene Jeans auf den Kopf, die ich achtlos auf den Boden gleiten lasse. Sie geht zum Fenster, öffnet die Vorhänge und die Balkontüren so schwungvoll, dass sie an die Wand krachen. Dabei schimpft sie die ganze Zeit vor sich hin.

„Unmögliches Kind, kann nicht mal in einem Raum Ordnung halten, liegt splitternackt im Bett, was für eine stickige Luft hier drin ist, gestern Abend war doch das schönste Wetter, ich würde in so einem Zimmer ersticken und überhaupt, wieso bist du denn gestern so plötzlich aufgesprungen und in dein Zimmer gesaust, unser Gast war wohl peinlich berührt und hat sich auch nach drei Minuten verabschiedet, du hast ja nicht mal mehr was für die Schule getan, bist direkt schlafen gegangen und dann verschläfst du auch noch! Sag mal hörst du mir überhaupt zu?"

Mama´s Stimmlage verrät mir, sie jetzt besser nicht zu provozieren, sie ist wirklich böse, aber da ist auch noch etwas anderes, ich habe Angst.

Ich stehe auf, nehme mir einen Slip aus der Schublade und wurde rot. Es ist mir schleierhaft, was gestern Abend passiert ist, ich frage mich, ob ich geträumt habe. In Gedanken versunken kleide ich mich an. Mama sagte sowas wie, Frühstück ist fertig, beeile dich und ich gehe ins Bad. Als ich mein Gesicht wasche, schrecke ich hoch und gehe in mein Zimmer Tatsächlich, mein Bademantel liegt vor meinem Schrank auf den Boden. Ich lasse den gestrigen Abend Revue passieren. Mal abgesehen von diesem schrecklichen Wesen, dass ich irgendwie vernichtet habe, ist da noch etwas viel Schrecklicheres passiert. Ich war nackt! Anscheinend hat Balu mich ins Bett gelegt und zugedeckt, nicht auszudenken was er wohl über meinen Körper gedacht hat.

„Constantiiiieeeen!"

Meine Mama ruft so laut, dass ich innerhalb von wenigen Minuten angezogen, gekämmt und mit Schultasche unten in der Küche ankomme.

Sie hantiert umständlich mit ihrer Kaffeemaschine herum und schlägt schlussendlich mit barer Gewalt so hart auf den Deckel, das er bricht.

„Mama, was ist denn in dich gefahren, so kenne ich dich ja gar nicht!"

Sie sinkt auf den nächsten Stuhl und fängt an zu weinen. Sofort bin ich bei ihr und nehme sie in den Arm. Sie ist verzweifelt, das spür ich genau, es schwappt auf mich über und ich weint mit ihr.

„Mama, mache dir keine Sorgen, dieser Balu ist ein guter Mensch, er benimmt sich vorbildlich. Er würde mich niemals verletzen, für ihn gibt es auch keinen Sex vor der Ehe. Er ist altmodisch, er bedrängt mich in keiner Weise. Wir kennen uns auch erst seit zwei Tagen also bitte beruhige dich."

Meine Mama hörte auf zu weinen, schnäuzt ihre Nase und sieht mich erstaunt an.

„Wieso weißt du das? Hast du uns belauscht? Ich meine wir haben noch nicht einmal ausführlich über dieses Thema gesprochen. Ich mach mir nur Sorgen um dich, ich möchte nicht, dass du enttäuscht wirst. Und das war mir gestern Abend plötzlich nicht ganz geheuer. Der ist auch so schnell wieder gegangen, es war noch gar nicht alles gesagt. Ich habe so ein schlechtes Gefühl, ich meine wie kannst du wissen das er in Ordnung ist?"

Tja, Mama will eine Erklärung, ihre fragenden Augen sprechen Bände. Unruhig stelle ich mich von einem Bein auf das andere und ich nehme mir erst mal einen Kaffee. Mit dem Rücken zu ihr lässt es sich einfach besser Lügen. Im Lügen bin ich nicht so gut, das mache ich auch äußerst selten, nur im Notfall. Dies ist einer!

„Ich weiß auch nicht, ich habe euch natürlich nicht belauscht, ich bin ja sofort eingeschlafen. Ich habe es mir nur gedacht, ich weiß auch nicht, wieso ich darauf gekommen bin."

Mein Kaffee ist fertig, ich drehe mich um, lehne mich an den Küchenblock und schlürfe an dem heißen Getränk. Meine Wangen sind knallrot. Ich warte einfach auf das, was sie jetzt sagen wird, oder ob sie mir einfach glaubt.

Sieh schaut mich an, Sekunden, in denen sich ihr Gedanken überschlagen.

„Gut, ich werde mich nicht über ungelegte Eier aufregen, fahr jetzt lieber los, sonst kommst du noch zu spät."

Ohne eine Antwort zu geben, stelle ich meine Tasse ab, greife mir noch einen Apfel aus der Schale und gehe. An der Tür ruft sie mir noch hinterher, ich solle mich nicht abhetzen und keinen Unfall bauen.

Ich nehme das alles nur so nebenbei wahr, mit meinen Gedanken bin ich ganz wo anders.

Als die schwere Haustür ins Schloss fällt, lehne ich mich mit dem Rücken dagegen. Die Sonne blendet mich, sie ist viel greller als sonst. Meine Gedanken bedrängen mich.

„Wenn das gestern alles so passiert ist, wenn! Wo ist dann Balu jetzt, wieso hat er mich einfach so allein gelassen? Oder bin ich vom Kleiderschrank aus einfach ins Bett gefallen, hab unterwegs meinen Bademantel verloren und hab das alles nur geträumt?"

Beim Gedanken an dieses hässliche Wesen von gestern, wird mir übel, der beißende Schwefelgeruch brennt immer noch in meiner Nase. Es ist passiert!

Schule? Auf keinen Fall! Ich muss Balu finden, mit ihm reden, ich habe tausend Fragen. Irgendwie werde ich schon den Weg durch diesen Wald, zu der Höhle finden. Es ist als kocht mein Blut vor Aufregung und mutigem Tatendrang. Auf dem Weg zum Roller schmunzele ich, denn Höhle ist wohl maßlos untertrieben. Wenn Papa wüsste, dass es so eine riesengroße Höhle gibt, würde er wer weiß was anstellen.

Es ist zwar noch früh am Morgen, aber schon so warm, dass ich das heiße Leder meines Sitzes rieche. Die Hitze schwirrt wie aus einem Backofen über meinem Lenkrad, lässt den Chrombügel aufblitzen. Den Helm setze ich nicht auf und starte den Motor. Es fühlt sich an, als habe ich eine Sitzheizung und diese auf hundertfünfzig Grad gestellt. Der Fahrtwind bringt endlich ein wenig Abkühlung und macht mir das Atmen leichter. Als ich ein kleines Stück gefahren bin, merkt ich plötzlich, dass Balu mit mir einfach über die Wiese gerannt ist. Es gibt nirgends einen Weg, den ich mit meiner Vespa benutzen konnte. Ich fahre weiter und suche die Straße entlang bis zur Hauptstraße. Doch weit und breit ist nicht einmal ein Weg zu sehen, der auch nur ansatzweise in die richtige Richtung führt. Irgendwo halte ich einfach an, steige ab und ziehe meine Maschine zurück auf ihren Ständer. Die Straße, auf der ich fuhr, ist von Birken gesäumt, eine nach der anderen, zieren sie den Weg. Ihre weiße Rinde, die sich hier und da kräuselt, passt sich perfekt an die dahinter schimmernden Blumen an. Überall liegen die gelb grünen Pollen der Birken, die den Fahrweg in einen samtweichen Teppich verwandeln. Eine leichte Brise lässt das Blätterdach über mir rauschen, setzt den Schatten in Bewegung, um überall kleine Sonnenflecken auf dem Boden tanzen zu lassen. Es riecht hier süß, die Pollen fliegen von den Bäumen herab und kitzeln in meiner Nase. Hier ist es schön, das habe ich vor meiner Ankunft hier nicht vermutet. Ich atme die frische Luft tief ein und schaue über die weite Wiese. Vögel zwitschern oben in den Bäumen ein fröhliches Lied.

Als ich auf die Wiese trete, blendet mich die Sonne wieder, ich schirme meine Augen mit der Hand ab und kaue auf meiner Unterlippe herum.

Die Hitze ist hier kaum auszuhalten, ich schwitze bereits, nehme mir meine Wasserflasche aus dem Rucksack und trinke.

Ich will heute nicht darauf warten, das Balu mich wieder mit irgendwelchen Pferden überrascht, oder mich sonst wie besucht, oder sonst was. Ich will ihn sehen, und zwar sofort! Also verstecke ich meine Vespa im Gebüsch und nehme meine Wasserflasche mit. Hier wird wahrscheinlich sowieso niemand vorbeikommen, es ist unwahrscheinlich, dass jemand meinen Roller entdeckt oder meine Schultasche mitnehmen wird.

Ohne groß zu überlegen, verlasse ich den Schutz des Schattens und hüpft über einen kleinen Graben.

Es ist wie in einem Bällebad, nur mit Blumen, sie ragen mir bis zur Hüfte, sind dicht aneinandergewachsen. Eigentlich ist das hier schon ein kleines Biologisches Wunder, denn wo gibt es bitte schön einen so Nährstoffreichen Boden, um solche Mengen an Pflanzen wachsen zu lassen? Ich lasse die Blüten durch meine Hände gleiten, Schmetterlinge schrecken auf, es sind wirklich nicht wenige. Grillen zirpen um mich herum, sodass ich an meine Violine denken muss, es ist im Prinzip das gleiche, sie spielen auf ihren Saiten. Ich erinnere mich an meinen Traum, versuche mich krampfhaft an das Gesicht meines Vaters zu erinnern. Obwohl ich noch nicht einmal weiß, ob er wirklich so ausgesehen hat. Aber der Traum war einfach so echt, Papa war so echt, das Gefühl war so echt.

Das schlechte Gewissen überkommt mich, denn ich denke an Jack, er ist mein Vater, er und kein anderer. Obwohl ich weiß, dass er mich adoptiert hat, liebe ich ihn über alles, ihn und Mama. Sie sind meine Eltern, und selbst, wenn ich jemals meine leiblichen Eltern sehen könnte, was nicht möglich ist, wird es nichts an der Situation ändern. Eine leichte Brise umspielt meinen Körper, die Blumen um mich herum rauschen, meine Gedanken haben freien Lauf, ich drifte in andere Welten ab.

5. KAPITEL

Grässliches Knacken ist zu hören, wie bei einem hundert Jahre alten Baum, der nach einem schweren Gewitter in die Knie geht. Es ist aber kein Baum, sondern Kalkutti, dessen Schönheit sich zu einer hässlich blassen Fratze verzieht. Jeder Knochen in seinem Körper bricht, sein Blut kocht und sein Gehirn droht zu schmoren. Er schreit grell und laut, wie eine Hyäne, die ein Junges gebärt. Ein einziger Blick Vlad´s reicht aus, um solche Brüche und schmerzen zu verursachen. Vlad ist so erregt, wie seit tausend Jahren nicht mehr, niemand und niemals hat sich ihm jemand widersetzt, ihm die Stirn geboten. Noch nie hat er fast achtzehn Jahre nach einem Menschen suchen müssen, keiner kann sich ihm widersetzen. Als Kalkutti das dunkle Verlies betritt, weiß er, dass es sein letzter Tag sein könnte, er riecht die schiere Wut die Vlad in sich trägt. Das Verließ schwimmt im Blut, altem klebrigen Blut, nichts ist für einen Vampir so widerlich wie altes verwestes Blut. Vlad scheint es nichts auszumachen. Er läuft barfuß darin herum, seine bleichen weiße Füße wirken verkohlt und Kalkutti weiß das dieser Vampir kurz vorm Durchdrehen ist. Er steht am Fuß seines Throns, selbst seine Frauen haben sich zurückgezogen und kauern wimmernd in einer Ecke. Sie haben wohl schreckliches gesehen, schrecklicher als es sich Kalkutti jemals erträumen konnte. Die Vorstellung daran und der Schmerz, der seinen Körper durchsticht, erregt ihn bis aufs äußerste. Ein im Schmerz erstickter kurzer Freudenschrei treibt ihm die Tränen in die Augen und lässt seine Nasenflügel beben. Er lächelt Vlad apathisch an, seine Erregtheit ist stärker als die Schmerzen, die er erträgt. Ja, im Gegenteil, er genießt es, lässt den Schmerz zu, versucht ihn deutlicher zu spüren und schließt die Augen.
Vlad bemerkte deutlich, das Kalkutti es offensichtlich genießt gefoltert zu werden.
„Du bist kranker als ich dachte."
„Ja, Herr."
Vlad verstärkt seinen Blick, bis Kalkutti anfängt zu zittern.
„Du hast ohne mein Wissen, einen deiner Lakaien

auf Sindh losgelassen."

„Ja, Herr."

Vlad´s Augen laufen vor lauter Wut Blutrot an, er schreit Kalkutti so sehr an, dass ihm dabei das Blut aus dem Mund spritzt.

„Sie sind nun gewarnt, sie werden in Bereitschaft sein, sie wird nicht mehr einen Augenblick allein sein."

Kalkutti liegt mittlerweile auf dem Boden, wälzt sich vor Schmerz in altem geronnenem Blut.

„Jaaaaaaaa, Herr..." Er kreischt so laut, dass selbst die Konkubinen in der hintersten Ecke des Verlieses noch zusammenzucken. Sie spüren den Schmerz, er hängt in der Luft wie Blei oder die Pest. Ihnen laufen blutige Tränen über Ihre schönen Gesichter.

„Du wirst Sie mir bringen, noch vor ihren achtzehnten Geburtstag, bevorzugt lebendig! Wenn du dazu nicht in der Lage bist, bring Sie mir zerfetzt in einem Fass!"

„Heeeeeeeeerrrrr!!!"

Vlad´s Gesichtszüge sind in keiner Weise angespannt, obwohl er gerade größten Schmerz im Raum verursacht. Was ein Mensch sich kaum vorstellen kann, kostet ihm nicht einmal ein Wimpernzucken. Er registriert, dass Kalkutti sich gleich auflösen wird und hört auf.

Sofort huscht ein Lächeln über Kalkuttis Gesicht, er streckt sein Gesicht Richtung Himmel wie ein Bär und jault vor Vergnügen. Sein Blut kühlt sofort wieder auf null Grad herunter, seine Knochen wachsen innerhalb eines kurzen Momentes wieder zusammen.

Alle drei Frauen kriechen in kürzester Zeit wieder zu Vlad´s Füßen und schmiegen sich mit Blutverschmierten Gesichtern an sein Gewandt. Er beachtet sie nicht, es benimmt sich als wäre er allein im Raum. Seine Stimme klirrt wie gesprungenes Glas, welche bei jedem einzelnen Wort wie Schnitte in den Sehnen schmerzt. Böse wie nie in seinem Dasein zuvor, hebt er so weit vom Boden ab, dass seine Fußspitzen wenige Zentimeter über dem Boden schweben. Das schwarze Blut an seinen Füßen tropft wie Erdöl in ihre Pfütze zurück.

„Wenn du versagst, schicke ich dich zu Asura!"

Die Rothaarige streicht mit einer Hand an seinem Bein hoch, er nimmt ihren Kopf und stellt sie auf die Beine. Seine weiße, steinige Hand umfasst ihr Blutjunges schönes Gesicht. Sie schmiegt sich so leidenschaftlich an ihn, dass die anderen beiden ihrem Beispiel folgen. Ihre Hände sind überall, sie gieren nach ihm, fauchen sich gegenseitig an, aus Neid und Durst. Vlad spreizt Arme und Beine von sich, streckt sich, lässt sich komplett in die Leidenschaft fallen, die ihn zu ersticken droht.

Kalkutti fletscht vor abklingendem Schmerz, gemischt mit Durst, Lust und Hass die Zähne. Doch er weiß ganz genau, dass nun alles auf dem Spiel steht. Nur Vlad hat die Macht ihn zurück in die Hölle zu schicken. Da wo Asura herrscht, wo alles und jede Sekunde, für die nächsten Millionen von Jahren von unsäglichem Schmerz getränkt ist.

Er wäre eine willkommene Abwechslung, besonders wenn er es nicht schaffen würde Constantine vor ihrem achtzehnten Geburtstag auszuschalten. Asura würde ihn bis in die Ewigkeit, ständig bis zum Rande des Wahnsinns quälen, nur um ihm dann wieder Leben einzuhauchen. Endlose schmerzen bis in alle Ewigkeit.

Er liebt den Schmerz, das Feuer, die dreckigsten Kreaturen, die je gesehen wurden, aber dort kann er nichts von all dem genießen oder ausleben. Er wäre in einer ständigen Krampfhaltung von unermesslichen Schmerzen gefangen, bis ans Ende der Zeit. Sein Verstand würde sich in nichts auflösen und ihn Stück für Stück zu einem Lakaien machen. So sehr die drei Frauen ihn auch reizen, weiß er den Rückzug anzutreten. Vlad teilt nicht, er vernichtet jeden der seinen Frauen zu nahekommt. Sie gehören ihm, ganz allein.

Durst und die Demütigung, die er ertragen muss, lassen ihn wie ein wildes Tier durch den dunklen, feuchten Tunnel rasen. Der führt zu einer geheimen Tür, die nur Vampire mit Magie öffnen können. Er tritt in eine Kammer voller Umhänge, nimmt den braunen schlichten Stoff und legt ihn an. Nur so vermag er seine blutigen Augen vor Menschenblicken schützen. Neunhundertneunundneunzig Stufen nach oben sind in drei Sekunden überwunden, als er eine weitere geheime Tür öffnet. Die auf der anderen Seite ein uraltes Ölgemälde der

Kreuzigung Christi zeigt. Als er sie schließt, huscht ein kleines Lächeln über sein weißes Gesicht und lässt seine ausgefahrenen Zähne blitzen. Denn wenn er darüber nachdenkt, wie naiv die Menschen doch sind. Wenn sie nur wüssten, wie blutig die Szene auf dem Gemälde in Wirklichkeit gewesen ist! In dem Moment erblickt er eine junge Frau mit ihrem kleinen Sohn, die durch den Dom spazieren und sich ehrfürchtig umsehen.

Er riecht sie beide, schmeckt das gleiche Blut, das in ihren Adern fließt und schluckt vor Gier.

Kalkutti nimmt sie beide, bevor ein Herzschlag vergeht, liegen sie in einem Beichtstuhl, ausgesaugt bis zum letzten Blutstropfen. Sie liegen achtlos in einer Ecke, mit gebrochenen Knochen und weit aufgerissenen Augen. Ihre Haut so bleich und fad wie der Tod, als die große Orgel die ersten Töne für die Morgenmesse anspielt. Erregt und gesättigt, mit dem Jutestoff vor dem Gesicht, durchquert er den Petersdom ohne Aufsehen zu erregen. Die Menschen knieen mit gefalteten Händen in ihren Bänken und lauschen der Andacht.

Man wird die ausgedörrten Leichen vermutlich zum nächsten Beichttermin finden, aber das Interessiert ihn nicht. Im Gegenteil, er hat sie bereits vergessen als er sie achtlos zu Boden fallen ließ. Er hat einen Trumpf im Ärmel und den muss er nun so schnell er kann ausspielen und macht sich auf den Weg nach Mexiko zur Hacienda bei Chinameca.

Die Hacienda ist seit über zweitausend Jahren sein Besitz und niemand ahnt etwas davon. Es ist sein persönliches Geheimnis, nicht einmal Vlad weiß davon. Es ist schon Nacht, als er wie ein Pfeil über das Meer rast.

Vorfreude treibt ihn an, zu lange ist er nicht mehr dort gewesen. Die Familie, die dort lebt, ist sehr traditionsbewusst, sie leben seit jeher abgeschieden in den Hängen der Weinberge, weit entfernt von der Stadt.

Sie haben allerdings einen Grund so einsam zu leben, denn für sie gibt es keine Nacht ohne Furcht. Er hat alle Menschen, die dort leben mit einem Fluch belegt. Sie können sich ihm nicht entziehen. Seit dem ersten Tag an dem Kalkutti dem alten Juan Pa den Dolch übergab, ist es zur Familiensache geworden ihn mit dem Leben zu beschützen. Jeder, der versuchte mit einer fremden Person über den Dolch Nekam zu sprechen, verfaulte innerhalb weniger Minuten bei lebendigem Leib. Die Fäulnis fing im Mund an und arbeitete sich durch den ganzen Körper, wobei die sterbenden unglaubliche schmerzen aushalten mussten. Kalkutti hat jeder Generation Erlösung versprochen, wenn der Tag käme, an dem er Nekam holen würde.

Als er die Veranda betritt ist alles still, die Familie schläft, das kann er hören. Wie oft ist er hergekommen und hat Jungfrauen missbraucht, die er dann aussaugte und achtlos zu Boden fallen ließ.

Nur einer ist wach und starrt ihn aus der dunklen Küche heraus an.

Juan Pa ging an diesem, wie jeden Abend in den letzten 67 Jahren mit seiner geliebten Frau Maria zu Bett. Juan heiratete Sie als er sechzehn war, sie war fünfzehn und es war bis heute, jeden Tag Liebe. Sie waren nun beide über neunzig Jahre alt, ein stolzes Alter, sie haben fünf gesunder Kinder und drei Mal so viele Enkel und Urenkel bekommen.

Als sie endlich eingeschlafen ist, sieht er sie noch ein letztes Mal an. Sie ist ihr Leben lang eine Schönheit gewesen, sowie heute immer noch. Ihr grau weißes Haar schimmert wie Silber im Mondlicht. Er drückt sie ein letztes Mal, atmet sehnsüchtig den vertrauten Duft ein. Küsst sie ein letztes Mal auf den Mund, ganz sacht, damit sie nicht erwacht. Tränen steigen ihm in die Augen, denn er weiß, dass es das letzte Mal ist, dass er sie auf dieser Erde in den Arm nehmen darf. Er liebt sie immer noch wie an dem Tag als er sie zum ersten Mal gesehen hat. Diese liebe wird ihn wahrscheinlich über den Tod hinweg begleiten. Wehmütig schält er seine alten Knochen aus dem Bett, ohne auch nur ein Geräusch zu verursachen. Er schlüpft in seine warmen Filzpantoffel und legt seinen weißen Morgenmantel um. Er kennt den Weg in die Küche auch ohne Licht. Auf dieser Hacienda wurde er geboren, sein Vater hat bereits immer auf dem gleichen Platz gesessen, auf dem auch er sich jeden Tag niederlässt. Es ist ein schöner Platz, von hier aus kann er hinaus auf den Fluss sehen. An so Sternenklaren Abenden wie dieser, spiegelt sich der Mond in den kleinen Wellen, als sei er ein verzauberter glitzernder Fluss. Juan Pa hat schon den ganzen Tag über gewusst, dass er heute Nacht kommen wird. Er hat zu niemanden etwas gesagt, nicht zu Maria und auch nicht dem Rest der Familie.

Er raucht eine seiner besten Zigarren und trinkt den teuersten Whisky, den er im Haus hat. Denn er weiß das es gleich so weit ist, des Teufels rechte Hand ist nicht mehr weit. Seelenruhig nimmt er einen Schluck und hat schon vorher genüsslich seine Zigarre angezündet. Eigentlich wollte er den Whisky für die Taufe seines Enkels aufbewahren, aber ihm ist klar, dass dieser der letzte Abend in seinem Leben sein wird. Es macht ihm keine Angst, denn er weiß, dass der Fluch, mit dem seine Familie seit Menschengedenken leben musste, heute Nacht zu Ende sein wird.

Wie oft hat er in seinen 96 Jahren darüber nachgedacht, Kalkutti zu ermorden. Aber keine Überlegung erschien ihm sicher für seine Familie, Kalkutti ist einfach zu mächtig. Nicht einmal Gott und seine Kirche konnten ihm helfen, da er ja nicht darüber sprechen konnte.

Es ist eine sehr heiße Sommernacht, Juan Pa lief schon den ganzen Tag der Schweiß von der Stirn. Und jetzt, so plötzlich wie eine Kakerlake in ihrem Versteck verschwinden kann, wird es bitterkalt in der Küche. Juan Pa nimmt es ohne große Regung wahr, er bläst den Rauch seiner Zigarre in die kalte Luft, der jetzt noch dichter in der Luft wabert als zuvor. Als sich die Tür öffnet, wundert er sich auch nicht über die weiße Figur mit dem schwarzen, hüftlangen Haar.

Kalkutti lächelt freundlich und fragt mit aller Höflichkeit, ob er sich setzen darf.

„Wie ich sehe geht es dir gut, alter Mann."

Juan Pa sieht von Kalkutti weg hinaus zum Fluss. Es vergehen einige Sekunden, sodass Kalkutti schon glaubt keine Antwort zu bekommen.

„An diesem Fluss haben schon meine Ahnen gesessen, wenn sie mit dir gesprochen haben. Immer in der Hoffnung auf Erlösung, doch du hast es nie getan. Du hast Angst und Schrecken verbreitet, Menschenleben genommen, ohne dich daran zu stören."

Kalkutti sieht den alten zerbrechlichen Mann einen Augenblick an und fragt sich, was er überhaupt sagen möchte.

„Worauf willst du hinaus alter Mann, willst du um dein Leben betteln?"

„Nein."

Juan Pa nimmt einen kräftigen Zug von seiner Zigarre, er dreht sie zwischen Zeigefinger und Daumen.

Obwohl Kalkutti ihm in jeder nur erdenklichen Weise überlegen ist, hat er ein wenig Achtung vor diesem alten Mann. Bisher hat jeder seiner Vorfahren um Gnade gebettelt, gewinselt haben sie. Doch Juan Pa sitzt hier so entspannt, als wäre Kalkutti ein alter guter Freund.

„Hast du keine Angst vorm sterben?"

Juan Pa lächelt in sich hinein, dann schaut er in Kalkuttis tiefschwarzen Augen, als könnte er bis in seine Seele vordringen, wenn da eine vorhanden wäre.

„Ich hatte alles in meinem Leben, was ein Mann sich nur wünschen kann. Es war reich an Liebe und Zufriedenheit. Wenn du es jetzt beendest, dann soll es so sein. Es gibt nichts, was ich bereue oder versäumt hätte. Ich denke dort oben ist schon ein Platz für mich reserviert, der Allmächtige wartet auf mich."

Kalkutti weiß, worauf Juan Pa hinauswill, und es ärgert ihn, dass dieser alte gebrechliche Mann es doch tatsächlich wagt ihn zu provozieren. Juan Pa weiß was er tut und er genießt die letzten Minuten seines Lebens.

„Auch du wirst eines Tages zerbrechen, nicht sterben wie ich du hast keine Seele. Dein schwarzer Dämon wird in die Hölle fahren und dort wirst du bei Asura so lange Höllenqualen leiden, bis du ein elendiger Lakai wirst."

Juan Pa´s Augen spiegeln weder Hass noch Freude darüber, es ist lediglich eine Feststellung. Kalkutti´s Wut darüber ist größer als je gedacht. Ohne Vorwarnung greift er langsamer als geplant in Juan Pa´s Brust. Er gleitet mit seiner bloßen Hand durch seinen Brustkorb als sei er aus Butter. Der alte Mann verzieht sein Gesicht schmerzverzerrt. Kalkutti packt neben Juan Pas Herz und umschließt das Nekam mit beiden Händen. Er dreht es einfach noch mal nach rechts, um Juan´s Schmerz zu vergrößern und reißt das geliebte Stück an sich. Kalkutti lechzt

vor Gier, nach dem roten Blut und dem Schmerz, den er gerade verursacht hat. Er will das der alte Mann aufschreit, er will ihn für seine Arroganz bestrafen. Doch Juan Pa schreit nicht, viel zu plötzlich schlägt sein Kopf auf seine Brust und Kalkutti erkennt wütend, dass Gott ihn bereits zu sich genommen hat. Voller Wut reißt er den Dolch Nekam aus Juan Pa´s Brust und schlägt seine langen Zähne in das alte Fleisch. Obwohl das alte Blut nicht schmeckt, trinkt er, wütend weil Gott ihm verwehrt hat, den alten Mann zu Tode zu quälen. Die Wut bringt ihn zum Rasen, er atmet wild, das Blut läuft ihm dabei über sein Kinn. Auf dem Gipfel seiner Erregtheit beißt er ihm ein Stück Hals mit dem Maul heraus. Muskeln, Sehnen und ein Stück der Hauptschlagader hängen ihm am Körper herunter. Als die alte Maria, barfuß und nur mit ihrem weißen Nachthemd bekleidet, die Küche betritt.
Sie hat keine Angst, verspürt keine Trauer, nichts.
Maria empfängt den Asmodi mit offenen Armen, denn sie ist von Gott berührt. Er lässt nicht zu, dass sie Schmerzen leidet.
Achtlos, lässt Kalkutti den toten Juan Pa auf den Boden schlagen. Berauscht vom Tod, seiner Macht und dem Blut, geht er auf die alte Frau zu. So wie Kalkutti seine Zähne in ihren Körper schlägt, so ist es auch schon eine Erleichterung, eine Wohltat, so trifft sie ihren geliebten Mann auch schon.
Juan Pa, der jung und stattlich aussehend auf sie wartend, lächelt und glücklich wirkt. Sie läuft auf ihn zu, wie sie es früher immer getan hat, um mit ihm Hand in Hand in das warme Licht zu gehen.

6.KAPITEL

Die Zeit verstreicht auf der Blumenwiese wie im Flug, ich weiß nicht, wie lange ich brauchte, um sie zu überqueren. Am Waldrand angekommen, habe ich aber alle Gedankengänge abgeschlossen die nötig waren, um mir so einiges klarzumachen. Ich bin eine Sinti, unsterblich in Balu verliebt, ich spiele eine sehr wichtige Rolle in einer unglaublichen Geschichte und habe übernatürliche Kräfte. Denn irgend so ein Wesen war gestern in meinem Zimmer und wollte mich töten und ich habe es ins Jenseits befördert.
Keine Ahnung wie!
Ich glaube nun nicht mehr, dass ich verrückt bin. Ich glaube an die Dinge, die ich nun mal gesehen habe.
Mit einem leicht mulmigen Gefühl betrete ich den Wald. Er ist dunkler als in meiner Erinnerung. Aber vielleicht hat das auch damit etwas zu tun, das ich hier mit dreihundertsechzig Sachen durchgetragen wurde und erst auf der kleinen Lichtung bei dem Wasserfall wirklich etwas gesehen habe. Ich gehe dennoch weiter, felsenfest davon überzeugt, dass ich den Weg schon finden werde. Ich muss unbedingt mit Balu sprechen und kann nicht glauben, dass er sich nach dieser Nacht, immer noch nicht bei mir gemeldet hat. Das war doch alles gefährlich, will er denn nicht wissen, wie es mir geht?
Je weiter ich in den Wald hineingehe, desto nebeliger wird es. Eine Nebelbank zieht so dicht an mir vorbei, dass ich fröstele und kaum etwas sehen kann. Ich rede mir ein, dass das normal ist. Obwohl ich gerade noch bei sechsunddreißig Grad Hitze auf der Wiese war und jetzt im schattigen kühlen Wald im Nebel angelangt bin. Komisch finde ich eigentlich nur, wo dieser Nebel wohl herkommt, es ist nicht früh am Morgen. Mit diesem Gedanken kommen mir auch prompt ein paar andere.
Was mache ich hier eigentlich mutterseelenallein? Bin ich eigentlich verrückt geworden? Reicht diese Begegnung mit diesem ekeligen Ding nicht aus, um mir Angst einzuflößen? Brauche ich noch mehr von diesen Abenteuern? Vielleicht ist

dieser Wald auch gefährlich und von solchen Dingern nur so übersät. Vielleicht ist Balu deswegen hier so durchgerannt?

Das ungute Gefühl krabbelt mir den Rücken hoch, bis hin zum Scheitel.

So wie ich zu Ende denke, drehe ich mich auch auf dem Absatz um und stoße gegen etwas so Hartes, dass ich strauchele und stürze.

Vor mir steht Gudal in einem weißen Gewand, dass bis auf den weichen Waldboden hängt. Es wird bitterkalt in seiner Nähe. Ich habe das Gefühl, dass der Boden unter meinen Füßen zu frieren beginnt. Im ersten Augenblick sieht er so furchteinflößend und böse aus, dass ich ein Stück zurückschreckt. Seine Augen verengen sich, dann verwandele sich sein Gesicht blitzartig in ein breites, freundliches Lächeln, dem ich nicht traue. Alles in mir sträubt sich, als er mir seine Hand zum Aufstehen bietet. Ich muss hier so schnell wie möglich weg. Ich könnte mich selbst ohrfeigen, dass ich mich in eine so aussichtslose Lage gebracht habe.

„Komm, ich helfe dir auf."

Sein Grinsen wird nun noch breiter, wobei er seine weißen, scharfen Eckzähne vorblitzen lässt. Für mich sieht es wie Vorfreude aus, als denke er, dass er mich gleich beißen und zerreißen wird. Er streckt seine Hand immer noch unbeirrt in meine Richtung aus, er steht da wie eine Steinsäule und bewegt sich keinen Zentimeter.

Bevor ich sagen kann, dass ich ihn hasse, ihm nicht über den Weg traue, und er sich seine eiskalte Hand sonst wo hinschieben kann, springt Shiva zwischen uns. Gudal schreckt wohl drei Meter zurück und ich kreische wie ein Kind.

„Was ist denn hier los?" Shiva ist so plötzlich aus dem nichts erschienen, dass wir sie beide ungläubig anstarren.

„Ich bin spazieren gegangen, habe sie hier gesehen und wollte sie nach Sindh bringen."

Shiva und ich glauben ihm kein Wort.

„Das ist ja reizend, wie nett von dir, du bist und bleibst eine gute alte Seele." Shiva lächelt wohlwissend, das Gudal keine Seele hat und dass eine Anspielung auf sein böses Wesen war.

Ich putzte mir den Boden von der Jeans herunter, wobei ich bemerke wie kalt meine Hände sind, wie Eiszapfen. Ich reibe sie und hauche etwas warme Luft in die geballten Fäuste.

„Ich muss noch etwas erledigen und komme später zum Fest." So wie er sich endschuldigt, ist er auch wie vom Erdboden verschwunden.

„Sag mal seid ihr alle so schnell?" Shiva sieht mich abschätzend an.

„Ja, du bist allerdings wahrscheinlich die schnellste. So kannst du auf keinen Fall zum Fest kommen."

„Wieso Fest? Was für ein Fest?"

„Hat Balu dir denn gestern Abend nichts gesagt? Hast du festliche Kleidung? Mit Jeans geht das auf keinen Fall."

Irgendwie bin ich verwirrt, das geht mir so langsam alles auf die Nerven.

„Was für ein Fest, Shiva? Und überhaupt, du siehst auch nicht gerade festlich aus!"

Sie geht einfach los, nach ein zwei Sekunden folge ich ihr.

„Sheherazad wird heute Heiraten und da sie unsere Cousine ist werden wir anwesend sein müssen."

Währenddessen verlassen wir den Wald, die Sonne brennt unerbittlich auf meiner Haut, haucht mir wieder Leben in meinen durchgefrorenen Körper.

"Sag mal, warum war es gerade im Wald eigentlich so kalt, ist er verwunschen oder sowas?" Shiva lacht laut und schaut mich an als wäre ich dumm.

„Nein, du Vogel, so etwas gibt es doch gar nicht, es war so kalt wegen Gudal. Wo Vampire sich aufhalten, wird es kalt, wenn du mitten im Sommer auf einmal das Gefühl hast im Kühlschrank zu stehen, dann nimm dich in Acht, dann ist mit Sicherheit einer in der Nähe. Sag mal können wir vielleicht einen Schritt schneller gehen? Ich möchte heute noch ankommen."

Diese blöde Kuh versteht es immer wieder mich innerhalb von Minuten zur Weißglut zu bringen. Ich bleibe stehen und packe ihren Arm, sodass gezwungen ist stehen zu bleiben.

„Also, zuerst einmal redest du bitte nicht immer mit mir als wäre ich ein kleines dummes Kind. Das ich auf verwunschenen Wald komme ist wohl gar nicht so abwegig, wenn man bedenkt das gerade ein Vampir vor mir stand, eine Sinti wie aus dem nichts dazustößt und mich gestern so ein scheiß Lakai oder so was überfallen hat. Weiter verbitte ich mir..."

Shivas Augen quellen über, sie wird leichenblass und holt tief Luft.

„Was ist gestern Abend passiert? Wo ist Balu?"

„Keine Ahnung, deswegen bin ich ja in den Wald gegangen um ihn suchen. Ich muss gestern eingeschlafen sein und heute Morgen war er weg, keine Nachricht, SMS, irgendein Anruf, nichts!"

„Was war denn mit dem Lakaien, erzähl schon!"

„Ja beruhige dich, als ich gestern aus dem Bad kam war da so ein ekeliges Tier, es hat mich angegriffen oder wollte es zumindest, es hat bestialisch gestunken. Balu war unten bei meinen Eltern, ich konnte nicht schreien ich hatte solche Angst und als ich das Ding wegschubsen wollte, ist es irgendwie in sich zusammengeflossen, hat sich aufgelöst. Als Balu dann zum Fenster hereinkam, bin ich wohl in Ohnmacht gefallen oder so, keine Ahnung, ich weiß es nicht!"

„Hat Balu gesagt, dass es ein Lakai war?"

Sie packt mein Shirt und zerrt daran.

„Ja das hat er gesagt, wieso ist das so wichtig? Lass mich doch los!"

Shiva lässt die Hände sinken, und starrt als würde sie in der Ferne etwas sehen, ich drehe mich um, aber da ist nichts. Als ich Shiva wieder ansehe, wirkt sie wie versteinert.

„Das bedeutet Krieg, sie wissen, wo du bist, und sie haben den Waffenstillstand gebrochen. Schnell wir müssen uns beeilen, lass uns zu deinen Eltern." Ruckartig setzt sie sich in Bewegung und rennt wie der Blitz. Ich tue es ihr einfach gleich und wundere mich was für ein Tempo ich draufhabe. Nach einigen Sekunden sind wir am Haus und wir sind noch nicht einmal aus der Puste. Ich halte die schwere Messingtür fest, damit sie eintreten kann. „Was hast du denn jetzt vor und kannst du mir mal etwas erklären."

Sie winkte nur ab

„Wir haben jetzt keine Zeit, ich werde es dir später erklären. Jetzt müssen wir Jack und Rose erstmal dazu bringen, dass du bei mir übernachten darfst."

Wir gehen hinein, Mama und Papa sehen sich irgendwelche Baupläne an, die sie über den großen Küchentisch ausgebreitet haben. Sie sehen verlegen aus, so als haben wir sie bei irgendetwas erwischt.

„Hallo ich bin Shiva eine Klassenkameradin von Constantine. Ich habe heute Geburtstag und möchte sie persönlich um Erlaubnis bitten, ob Constantine zu meiner Pyjamaparty kommen darf."

Shiva ist so wortgewandt und höflich, dass wir schnell ein OK bekommen und wir beide hoch in mein Zimmer gehen.

„Sie schöpfen überhaupt keinen Verdacht, im Gegenteil ich habe sogar das Gefühl, das sie mich schnell loswerden wollten. Das ist doch sehr komisch, na ja vielleicht geht es ja auch einfach nur um das Schloss."

Oben auf der Treppe bleibt Shiva stehen.

„Das ist er!"

„Wer, der Graf von Mar..."

„Nein das ist Vlad der Pfähler, der mächtigste Vampir auf dieser Erde. Er hält sich tief unter der Erde unter dem Vatikan in Italien auf, er ist sehr stark und mächtig."

Während sie einfach weiter geht, folge ich ihr in mein Zimmer.

„Vlad will die Macht seit über tausend Jahren wieder an sich reißen. Es ist ein ewiges Spiel zwischen Himmel und Hölle, ich habe überhaupt kein Verständnis dafür, das Gott bei diesem Machtgezeter mitspielt. Er könnte doch einen Riegel davorschieben und alle Dämonen einfach zurück in die Hölle schicken, so hätten wir endlich Ruhe. Das geht mir hier alles unheimlich auf den Keks."

Sie steuert direkt auf meinem Kleiderschrank zu, wühlt herum und beklagt sich das ich nichts Brauchbares habe. Das ich weder etwas Romantisches noch etwas festliches besitze.

„Wir packen jetzt einfach nur Schlafsachen, da du ja wirklich nicht zu Hause schlafen wirst und ich werde dir etwas für die Hochzeit leihen."

Ich ziehe meine kleine Sporttasche unterm Bett hervor, wobei mir einfällt, dass ich meinen Roller und Schultasche noch in diesem Gebüsch habe. Ich stopfe meinen Pyjama und frische Unterwäsche in die Tasche, gehe ins Bad und packt alles ein, was mir gerade wichtig erscheint. Beim Rausgehen erzähle ich Shiva von meinem Roller und dass ich ihn abholen will.

„Wir haben es sehr eilig und können jetzt nicht mit so einer Krücke durch die Gegend fahren."

„Das ist keine Krücke, mein Roller ist brandneu und wunderschön. Ich kann ihn doch nicht einfach im Gebüsch stehen lassen, vielleicht wird er gestohlen. Und was ist, wenn es regnet? Meine ganzen Schulsachen werden nass."

Aber meine Argumente nützen gar nichts. Sie ignoriert mich einfach, hüpft die Stufen herunter und geht in die Küche, um sich bei meinen Eltern zu verabschieden.

Sie sind aber bereits weg, ich kann es nicht fassen. Niemals haben sie das Haus verlassen, ohne mir vorher Bescheid zu sagen. Und schon mal gar nicht, wenn ich vorhabe irgendwo anders zu übernachten. Schon oben im Zimmer spielte ich in Gedanken ihre Anweisungen durch.

„Bleibt nicht zu lange auf, geht nach Einbruch der Dunkelheit nicht mehr raus, ruf mich bitte an, bevor du schlafen gehst und bla, bla, bla.

"Da täuschte ich mich aber gewaltig, denn sie sind tatsächlich schon weg, genauso wie die große Karte, die vorhin noch auf dem Küchentisch gelegen hat.

„Gut so, dass sie schon weg sind, so sparen wir kostbare Zeit."

Shiva stellt sich nicht eine Sekunde die Frage, wieso meine Eltern so schnell verschwunden sind, oder ob sie ihrer Aufsichtspflicht überhaupt gerecht werden, oder ob sie sich genug für mich interessieren. Nein, ihr ist es nur recht und sie wundert sich nicht einen Moment. Im ersten Augenblick freue ich mich auch, dass ich sie nicht noch einmal belügen muss, aber als ich zur Haustür heraus gehe habe ich ein ungutes Gefühl. So sind sie nicht und das ist untypisch für sie, irgendetwas ist hier im Gange.

Wir machen uns auf den Weg, wir rennen mit einer Geschwindigkeit die schwindelerregend ist. Ich bin es zwar gewohnt die schnellste in der Schule zu sein, aber das hier übertrifft alles bei weitem. Irgendwie werde ich von Tag zu Tag schneller, ich frage Shiva, ob es an diesem Ort hier liegt. Sie schmunzelt eine Sekunde, dann wird sie wieder bitterernst, und ist völlig in Gedanken verloren. Ich will wissen was eigentlich los sei, aber wir sind bereits am Wasserfall. Als sie einfach weitergeht halte ich sie am Ärmel fest. Das tosende Wasser wirbelt Nebel durch die Gegend, es ist viel zu laut hier. Wenn ich jetzt aber nicht sofort erfahre was los ist ausflippe ich noch aus. Shiva starrt mich an, ich schaue in ihre Augen und sehe alles.

Zuerst erkenne ich ihn nicht, er ist viel älter geworden, seine Haut ist weiß, dünn wie Pergament, er ist uralt. Aber ich bin mir sicher, dass es der Graf auf dem Portrait aus unserem Hausflur ist. Jemand kniet vor ihm nieder und scheint unglaubliche schmerzen zu haben, dann ist es heiß und überall ist Feuer. Es macht den Eindruck, als sei eine ganze Stadt in Brand gesetzt worden. Gebäude, Straßen, einfach alles scheint in einem grellen Licht zu brennen. Das Feuer ist fast weiß, überall kriechen brennende Kreaturen herum, sie winden sich vor Schmerz. Dann erkenne ich mich selbst, ich befinde mich mitten in diesem Flammeninferno, ein gutaussehender Mann steht vor mir. Er trägt einen weißen Anzug, er ist barfuß und seine Füße brennen. Als er mich anlächelt blitzen seine scharfen Eckzähne. Balu liegt plötzlich neben mir auf dem Boden, sowie Zetra, meine Mama, mein Papa, viele Menschen, die ich kenne. Sie sind alle verunstaltet, greifen nach mir. Ich spüre, dass sie nach meinem Blut dürsten. Ich schreie hysterisch herum, trete nach meinem Papa. Der gutaussehende Mann im weißen Anzug fängt an zu lachen. Es ist die grellste und schrecklichste Stimme, die ich jemals gehört habe.

Shiva packt mich am Arm und schüttelt mich, ich schlage ihren Arm weg, aber sie schüttelt mich wieder.

„He, komm zu dir wir haben für Visionen jetzt keine Zeit."

Ich glaube sie schlug mir ins Gesicht, der Wasserfall rauscht, ich bin wieder hier, stehe auf dem Felsen, Tränen brennen in meinen Augen.

„Was du gesehen hast, kann Zukunftsmelodie sein, muss es aber nicht, also mach dich nicht verrückt, wir werden schon einen Weg finden."

„Was soll das heißen Shiva, was habe ich denn da gesehen und wieso habe ich überhaupt etwas gesehen."

Sie nimmt meine Tasche und geht weiter, hüpft von einem Felsen zum anderen. Ich weiß, dass sie jetzt reden wird, und das tut sie auch.

„Hör zu, dass dich gestern ein Lakai angegriffen hat, ist unglaublich."

„Ja, das finde ich allerdings auch!"

„Du verstehst das nicht! Es kann Krieg bedeuten! Sie haben den Waffenstillstand gebrochen, obwohl wir ja wissen, dass sie dich seit siebzehn Jahren suchen und wir dich verstecken mussten, weil sie dich töten wollen. Haben sie es jetzt tatsächlich getan, uns war immer klar, dass der Waffenstillstand nur gewahrt wurde, weil sie dich einfach nicht finden konnten, aber dass sie so leichtsinnig sind und dir ein Lakai ins Haus schicken ist schon echt dämlich. Sie müssen doch wissen, was du mit ihm machst."

So drei Sekunden denke ich nach, dann frage ich mich laut, wie ich das eigentlich gemacht habe? Shiva bleibt mitten im Tunnel so abrupt stehen, dass ich sie ungebremst anrempele.

„Mensch pass doch auf, du Tölpel."

„Ja, was bleibst du denn auch einfach so stehen!"

„Das hättest du doch wissen müssen!"

„Ja klar, ich kann all deine Bewegungen im Voraus sehen, außerdem in die Zukunft und was weiß ich noch."

Shiva sieht mich ernst an.

„Ja kannst du! Du hättest nicht in mich rein rennen dürfen. Constantine, du bist das Mächtigste Wesen auf dieser Erde, ja du kannst all diese Dinge, du solltest so langsam anfangen sie zu nutzen!"

Sie sagt die letzten Worte so laut, dass sie durch den engen Tunnel hallen. Ich schreie zurück!

„Ja und wie? Wie stellst du dir das denn vor, bist du eigentlich bescheuert? Vor drei Tagen habe ich noch nicht einmal an den Weihnachtsmann geglaubt und plötzlich stecke ich in so einem Hottentotten, schlechter Vampir Film. Ich bin auf einmal die

132

Erlösung der Menschheit und du meinst ich soll das nicht nur alles Glauben und Verdauen, nein ich soll das auch noch aus dem „ff" beherrschen!" Shiva war stinkesauer und aggressiv.

„Ja das sollst du, du sollst alles glauben und du musst alles wissen und alles können. Weil Asura sonst gewinnt, was noch nicht einmal bedeutet, dass er die Menschheit einfach vernichtet, er wird die Menschheit bis ans Ende der Zeit in den Wahnsinn quälen, bis wir alle den Glauben an Gott verloren haben und Lakain werden. Also reiß deinen verwöhnten Arsch zusammen und streng dich an! Was glaubst du, wo Balu gerade ist?"

Ich sage kein Wort, starre sie einfach nur böse an.

„Dein Balu, ist mit Zetra in Italien, sie sind zu Vlad um ihn zur Rede zu stellen. Wenn das gut ausgeht, sind sie heute Abend wieder hier, wenn nicht können wir in der Hölle nach ihnen suchen! Und du bist beleidigt? Weil ich dich anschreie? Verstehst du, was ich sage? Wir stehen kurz vor einer Apokalypse!"

Ich weiß nicht mehr, was ich sagen soll, mir qualmt der Kopf, ich habe ein schlechtes Gewissen, ich habe Bauchschmerzen, und ich habe Angst.

Ohne jedes weitere Wort zu verlieren, geht sie weiter und ich folge ihr, sie fegt die Stufen genau so schnell wie Balu herunter. Ich strenge mich an es ihr gleich zu tun. Obwohl ich eine riesenangst habe, schaffe ich es wie durch ein Wunder. In drei Sätzen bin ich ohne Knochenbrüche unten. Die ganze Stadt ist mit weißen Fahnen geschmückt, über den schmalen sandigen Gassen hängen Seidenpapier Girlanden, überall sind büschelweise weiße Rosen drapiert. Die Stadt duftet nach ihnen, laute Musik schallt vom Marktplatz her. Wir wühlen uns durch die Menschenmassen, die lachend zum Zentrum schlendern. Meine neue Freundin steigt an einem weißen Haus die außenliegende Treppe hinauf. Anscheinend wohnt sie in einer Wohnung in der ersten Etage und bezieht nicht ganze Haus. Die ganze Stadt und dessen Gebäude sehen wie ein uraltes Dorf aus Spanien aus.

„Sag mal, musst du jetzt über die Architektur hier grübeln?"

„Könntest du dich bitte aus meinen Gedanken heraushalten?"

In der ersten Etage ist eine kleine Terrasse mit weiß gefliestem Boden, in der Haustür ist kein Schloss. Anscheinend vertraut hier jeder jedem. Diese Wohnung ist so riesig, wir befinden uns in einer sehr großen Eingangshalle mit vier Meter hohen Decken. Das kann ja gar nicht sein, von außen wirkt alles so klein. Shiva strebt im Haus direkt eine weiter Treppe an und geht hinauf in ihr Schlafzimmer, sie öffnet eine weitere Tür und wir befinden uns in ihrem Kleiderschrank.

Halogenlämpchen springen zu hunderten an, die an jede Wand indirektes Licht zaubern. Weiße Regale beherbergen die erlesensten Kleidungstücke all der Designer die auch Mama trägt. Da stehen wohl fünfhundert paar Schuhe, nach Jahreszeit und Farben sortiert, falls man Töne von Nute bis Nougat als Farben bezeichnen kann. Sie betätigt einen Schalter, der mir nicht aufgefallen ist, die ganze Wand dreht sich nach rechts, eine neue Wand erscheint!

Voller Pop und edel Punk Klamotten, man konnte meinen, Madonna habe in den Achtzigern ausgemistet und alles Shiva vermacht. Shiva drückt wieder den Knopf und auch die letzten Netzhandschuhe verschwinden mit der Wand nach rechts.

Diese Wand muss ein Würfel sein, der sich um seine eigene Achse dreht.

Jetzt erscheinen nur noch Rüschen, Rüschen und noch mal Rüschen. Shiva zieht so ein Ding aus dem Schrank und hält es sich vor die Taille.

„Was findest du das?"

„Inwiefern?"

„Ist es nicht wunderschön?"

„Jap, es ist nicht wunderschön!"

„Ach komm, probiere es einmal an, es wird dir bestimmt sehr gutstehen, ich habe ein Auge dafür."

„Ein Auge genau, das andere muss blind sein!"

Mit einem breiten Grinsen und leuchtend grünen Augen, kommt sie auf mich zu. Ich habe keine Wahl, wir haben es verdammt eilig und eigentlich wichtigere Dinge zu tun. Der Spiegel, in den ich schaut, ist riesig, so wie alles in ihrem Ankleidezimmer. Er besteht aus Kristallglas, etwas getönt und hat einen dicken goldenen Stuckrahmen. Das, was ich anhabe, ist einfach unbeschreiblich, na wie soll ich sagen, anders!

Es ist ein weißes Kleid, Elfenbeinweiß so wie Shiva mich korrigiert, schulterfrei, feine Spitze rahmt mein Dekolletee ein. Ich empfinde es überladen! Es hat kleine Puffärmel, die mit echten brillanten verziert sind. Die Korsage ist so eng geschnürt, dass ich fast keine Luft mehr bekomme. Sie ist am Rücken mit Satinbändern geschnürt. Obwohl ich noch nie dick war, hatte ich trotzdem noch nie so eine schmale Taille. Der Rock gleitet in einem fließenden Stoff über meine Hüften, bis zum Fußknöchel und ist über meinem rechten Bein so hoch geschlitzt, dass es mir schon peinlich ist. Als ich mich zum Spiegel drehe, um mich von der Seite zu betrachten, frage ich mich wer hier eigentlich heiraten soll?

„Es ist bei uns üblich, dass Jungfrauen in einem weißen Kleid zur Hochzeit gehen, damit jeder heiratswütige Mann sieht, welche Frau noch zu haben ist. Die verheirateten können tragen, was sie wollen, außer schwarz."

Mit dem Ende dieses Satzes, nimmt sie ein schwarzes Rüschenkleid aus dem Schrank und zieht es traurig an.

„Ich trage schwarz, weil ich Witwe bin." Sie wirft es auf den Stuhl und zieht ihr Shirt aus, auf dem „I´m a bitch", geschrieben steht. Genauso achtlos pfeffert sie ihre Jeans in die Ecke, nimmt das Kleid, streift es über und kehrt mir den Rücken zu.

„Kannst du es zu machen?"

Wie versteinert gehe ich zu ihr. Mein weißes Kleid rauscht wie ein Blätterdach im seichten Wind. Zuerst schließe ich die Häkchen an ihrem Kleid, dann nehme ich mir die Schnüre vor. Es hat eine Korsage, genau wie bei meinem Kleid. Bevor ich irgendetwas Blödes sage oder fragen kann, fängt sie an zu erzählen.

„Er hieß Bachno, wir waren sieben Jahre verheiratet, ich habe ihn über alles geliebt." Sie holt tief Luft, ihre Stimme zittert und ich glaube sie wird gleich weinen, aber sie tut es nicht.

„Als du geboren bist, kam es zum Kampf, es war ein heilloses Durcheinander. Wir schlugen uns gut, eigentlich war der Kampf schon fast zu Ende, den wir gewonnen haben. Dann kam Kalkutti, er hat sich die ganze Zeit über versteckt, dann hat er

Bachno aus dem Hinterhalt angegriffen. Seine Zähne schlugen direkt in seine Hauptschlagader, ich konnte nichts mehr für ihn tun, er verblutete in meinen Armen."

Shiva dreht sich zu mir um, ich bin es, der die Tränen über das Gesicht laufen, nicht ihr.

„Ich habe an diesem Tag geweint, dann nie wieder. Jedes Mal, wenn du Geburtstag hast, erinnere ich mich an diese Schlacht. Und jeder deiner Geburtstage bringt mich ein Jahr weiter, zu dem Tag der Abrechnung. Ich suche Kalkutti seit siebzehn Jahren, keine Spur. Doch wenn es zum Kampf kommt, wird er da sein und das wird der Tag meiner Abrechnung. Wenn du dich nicht über alle Maße auf deine Fähigkeiten konzentrierst, wirst du nicht nur deine Eltern verlieren, sondern auch Balu. Du musst alles geben, beobachte mich, tu was ich tue, übe in deiner Freizeit, versuche die Gedanken aller zu lesen. Konzentriere dich auf die Zukunft, du kannst sie lesen, du siehst mehr als alle Frauen hier zusammen. Ich weiß, dass es schwierig ist, das ist alles für dich neu, aber nehme die Sache ernst. Das du heute ohne Schutz in den Wald gegangen bist, war verantwortungslos, wenn Balu das hört, flippt der aus. Gudal hätte dir sonst was antun können, nimm dich vor ihm in Acht, ich traue ihm nicht über den Weg. Vergiss niemals, dass er ein Vampir ist, er wird niemals einer von uns sein."

Ich schäme mich, die ganze Zeit über habe ich sie gehasst und sie meint es nur gut mit mir. Immer denke ich nur über Balu nach und nicht über das, was mir die ganze Zeit gepredigt wird. „Was kann ich tun?"

Meine Stimme gehörte nicht mehr mir, sondern der kalten Wut, die in mir hochkriecht.

„Im Moment können wir nichts tun, ich gehe davon aus, dass Balu und Zetra das im Alleingang machen, dass niemand weiß, was passiert ist, um niemanden in Panik zu versetzen. Außerdem heiratet heute unsere wahrnehmungsgestörte Cousine Sheherazad, es soll ihr Tag werden. Außerdem ist sie dann endlich unter der Haube und hört vielleicht mal auf mit ihrem jungfräulichen Getue."

„So langsam wirst du mir richtig sympathisch."

Sie lächelt mich tatsächlich an! Sie dreht mich aber auch schon im gleichen Augenblick um und nestelt an meinem Harren herum.

„Du siehst immer wie ein Penner aus. Ich mache dir mal eine vernünftige Frisur. Halte dich aber heute trotzdem im Hintergrund, bis Balu auftaucht, das gehört sich so für eine verlobte Frau. Kannst du ihn nicht sehen? Siehst du nicht, wo er gerade steckt?"

Sie legt ihre Hand auf meine Schulter.

„Streng dich an, konzentriere dich auf ihn."

Ich versuche es, ich kneife dabei sogar die Augen zusammen. Aber alles, was ich sehe, ist Dunkelheit. Sie hat ihren geliebten Mann verloren und das nur, weil ich geboren wurde, ich habe das Gefühl ich muss so einiges wieder gut machen. So schnell, wie sie mein Haar frisiert und sich ihre stacheligen Haare kunstvoll in alle Richtungen stylt, kann ich gar nicht gucken. Sie klemmt mir noch eine dicke, rote Rose ins Haar, zieht mir einen Liedstrich, tuscht meine Augen und schminkt meine Lippen rot. Bis zu diesem Tag habe ich mich noch nie geschminkt, noch nicht einmal zu Karneval. Ich befürchte das Schlimmste. Als ich mich aber im Spiegel ansehe, bin ich sprachlos. Klingt eingebildet, ich weiß, aber so schön habe ich in meinem ganzen Leben noch nicht ausgesehen. Ich sehe wie eine Prinzessin aus einem Märchen aus. Ich nehme Shiva in den Arm und drücke sie so feste wie ich kann.

„Du übertreibst, lass mich los."

„Vielen Dank für alles und entschuldige bitte, dass ich, dass ich, geboren wurde und dein Mann dafür starb."

„Du kannst dich doch nicht dafür endschuldigen, dass du geboren bist."

„Was bleibt mir denn sonst, bitte verzeih mir, es tut mir so unendlich leid."

Meine Stimme verrät, dass ich gleich losheulen werde, also schält Shiva sich ruckartig aus meiner Umarmung.

„So das reicht jetzt du Suse, wir müssen auf eine Hochzeit."

Sie dreht sich auf ihrem zehn Zentimeter Absatz um und stöckelt gekonnt zur Tür. Die Straße vor unserem Haus ist leer, alle scheinen schon auf dem Fest zu sein, wir sind zu spät.

Auf dem Marktplatz angekommen, ist es nicht so leicht sich durch die Menschenmassen zu drängen.

Oben auf der Kanzel steht Sheherezad, sie trägt ein Brautkleid, das meinem sehr ähnlich ist und trägt einen langen Schleier dazu. Shiva drängt sich die schmale Treppe hinauf und sieht sich immer wieder um, ob ich ihr auch folge, was gar nicht so einfach ist mit diesem Kleid. Die Zeremonie hat bereits begonnen. Was mich wundert ist, dass nicht Gudal der Priester die Zeremonie abhält, sondern mir ein fremder, sehr dunkler Mann.

„Das ist Peppi, mein Cousin, auch ein Priester. Eheschließungen von Sinti werden nur von Sinti abgehalten, niemals von anderen Menschen, geschweige denn, von Vampiren, das bringt Unglück."

Ich schaue mir diesen Peppi genauer an, er ist ein gutaussehender Mann, sehr groß und muskulös. Seine schwarzen Haare sind zu einem dicken Zopf gebunden. Irgendwie hat er sehr große Ähnlichkeit mit Balu, er ist nur nicht so groß. Im Augenwinkel sehe ich, dass die Braut ihren Schleier hebt. Es gibt tosenden Beifall, Sheherazad´s lächeln gleicht einem Engel, es ist unglaublich wie hübsch diese Frau ist, schöner als ein Engel. Ihre weiße Haut leuchtet wie Elfenbein, ihr rötliches Haar scheint die Sonne in dieser Höhle zu reflektieren. Dann küsst sich das Paar, alle stürmen in ihre Richtung, um sie zu beglückwünschen. Da ich sie kaum kenne, traue ich mich nicht hinzugehen. Ich trete einen Schritt zurück und noch einen und noch einen, bis ich am Eingang des runden Raumes angelangt bin, in dem mich Zetra zum ersten Mal in die Geschichte der Sinti einwies. Es ist mir einfach zu voll hier und außerdem ist es Draußen sehr laut, ich weiche noch einen Schritt zurück und betrete den runden Raum. Er sieht aus wie beim letzten Mal, überall liegen dicke Kissen, das schwache Licht der Öllampen schimmert über den goldenen Stickereien. Ich bin einfach so kaputt, umständlich schaffte ich es, mich mit der viel zu engen Korsage hinzusetzen. Von weitem höre ich die Menge durcheinanderreden, dann setzt die Musik ein. Wahrscheinlich tanzt jetzt das Paar. Ich frage mich wo Balu steckt und bekomme auf einmal so fürchterliche Angst, dass es mir eiskalt den Rücken herunterläuft. Mein Atem wird sichtbar und es ist plötzlich sehr kalt. Als ich begreife wer hier ist, spüre ich einen dumpfen schweren Schlag auf meinem Hinterkopf. Ein stechender Schmerz verursacht tiefe Dunkelheit und ich falle in einen sehr tiefen Schlaf.

7. KAPITEL

Zetra steht vor dem Mann, den sie von allen Wesen auf dieser Erde am meisten verabscheut, ihre Beine zittern vor Wut. Sie starren sich eine gewisse Zeit an, wohlwissend dass es Hass ist. Hass, der in den letzten paar hundert Jahren gewachsen ist. Sie wartet auf eine Antwort, eine Antwort, die Krieg bedeuten wird, doch da irrt sie sich.

Vlad war allein, seine Frauen wurden weggeschickt, dieses Gespräch ist zu wichtig, als dass sie ihn hätten ablenken dürfen. Er weiß auch, dass Zetra aus der Haut fahren würde, wenn sie die Schwarzhaarige sähe, denn sie war ihre Schwester.

Sie hat sich vor mehr als zweihundert Jahren in Vlad verliebt, oder besser gesagt sie ließ sich von seiner Anziehungskraft täuschen. Er wusste, dass sie eine Sinti war, dass es Zetra´s Schwester Sulaika war, ihm war auch klar, dass er sie nicht hätte nehmen dürfen.

Es ist also nicht nur etwas zwischen Himmel und Hölle, es ist etwas Persönliches.

Vlad hat auch keine weiteren Vampire bei sich. Er weiß ganz genau, dass Zetra ihn niemals auf heiligem Boden hier unterm Vatikan angreifen wird.

„Also, spucks aus, du verdammte Seele, wer hat den Lakai geschickt?"

Vlad´s Nervenstränge huschen über sein Gesicht, ihm ist klar dass er irgendwann in die Hölle fahren wird. Asura wird ihn genauso bis an das Ende der Zeit quälen, wie alle anderen, er wird irgendwann als Lakai enden.

„Vlad, ich habe nicht ewig Zeit!"

Sie reißt ihn aus seinen Gedanken.

„Ich habe niemanden beauftragt, es war Kalkutti´s Lakai, ich habe ihn bereits bestraft."

„Was soll hier Heißen bestraft? Er wollte meine Nichte umbringen, was das bedeutet, muss ich dir nicht erklären. Soll ich dir etwa glauben, dass du nichts damit zu tun hast, dass es nicht in deinem Sinne ist. Das wirst du mir büßen, ihr alle werdet büßen und wenn ich euch persönlich in die Hölle schicken muss."

Zetra geht, ohne mit der Wimper zu zucken, auf Vlad zu, er überragt sie um mindestens einen Meter. Ihr Körper ist angespannt, bereit zum Angriff, bereit zu sterben und bereit zu töten. Nun kommt Balu auf sie zu und packt sie am Ärmel.

„Wir sind auf heiligem Boden, versündige dich nicht."

Vlad sieht aus wie eine tote Marmor-Statur, sein breiter Unterkiefer schiebt sich nach vorne, er öffnet den Mund, sodass seine Rasiermesserscharfen Zähne hervor blitzen. Die Luft in dem dunklen Verließ ist eiskalt. Blauer Atem ist das Einzige, was zwischen den beiden Urmächten schwebt.

„Zetra, wir müssen gehen, es wird Zeit, wir haben alles erfahren, was wir wissen wollten."

„Eine Lüge haben wir erfahren. Er lügt aus Angst. Das kann ich riechen."

Sie widmet Balu nicht einen Blick, starrt Vlad direkt in die Augen, um ihn herauszufordern. Doch er entspannt sich plötzlich und setzt ein freundliches Lächeln auf.

„Na, na wir wollen doch nicht feindselig werden. Ich habe Kalkutti schon lange verbannt, Asura erfreut sich gerade an seiner Seele, du kannst beruhigt sein."

Balu erinnerte Zetra daran, dass er sie festhält durch ein leichtes Ziehen an ihrem Arm.

„Komm lass uns gehen."

Auch er lässt Vlad nicht aus den Augen. Er traut ihm genau so wenig wie Zetra, er ist nur nicht so schnell zu reizen, sein Hass ist noch nicht so alt wie ihrer.

„Du suchst sie seit ihrer Geburt, ich werde meine Seele höchst persönlich bei Asura anbieten, um dich in die Hölle fahren zu lassen. Du wirst mir nicht entkommen, ich werde dich vernichten, du hast uns schon zu viel angetan, mein Tag der Abrechnung wird kommen."

Vlad unterdrückt ein kleines Lachen, niemals hat ihn irgendeine Kreatur so beleidigt oder herausgefordert. Diese kleine Frau hat doch tatsächlich den Mut dazu, und er kann nichts tun. Denn wenn er ihr auch nur ein Härchen krümmt, wird es sich zu einer Hetzjagd entwickeln. Eine Hetzjagd, die man vor den Menschen nicht mehr geheim halten kann, womit sie den Vertrag brechen müssten. Und dann würden sich Himmel und Hölle einmischen. „Wenn ihr mich jetzt entschuldigen würdet, ihr habt mir Hunger gemacht."

Eine Seitentür springt auf. Ein dunkelbrauner Vampir kommt herein, der so groß und breit ist wie die Tür selbst. Er trägt einen schwarzen enganliegenden Anzug und hat lange geflochtene Zöpfe, die ihm bis zur Taille reichen.

Er hält eine junge Frau im Arm, höchstens sechzehn Jahre alt, sie ist blond und wunderschön. Ihre verweinten Augen huschen ängstlich durch den dunklen Raum. Als sie Vlad entdeckt fängt sie hysterisch an zu schreien, bis der Vampir sie so hart gegen den Kopf schlägt, dass sie in ihn Ohnmacht fällt.

Vlad lächelt nun über das ganze Gesicht, seine tiefen Falten lassen ihn wie ein Urgestein wirken. Jetzt ist es Balu der sich kaum noch halten kann, er will dieses Mädchen retten. Jetzt hält seine Großmutter ihn fest und ermahnt ihn mit nur einem Blick, sie können nichts tun. Dieses unschuldige Wesen ist verloren.

Balu und Zetra gehen gemeinsam zur Tür, ohne Vlad aus den Augen zu lassen. Das Mädchen wird zu ihm gebracht. Er berührt ihre Schläfe und sie wird wach. Er flüstert etwas in einer uralten Sprache in ihr Ohr und sie lächelt ihn an. Wie eine seiner Frauen schlingt sie ihre Arme um seinen Hals und greift ihn in den Schoß. Er streckt sich vor Begehren, stöhnt laut auf und schlägt dann mit brutaler Gewalt seine Zähne in ihren makellosen Hals. Der mit Muskeln bepackte Vampir befindet sich nur wenige Zentimeter von ihnen entfernt. Er genießt diese Szene, lechzt nach dem frischen Blut der jungen Frau. Als er kurz zu Zetra und Balu herüberschaut, erntet er einen verachtenden Blick, bevor sie beide hinter der Tür verschwinden.

Aufgebracht und aggressiv rasen die beiden durch den langen schwarzen Flur, beide in ihre eigenen Gedanken versunken. Sie wollen nicht gehen, sie wollen dieses Mädchen retten, aber sie wissen, dass sie ihr nicht helfen können. So schnell sie sich fortbewegen, so abrupt bleiben sie auch stehen. Eine Gestalt steht im Weg, der lange Umhang verdeckt Körper und Gesicht. „Es gibt keinen Ausweg, ihr könnt ihr nicht mehr helfen." Erklingt eine Stimme so sanft wie Seide. Sulaika, die schwarzhaarige

Hure Vlad´s, legt ihren Umhang nach hinten. Ihre Schönheit ist atemberaubend, das sind Vampirfrauen alle, aber sie ist unter ihnen noch die schönste, es gibt keinen Vergleich.
Ihre Haut glänzt wie weißer Satin, Ihre Augen sind nun grüner und leuchtender als Saphire, eingerahmt in dichte schwarze Wimpern. Ihre zartrosa, vollen Lippen erinnern an reife Himbeeren, die in der Sonne reifen. Pechschwarzes, hüftlanges Haar glänzt wie ein sternenklarer Himmel.
„Deine Schönheit haut mich immer noch um, du Hure."
Sulaika lächelt wehmütig auf ihre kleine Schwester herab.
„Du brauchst gar nicht so nach unten zu gucken, kein Mann der Welt wünscht sich so ein langes Luder."
Sulaika´s trauriges Lächeln verschwindet endgültig, ihre Augen färben sich schwarz.
„Schimpf nur, ich habe es verdient, aber deswegen bin ich nicht hier. Ihr müsst euch beeilen, Sindh wurde entführt!"
Balus Körper spannt sich in Sekunden so schnell an, dass sein Rücken zu platzen droht, um das Untier in ihm herauszulassen. Er atmet plötzlich, als habe er unsägliche Schmerzen, seine Brust hebt und senkt sich so sehr, dass er in Sekunden zu wachsen scheint.
Er schreit, versucht die Worte noch aus seinen Lungen zu Pressen bevor er sich in einen Bären verwandelt.
„Wer? Wo ist sie?" Fragt Zetra.
„Es ist Gudal, er hat sie nach Wrukolakas gebracht, sie ist unten am Stauros."
So schnell wie Balu losrennt, können keine der beiden Schwestern reagieren.
„Wieso siehst du das und ich nicht?" Zetra schreit Ihre Schwester aus Leibeskräften an.
Sulaika sieht vor Scharm auf den Boden.
„Ein Zauber liegt über dem Vatikan, Sinti´s können hier nichts sehen."
Zetra stemmt ihre alten, knochigen Hände in die Hüften, bevor sie Sulaika mit dem Finger vor dem Gesicht herum wedelt.
„Und da du eine von Ihnen bist siehst du, du, du Verräter! Asura´s Brut, woher soll ich wissen das ich dir vertrauen kann?"

„Ich bin immer noch deine Schwester."

„Du bist nicht meine Schwester, Sulaika ist vor langer Zeit gestorben."

Zetra schaut verbittert und böse aus, sie würde Ihre eigene Schwester am liebsten umbringen.

„Du siehst gut aus, wie geht es dir?"

„Wie es mir geht? Willst du dich jetzt mit mir unterhalten? Ich sehe alt aus, so wie sich das gehört, wenn man 2645 Jahre alt ist. Aber du bist ja zu eitel, um alt zu werden und hast dich lieber diesem Bastard an den Hals geworfen."

„So ist es nicht Zetra, ich hoffe du kannst mir eines Tages vergeben."

Sie umarmt Ihre Schwester einfach und genießt den kurzen Augenblick. Auch Zetra schließt für einige Sekunden ihre Augen, kleine Tränen dringen durch ihre dichten Wimpern. Sie vermisst ihre kleine Schwester seit über zweitausend Jahren und sie ist es so leid. Sie wünscht sich, dass Sulaika sich niemals diesem Dreckstück angeschlossen hätte. Das schlimmste an all dem ist allerdings, dass Sulaika dafür in der Hölle schmoren wird, sie ist nun mal ein Asmodi.

„Lass mich, ich muss los."

Sulaika's freundliches Lächeln kann ihre Augen nicht erreichen, um den Sumpf des Kummers darin wegzuspülen.

„Du wirst auch in der Hölle schmoren, hast du das schon vergessen?"

Zetra zuckt nur mit den Schultern und rümpft die Nase.

„Dann sehen wir uns ja irgendwann wieder, du kleine Hure, dann werde ich dich windelweich schlagen."

Sulaika gluckst vor Vergnügen, es fühlt sich einen Moment an als wären sie noch Kinder. Sie waren immer ein Herz und eine Seele.

„Es ist schön, dich einmal wieder zu sehen, ich wünschte ich könnte die Zeit zurückdrehen." Zetra wendet sich, ohne noch einmal zurückzublicken ab, ihr Herz schmerzt und brennt so bitter. Als würde es ihr gleich aus der Brust herausspringen. Sie kämpft gegen den Krampf in ihrer Brust an.

Tränen verschleiern ihre Sicht als sie den Vatikan verlässt, um sich zu verwandeln.

Die Eule, die sie ist, ist genau so weiß wie ihr Haar, sie reflektiert das helle Mondlicht und ist schnell wie eine Sternschnuppe.

Balu ist außer sich vor Wut, niemals in seinem Leben schalt er sich ein Narr. Doch jetzt ist Constantine in Gefahr und dass nur, weil er nicht bei ihr geblieben ist. Weil er so dumm ist zu glauben, dass ihr nach dieser Sache nichts passieren wird, dass die Asmodi keinen zweiten Versuch starten werden ihr etwas anzutun. Weil er so gedankenlos war und Zetra auf ihrer Reise begleiten wollte, als ob sie nicht auf sich selbst aufpassen könnte. Die Wut, dass ein Lakai überhaupt in ihre Nähe gekommen war, hat ihn wahnsinnig gemacht. Er hat seinem Durst nach Rache nachgegeben, er wollte Vlad dafür töten. Und für dieses persönliche Bedürfnis, hat er sie allein gelassen. Die Angst um Sie treibt ihn zu ungeahnter Schnelligkeit an. Er ist so schnell, dass er mehr über das Land fliegt als den Boden berührt. Ab Pescara schießt er wie ein Jet über die Adria bis nach Split, von wo aus er über Bosnien und Serbien nach Rumänien will. Er kann seine Gedanken kaum ordnen, die Angst sie zu verlieren bringt ihn fast um den Verstand. Er braucht einen Plan, nur weiß er nicht, wie viele Asmodi oder Lakaien vor Ort sein werden. Er weiß nur eins, Sindh ist unterhalb Wrukolas in der ältesten Kirche der Welt gefangen. In der Kirche, in der sich „Stauros" befindet, das Kreuz Jesu.

Das heiligste Sakrileg auf dieser Erde, auf dem heiligsten Fleck überhaupt, eigentlich unzugänglich für alle Asmodi ist.

Seitdem Balu und seine Familie das Stauros dorthin gebracht und aufgebaut haben, ist das Schloss absolut tabu für alle Asmodi. Vlad hasst alle Sinti immer noch dafür, dass sie ihm das liebste auf Erden genommen haben. Sie haben es auch in seinen Augen entweiht, denn sie haben nicht nur Stauros aufgestellt, nein, sie haben auch noch eine riesige Kirche Drumherum gebaut. Wrukolas ist schon immer Vlad´s zu Hause gewesen, hier hat er hunderte von Jahren gewütet.

Balu kann sich das nicht erklären. Wieso sollte Gudal so einen verrat begehen? Ohne Vlads wissen handeln? Nach mehr als 2000 Jahren Freundschaft mit seinem Volk, wie will er mit Sindh davonkommen, ohne Aufmerksamkeit zu erregen. Wie will er das Schloss, geschweige denn die Kirche betreten können? Es ist schier unmöglich, es sei denn er hat den Nekam den Dolch der Vergeltung, was einfach unmöglich ist.

Der Dolch ist damals genauso verschwunden, wie alle Asmodi, die in die Hölle gefahren sind. Seit dem Tag der Auferstehung, haben alle Sinti auf dieser Erde nach ihm gesucht. Jesus selbst, hat uns aufgetragen, ihn zu finden und ihn zu beschützen.

Er ist es, der das schlimmste vorausgesagt hat, sollten die Asmodi ihn in die Hände bekommen. Denn Nekam ist der Schlüssel für Asura, um auf diese Erde zurückzuerlangen. Er braucht einer Frau, die so rein ist wie das Sternenlicht und stark wie Gottes Hand, in der alle Kräfte vereint sind.

Ihr Blut würde Stauros zum Bersten bringen, unter ihr würde sich die Erde auftun, um alles, was schlecht ist auf die Erde zu lassen.

Es ist Balu klar, was sie mit Sindh vorhaben, sie wollen sie nicht nur töten. Sie wollen sie durch Nekam opfern, um den Weg freizumachen.

Panik befällt sein Herz, was ihn noch mehr antreibt seinen geschundenen Körper zum äußersten zu treiben. Er wird Sindh retten und wenn er auch zu spät kommt, wird er da sein, wenn Armeen von Lakaien aus der Hölle herausströmen. Er wird dabei sterben, aber er wird so einige mitnehmen.

Letztendlich wird er wahrscheinlich auch nur unter den Fittichen Asura´s landen, um irgendwann als Lakai zu enden.

Denn er trägt das Blut der Schande in sich, wie alle anderen Sinti und wird dafür büßen müssen.

8. KAPITEL

Rose schlägt mit der scharfen Picke immer wieder in die Lehmwand, sie weiß, dass es da ist, es muss einfach so sein. Jack steht hinter ihr und hält die Taschenlampe. Grelles Licht strahlt die Stelle an, auf die seine Frau immer wieder einschlägt. Sie will es so, sie ist einfach nicht zu bremsen. Als sie aufhört zu hämmern und in dem lehmigen Matsch herumtastet, muss er einfach lachen.

„Weist du Schatz, dass ich dich einfach über alles liebe?"

Sie zieht ihre Hand heraus und hält etwas fest, das aussieht wie ein Stern mit neun Spitzen. Sie putzt mit ihrem Rockstoff vorsichtig über das schwere Metall. Es ist aus purem Gold, die Inschrift Stauros ist eingraviert.

Rose springt auf drückt und küsst Jack, bis er keine Luft mehr bekommt.

„Ich liebe dich auch."

Liebevoll streicht er ihr übers Haar, sieht auf ihre Hand hinunter.

„Wir haben es gefunden, unfassbar, und so schnell."

„Komm, probieren wir es aus."

„Lass es uns morgen tun, es ist schon verdammt spät, wenn wir erst mal drin sind, werden wir vorm Morgengrauen nicht nach Hause kommen."

„Nur einen Blick." Sie schmollt, lässt ihre hellblauen Augen fast überquellen.

„Ich hasse es, wenn du mich so ansiehst." Aber seine Augen verraten ihr, dass sie schon längst gewonnen hat und er ihr einfach nicht widerstehen kann.

Sie gehen zurück dem kleinen Tunnel, den sie im tiefen Erdreich bereits gebaut haben. Hier haben sie die versteckte Tür gefunden, die Tür allein ist von unschätzbarem Wert. Durch Zufall hielt er die Taschenlampe so auf die Tür, dass sie reflektierte und sie wie angewurzelt stehen blieben. Von nahem sah man nichts, erst als er die Lampe wieder in die Richtung hielt, leuchtete etwas auf. Sofort rieb sie mit ihrem Ärmel und legte ein grünes Zeichen frei, es war genau das gleiche „S" wie auf Constantines Amulett, aus Smaragd.

Rose war es genauso schnell klar wie ihm.

„Gib mir den Stern."

Als er noch ein bisschen mehr an dem Stern wischt, zeigt sich das grüne „S" genauso grell wie an der Tür.

„Jack, was hat das zu bedeuten?"

Rose bekommt es mit der Angst zu tun, sie fragt sich was ihr kleines Mädchen mit so einem dunklen Ort zu tun hat.

Auch Jack versteht es nicht, er weiß nur eins, er muss so schnell wie möglich herausfinden.

Ohne groß nachzudenken, steckt er den Stern in die dafür vorgesehen Fassung an der Tür, er funktioniert wie ein Schlüssel. Mehrere Scharniere bewegen sich, die Tür ächzt und quietscht. Als sie sich öffnet, hängen massig Spinnweben herum, sie verschleiern Ihnen beiden die Sicht. Jack fuchtelt mit seinem Arm herum, um irgendetwas sehen zu können. Wie versteinert stehen sie im Türrahmen, was sie da sehen, ist unmöglich, keiner der beiden ist dazu im Stande zu reagieren.

Sie sind in eine Kirche geraten, eine riesige Kirche, die Decke ist so hoch, dass man das Gewölbe nicht ausmachen kann. Was unmöglich ist, denn so tief sind sie gar nicht unter Tage.

Überall sind bunte Fenster, die leuchten als würde die Sonne im Zenit stehen und darauf scheinen, was auch unmöglich ist.

Der Altar ist überaus groß, es scheint so, als sei er aus purem Gold gestaltet, dahinter ragt ein mindestens drei Meter großes Kreuz aus schlichtem Holz.

Doch was Jacks und Roses Denken blockiert ist, dass eine Person vor dem Altar steht und sie zu erwarten scheint.

Ein zwei Meter großer Mann in einem weißen Gewand, das bis auf den Boden reicht.

Blondes langes Haar liegt auf seinen Schultern, das so von dem goldenen Altar angestrahlt wird, dass es wie ein Heiligenschein wirkt.

Er steht dort mit ausgebreiteten Armen und lächelt. Jack und Rose denken beide gleichzeitig an Gott.

Gudal´s Grinsen legt sich wie bei einer Hyäne über sein Gesicht.

„Ich bin nicht Gott, ganz im Gegenteil, welch ein nettes Familientreffen."

Gudal dreht sich ein wenig zur Seite, erst jetzt bemerken Jack und Rose die Frau, die an dem Kreuz befestigt ist. Ihr Kopf hängt herunter. Schwarzes langes Haar verdeckt ihr Gesicht, sie trägt ein weißes, zerrissenes blutverschmiertes Kleid. Wie gelähmt beobachtet Rose die Atmung, wie ihre Brust sich hebt und senkt, unter der enormen Anstrengung. Sie sieht die riesigen Nägel, die durch Ihre Hände und Füße geschlagen wurden. Dann brennen alle Sicherungen in Roses Kopf durch.

„Constantine, neiiiiiiiiiiiiiiiin!"

So wie sie auf den Altar zustürmt, schreit auch Jack, zieht seine Waffe und feuert auf Gudal los. Er bleibt so reglos und unbeeindruckt stehen, als würden Schmetterlinge herumflattern. Erst als Rose, außer sich vor Panik, in seine Nähe kommt, macht er eine einzige Handbewegung, die sie durch den ganzen Saal an eine Wand schleudert. Sie bricht ohnmächtig zusammen. Jack weiß nicht mehr, was er tut, er schießt sein Magazin leer. Sein Herz krampft sich zusammen, jeder Nerv, jede Sehne und jede Ader, in seinem Körper sind zum Zerreißen angespannt. Auch er rennt auf Gudal los, bereit sein Leben zu geben denn alles, was er liebt, scheint verloren. Seine menschlichen Kräfte sind lächerlich schwach. Er fliegt genauso wie Rose durch die Kirche und landet bewusstlos neben seiner geliebten Frau.

Ich bin zwar nicht bewusstlos, aber zu schwach, um meinen Kopf zu heben. Gudal hat mich mit unermesslichen Schmerzen gequält, die durch meinen Körper schießen wie Stromschläge. Immer wieder ließ er mich drei Meter über dem Boden schweben, nur um mich dann wieder mit aller Wucht auf den Boden aufschlagen zu lassen. Es fühlt sich an, als wäre jeder Knochen in mir gebrochen, ich fragt mich, wann ich endlich sterben werde. Sogar, als er mich ein letztes Mal schweben ließ, um mich dann mit aller Wucht gegen das Kreuz zu schmettern, zehn Zentimeter lange rostige Nägel durch meine Hände und Füße rammte, war ich zu schwach, um zu schreien.

Es ist ein warmes Gefühl an der Schwelle zu stehen, meinen Körper zu verlassen. Ich denke an den Weihnachtsmorgen, als wir in den Alpen waren, an eine zugeschneite Hütte, Kiefernduft, leises Knistern im Kamin, das meine Aufregung noch steigerte.

Ich denke nicht an das verfaulte Nass in dieser Kirche, oder den Geschmack bleiernes Blut im Mund. Der Duft von frisch gebackenen Vanillekipferln schwebt mir in der Nase.

In dem Licht, heller als jeder Sommertag in meinem Leben, schlendert mein Vater mit Händen in der Tasche auf mich zu. Er lächelt traurig, sieht auf den Boden und ich freute mich so sehr, ihn endlich zu sehen.

„Da bin ich."

Tränen laufen mir über die Wangen, mein Vater lächelt verlegen, er scheint sich nicht zu freuen.

„Du kannst nicht bleiben Liebes, deine Zeit ist noch nicht gekommen."

„Doch! Ich will nicht mehr, es tut so weh!"

Traurig schüttelt er seinen Kopf, er braucht nicht sprechen ich weiß, was er denkt. Er will mich zurückschicken, meine Aufgabe ist riesengroß.

„Willst du mich denn nicht hierhaben?"

Eine Frau taucht auf, jeder Schritt von ihr gleicht einem Samba Rhythmus. Vor lauter Temperament hält sie sich kaum am Boden.

Als sie meine Hand fasst, bemerke ich, dass wir die gleichen Gesichtszüge haben. Als sich unsere Blicke treffen, stelle ich in den Ihren das gleiche Grün fest. Gleiche mandelförmige Augen sind mein gegenüber. Als sie mich drückt, rieche ich die Blumenwiese hinter unserem Haus. Mein Körper krümmt sich vor Kummer, sie hält mich ganz fest.

„Du glaubst nicht, wie sehr wir dich hier haben wollen."

„Mama, bitte."

„Ja mein Kind, ich weiß."

Sie nimmt mein Gesicht in ihre Hände.

„Deine Zeit ist noch nicht gekommen, du musst stark sein, nichts wünschte ich mir mehr als dich in den Arm zu halten. Du bist mein Leben, meine Sonne, mein Mond und meine Sterne. Nicht nur Gott, auch ich werde immer bei dir sein, ich werde über dich wachen und wenn du den hellsten Stern am Himmel siehst, sehe ich auf dich herab." Unsäglicher, bitterer Schmerz brennt in meinen Händen, ich schreie wie noch nie in meinem Leben zuvor. Das Licht ist weg, mir wird bitterkalt, es riecht plötzlich nach Fäulnis und ich muss mich übergeben. Meine Brust ist so sehr gespannt, dass ich kaum atmen kann. Ich will zurück, will in die Augen meiner Mutter sehen, meinen Vater lächeln sehen. Dort ist es warm und hell, der Schmerz ist dort so weit weg. Mein rasendes Blut schießt mir in den Kopf, ich spürt es an den Schläfen pulsieren, wie bei einem Vulkan der gleich ausbrechen wird. Der Schmerz zerreißt mich von innen, mein ganzer Körper erstarrt und ich stoße einem elendigen schrei aus. Der sich ohne meinen Willen durch meine Lungen quetscht. Ich hebe mit letzter Kraft meinen Kopf. Als ich meine Augen öffne steht Gudal ganz nah vor meinem Gesicht, sein gieriges Maul lächelt mich Siegesbewusst an.

„Du wusstest es von Anfang an, nicht wahr? Du hast mir nicht eine Sekunde über den Weg getraut." Er streicht langsam mit seiner Zunge über meinen blutverschmierten Hals. Er fletscht seine Rasiermesserscharfen Zähne, metallischer Gestank nimmt mir die Luft zum Atmen. Dann erschreckt er ganz plötzlich, senkt seinen Kopf und zieht sich wie ein Hund zurück in die allerletzte Ecke, bis er im Dunkeln verschwindet. Bevor ich mich fragen kann, wieso er so eine plötzliche Angst hat, kommt die Antwort auch schon auf mich zu. Zuerst erkenne ich es nicht genau, dann wird der schöne Mann, der sich mir nähert, immer deutlicher. Langes, schwarzes, glattes Haar weht um seine Schultern. Es sieht nicht so aus als läuft er, er schwebt über dem Boden zu mir. Als er sich nähert entdecke ich sein gütiges Lächeln. Er entblößt weiße, spitze Zähne und ich weiß jetzt, dass er nichts Gutes vorhat. Vor den Stufen des Altars bleibt er stehen und schaut zur niemals endenden Decke der Kirche. Er holt einen Dolch aus seinem Mantel und hält ihn mit beiden Händen in die Luft.

„Siehst du das? Gott du allmächtiger? Du warst nicht in der Lage ihn zu verstecken. Vor mir dem großen Kalkutti, der das Gleichgewicht der Welt zerstören wird. Dunkelheit, Schmerz und Lust werden über die Menschheit kommen über deine

Kinder!" Er lacht hysterisch, ich kann seine Gedanken lesen, sie sind so widerlich, dass sie mich von meinen Schmerzen ablenken. Dann starrt er mich an, lächelt wieder, kommt näher und berührt mein Gesicht.

Seine Berührung verätzt meine Haut wie Säure. Wie ich mein Gesicht angewidert abwende, schlägt er mit der Faust auf den rostigen Nagel in meiner Hand und treibt ihn noch weiter in das alte Holz.

Ich schreie, ich weiß nicht, wie ich diesen schmerz überstehen soll.

Dann greift er den Dolch, streicht ganz sanft damit über meine Brust. Die Spur hinterlässt brennendes Fleisch, meine Haut brennt. Ich schreie auf, ich weiß nicht mehr, was mehr schmerzt, ich kann es nicht mehr auseinanderhalten, der Schmerz treibt mich in den Wahnsinn.

So langsam gebe ich auf, lasse den Kopf wieder hängen. Ich will sterben verdammt noch mal, endlich sterben. Kalkutti ist darüber außer sich vor Wut, er packt meinen Kopf und reißt ihn so hart nach hinten, dass er mir fast das Genick bricht.

Ich soll sehen, was er tut. Er dreht mein Gesicht in die Richtung, in der ein Haufen Stoff auf dem Boden liegt. Mit einer Handgeste lässt er diesen Stoffhaufen schweben. Ich erkenne einen leblosen Körper der auf uns zu schwebt.

Als ich meine Mutter einen halben Meter vor mir schwebend erkenne, bin ich innerhalb von einer Sekunde hellwach und habe auch keine Schmerzen mehr. Adrenalin durchspült meinen Körper, gemischt mit unglaublicher Wut. Ich denke nicht mehr ans Sterben, jetzt will ich nur noch töten. Ich strecke mich so weit nach vorne, dass ich mir dabei fast die Hände zerreiße.

„Lass, sie, gehen! Lass meine Mutter in Ruhe!"

Mein Hals ist so gestreckt, dass er meine Sehnen beim Sprechen deutlich sehen kann, Blut spritzt mir bei jedem Wort aus dem Mund.

„Sonst was?"

Er strahlt vor Vergnügen, streicht mit seinem Zeigefinger genüsslich über die scharfe Klinge seines Dolches und leckt mein schwarz gewordenes Blut ab. Er schnalzt mit der Zunge und kann sich vor Gier kaum zurückhalten.

So als wären wir alte Freunde, zwinkert er mir ein Auge zu, lächelt mich freundlich an.

Einen Moment später bricht er meiner Mutter, mit einem kleinen Fingerwink das Rückgrat. Es kracht so laut, dass es mir durch Mark und Knochen geht.

Niemals in meinem Leben werde ich dieses Geräusch vom Brechen der Knochen meiner Mutter vergessen.

Ich sehe, wie er meine Mutter mitten in der Luft zerbricht, ihr Oberkörper klappt sich unnatürlich nach hinten. Ihre Arme und Beine zucken, ihr Mund ist weit geöffnet. Aber da ist kein Schrei, kein einziger Ton entweicht Ihrem Mund, ihr Gesicht schwillt an und wird blau. Sie schwebt noch kurz, dann lässt er ihre Leiche achtlos auf den Boden fallen.

Ich spüre seine abscheuliche Lust nach Schmerz. Nicht der körperliche Schmerz, den er meiner Mutter antat, verursacht ihm vergnügen. Es ist mein seelischer schmerz, den er spürt und auskostet. Er sieht mir tief in die Seele, eine Seele, die sich vor Kummer verzehrt.

Mein innerer Schrei nach Vergeltung und tiefstem Hass löst bei ihm größte Freude aus.

Ich kann es in seinen Gedanken lesen, er küsst mir zärtlich den blutigen Hals. Ich starre dabei außer mir vor Wut, auf den toten Körper meiner Mutter. Seine Lippen auf meiner Haut, bringen mich fast um den Verstand und ich explodiere.

Ich drehe völlig durch, atme wie nach einem Marathon.

Ich umfasse beide Nägel in meinen Händen und reiße sie aus dem alten Kreuz heraus. Holzsplitter schießen dabei mit heraus und landen auf dem Boden. Gleichzeitig schiebe ich meine beiden Füße über den dicken rostigen Nagel und springe auf den kalten Boden unter mir. Ich kann nicht sagen, dass ich irgendetwas fühle, da ist nur der Durst töten zu wollen, ein Durst, den ich bis heute nicht kannte. Pures Adrenalin lässt mich jeden Schmerz vergessen, gar nichts tut mir weh, weil mein Körper nicht begreifen kann, was er erleiden muss.

Kalkutti starrt mich für einen Bruchteil einer Sekunde erschrocken an, dann grinst er und holt aus, um mir die Klinge in die Brust zu schlagen. Er ist sich seiner Sache so sicher, dass ihm fast die Augen aus dem Kopf fallen, weil ich ihm blitzschnell und mühelos die Hand festhalte.

„Fahr zur Hölle!"

Während ich das sage, schlage ich auch schon zu, ein Hieb vor seine Brust reicht, um ihn durch das ganze Kirchenschiff zu schleudern. Holzsplitter, Staub und Dreck fliegen mit meinem Schlag in seine Richtung. Er landet in einem riesigen Gemälde der Kreuzigung Christi, es zerbricht in tausend kleine Teile und landet mit ihm auf dem Boden. Meine Augen sind so starr vor Hass, Verzweiflung, Schmerz und Trauer, dass ich meinen Blick nicht abwenden kann. Er krümmt sich genau wie der Lakai in meinem Zimmer, ich weiß das er sich gleich auflösen wird.

Meine Gedanken überschlagen sich, ich atmet viel zu schnell und fange an zu schreien.

Zuerst kann ich mich nicht rühren, ich kann mich nicht nach ihr umsehen, ich will den Gedanken an meine Mutter nicht zu lassen.

Dann bricht alles in mir zusammen und ich bin schneller bei meiner am Boden liegenden Mutter, als ich mit Shiva unterwegs gewesen bin. Neben ihr kniend breche ich in Tränen aus.

Mit den langen Nägeln in den Händen, hebe ich ihren zarten, verdrehten Körper vom Boden auf und lege sie in meinen Arm.

Als ich noch ein kleines Kind war, schaukelte sie mich in ihrem Arm, wenn ich verletzt war. Jetzt halte ich sie, ihr angeschwollenes blutunterlaufenes Gesicht ist nicht wiederzuerkennen!

Ich will schreien, aber ich kann nicht!

Blut verstopft mir den Rachen, mein Herz schlägt immer langsamer, meine Atmung ist nur noch schwach. Immer wieder krampft mein Körper sich zusammen, er zittert. Tränen waschen mir das Gesicht und lassen mein verdünntes Blut auf Mamas Gesicht laufen. Immer wieder zucken kleine Atemschläge durch meine Nase, die mir in der Kehle stecken bleiben. Ich ersticke langsam und warte auf den erlösenden Tod.

Mein Körper ist blutüberströmt, mein Kleid zerrissen. Vorsichtig lege ich meine Hand auf ihr stilles Herz.

Vergrabe mein Gesicht in ihrem Haar, es duftet nach kostbarem Moschus, dann wird alles schwarz.

Es ist ein Moment der Leere. Ich verlasse meinen Körper, ich bin aber nicht in dem hellen Licht, das ich so ersehne.

Es fühlt sich dumpf und trostlos an, ich weiß nicht, wohin ich gehen soll. Ich habe kein Körpergefühl mehr, ich spüre ihn einfach nicht mehr. Aus der Ferne höre ich Balu, er schreit, ruft immer wieder meinen Namen, er gibt mir die Kraft zu suchen, mich selbst zu suchen.

Seine Stimme ist wie klares Wasser, das alle Verwirrungen wegwischt. Sie bringt Klarheit in dieses dumpfe nichts. Als würde sich das kalte Wasser einen Weg durch meine Adern suchen, spüre ich meine Glieder wieder.

Bilder meiner Kindheit ziehen in Sekunden an mir vorbei und blitzen in meinen Kopf auf. Als würde der Korken einer Champagnerflasche herausplatzen und den Schampus überlaufen, so fühlte sich mein Körper an.

Die angenehme Kälte läuft durch meine Hauptschlagader an meinem Hals hinauf, bis sie endlich meine schweren Lieder erreicht. Zuerst ist alles verschwommen, es brennt auf der Netzhaut, geronnenes Blut verklebt meine Wimpern, dann sehe ich sein entsetztes Gesicht.

Balu schaut aber nicht zu mir, er sieht über mich hinweg. Die Angst um ihn erfasst mich und lässt mich hochfahren.

Kalkutti sieht verbrannt aus, als sei sein Körper mit Säure übergossen worden. Er steht unmittelbar hinter mir, mit erhobenem Arm und dem Dolch in der Hand, bereit mich endgültig zu töten. Die Wucht, mit der ich ihn schlage, ist so verheerend, dass ich gefühlt das Gleichgewicht der Erde zum Stillstand bringe. Die Nägel in meinen Händen verflüssigen sich in Sekunden, mitgerissen von der Macht meines Schlages, vergehen sie im Raum. Ich schleudere ihn dabei durch die Luft, ich halte die Zeit für einen Moment an, sodass alles in Zeitlupe zu geschehen scheint. Kalkutti zerbricht in tausend kleinen Teilchen. Wie Staub schwebt und glänzt er im Licht der bunten Fenster der Kirche, der sich langsam auf dem Boden rieselt. In dem kleinen Haufen von Staub liegt Nekam, den Kalkuttis zerborstene Hand nicht mehr halten konnte. Der Staub seines Körpers glänzt im Schein der Feuerfackeln, als mich jemand davor bewahrt auf den Boden zu schlagen.

Ich schreie vor Schmerzen, jede Berührung an meinem Körper ist eine Qual. Als er mich sanft wie möglich auf den Boden legt, sehe ich in Balus glasige Augen. Ich versuche zu atmen, aber ich kann nicht, meine Lungen füllen sich mit Blut, ich spüre genau wie sie anschwellen.

Zetra bückt sich über mich, ihre Lippen bewegen sich, aber ich höre nichts mehr. Ich möchte so gerne sagen, dass es mir leidtut, aber ich kann nicht sprechen. Ich spüre, wie sie den toten Körper meiner Mutter von meiner Seite wegziehen. Ich will das verhindern, aber ich kann mich nicht bewegen. Ich will Balu trösten, mich von ihm verabschieden, aber ich kann es nicht. Ich kann nichts von all dem. Entgegen meinem starken Willen wach zu bleiben, falle ich in eine dunkele tiefe. Diese Dunkelheit umschließt mich wie ein Kokon. Ich befinde mich in einem schwebenden Zustand, in einem schwarzen Raum ohne Zeitgefühl. Hier herrscht ein Zustand der Ruhe und der Stille, nichts ist hier zu hören.

Gudal zieht sich in seine hinterste Ecke noch mehr zurück. Er verschwindet ganz im Dunkeln, dort wo ihn niemand sieht. Niemand außer mir weiß, dass er überhaupt da war und ich bin nicht in der Lage zu sprechen. Die ganze Zeit über hat er sich zurückgehalten. Still genießt er Kalkuttis schmachvolle Niederlage gegen eine junge Frau. Der große Kalkutti, Jahrtausende wütete er auf dieser Erde. Er war es, der Jesus die letzte Klinge in den Leib gerammt hat. Er war es, der diese Klinge die ganze Zeit über gehütet und wie ein Wahnsinniger versteckt hat. Weil er genau wusste, dass die Stunde des Nekam kommen würde. Und nun hat er so elendig verloren, er ist eine Schande für alle seiner Art. Gudal´s Augen leuchten im Dunkeln aus lauter Vorfreude, denn er würde gehen, um Vlad zu berichten wie Kalkutti versagt hat. Er hat die Macht Sindh´s gesehen und gespürt und wird Vlad alles berichten. Er wird nun Kalkutti´s Nachfolger werden, Vlad´s rechte Hand. Alle sind so sehr auf Sindh konzentriert, dass niemand bemerkt, wie er Nekam nimmt und davonschleicht.

Es ist nicht so, dass ich träume oder dass ich irgendetwas sehe oder höre. Hier spricht auch niemand mit mir. Ich befinde mich in einem schwebenden Zustand, es fühlt sich wie in einem Vakuum an und ich leide keine Qualen. Ich spüre, dass ich da bin, ich bin aber nicht in der Lage irgendwie zu agieren. Es gibt in diesem Zustand kein Anfang und auch kein Ende. Es gibt kein oben und auch kein unten, es scheint die Zeit existiert hier nicht. Ich weiß ich bin hier, ich kann aber nicht denken. Der Zustand, in dem ich mich befinde, scheint immer zu sein, endgültig.

Dann höre ich einen Tropfen, der ins Wasser tropft. Dieses kleine Geräuschschallt durch meine Nervenstränge und lässt mich erzittern. Meine Sinne schärfen sich, mein Körper spannt sich an. Dann noch ein Tropfen und noch einer. Die Tropfenfolge findet in immer kürzeren Abständen statt. Ich spüre wärme auf meiner rechten Hand, ein wohliges Gefühl, das mich beruhigt. Meine schweren Lieder scheinen eine ungeheure Last zu tragen. Ich will aber aus diesem dunklen nichts wieder heraus. Gegen den Willen meines Körpers, öffne ich flackernd meine schwachen Lieder. Zuerst sehe ich nur verschwommen, ein Geruch, der mein Herz beschwingt, bringt meinen Kreislauf ein wenig in Schwung. Und dann wird alles klar.

Balu sitzt an meiner Seite, mit seinem Kopf auf meiner Bettdecke schlafend, hält er meine Hand. Sogar im Schlaf sehen seine Stirnfalten so ernst und besorgt aus, dass ich einen kleinen Schreck bekomme.

„Bin ich Tod?" Flüstere ich mit trockener Kehle.

Meine Frage scheint ihn zu erschüttern, der Blick in meine Augen lässt Hoffnung in seinem Aufblitzen und ich weiß ich bin nicht tot.

Er drückt meine Hand an sein Gesicht, warme Tränen laufen mir den Arm herunter und tropfen auf meine Decke. Sein Gesicht ist schmerzverzehrt, seine Stirn verkrampft, ich höre sein Herz durch den ganzen Raum schlagen.

Dann nimmt er mein Gesicht in seine Hände, seine Lippen zittern, können meinen Namen nicht Formen. Als er mir in die Augen blickt, fühl ich wie sehr er gelitten hat. Die Erinnerung an das Geschehene trifft mich wie ein Schlag ins Gesicht. Ich will aufspringen, laufen und schreien. Ich fange sofort an zu zittern und zu weinen. Noch bevor ich den Gedanken an meine Mutter zu Ende bringen kann antwortet er mir.

„Sie lebt, sie lebt, es geht ihr gut, es geht ihr gut, beruhige dich."

Ich schlage um mich, kann das nicht glauben, aber sein Blick verrät mir, dass er die Wahrheit sagt. Ich weiß nicht wieso, aber ich glaube ihm einfach, ich will auch wahrhaben. Es ist mir unmöglich, an das zu glauben, was ich gesehen habe.

Balu liest meine Gedanken, er fühlt sie, fühlt mit mir, es ist für ihn genauso schlimm wie für mich. Nur seine Umarmung, seine Wärme, sein Geruch und die tiefe Liebe, die ich fühle, beruhigt mich. So langsam registriere ich meine Umgebung, ich liege in meinem Bett, in meinem Zimmer. Ich frage mich wie ich hierhergekommen bin, Balu spielt es in Gedanken durch. Es sind nur Sekunden, in denen ich seine Gedanken lese, aber es ist, als ob ich es mit seinen Augen gesehen hätte.

Zetra hat nicht nur mich gerettet.

Sie legte ihre heilenden Hände auch auf den geschundenen Körper meiner Mutter, ließ ihre Knochen wieder zusammenwachsen. Es ist als wäre nichts geschehen, auch meinem Vater geht es wieder gut. Ich merke aber auch, wie Balu an meiner Seite kniet und fühle, wie er seinen Schmerz herausschreit, als wäre es mein Leid.

Er liebt mich mehr als sein Leben, ich bin sein kostbarster Besitz, er braucht mich wie die Luft zum Atmen. Wenn ich gestorben wäre, wäre er es auch.

Mit einer Hand berühre ich seine Wange, entschuldige mich, Tränen brennen in seinen grünen Augen.

„Wie kannst du dich endschuldigen?"

„Es ist alles meine Schuld, ich hätte mich niemals von den Feierlichkeiten zurückziehen dürfen, du hast wegen mir so viel durch gemacht."

„Sindh, sage das nicht, gar nichts ist deine Schuld, ich hätte dich nicht eine Minute allein lassen dürfen, ich hätte niemals fort gehen dürfen. Du hast unsagbare schmerzen ertragen, warst tapfer wie zehn Mann, hast einen der größten Asmodi der Geschichte vernichtet. Unser Volk ist dir zu Dank verpflichtet, du wirst als Heldin gefeiert."

Balu krümmt sich vor Schmerz, als er sich an die unterirdische Kirche erinnert.

Er sah dort nicht nur das ich an das Kreuz geschlagen worden war oder dass mein Körper schwer verletzt war. In dem Moment als er mich erblickte, sah er auch das Licht, in dem ich war. In diesem unglaublich wunderschönen, beruhigenden Licht. Das ich mit meinen Eltern sprach, wie weit ich bereits von dieser Erde gegangen war. Die Grenze war fließend, ich wollte bleiben und das wusste er.

„Wenn du noch einmal den Wunsch haben solltest zu gehen, gehe ich mit dir ins Licht."

Ich weiß, dass seine Worte ernst gemeint sind, dass er ohne mich sterben will und Würde. Diese Erkenntnis liegt wie ein schwüler Sommertag auf meiner Seele. Ich will nicht, dass er stirbt, schon gar nicht meinet wegen. Ich nehme mir vor, sehr gut auf mich aufzupassen, zu leben solange es geht, um ihn nicht mitzureißen.

„Sehr guter Vorsatz mein Schatz."

Sein Gesicht nähert sich meinem, unsere Lippen berühren sich nur sanft, trotzdem ist es als hätte ich noch nie zuvor Glück gefühlt. Bis die Tür zu meinem Zimmer aufspringt und meine Eltern, Zetra und Shiva hereinkommen. Balu lächelt vielsagend und entfernt sich zwei Schritte von meinem Bett.

Papa´s Körper zerbricht fast vor Anspannung, ich spüre es genau. Er geht neben meinem Bett auf die Knie, Mama setzt sich auf den Rand und legt ihren Kopf auf meinen schoss.

Mama hat noch nie, niemals in meinem Leben, solange ich mich erinnern kann, so ausgesehen!

Ihre Kleidung ist zerknittert, ihr Haar zerzaust, ihr Gesicht vom Weinen angeschwollen und tiefrot. Papa´s Tränen tropfen neben mein Bett auf den Boden, ich kann es genau hören.

Auch in Ihren Gedanken sehe ich was geschehen ist, dass Papa wach wurde und zusehen musste, wie ich halbtot neben dem leblosen Körper meiner Mutter lag, während Zetra versuchte sie zu heilen.

Wie er voller Entsetzen die Wunden der rostigen Nägel in meinen Händen zudrückte, wie mir mein blutiges Haar aus dem Gesicht gestrichen hat. Ich sehe, wie erstaunt und entsetzt er war, dass sich Fragen und Emotionen, ein Rennen in seinem Körper lieferten. Er wusste nicht, wieso wir alle dort waren, was und warum überhaupt etwas geschehen war und wer Zetra war. Aber er sah, dass sie mir half, er spürte, dass sie mich liebt und ließ sie einfach machen. Ich sehe, wie er neben mir kniete, er hielt sich die Hände vor sein Gesicht und schlug mit dem Kopf auf den Boden. Ich fühle das er weinen musste, aber nicht fähig war zu atmen. Zum ersten Mal in meinem Leben fühle ich mich für meinen Vater verantwortlich. Es ist meine Schuld, dass er so gelitten hat. Mir ist nicht klar, wie ich das wieder gut machen soll, ich habe so ein schlechtes Gewissen.

Es hat bei Mama länger gedauert sie zu heilen, sie war fast tot. Ein normales Ärzteteam hätte sie nicht retten können. Da war nur noch ein winziger funke leben in ihr, ich frage mich wie Zetra das geschafft hat. Ich durchspiele noch einmal Papa's Gefühlswelt, es ist grausam. Zum ersten Mal sehe ich ins Inneren meiner Eltern, sie sind nicht so stark wie ich, eher verzweifelt und ängstlich. Ihre Seelen sind beide erschreckt, wie bei einem kleinen Kaninchen, das in seinem Bau verschwindet. Was habe ich da nur getan?

Zetra sieht mir direkt in die Augen, sie denkt, dass ich nichts falsch gemacht habe. Dass ich das Herz eines Löwen habe und auch so gekämpft habe. Sie gibt mir das Gefühl der Sicherheit, das nun alles wieder in Ordnung ist.

Sie spült Ruhe durch mein Zimmer, wie kristallklares Wasser durch ein Netz von Flüssen. Selbst ihre Augen sind nicht mehr grün, ihre nun blauen Augen spiegeln Klarheit, wie frisches kühlendes Wasser. Nichts an ihr wirkt alt oder gebrechlich.

Dann denke ich bewusst an meine leiblichen Eltern, daran als ich sie gesehen habe und vor allen Dingen daran, wie es ihnen dort geht. Denn ich weiß, dass sie meine Gedanken sehen können.

Zetra erschreckt sich, sie zittert am ganzen Körper, schüttelt den Kopf und geht rückwärts zur Tür hinaus. Ich fühle ihren verzweifelten Versuch zu glauben, was sie da gerade gesehen hat.

Balu sieht mich von dem Bettende aus an, mindestens genauso erschrocken wie Zetra. Auch er vermag nicht zu glauben.

Es lässt sich nicht mit dem vereinbaren, was sie in den letzten Jahrhunderten gelernt haben. Er fragt sich, wie es möglich ist, dass meine leiblichen Eltern im Himmel sind, wie es sein kann, dass Gott ihnen vergeben hat.

Er fragt sich auch, ob er nur meinen Eltern vergeben hat, weil sie mich, die Erlösung, auf diese Erde gebracht haben.

Es überkommen ihn Fragen, Unsicherheit, Freude, Trauer und dann tiefes Leid.

Ich glaube tief und fest daran, dass allen Menschen auf dieser vergeben wird, wenn sie nur darum bitten. Balu sieht mich ungläubig an.

Meine Eltern merken von all dem nichts, sie wollen mir nur körperlich nahe sein. Das ist alles, was sie glauben, geben zu können.

Doch ich erkenne mehr, denn mir ist zu keinem Zeitpunkt meines Lebens klar gewesen, wie sehr sie mich lieben, mehr als ihr eigenes Leben. Ich sehe in ihren Gedanken, dass ich drei Tage im Bett gelegen habe. Das Zetra meine Wunden und meinen Geist geheilt hat. Ich sehe, wie sie meine Eltern geheilt hat. Ich sehe wie sie an meinem Bett gesessen und auf mein Erwachen gewartet haben.

Und ich sehe das Balu zerbricht förmlich an dem Geschehenen, sein schlechtes Gewissen zerfrisst ihn, nicht dagewesen zu sein.

Es wird nichts in diesem Raum gesprochen und doch wird so viel gesagt. Es wird mehr gesprochen als man sich vorstellen, als man in Worte fassen kann. Ich bin noch zu schwach und schlafe ein.

Als ich am nächsten Morgen wach werde, sitzt Balu an meiner Seite. Er hat sich in meinen Sessel gesetzt und die Füße auf meine Bettkante gelegt. Durch die ineinander verschränkten Arme sieht es so aus, als würden seine braunen muskulösen Arme gleich die kurzen Ärmel seines weißen Hemdes sprengen. Er trägt eine schwarze enggeschnittene Anzughose und italienische Lederschuhe. Sein Haar ist zu einem ordentlichen Pferdeschweif gebunden. Obwohl er schläft, scheint er sehr angespannt zu sein. Sein Gesichtsausdruck ist hart, sein breites Kinn erscheint noch markanter als sonst. Er ist eine Schönheit und mein Herz macht einen Sprung. Ganz vorsichtig ziehe ich meine Beine unter der Decke weg und stehe im Bett auf. Ohne Vorwarnung, springe ich auf seinen Schoss, um ihn zu umarmen und zu küssen. Doch bevor ich auch nur seinen Körper berühren kann, reißt er seine Augen auf, packt mich und wirft sich mit mir auf mein Bett. Es ist mir noch nicht einmal möglich mich zu erschrecken, so schnell liegt er auf mir und drückt seine Lippen auf die meinen. Er ist so schnell wie der Blitz, das ist unglaublich.

Er küsst mich zuerst vorsichtig, dann immer leidenschaftlicher. Wie von selbst öffne ich die Knöpfe seines Hemdes, so was habe ich noch nie in meinem Leben zu vor getan. Aber bei ihm fühlt es sich so richtig an, so selbstverständlich. Mein Herz rast, in mir brennt ein Feuer, das mir unbekannt ist. Mein Körper verzerrt sich innerhalb von Sekunden nach ihm, alles drängt sich ihm auf. Ich bin völlig außer Kontrolle, meine Hände gleiten über seinen angespannten breiten Nacken. Seine Muskeln spannen sich an, als würde er gleich explodieren. Er küsst meine Wange, meinem Hals, die kleine Mulde an meinem Schlüsselbein. Dann streicht er mit der Hand über meine Rippen, ich zerre an seinem Hemd, es ist nicht nur körperlich. Ich fühle seine Lust, sie springt auf mich über wie ein Blitz. Es beschämt mich und macht mich glücklich zugleich, so sehr begehrt zu werden.

Er küsst mich wild, er ist schon fast wüst und kann seine Lust kaum bändigen. Unsere Gedanken sind eins, ich verliere mich im Strudel unserer Gefühle. Es drängt ihn schmerzhaft, meinen Körper in Besitz zu nehmen und ich bin dazu bereit.

Mein Körper schreit förmlich nach ihm, dieses Feuer in mir ist kaum zu bändigen.

Plötzlich und völlig unerwartet springt Balu auf, er steht atemlos mit dem Rücken vor meinem Kleiderschrank, seine grünen Augen gieren nach mir. Meine angeschwollenen Lippen zittern vor Lust, wollen zurück auf seinen Mund.

„Sindh ich kann nicht, ich kann mich nicht länger beherrschen."

Das ist mir egal, ich will ihn und verlasse mein Bett.

„Bitte komm zurück zu mir."

Balu weicht zurück, wie ein verschrecktes Kind.

„Nein Liebes, ich darf sie dir nicht nehmen, du würdest den größten Teil deiner Macht verlieren."

„Das ist mir egal." Ich dränge ihn zurück an den Schrank. Sein Duft macht mich wahnsinnig, aber ich bin einfach zu klein, um an seinen Mund zu gelangen.

Balu packt meine Schultern und hält mich auf Distanz, der Blick seiner Augen ist flehend.

„Bitte Liebes, treib mich nicht zum Wahnsinn, es ist auch so schon schwer genug für mich."

„Aber warum denn, ich will nicht warten, ich will das jetzt und hier."

„Wir dürfen es nicht, wir müssen zuerst heiraten und du musst erst achtzehn werden."

„Warum? Ich will nicht mehr warten, mir ist alles egal, bitte!"

Ich fühle mich abgelehnt und bin beleidigt, ich bin enttäuscht, was Balu zu amüsieren scheint.

„Das ist nicht witzig!"

„Ist es doch, komm lass uns gehen."

„Nein, ich gehe nirgendwo hin!"

„Bitte, es ist eine sehr große Überraschung."

Ich schlage die Arme ineinander und schmolle, dann sehe ich tief in seine Augen. Da ist erbarmungsloses begehren, abgrundtiefe Liebe, bis über den Tod hinaus, und ich beruhige mich.

„Können wir es wirklich nicht vor der Ehe tun?"

„Nein."

Er grinst nur und ich sehe, dass er sich über meinen Überschuss an Hormonen amüsiert. Es macht ihn mehr als glücklich zu sehen, wie sehr ich ihn begehre. Einen kleinen Augenblick lang denkt er intensiv darüber nach, was er in der Hochzeitsnacht mit mir tun wird. Diese Intensität schwappt auf meinen Körper über und lässt mich erschauern. Ich atme die Luft so schnell ein, dass es zischt und beiße mir dabei auf die Unterlippe. Ich sehe nicht nur was er gerade denkt, ich spüre es auch, seine Lust durchdringt mich ins unermessliche. Für einen kleinen Moment zieht es mir den Boden unter den Füßen weg und ich glaube gleich in Ohnmacht zu fallen. Sogleich schweifen seine

Gedanken wieder ab und er nimmt mich in den Arm. Er küsst mich, sieht mich zufrieden und glücklich an.

„Das war nur ein Gedanke Liebes, ich weiß nicht, ob du es überleben wirst, wenn ich dich lieben werde."

Der bloße Gedanke, dass die Realität noch viel intensiver sein wird, als seine bloße Vorstellungskraft nimmt mir den Atem und lässt meinen hungrigen Körper erschauern.

„Komm jetzt, wir müssen bald aufbrechen."

„Wohin denn?"

„Das ist eine Überraschung."

„Ach, wenn du an meinen Körper denkst, lässt du mich teilhaben. Aber wenn es um etwas anderes geht, lässt du mich nicht in deine Gedankenwelt."

„Nein so ist es nicht, das, was ich dir heute zeigen werde, ist das wohl am besten gehütete Geheimnis auf dieser Erde. Es ist mir nicht möglich über diesen Ort oder was sonst noch damit zu tun hat nachzudenken und diese Gedanken dann mit jemandem zu teilen. Das ist ein automatischer Schutzmechanismus, so wie eine Firewall. Damit niemals die falsche Person Erkenntnisse bekommt oder diesen Ort ausfindig macht. Es ist ein heiliger Ort und alles, was ich jetzt darüber denke oder empfinde, bleibt nicht nur dir verschlossen, sondern jedem auf und unter dieser Erde."

Ich denke darüber nach, Geheimnisse machen mich schon immer neugierig. Ich drehe mich um und gehe zu meinem Kleiderschrank. Ich nehme mir eine helle Jeans und ein Schulterfreies weißes Shirt, das ich in Paris gekauft habe. Balu legt sich auf mein Bett, seinen rechten Arm hält er über seine schweren Lieder. Er nimmt an, dass ich unwahrscheinlich lange im Bad brauche. Doch da schätzt er mich schlecht ein. Ich wasche mein Gesicht, creme mich ein und flechte mir einen Zopf.

Balu ist wirklich überrascht und erleichtert, dass ich so schnell fertig bin.

„Wo sind eigentlich meine Eltern?"

„Unten in der Küche, sie warten auf uns. Ich habe mich heute ein paar Stunden mit ihnen unterhalten. Deine Mama hat sehr viel geweint, dein Dad hatte viele fragen. Ich habe sie alle wahrheitsgemäß beantwortet und sie haben mir auch alles geglaubt."

„Echt?"

„Ja, was bleibt ihnen denn auch anderes übrig, sie waren schließlich dabei. Sie haben Gudal gesehen und Zetra wie sie dich wieder ... "

Balu´s Stimme bricht ab, es ist ihm fast unmöglich darüber nachzudenken. Ihm wird schlecht und die Erinnerung an die letzten zwei Tage scheinen ihn in den Wahnsinn zu treiben.

„Es ist doch nichts passiert, ich bin doch hier."

„Wie kannst du sagen, dass nichts passiert ist? Du warst fast Tod!"

Ich atme einmal tief aus, denn ich weiß, dass er Recht hat und das dreht selbst mir noch den Magen um. Ich muss auf der Stelle meine Mutter sehen.

Balu nimmt meine Hand und führt mich aus meinem Zimmer. Am Treppenabsatz ignoriere ich bewusst das Portrait und versuche mich auf etwas Schönes zu konzentrieren. Aber da ist nichts, mir fällt im Moment nichts schönes ein. Die Sorge um meine Eltern sind größer denn je. So wie ich die Küche betrete stehen meine Eltern auf. Ich laufe in die Arme meiner Mutter. Papa umarmt uns beide, sie sind nicht fähig zu sprechen, aber ich sehe alles. Ihre ganze Gefühlswelt, die so dermaßen durcheinandergeraten ist, dass ich kaum einen Zusammenhang erkennen kann. Papa lässt uns beide langsam los, auch Mama löst sich ein Stück von mir und wischt mir die Tränen weg. Die Szene, die sich in der Kirche abspielte, spult in Sekunden durch mein Gedächtnis und erscheint mir jetzt noch viel schlimmer als zuvor. Jetzt wo ich bei klarem Verstand bin, frei von Schmerz und Schock. Mein Gesicht verzieht sich wie bei einem kleinen Kind, dessen Lieblingsspielzeug zerbrochen ist. Mama nimmt und drückt mich wie sie es schon so oft getan hat, wenn ich unglücklich war. Dieses Mal ist es allerdings ein anderes Unglück, ich fühle mich nicht einsam und leer. Ich werde einfach das Gefühl des Verlustes nicht los, das Gefühl meine Mutter unter widerwärtigen Umständen verloren zu haben. Das Bild ihres gebrochenen Körpers geht mir nicht aus dem Kopf, dieses angeschwollene, blau angelaufene Gesicht.

Balu kommt zu mir und nimmt mich aus Mama´s Arme, er sieht mir tief in die Augen. Tränen haben sie so überschwemmt das ich ihn kaum sehen kann, ich weine still, kann kaum Luft holen. „Hör auf zu weinen liebes, alles ist wieder gut. Deiner Mama geht's Prima und ich verspreche dir hiermit hoch und heilig, dass ihr und deinem Vater niemals mehr ein Leid zustoßen wird. Nimm es wie einen schlechten Traum, es ist vorbei, alles ist wieder gut."

Es sind nicht seine einfach gewählten Worte, die mich beruhigen. Es ist seine Stimme, die mich im tiefsten meines Inneren berührt. Ich nickt, denn mir fehlt die Kraft zu sprechen. Dann spricht er zu meinen Eltern, als wäre ich gar nicht anwesend.

„Wie ihr seht ist es wichtig, dass ich mit Constantine heute zur Ayuverda gehe. Nur sie, wird ihr über das geschehene hinweghelfen können."

Meine Eltern nicken, sie wissen anscheinend, dass er mit mir zu einem heilenden Ort möchte. Einen Ort, der meine Seele beruhigen soll. Papa nimmt und küsst mich und streichelt mein Haar. Ohne noch ein Wort zu sprechen, gehe ich mit Balu hinaus in den Flur und verlasse unser Haus. Es ist auch nicht nötig etwas zu sagen. Dass meine Eltern mich über alles in ihrem Leben lieben, ist so laut und deutlich zu hören. Ihre Gefühle schlagen auf die Küchenwände und peitschten auf mich ein, dass es schon fast wehtut.

Draußen scheint die Sonne im Zenit, es ist mittags, die Bäume rauschen, und die Vögel zwitschern. Die Welt dreht sich einfach weiter, als wäre rein gar nichts passiert. Wir gehen die Einfahrt hinunter, das Kiesbett quietscht unter seinen Lederschuhen.

„Ja so ist es in unserer Welt Liebes. Wir erleben manchmal die grausamsten Dinge, und die Menschheit bekommt von all dem nichts mit. Als du geboren wurdest, herrschte ein unerbittlicher Krieg zwischen Himmel und Hölle. Es gab unzählige Tote und unsere Leute mussten danach einfach weitermachen. Das Leben geht weiter, ob man will oder nicht, so ist das." Dann grinst er über beide Ohren.

„Sag mal, du hörst mir ja überhaupt nicht zu. Und ja, ich trage beruflich italienische Mode. Wieso findest du das denn so lustig?"

Ich muss laut lachen, es kommt von Herzen, oder aus meinem Zwergfell, keine Ahnung. Aber es ist einfach so lustig, ihn in dieser Kleidung zu sehen, dass passt gar nicht zudem, was ich bisher von ihm kenne.

„Ja hör mal, denkst du vielleicht ich laufe den ganzen Tag barfuß durch die Gegend und jage Asmodi?"

Ich sage gar nichts, lache mich einfach nur noch mehr kaputt.

Balu packt mich und schleudert mich zwei Meter hoch in die Luft. Als er mich auffängt, landet mein Mund auf seinen und die Welt scheint wieder in Ordnung, ich bin so glücklich, dass ich dazu im Stande sein werde, zu vergessen.

Alles könnte ich in seinen Armen vergessen, Glück sprudelt wie Brausepulver durch meine Adern.

Erst das Wiehern der Pferde, lenkt mich so sehr ab, dass ich die Augen öffne.

„Jetzt sag bloß, du interessierst dich mehr für diese Pferde als für mich?"

Er lächelt mich so verliebt an, dass ich ihm noch einen Kuss gebe, dann lässt er mich herunter.

Sowohl Kalnack als auch Kali kommen auf mich zu, sie wollen beide gestreichelt werden. Es kommt mir so vor als haben sie mich lieb und als haben sie mich vermisst.

Balu lacht über meine Gedankengänge und nickt nur, um mir zu verstehen zu geben, dass es so ist. Pferde sind uns Menschen sehr ähnlich, sie fühlen, ob es gute oder schlechte Menschen sind, die sie umgeben.

Ich streichele beide über ihre Köpfe, Kali stupst Kalnack eifersüchtig zur Seite. So als wolle sie sagen, dass sie mein Pferd sei. Kalnack schnauft böse und ich habe das Gefühl, einen kleinen Eifersuchtsstreit zwischen einem alten Ehepaar schlichten zu müssen. Von klein an habe ich eine besondere Bindung zu Pferden, auf ihrem Rücken fühlte ich mich immer am wohlsten. Frei, frei von diesem elendigen Gefühl, allein zu sein auf dieser Erde. Jetzt ist es anders, ich drehe mich zu Balu um.

Ein Blick in seine grünen Augen, die vor lauter Glück überquellen, ersetzen tausend Worte.

Er ist mit einem Schritt bei mir, fasst meine Taille und hebt mich auf den Rücken von Kali.

Noch bevor ich die Zügel zu greifen bekomme, sitzt er auch schon auf Kalnack und meint: „Komm lass uns fliegen".

Wir spornen sie an, sie wissen instinktiv, wo es hingeht, und ich lasse mich darauf ein. Es wird wieder ein Rennen, ohne Absprache ist mir klar, dass die beiden Herren der Schöpfung versuchen werden, Kali und mich zu schlagen.

„Dieses Mal lassen wir Sie nicht gewinnen, zeig mir was du kannst, lauf um dein Leben."

Wir sind schnell wie der Blitz, Balu reitet neben uns, selbstgerecht und siegesbewusst grinsend. Kali scheint vor Ehrgeiz zu rasen. Zwischenzeitlich habe ich das Gefühl, wir berühren den Boden gar nicht mehr. Wir reiten wieder auf den Wald zu, auf der Wiese erinnere ich mich für eine Sekunde an meinen Roller.

„Du darfst nie wieder irgendwohin auf eigene Faust fahren. Sonst werde ich dich persönlich erwürgen."

Ich muss lachen, aber die Sorge um mich ist so deutlich zu spüren, sie erdrückt ihn fast.

Im Wald ist es alles andere als einfach auf dem Rücken zu bleiben. Nicht nur die herunterhängende zweige der Bäume, und tiefliegende Äste versperren uns mehr und mehr den Weg. Auf dem Boden liegen Felsen und verfaulte Baumstämme, über die wir springen müssen.

Bis wir das Tempo drosseln und schlussendlich absteigen.

„Du hast heute Glück, dass du erst gar nicht bis zum Ziel reiten konntest. Kali und ich hätten uns wahrscheinlich schon gelangweilt, bis ihr endlich eingetroffen wärt."

„Das ich nicht lache, ihr beide habt nicht den Hauch einer Chance gegen uns Männer."

„So, jetzt ist es Amtlich, du bist durch und durch ein Macho und dein Pferd auch."

Kali nickt immer wieder und ich stampfe mit den Füßen.

Balu und Kalnack schauen sich an, wie es alte Freunde tuen und um uns gleich zusammen auszulachen. Aber er merkt das sie beide sich gerade auf ganz dünnem Eis bewegen.

„Also gut, wahrscheinlich habt ihr beiden, überaus hübschen, schlanken und intelligenten Frauen doch eine gute Chance, irgendwann mal zu gewinnen." Kali schnaubt verdächtig aggressiv und ich kann meine verschränkten Arme kaum noch bewegen.

„Äh, ok, also tut mir leid, wahrscheinlich hättet ihr dieses rennen sogar gewonnen, ihr seid ja doch sehr schnell."

„Balu! Du vergisst, dass ich deine Gedanken lesen kann!"

„Du bist echt noch hübscher, wenn du ärgerlich bist, ich liebe dich."

Er umarmt und küsste mich. Ich kann zwar nicht widerstehen, aber sauer bin ich trotzdem.

„Komm lass uns gehen, sie wartet auf uns."

„Wer?"

„Das wirst du gleich sehen, komm mit."

Balu führt mich in das Dickicht des Waldes. Die Bäume stehen eng aneinander, Büsche und Gestrüpp versperren uns den Weg. Irgendwann hebt er mich selbstverständlich hoch und dreht mich auf seinen Rücken. Als sei ich ein leerer Rucksack, den er gar nicht spürt, bahnt er sich seinen Weg in den immer dunkler werdenden Wald. Ich glaube kaum, dass sich irgendjemand jemals hierher verlaufen hat. Das ist kein Weg, das ist ein Zustand, dem man trotzen muss. Nach weniger als zehn Minuten, sind wir am Ziel. Es ist eine Lichtung, die eigentlich keine sein kann, denn die Bäume ragen so dicht auf, dass deren Baumkronen diesen Ort überwuchern.

Hier muss es eigentlich stockdunkel sein.

Beim zweiten Blick erkenne ich aber, dass das Licht, das diesen Ort verzaubert, nicht von oben von der Sonne kommt. Der weiße Fels, der vor uns liegt, leuchtet hell wie eine Phosphorkugel. Er ist zerklüftet und sieht wie ein gewöhnlicher Sandstein aus. Er ist aber ungewöhnlich sauber, für den Ort, an dem er liegt. Kein Laub, Zweig oder Moos verunreinigten diesen Stein, als hätte hier gerade jemand sauber gemacht, als hätte sich jemand die Mühe gemacht und sich die Finger an diesem Stein wund gescheuert.

„Du hast immer Ideen!"

Balu schüttelt grinsend den Kopf und denkt sich, dass ich so etwas bestimmt nicht denken würde, wenn ich wüsste, auf was für heiligem Boden wir uns hier befinden.

„Ja wie heilig denn? Was soll der weiße Fels da denn darstellen?"

Balu schnaubt genau wie Kalnack, er kann es einfach nicht fassen!

„Apropos, was ist eigentlich mit den beiden, werden sie auf uns warten?"

„Nein, sie bleiben, bis wir wieder kommen." So wie er das sagt, senkt er auch schon seine Stimme.

„Pass gut auf, mein kleiner Engel vielleicht wirst du diesen Schlüssel selbst irgendwann brauchen und ich werde nicht hier sein, um dir zu helfen."

Er umrundet den Felse einmal im Uhrzeigersinn und bleibt dann stehen. So wie er dann seine beiden Arme hebt, bildet sich ein schmaler Fluss mit fließend klarem Wasser um den Felsen herum.

„Ayuveda, Lebensweisheit dieser Erde, lass mich ein."

Ich bin schockiert und habe Angst. Dann fließt der kleine Fluss den Felsen hinauf.

Das Wasser umschließt den kompletten Felsen, bewegt sich in kleinen Wirbeln in alle Richtungen. Durch den hellen Stein leuchtet das hellblaue Wasser wie eine Discokugel.

Bei diesem Gedanken schmunzelt Balu über mich.

Mitten im Felsen entsteht plötzlich eine Tür, oder einfach nur ein großer Eingang. Er ist einfach da, das Licht, das dort heraus strahlt, ist sehr hell und warm. Es berührt mich, nicht nur meine Haut, es berührt meine Seele und es stellt sich ein wohliges Gefühl ein. Ich fühle mich so glücklich und zufrieden. Es ist fast so schön, wie als ich meine leiblichen Eltern gesehen habe.

Nicht einmal die Erinnerung an das Geschehene tut gerade weh, alles ist in Ordnung. Ich habe weder Angst, noch kenne ich Trauer, da ist kein nervöses Zittern, wenn ich an Stauros denke.

Sogar die Erinnerung an das Gefühl, das ich habe als ich meine Hände über die rostigen Nägel zog, ist nicht mehr schlimm.

Balu beobachtet mich, meine Reaktion, er ist glücklich, dass ich es so aufnehme. Es hätte auch anders sein können, manche Menschen reagieren mit Angst auf diesen Felsen.

Zufrieden reicht er mir die Hand und geht mit mir in den Eingang, in das Licht. Ich weiß nicht was mich dort erwartet, aber ich vertraue Balu. Wir begeben uns in so etwas wie eine Tropfsteinhöhle. Von so einem großen Ausmaß und von solcher Schönheit, wie ich es noch nie gesehen habe. Es ist nicht wie in einer herkömmlichen Höhle, wo die Stalaktiten sich in den verschiedensten Brauntönen präsentieren.

Hier sind die Zapfen noch weißer und reiner als der Fels von außen. Nichts auf dieser Welt kann so rein sein, weißer als Schnee, leuchtender als die Sterne. Überall glitzert es, als hätte jemand Unmengen von Glimmerstaub verteilt. Kleine, bis riesige Diamanten stecken in den unwirklichsten Felsformationen. Überall zwischen den Gebilden glitzern kleine Pfützen mit kristallklarem Wasser, das sich ständig bewegt.

Es ist hier wie in einem Märchen, wunderschön und still.

Wir gehen langsam und andächtig einen kleinen Weg entlang. Ich lasse alles auf mich wirken, genieße diesen Anblick von unvergleichbarer Schönheit. Noch nie zuvor habe ich einen berauschenderen Ort wie diesen hier gesehen.

„Man sagt, dass jede einzelne dieser Gebilde, geraubte glückliche Seelen sind. So wie es geschrieben steht, hat Ayuveda sie jedem genommen, der sie angeboten hat."

Er flüstert und wir bewegen uns nun noch ehrfürchtiger. Ich habe Angst, hier irgendetwas zu berühren und kaputt zu machen.

„Wie kann man denn seine Seele abgeben?"

„Ayuveda kann dir alles nehmen, und dir alles geben."

„Wie?"

„Sie kann dir sämtliche Ängste und schlechte Gefühle nehmen, die du mit den verschiedensten Orten oder Situationen verbindest. Sie kann Leben schenken und Seelen zum Tausch nehmen. Sie ist Gut und Böse."

Statt weiter zu fragen, grübele ich über seine Worte nach, während ich weiterlaufe und mich von dieser unglaublichen Umgebung verzaubern lasse. Ich frage mich, wie man Gut und Böse sein kann. Was hate das zu bedeuten?

Auf einmal erinnere ich mich daran, wie klein der Felsen von außen doch ausgesehen hat und dass sich die Hülle absolut nicht mit dem Ausmaß des Inneren vereinbaren lässt.

Wir sind auch keine Stufen nach unten gegangen, sodass sich diese Größe hätte erklären lassen.

„Gewöhn dich daran, dass die Dinge in unserer Welt nicht immer so sind, wie sie scheinen. Oft liegen die großen Dinge in den kleinen Dingen des Lebens."

Als er seinen Satz beendet hat, stehen wir am Ende unseres Weges. Vor mir liegt eine große Rotunde, umgeben von unzähligen Felsformationen, die von der Decke hängen. Der Boden scheint im ersten Moment aus Strandsand zu bestehen, doch als ich mich bücke, um ihn anzufassen, sehe ich wie Millionen von winzig kleinen Diamanten durch meine Finger gleiten. Ungläubig sehe ich zu Balu hoch, der über mein Staunen lächelt.

„Sieh zu, dass nicht ein einziges Diamantenkorn zwischen deinen Fingern hängen bleibt, sonst bist du des Todes. Sie wird sich ohne Vorwarnung deiner Seele bedienen und du wirst hier als Felstropfen enden und bis ans Ende der Zeit in dieser Höhle hängen."

Ich habe keine Angst, seelenruhig gleitet mein Blick von meiner Hand über die Tonnen von Diamanten bis zur Mitte. Dort liegt ein kleiner Teich, nicht größer als ein Whirlpool, der höchstens knietief ist. Es ist nicht mehr als eine Mulde, in der die Diamanten das Wasser zum Glänzen bringen. Das Lichtspiel zwischen dem sich ständig bewegenden, kristallklaren Wasser und den darunter liegenden Diamanten ist atemberaubend schön.

Das Wasser wird unruhiger, es bildet sich in der Mitte ein kleiner Wasserhügel, der wächst und wächst. Allmählich nimmt das Wasser eine Form an, die ein engelgleiches Wesen auf der Oberfläche erscheinen lässt.

Es ist eine große schlanke Frau, ihre Haut ist sehr blass, sie hat kurze weiße Haare, aquamarienblaue Augen und sie ist nackt! Ihre Haut schimmert wie ein Seidentuch, sie berührt die Wasseroberfläche lediglich mit ihren beiden Zehen, sie schwebt. Nichts rührt sich, es ist als würde die Zeit ihretwegen stillstehen. Ich empfinde ihre Traurigkeit so deutlich, wie die kleinen Steinchen unter meinen Knien, die sich so langsam in mein Fleisch bohren. Ihre Augen werden immer glasiger, sie quellen fast über und ihre Haut glänzt wie die Diamanten um uns herum. Nun hebt sie eine Hand und erwartet, dass ich aufstehe, um zu ihr zu kommen. Sie spricht mit mir, ohne Ihre Lippen zu bewegen.

Ich brauche Balu nicht anzusehen, um zu wissen, ob ich zu ihr gehen soll oder nicht. Es fühlt sich an, als würde ich in Zeitlupe aufstehen, ich sehe und höre jeder Diamant, der sich von meiner Jeans löst und leise klirrend zurück auf den Boden fällt. Es ist als würden die Diamanten eine Melodie spielen, in deren Takt ich mich auf dieses Wesen zubewege.

Am Rand des Wassers verharre ich völlig ungewollt, ich kann aber nicht anders, es ist wie ein Zwang. So schlagartig, wie dieses Wesen ihre Augenfarbe ändert, so schlägt ein dumpfer, lauter Ton auf mich ein, der jeglichen Sauerstoff aufsaugt. Ich weiß nicht, ob ich deswegen keine Luft mehr bekomme, oder ob es der Anblick ihrer Augen ist. Ihr Körper färbt sich auf einmal tiefschwarz und wirkt leer. Und es ist als kann ich unzählige Stimmen in dieser leere hören, die nicht aufhören zu kreischen. Ich halte mir die Ohren zu, weil ich vermute gleich zu ersticken und umzufallen. Dann schießt die Luft von hinten, so über mich hinweg, dass ich in die Knie gehe. Ich lande mit dem Oberkörper in dem Wasser vor mir. Es ist bitterkalt, die Kälte kriecht durch meinen Kopf in meinen Nacken. Ich erblicke nichts außer Wasserblasen und bin nicht fähig, mich aus dem Nass zu befreien. Sie holt mich daraus, ohne mich zu berühren. Stocksteif schwebt mein Körper nun vor ihr, dass ich ihr direkt in die Augen sehen muss. Es ist mir nicht möglich, mich zu bewegen. Mein Atem erzeugt Nebelschwaden wie in einer Eiskammer.

Jetzt sind ihre Augen nicht mehr schwarz, sie sind wieder aquamarienblau wie Wasser. Es sieht so aus als würden ihre Augen gleich einfach auslaufen, es ist keine Haut zu sehen die das Auge zusammenhält. Ihr Körper ist wieder schneeweiß.

„Das böse ist genauso in dir wie das gute, lass die Dunkelheit niemals siegen."

Diese Stimme ist mehr als Elfengleich, wenn man sich überhaupt vorstellen kann, wie so was klingen kann. Es ist ein Singsang, hell, sanft, lieblich, wie Harfenmusik vielleicht.

„Du bist stärker, als es möglich ist."

Ihre Stimme hallt durch die Höhle, ich weiß ganz genau, dass ich nicht an der Reihe bin, um Fragen zu stellen.

„Dein Schmerz ist so groß, weil du zu egoistisch bist."

Das reicht!

„Was?"

Mein Puls ist sofort auf hundertachtzig, weiß diese Person überhaupt, was ich durchgemacht habe?

„Du nimmst deinen persönlichen schmerz wichtiger als alles andere. Du saugst ihn auf, hältst ihn fest, um dich darin zu suhlen, aus Selbstmitleid, weil du das geschehene ertragen musstest, den Verlust der eigenen Mutter fühlen musstest."

Das ist wie ein Stich ins Herz, wie kann sie es wagen?

„Höre auf dich selbst zu bemitleiden, weil du leid sehen musstest."

„Ich bemitleide mich doch gar nicht, ich bemitleide meine Eltern und Balu."

„Lüg mich nicht an."

„Das tue ich doch gar nicht!"

Wieder erklingt dieser metallische laute Klang, der über mein Haar hinweg zieht und mir den Atem nimmt. Dann ist sie mir nahe und ich sehe in schwarze Augen, deren tiefe kein Ende zu nehmen scheint.

„Ich sehe in dein innerstes!"

Niemals werde ich diese schreckliche dunkle und hallende Stimme vergessen. Diese gewaltige und bösartige Stimme passt gar nicht zu ihrem zarten Körper. Ich habe keinen

Vergleich, aber so muss sich eine Stimme aus der Unterwelt anhören.

Bevor ich ihr antworten kann, schießt die Luft wieder auf sie zurück. Ihre Augen sind sogleich wieder engelsgleich, genau wie ihre Stimme.

„Und du wirst feststellen, dass der einzige schmerz derjenige ist, der dich selbst bemitleidet. Nicht die Tatsache an sich, sondern der Umstand, dass du das alles ertragen musstest, macht dich traurig. Es macht dich ängstlich und somit schwach, es gibt eine angriffsstelle."

„Das ist nicht wahr." Meine Stimme bricht ab und ich fange an zu weinen.

„Du musst Kalkutti und Gudal verzeihen."

„Niemals!!!!" Ich schreie energisch.

„Nur wer verzeiht zeigt Stärke, der Schwache hasst weiter und vergiftet seine Seele."

Was sie sagt und wie sie es sagt, trifft mich im Innersten meines Herzens.

Ich schaue sie eine Weile stumm an, sie ist der Inbegriff der Ruhe und der Schönheit. Sie erscheint ausgeglichen und gleichzeitig tot, ist sie ein Engel?

„Nenn mich Engel, nenn mich Asmodi, nenn mich Gott. Ich bin alles und nichts."

Ihr Gesicht bleibt so friedlich und entspannt, als würde sie einem Säugling beim Schlafen zusehen. Balus Stimme zieht mich wieder auf den Boden dieser. Er nimmt meine Hand und zieht mich an den Rand des Raumes.

„Du bist nichts von all dem, Gabriel! Du bezahlst für deine Sünden, bis in alle Ewigkeit." Sagt Balu seelenruhig.

Dieses Mal ist dieser kalte Klang ohrenbetäubend laut, nicht nur ihre Augen färben sich schwarz. Ihre Haut verwandelt sich binnen Sekunden zu einer alten schwarzen Pergamentschicht. Ihr Haar ist lang und zerzaust, fliegt wirr herum. Ihr ganzer Körper spannt sich wie ein alter vertrockneter Zweig, der am Boden liegt. Ihre Hände formen sich zu fiesen Krallen.

Sie spricht nun laut, mit fransigen Lippen, es klingt wie aus der Hölle.

„Der Tag der Abrechnung wird kommen, wir werden diese Dimension überschwemmen, so wie das Wasser kam. Es wird keine Arche geben, für nichts und niemanden, jedes Wesen wird sich im Blut Christi suhlen. Vor Schmerzen in alle Ewigkeit schreien, die Flüsse werden sich erneut rot färben und es werden die Leichen aller Kinder dieser Welt sein."

Balu ist angespannt, er will mehr wissen, sie weiter provozieren, aber mit ihrer heftigen Reaktion hat er nicht im Entferntesten gerechnet, irgendetwas ist heute anders.

„Trotzdem wirst du hierbleiben, du bist nicht Gabriel, du bist Judas der Verräter, du wirst für alle Ewigkeiten für deine eine Sünde zahlen."

Ich habe Angst, dass diese Frau jetzt ausflippt und uns beißt oder so. Aber ich irre mich, sie scheint einen Augenblick nachzudenken, beruhigt sich wieder und verwandelt sich zurück in dieses weiße unschuldige Wesen. Noch nicht einmal der Umstand, dass sie gerade noch ausgesehen hat wie irgendetwas aus der Hölle, schadet ihrem Antlitz. Es ist nichts mehr von ihrer Bosheit zu sehen, keine Spuren, keine Anspannung nichts!

„Sindh, ich bin nicht böse, aber es steckt in mir genau wie in jedem. Ich habe vor zweitausend Jahren dem Bösen in mir die Überhand gelassen und Verrat begangen. Den schlimmsten Verrat der jemals auf dieser Erde, in diesem Universum begangen wurde. Seitdem bin ich hier und zahle für meine Sünde, ich habe Gottes Sohn verraten."

Balu spürt das mir ein Licht aufgeht, ich verstehe es.

„Ist das Böse bei mir auch so stark präsent wie bei dir?"

„Nein."

Auf einmal wird sie traurig, ihr Tränen tropfen in das klare Wasser zu ihren Füßen und färben sich rot. Der soeben noch kristallklare Teich, verwandelt sich in dickflüssiges Blut. Es drängt sich durch die Milliarden von Diamanten und färbt langsam den gesamten Boden um sie herum.

„In dir steckt genauso der Heilige Geist, wie Asura, du hast beides zur Hälfte. Was dich nicht nur zum mächtigsten Wesen zwischen Himmel und Hölle macht. Es macht dich auch zum gefährlichsten! Deine Seele ist rein, aber wenn du nicht

176

vergeben kannst, ist das die Pforte für das Böse, um sich deiner zu bedienen."

Ich verstehe, was sie sagt, ich begreife es nicht nur innerhalb von Sekunden, ich glaube es auch.

„Und was soll ich jetzt deiner Meinung nach machen?"

„Vergib Ihnen."

Irgendwie geht diese Frau mir so langsam auf die Nerven und ich antworte unwirsch, was Balu ärgerlicherweise mal wieder belustigt.

„Ja ok ich vergebe Ihnen ja schon! Alles verziehen! Schwamm drüber! Kein Problem! Die beiden haben mich nur an so ein Kreuz gezimmert, meinen Vater halb totgeschlagen und meine Mutter in der Mitte durchgebrochen."

Die letzten zwei Wörter zerbrechen in meiner Kehle und sind schließlich kaum noch zu hören.

Balu packt meine Schultern und hält mich zurück, denn ich spüre gar nicht, dass ich mit geballten Fäusten auf sie zustürze.

„Sieh zugunsten der ganzen Menschheit, über deinen Schmerz hinweg. Dein Schmerz ist nichts, im Gegensatz zu dem Schmerz der folgen wird, wenn du dem Bösen nicht standhalten kannst."

„Das! Geht! Aber! Nicht! So! Einfach!"

Es sieht so aus, als wird sie nun noch ruhiger, was gar nicht möglich ist, ihr ganzer Körper scheint sich noch mehr zu entspannen.

„Die Bürde, die du in deinem zarten Alter trägst, ist schwer. Doch es war Gottes Wille, dass du geboren wurdest."

„Was soll das denn heißen?"

„Du bist die unbefleckte Empfängnis, du bist die die diese Erde retten soll. Du bist der Trost und die einzige Hoffnung der Menschheit. Solltest du versagen, sind all seine Bemühungen umsonst. Asura wird die Erde der Unterwelt gleich machen."

Mir ist das alles viel Zuviel, ich weiß gar nicht mehr was ich machen soll.

„Mir reicht´s! Ich will jetzt gehen!"

Ich drehe mich auf dem Absatz um und versuche an Balu vorbeizugehen. Er hat meine Gedanken gelesen, seine Stirn zeigt Sorgenfalten und seine Augen füllen sich mit Tränen. Anscheinend verstehe ich den Ernst der Lage nicht.

„Ganz genau Liebes, du verstehst ihn nicht. Ayuveda will dir nichts Böses, sie versucht dich aufzuklären, dir zu helfen einen Weg zu finden dein Herz reinzuwaschen."

Ich drehe mich zu ihr um, rote Tränen laufen über ihr Gesicht und haben ihren elfenbeinfarbenen Körper besudelt. Ich frage mich wie lange sie hier noch durchhalten wird, bis sie stirbt.

„Ich sterbe nicht, ich habe niemals gelebt. Ich bin ein Engel, ich bin gefallen und jetzt in einem Zustand der Ewigkeit."

„Was erwartest du denn von mir?"

„Nimm dich nicht mehr wichtig, lass los, Sorge dich um alles andere und verzeih. Lass das Böse nicht zu, es ist größer und stärker als du denkst."

Ihre Tränen fließen nun unaufhörlich, sie weint still in sich hinein. Komischerweise habe ich das dringende Bedürfnisse sofort zu gehen.

„Ja komisch, wieso willst du nur so schnell weg hier?" fragt Balu mich ironisch.

Ich lächele ihn an, er nimmt meine Hand und führt mich über den wohl exklusivsten Sandweg hinaus, den ich jemals wieder betreten werde. Als wir den Felsen verlassen frage ich mich, ob diese Gabriel wohl verbluten wird.

Balus Lachkrampf nach zu urteilen, ist das wohl nicht der Fall.

Wir sprechen kein Wort auf dem Weg zurück, es denkt auch keiner etwas, es ist still. Unsere beiden Prachtexemplare warten ein bisschen weiter entfernt. Der bloße Gedanke, sie sollen näherkommen, treibt die Pferde an.

„Fühlst du dich jetzt besser?"

Bei den tausend Gedanken und Schimpfwörtern, die mir sogleich durch den Kopf schießen, zuckt Balu zusammen.

„Nein!"

„Ich denke die Reise war skurril und umsonst."

„Irgendwann wirst du sehen, wofür diese Reise gut war."

„Das ist nicht wahr, das ist nicht sein Grab!" Balu scheint vergessen zu haben, dass ich seine Gedanken lesen kann.

„Doch das ist es."

Ich lasse Kali stillstehen, ohne mich auch nur zu bewegen.
„Das ist das Grab Jesu? Und seine Jünger waren alle Sinti?"
Balu grinst breit, treibt Kalnack an weiterzugehen.
„Ja doch, Gabriel ist die letzte übrig gebliebene, sie wird hier bis in alle Ewigkeit bleiben und seinen Körper bewachen."
„Wo liegt er denn?"
„Unter ihr, im Wasser."
„Wie?"
„Wenn man das Wasser herausbekommen und die Diamanten beiseiteschaffen könnte, würde man zu einer Verlies Tür aus durchsichtigem Kristall gelangen. Man erzählt sich, die ganze Tür sei ein von Gott geschliffener Diamant. Wenn man den zur Seite schaffen könnte, würde man in die Halle der Seligkeit gelangen, wo sein Körper auf einem Altar liegt, der ebenfalls aus einem einzigen kristallklaren Diamanten besteht."
„Wenn man dies bei Seite schaffen könnte und jenes beiseiteschaffen könnte, so eine dumme Diamantengeschichte können sich auch nur Sinti ausdenken. Das hättet ihr wohl gerne! Außerdem, wieso sollte Jesus auf diesen ganzen Diamantenkram Wert legen, ich habe immer gedacht, er sei bescheiden gewesen. Ist es nicht das, was die Kirche ständig predigt und wonach sich all die Nonnen und so weiter richten?"
Irgendwie verwirre ich ihn, er versteht mein Ärgernis nicht, oder vielleicht doch?
„Das ist alles ein bisschen zu viel für dich, lass uns nach Hause liebes."
Ich hole einmal sehr tief Luft und fange dann an zu weinen.
Balu steht mit Kalnack schon neben mir und zieht mich mit auf seinen Rücken, bevor die erste Träne über mein Kinn rollt.
„Ich liebe dich."
„Iiich weeeißß!"
„Hör auf zu weinen."
„Iiich kaannn abaa nich!"
„Bitte, du zerreißt mir das Herz."
„Eess tuuut mir leeeid! Abbba ich wuill keeine unbeeefleckte Empfängnisss seeeinnn!"

Balu ist zwar etwas verzweifelt, er muss aber trotzdem lachen.
„Ja das ist doch nicht schlimm und schon mal gar nicht so wichtig, deine Eltern lieben dich doch trotzdem, alle vier."
„Uuuaaaaahhhhhhhhhhhhh!"
„Hör auf zu weinen Liebes."
„Du begreifst gar nichts, wenn das stimmt, bin ich sowas wie Gottes Kind, das ist doch schwachsinn!"
Balu spürt meine Angst, er weiß, worum es mir geht, er packt meine Schultern und schüttelt mich, bis ich aufhöre zu weinen.
„Hör zu! Jawohl, du bist ein Gottes Kind, aber sind wir das nicht alle? Er verlangt von dir nichts, genau wie von uns allen anderen. Das, was wir tun, tun wir aus Liebe zu unserer Familie, unseren Mitmenschen und unserer Erde. Er hat uns nicht auferlegt gegen das böse zu kämpfen, das machen wir von ganz allein. Und auch du wirst es von allein tun, du bist ein guter Mensch und du weißt was passiert, wenn wir Vlad nicht stoppen. Du wirst dein Leben geben, deine ganze Kraft bis zum letzten Blutstropfen, um ihn zu vernichten."
„Und wenn ich versage?"
„Das wirst du nicht und wenn, dann werden wir alle mit dir untergehen, du bist ja nicht allein. Es wird unser Krieg, nicht deiner. Wenn wir versagen, dann zusammen, die Last liegt nicht bei dir allein."
„Und wenn ich ihn enttäusche?"
„Gott?"
„Jaaaahhh."
„Du kannst ihn gar nicht enttäuschen, er weiß doch, dass du und wir alle unser Bestes geben. Und wenn wir Menschen verloren haben, bleibt es immer noch ein Kampf zwischen Himmel und Hölle. Denkst du er wird Asura kampflos diese wunderschöne Erde überlassen? Sein Baby, sein Meisterstück, welche er, seit tausenden von Jahren hegt und pflegt, dass sie gedeiht? Auch er wird bis zum letzten Kämpfen, vielleicht sogar verlieren. Und wird er es dann nicht sein, der uns, seine Kinder enttäuscht? Die Last auf seinen Schultern ist mindestens genau so groß."
Ich beruhige mich ein wenig, steige auf Kali auf und wische mir meine Tränen weg. Die beiden Pferde fühlen mit mir, sie sind

traurig, ängstlich und nervös. Ohne darüber nachzudenken, klopfte ich auf Kalis Hals und versucht sie zu beruhigen.

„Komm, lass uns nach Hause gehen, ich habe Hunger."

Dem ist nichts mehr hinzuzufügen, ich bin sowieso machtlos. Jetzt kann ich gar nichts tun, nichts ändern. Am besten reiten wir nach Hause und ich lasse alles auf mich zukommen.

9.KAPITEL

Er ist allein, sitzt auf seinem Thron aus Schmerz und Tod. Seine Gedanken kreisen um Constantine, ihre Vernichtung ist missglückt. Was für ihn und seine Lakaien eine große Gefahr darstellt. Zetra die alte Hexe wird ihm niemals glauben, dass er nichts damit zu tun hatte. Sie wird auch kein zweites Mal mit diesem Hund hier erscheinen, völlig ohne jeglichen Schutz. Er schreit vor Wut laut auf, schwarzes Blut läuft ihm aus dem Mund, sein Gesicht ist zu einer hässlichen Fratze verzogen. Als sich die Tür öffnet und seine drei Frauen hereinkommen. Sie spüren seine Unruhe, wollen seine Wut auskosten. Als Sulaika sich ihm nähert packt er ihren Hals, wenn sie nicht schon Tod wäre, würde sie bei diesem Griff ersticken. Aber sie lächelt sinnlich, er droht ihr den Kopf abzureißen, doch sie fasst ihn an und lässt ihre spitze Zunge über ihre Lippen gleiten.

„Ooh Herr, ihr erregt mich mehr als alles andere." Vlad grinst wie eine abscheuliche Hyäne, nähert sich ihr so, dass sie seinen verfaulten Atem riechen kann. Die schwarzen Adern zeichnen sich mehr denn je unter seiner weißen Pergamentartigen Haut ab. Für einen Augenblick glaubt sie, sein Schädel wird gleich aus seiner Kopfhaut fahren, um Sie in Stücke zu reißen.

„Was hast du zu deiner Schwester gesagt?" Sulaika bleibt ruhig und räkelt sich unter dem Druck seiner Hand.

„Herr, sie ist nicht meine Schwester, sie ist die Ausgeburt meiner dreckigen Mutter, sonst nichts. Sie weiß nicht, dass ich mit ihr spiele, ihr Vertrauen erwecke."

„Du hast sie vorgewarnt, nur so konnte Balu Sie retten, es ist deine Schuld."

Vlad fletscht die Zähne, beißt quer durch ihr Gesicht. Es ist entsetzlich entstellt, schwarzes Blut läuft ihr den weißen Hals hinunter. Das linke Auge ist verletzt und von ihrem Mund ist kaum noch etwas übrig. Sodas ihr schiefes unwirkliches Lächeln, wie eine zerrissene Maske wirkt. Sie wirft den Kopf in den Nacken und lacht laut auf. Die beiden anderen Frauen schmiegen sich an Sulaika, versuchen ihr Blut zu kosten. Vlad zischt wie eine Schlange, sodass die beiden anderen zurückschrecken, sie kauern auf dem Boden und fauchen ihn an. Leise und geschmeidig hat Sulaika sich auf seinen Schoss gesetzt. Wie zu oft bevor umgarnt sie ihn mit ihrer Schönheit. Er ist seit je her von ihr fasziniert, wie er es noch nie von irgendeinem Wesen auf oder unter der Erde war. So wie sie knurrt und ihn umgarnt, heilt auch ihr Fleisch. Ihr Gesicht wächst in Sekunden zusammen, bis keine Wunde mehr zu sehen ist. Ihre anmutige Schönheit beeinflusst Vlad so sehr, dass er kaum mehr klar denken kann. Ihre Haut strahlt so weiß und rein wie Schnee, ihre grünen Augen leuchten vor Lust. Gierig drückt sie ihre roten sinnlichen Lippen auf seinen hässlichen, schwarzen Mund. Gierig nach ihr steht er mit ihr auf und trägt sie. Er geht von Wut und Begierde aus, die ihn antreiben. Oder ist es doch möglich, dass selbst ein Wesen wie Vlad einen Funken liebe in sich spürt. Auf jeden Fall gibt es nichts auf dieser Welt das er so sehr als seinen Besitz bezeichnen will. Nichts spricht ihn so sehr an wie diese eine Frau.

So wie er sich beruhigt hat, gleitet sie auch von ihm ab und kauert vor ihm am Boden. Denn trotz all dem will er sie am Boden, zu seinen Füßen kriechend sehen.   Denn seine Vorstellung von Macht und Boshaftigkeit überwiegen immer.

„Herr sie hätten versagt, das habe ich gesehen.

Constantine hätte sie beide vernichtet und ich habe gesehen, das Gudal den Dolch nur so retten konnte."

Ihre Stimme ist krächzend und aufgeregt, sie ist immer noch im Bann des Höhepunktes mit ihm. Sie will mehr, ihre Gier nach ihm lässt sie an seinem Bein hochfahren. Doch er schlägt sie, alle drei schrecken einen Meter von ihm weg. Nur um sich direkt wieder an ihn heranzuschleichen. Sie fauchen und kreischen wie zu Tode erschreckte Katzen.

Die rothaarige versteift sich und starrt einen Augenblick in die Dunkelheit.

Vlad reißt sie am Haar, biegt ihren Kopf so nach hinten, dass ihre Knochen drohen durch ihre Haut zu schlagen.

„Was hast du gesehen?"

„Es wird an ihrem Geburtstag geschehen Herr, wir werden erfolgreich sein." Sulaika stellte sich abrupt auf.

„Lass es mich tun Herr, lass mich Zetra töten, ich will ihr Blut. Ich will sie hier haben, zum Wahnsinn treiben, bevor ich sie in die Hölle schicke. Und wenn es mir misslingt, wird dich keiner beschuldigen. Du kannst sagen, es sei eine Fehde unter Geschwistern, du weißt, wie sehr ich sie verabscheue."

Vlad denkt nicht daran, ihr diesen Gefallen zu tun, dennoch will er sich ihre Ergebenheit sicher sein. Blut ist schließlich dicker als Wasser.

„Wenn der Zeitpunkt gekommen ist, werde ich dir sagen was du zu tun hast."

Es gibt keinen Wiederspruch, keine weiteren Fragen oder Diskussionen. Sulaika weiß, dass, senkt ihr Haupt und antwortet.

„Ja Herr."

Im nächsten Moment geht die schwere alte Tür auf und Gudal tritt herein.

Er lächelte, glücklich und stolz darüber, dass er seinem Herrn ein Geschenk mitbringen konnte.

Ohne zu zögern, geht er auf Vlad zu und vor ihm auf die Knie.

„Herr verzeih, dass ich dich störe."

Ein Moment vergeht, in dem man nichts hört, weil keiner es wagt zu atmen.

Gudal wird das dumme Gefühl nicht los, dass er da gerade in etwas hereingeplatzt ist. Das Vlad noch schlechtere Laune hat als normalerweise und dass das auf jeden Fall tödlich enden wird. Ängstlich senkt er den Kopf noch ein bisschen mehr, er liegt nun mit seinem Gesicht im Dreck. Vorsichtig holt er die gekreuzte Klinge unter seinem Umhang hervor.

„Herr sieh nur, was ich dir mitgebracht habe."

Die Klinge schwebt hoch, direkt in Vlads knochige Hand. Steif wie eine Statur, sieht er in die Ferne, schwelgt in Erinnerungen an die Szene, als Kalkutti Jesus damit erstochen hat. Die Tatsache, dass das auch nichts genützt hat und die dumme Menschheit trotzdem weiter glaubt, macht ihn noch wütender.

„Herr ich habe für dich."

184

Vlad schlägt mit barer Gewalt auf ihn ein, sodass sein kompletter gekrümmter Körper im Boden versinkt. Er windet sich, versucht sich zu befreien, aber es gibt kein Entkommen. Wie in einem Sumpf, hält der alte Steinboden ihn fest und zieht ihn mehr und mehr hinunter. Vlad lässt sich Zeit beim überlegen, Gudal hört so langsam auf sich zu bewegen. Es ist Vlad egal ob er in der Hölle landet, Gudal ist nur eine Scharbe unter seinem Fuß. So wie Vlad seine Hand hebt, kann Gudal seinen Kopf etwas aus dem Boden ziehen. Es ist kaum möglich zu sprechen, zu sehr ist sein Körper an den Boden gefesselt.

„Wo hast du Nekam her?"

Vlads Stimme ist schmerzverzehrt, der Tonfall erschüttert sogar die drei Frauen.

„Herr, ich habe ihn von Kalkutti der zu Staub zerfallen am Boden lag. Er hat schmählich gegen das Mädchen verloren."

„Wieso hast du ihm nicht geholfen, hast dich wie eine Ratte im Schatten versteckt."

Er fasst den Dolch und schneidet ganz langsam über Gudals Kopf. Die Wunde zischt und qualmt, Gudal wimmert vor Schmerzen. Er kann sich nicht bewegen, weil der Zement ihn so erbarmungslos festhält.

„Nein, Herr...dann hätten sie..."

Vlad hält inne, aber nicht aus Mitleid. Er will erfahren was Gudal zusagen hat, bevor er ihn in die Hölle schickt.

So wie er die Klinge langsam über seinem Kopf gleiten lässt, beginnt Gudal zu sprechen.

Schwarzes Blut läuft ihm dabei über den Kopf.

„Herr, sie waren zu viele, die alte Zetra war da. Wenn sie mich bemerkt hätten, wäre ich jetzt schon in der Hölle und der Dolch in deren Händen. Ich habe mich bewusst zurückgehalten, um unbemerkt den Dolch zu nehmen.

Außerdem war ich der Einzige, der das Tor zu Sindh öffnen konnte."

„Wie meinst du das?"

„Mit dem Blut Constantines und dem Kreuz Stauros hätten wir uns einen Weg frei machen können. Dafür ist es jetzt zu spät."

Vlad haut den Dolch mit aller Wucht in Gudals Kopf. Er wimmert und spricht mit letzter Kraft weiter.

„Nur ich kenne noch einen anderen Weg." Vlad überlegt einen Augenblick, bevor er die Klinge aus seinem Kopf zieht. Es dauert etwas, bis sich die Wunde wieder zuzieht und Gudal wieder sprechen kann.

„Die alte Zetra hat mir beigebracht Türen zu anderen Orten, ja sogar anderen Dimensionen zu bauen. Die Sinti haben überall Türen, die sie zu den verschiedensten Orten führen. Andersherum kann man auch eine Tür betreten, um nach Sind zu gelangen."

„Du lügst!"

„Nein Herr ich habe es mit eigenen Augen gesehen!"

„Wieso zum Teufel hast du denn noch nichts gesagt?" Vlad spuckt Blut vor Wut, er ist kurz davor Gudal zu vernichten.

„Es hätte nichts genützt Herr, wie soll denn eine ganze Arme aus der Unterwelt durch diese eine Tür einmarschieren? Nur durch den Dolch haben wir die Macht aus einer Tür einen ganzen Krater zu machen."

Vlad überlegt kurz, ihm ist klar, das Gudal ihm gerade die wertvollste Waffe aller Zeiten in die Hand gedrückt hat. Asura würde sich freuen und ihn reich belohnen, wenn er ihn jetzt in die Hölle schicken würde.

Er lässt von Gudal ab, der Steinboden spuckt ihn langsam wieder aus und er liegt erschöpft am Boden.

„Steh auf, wir werden sehr bald in die Unterwelt aufbrechen. Du wirst mich begleiten und nun geh und sammele deine Kräfte für den großen Kampf." Obwohl er starke Schmerzen hat und seine Knochen noch nicht ganz zusammengewachsen sind, kriecht Gudal davon. Hinaus zur Tür in Sicherheit, weit weg von Vlad.

Stumm und starr denkt er nach, lässt die ganze Situation Revue passieren. Er empfindet es als Glücksfall, das Kalkutti versagte und Gudal den Dolch genommen hat. Asura wird sich erkenntlich zeigen, oder zumindest ihn nicht in die Hölle holen.

Dass Sulaika mit Zetra gesprochen hat, gefällt Vlad gar nicht. Er traut ihr nicht und ärgert sich, dass er es versäumt hat, sie davon abzuhalten.

Sie ist eine einzige Enttäuschung, sein Blut schäumt fast über.

Diese Wut lässt er nun an seinen drei Frauen aus, er ergreift sie eine nach der anderen.

Dann wird er fast verrückt vor Freude, denn seine Gedanken sind nicht mehr hier und jetzt. Er malt sich aus, wie er das Volk des Sindh elendig zu Tode treiben wird. Allein schon, um Sulaika zu quälen. Vorher wird er sie vor den Augen ihrer Brüder und Schwester nehmen, nur um sie dann abzuschlachten. Ja auch sie ist in seinen Augen nichts als eine von Ihnen und sie hat ihm jetzt tausende von Jahren genug Dienst getan. Sie soll in den letzten Sekunden ihres Daseins erfahren, dass er sie niemals geliebt hat.

Sulaika lächelt ihren Herrscher und Gebieter an, ihre scharfen Zähne blutverschmiert. Obwohl Sie eine Ausgeburt der Hölle ist, gleicht sie einem Engel. Ihre Schönheit überstrahlt noch jene der beiden anderen zusammen, nichts kommt ihr gleich. Sogar in diesem dunklem gottverlassenem verließ, bringt sie mit ihrer Anmut und Schönheit noch Licht an diesen unsagbaren Ort.

Sie schmiegt sich an seinen Hals, saugt sein Blut, so wie er es will, so wie es ihn immer wieder in Ektase treibt.

Was nichts und niemand in diesem Raum entdeckt, sind die Tränen die ihr unaufhörlich aus den Augen quellen. Tränen der Sehnsucht nach Ihrer Familie und nach dem Tod. Sie sehnt sich nach Erlösung von Ihrem da sein. Ihre Tränen vermischen sich mit seinem Blut und laufen ihm den Rücken hinunter.

Sie weiß nicht, ob sie dieses Martyrium noch ein weiteres Jahrhundert aushalten wird.

Am nächsten Morgen, sieben Uhr in der Früh, wartet Balu vor der großen Bronzetür und klopft so laut es geht. Es dauert ein paar Minuten bis Jack endlich mit einer geladene AK47 an der Tür erscheint, um sie Balu direkt unter die Nase zu halten. Als er ihn aber sieht, entspannt sich sein Körper wieder und er senkt die Waffe.

„Sag mal, bist du bekloppt? Was schlägst du denn auf einem Sonntagmorgen, um sieben Uhr hier die Tür ein?"

„Ich habe sie doch nicht eingeschlagen."

„Doch, sieh nur du hast dem Jäger den Kopf zerbeult."

Jack streicht vorsichtig über die tausend Jahre alte Tür, deren wunderbare Jagdszenen, bis vor einigen Minuten noch keinen Kratzer hatten.

„Es tut mir leid, das wollte ich nicht. Aber es gibt einen triftigen Grund, weshalb ich so früh hier bin."

„Komm doch erst mal herein."

Jack geht vor und legt die Waffe einfach in den Flur auf das Sideboard. In dem Moment kommt auch schon Rose die Treppe herunter. Sogar am frühen Morgen sieht sie wunderschön aus. Balu denkt sich, dass sie für eine Sterbliche, wirklich außergewöhnlich bezaubernd ist.

„Mach deinen Mund zu und Hände weg von meiner Frau, sonst hole ich die AK 47 hier in die Küche."

Jack lacht laut und haute Balu auf seine breiten Schultern. Auch Balu ist von seinem Humor belustigt.

„Du bist ein glücklicher Mann, du hast die bezauberndste Frau, die ich je gesehen habe."

Sie sprechen so laut, dass Rose alles mithören kann. Mit vollendeter Klasse schreitet sie auf Balu zu und reicht ihm ihre Hand. Er küsst ihren Handrücken.

„Balu, du bist ein Gentleman, ich freue mich sehr für meine Tochter, sie hätte es nicht besser treffen können."

„Sie hat keine andere Wahl."

Rose zieht nur eine Augenbraue hoch, sodass Jack sich sofort anspannt.

„So war das nicht gemeint, ich meine, dass wir füreinander bestimmt sind. Das kann man sich nicht anders überlegen, das bleibt bis über den Tod hinaus."

Balus Stimme ist so ernst und liebevoll, dass beide an seinen Lippen hängen.

Ist es nicht das, was sie sich immer für ihre Kleine gewünscht haben? Einen Mann, der sie bis an ihr Lebensende lieben und ehren wird?

„Du hast auch gar keine andere Wahl Junge, machst du mein Mädchen unglücklich, trete ich dir in deinen Arsch."

Balu liebt Constantine genauso wie ihre Eltern und er kann Jacks Sorgen gut verstehen. Er würde genau so reden, wenn es um seine einzige Tochter ginge.

„Jack du hast mein Wort, dass ich sie lieben und Ehren werde, bis über den Tod hinaus. Es wird keinen Tag in ihrem Leben geben, an dem ich nicht für sie sterben werde. Das schwöre ich bei der Seele meiner Mutter und bei meinem Leben."

Während Jack noch etwas sprachlos im Weg steht, schiebt Rose ihn liebevoll an die Seite und macht sich an der Kaffeemaschine zu schaffen. Sie drückt einige Knöpfe, spült den Behälter für die frische Milch und legt los. Die beiden Herren der Schöpfung verstehen, dass sie stören und setzen sich an den Küchenblock.

„Schatz, lege doch bitte die Tiefkühlbrötchen in den Ofen."

Jack dreht sich auf Kommando von seinem Hocker und macht sich an die Kühltruhe.

In dem Moment kommt Constantine in die Küche, sie wirkt noch verschlafen.

Ihr kurzes weißes Shirt ist völlig faltig, ihre Haare strubbelig.

„Sagt mal, was macht ihr hier eigentlich? Es ist Sonntag, kann man denn hier niemals ausschlafen?"

Sie dreht sich motzend auf dem Absatz um und stampft die breite Treppe hinauf.

Jack nimmt die Brötchen, knallt die Truhe zu und reißt die Tüte auf.

„Mach dir keine Gedanken, sie ist immer muffelig, wenn man sie am Wochenende zu früh weckt. Aber das dürfte ja für heute dein

Problem sein, du bist es schließlich, der dem Jäger den Kopf eingehauen hat."

In diesem Moment dampft die Maschine, Rose erhitzt die Milch und Jack öffnet den Ofen.

„Was für ein Jäger?"

Jack nimmt Rose von hinten in den Arm, er drückt ihr einen Kuss in den Nacken und atmet ihren Duft ein.

„Er hat die Messingtür ruiniert, aber das macht ja nichts. Sie ist nur unersetzlich."

„Was? Du hast was? Was hast du gemacht?" Ihre Stimme klingt entsetzt, denn sie schätzt Kunstwerke über allen Maßen.

Balu kann dieses Theater wegen so einer alten Tür absolut nicht verstehen. Für ihn sind andere Dinge von unschätzbarem Wert, aber das wird er ihnen noch zeigen.

„Also, es tut mir fürchterlich leid wegen der Tür. Ich heute so früh hier erschienen, weil ich euch gerne zu mir nach Hause einladen möchte. Es ist also das zu Hause von uns allen, es ist die Stadt Sindh." Balu bringt kaum ein Wort heraus, Rose steht mit der kochend heißen Milch in der Hand und hat sichtliche Atembeschwerden. Außerdem kann er deren beider Gedanken lesen und sie sind wirklich ärgerlich wegen des Bronzeschädels. Sie denken, dass Balu sich jetzt echt etwas Gutes ausdenken muss, um diese Tür aus ihren Gedanken zu vertreiben.

„Ich möchte euch in die Stadt Sindh führen, sie ist über viertausend Jahre alt und noch so gut wie neu. Sie liegt unterirdisch in einer sagenumwobenen Höhle. Bisher hat noch kein Mensch einen Fuß auf diesen Boden gesetzt. Ihr seid die ersten, es ist mit keinem anderen Fund zu vergleichen, der jemals auf dieser Erde von Menschen entdeckt werden könnte." Beide starren ihn wie gelähmt an und komischerweise denken beide exakt das gleiche.

„Oooh, mein Gott, ist das wahr? Das darf doch nicht wahr sein, wir müssen schnell frühstücken und unsere Sachen packen. Wir müssen die komplette Ausrüstung mitnehmen und unsere Schlafsäcke, das wird wahrscheinlich etwas länger dauern."

Balu muss lachen, er hat noch nie zuvor zwei Menschen kennen gelernt, die so Seelenverwandt sind, dass sie in exakt dem selben Moment das gleiche denken.

„Nein ihr braucht keine Schlafsäcke, ihr werdet natürlich euer ganz persönliches Haus bekommen, ganz nach euren persönlichen Wünschen." Beide sehen jetzt noch verdutzter aus und fragen ihn gleichzeitig, wieso er das sagt?

„Ich kann eure Gedanken lesen und ihr habt doch tatsächlich genau das gleiche in der gleichen Zeit gedacht."

Jack glaubt ihm kein Wort und Rose stellt ihre Milchkanne ab.

„Ich denke, dass ich heute unbedingt mal in die Stadt gehen muss, um mir einige Geschäfte anzuschauen."

„Du willst dir Geschäfte in der Stadt ansehen."

„Das kann doch nicht wahr sein, du kannst doch nicht alles hören, was ich denke."

„Doch ich kann alles hören."

„Was denke ich denn jetzt?"

Jack verschränkt seine Arme und überlegt sich, was er denken soll.

„Du weißt nicht, was du denken sollst."

„Ich denke, dass ich gleich meine Waffe nehme und dir den Kopf abschießen werde."

„Du kannst mich nicht erschießen, meine Wunde würde sehr schnell wieder heilen."

„Was?"

„Ich sagte doch…"

In dem Moment komme ich die Treppe herunter, ich schicke meine Gedanken voraus, um Balu vorzuwarnen.

„Ich habe schlechte Laune, sehr schlechte, ich hoffe du hast einen guten Grund mich auf einem Sonntagmorgen, um sieben Uhr zu wecken."

Balu lächelt und schmunzelt in sich hinein.

„Ja, habe ich, wir nehmen deine Eltern heute mit nach Sindh, sie können dann alles umgraben, was sie wollen. Und wir zwei werden heute mit deinem neuen Training anfangen. Shiva ist schon heiß drauf."

Noch bevor ich die Küchentür erreiche, habe ich wieder sehr gute Laune. So langsam überkommt mich richtige Lust auf Training. Nicht nur, um den Asmodi gründlich den Hintern zu versohlen. Es ist auch sehr spannend mit Shiva, sie ist eine echte Herausforderung, irgendwie ständig schlecht gelaunt, unhöflich und verdammt gut.

„Guten Morgen!" Ich strahle mit der aufgehenden Sonne um die Wette.

Zuerst nehme ich Mama in den Arm, dann küsse ich Papa auf die Wange, bevor ich mich in Balu´s Arme werfe, um ihn auf den Mund zu küssen.

Wir werden von meinen Eltern mit peinlichen und mordlustigen Gedanken überflutet, sodass wir uns sofort wieder aus unserer Umarmung lösen.

Anscheinend können sich beide noch nicht mit dem Gedanken anfreunden, dass ihre Kleine jetzt erwachsen geworden ist und einen festen Freund hat. Mit dem sie angeblich auch noch verlobt ist und den sie auch noch heiraten will.

„Guten Morgen Schatz. Ich bin heute so früh dran, weil ich deine Eltern mit nach Sindh nehmen möchte, sie sollen es endlich sehen."

Ich verstehe sofort, dass ich das Training gar nicht erst erwähnen soll, denn sonst würden sich meine Eltern wieder Sorgen machen und den Tag in Sindh nicht genießen können.

„Ach wie schön, wann brechen wir auf?"

„Also wenn deine Eltern nichts dagegen haben, können wir gleich nach dem Frühstück gehen."

Sie antworten aus einem Mund.

„Wir sind gleich fertig."

Beide gehen direkt ihre Packliste im Kopf durch, wobei sie in Windeseile einen wunderschönen Frühstückstisch decken.

Als die Brötchen fertig sind setzen wir uns zusammen, Balu kennt so etwas nicht. Er weiß wohl, dass die meisten Familien jeden Morgen zusammen frühstücken. Er allerdings frühstückt schon immer allein oder auf dem Weg in sein Büro. Es ist bei seinem Volk nun einmal so, es gibt nicht so viele Regeln, eigentlich machen alle, was sie wollen (solange es nicht um Traditionen geht). Jack schnappt sich ein warmes Brötchen, während er es aufschneidet, überschlagen sich seine Gedanken. Rose geht es ebenso, was Balu dazu veranlasst, ungefragt zu erzählen.

„Also, Sindh ist 4183 Jahre alt, meine Urgroßmutter hat sie mit ihren zwei Cousinen und ihrer Schwester mit Hilfe von Hexerei erschaffen. Man sagt, dass sie unglaublich starke Hexen waren. Sie waren es, die alle anderen auf dieser Erde ausgebildet haben. Obwohl es nie wieder eine Frau gegeben hat, die ihr Handwerk so sehr verstand wie diese vier. Sie hießen tatsächlich, Sommer, Frühling, Herbst und Winter. Diese Höhle, wenn man sie so nennen darf. Ist so konzipiert, dass sie weder von den Asmodi, noch von Menschen gefunden werden kann. Sie ist unser zu Hause unser Zufluchtsort. Sie ist unendlich groß, die Decke ist unendlich hoch, sie führt bis zum Allerheiligsten.
Sie…."
Mama legt ihr Messer aus der Hand und verharrt kurz, bevor sie Balu unterbricht.
„Was soll das heißen, bis zum Allerheiligsten, unendlich hoch?"
Balu und ich hören die Widersprüche, die in den Gedanken meiner Eltern toben. Selbst ich kann es nicht glauben.
„Es ist wirklich so, die Decke führt direkt ins Paradies, zu unserem allmächtigen."
Jack glaubt nicht an Gott, doch die Erinnerungen an die unterirdische Kirche, diesem Vampir, das wahrscheinlich echte Kreuz Jesu, lässt ihn innehalten.
„Jack, ich weiß das es für dich schwer sein muss, auch für dich Rose und auch für dich mein Liebes."
Er drückt meine Hand und er fühlt, dass ich mich fürchte.
„Ich denke ihr habt alle drei, in den letzten vierzehn Tagen genug erlebt, um bestätigen zu können, dass es übernatürliches auf dieser Erde gibt. Auch wenn es für Archäologen, sehr schwer sein muss, denn ihr glaubt nur an das, was ihr ausgraben könnt. Aber diese Dinge in meiner Welt sind oft nicht greifbar, es geht um Hexerei, Zauber, Magie und dem Kampf zwischen Himmel und Hölle. So wie es Gott gibt, so gibt es auch den Teufel, Luzifer oder wie auch immer er in verschiedenen Kulturen genannt wird. Nur durch den Pakt von Himmel und Hölle, ist es uns überhaupt möglich, all diese Dinge geheim zu halten. Denn wenn die Asmodie öffentlich angreifen oder Menschenleben

nehmen. Wird auf dieser Erde nicht nur alles in Panik geraten, es wird auch ein unerbittlicher Krieg stattfinden, indem die Menschheit höchstwahrscheinlich vernichtet wird. Wir sind einfach zu wenige, um überall gleichzeitig zu sein. Wir haben uns schon auf der ganzen Erde verteilt und niemals ein Land unser Eigen genannt, damit wir für den Ernstfall gewappnet sind. Doch wir werden wahrscheinlich aus Mangel an genug Soldaten scheitern. Wir haben einen Plan entwickelt, in dem wir zirka zehn Millionen Menschen in kürzester Zeit nach Sindh evakuieren können. Doch die Erde wird nicht mehr bewohnbar sein, es wird kein Zurück mehr geben, wenn Asura sie sich erst zu Eigen gemacht hat." Wir sehen Balu an, als sei er Wahnsinnig, Jack und Rose sind zweifelt. Ich bin es auch, weil ich glaube, dass jedes Wort wahr ist.

„Und was meinst du können wir drei dagegen unternehmen?" Fragt Jack so trocken, dass Balu von seinem Mut erschrocken ist.

„Constantine ist dazu bestimmt die Prophezeiung zu erfüllen." Mama steht auf und haut auf den Tisch.

„Was um Himmels willen stellst du dir denn vor, was soll sie machen? Sie ist doch schon einmal fast gestorben, das lass ich nicht noch einmal zu."

Tränen quellen ihr über, sie wischt sie mit dem Morgenmantel weg und schlägt Jacks beruhigendem Arm weg.

„Nein, lass mich, dass da ist meine Tochter, mein Kind, und ich werde nicht zulassen, dass sie irgendeine Prophezeiung erfüllt, oder sich in einen irrsinnigen Krieg stürzt, um zu sterben, dass lass ich einfach nicht zu."

Jack steht auf, nimmt sie einfach in den Arm und lässt seine Frau weinen.

Balu riecht ihre Angst förmlich, und es geht ihm nicht anders. Denn er weiß, dass, wenn sie verlieren, sie alle sterben werden.

„Hört mir zu, es gefällt mir genau so wenig wie euch, diese ganze Situation ist absurd. Doch wenn wir Constantine nicht vorbereiten, wenn sie die Prophezeiung nicht erfüllt, dann wird der ganze Erdball einem Feuersturm gleich. Nichts wird mehr leben, außer all diese Kreaturen, die sich an den Schmerzen der noch vorhandenen Menschensklaven laben werden. Alles wird

194

vorbei sein, kein Baum, kein Tier wird leben. Jegliche Meere, Flüsse und Seen verdorrt sein, kein Haus mehr stehen, kein Kind mehr geboren werden. Constantine wird nicht nur sterben, sie wird von Asura persönlich in Empfang genommen, wenn ich es nicht verhindern kann."

„Wieso Sie? Wieso meine Tochter?"

Jack zeigt mit dem Finger auf Balu, als will er ihn für seine Lügen umbringen.

„Das habe nicht ich zu entscheiden, das ist Schicksal, so wie es euer Schicksal ist sie zu unterstützen und es mein Schicksal ist, für sie zu leben, für Constantine zu sterben, sie ist mein Leben." Er schluckt schwer bevor er sich zu mir dreht, um in meine grünen Augen zu sehen. Denn er ahnt schon, was ich jetzt sagen werde. Es ist als versinkt er darin, als würde das Grün sich in Wellen durch alle Galaxien bewegen. Meine Stimme ist unerbittlich stark, und ich weiß genau, was ich will.

„Ich werde Trainieren, ich werde kämpfen, ich werde meine Familie beschützen und, wenn Gott will, werde ich die Kraft haben, die ganze Menschheit zu retten und diesem Dreckssack da unten mal richtig Feuer unterm Arsch machen. Und keiner von euch, weder ihr beide noch du mein lieber, werden mich davon abhalten. Es ist meine Bestimmung, mein Kampf, ich war da, ich habe gesehen und gefühlt. Nichts auf dieser Welt kann noch schmerzlicher sein als das, was ich gesehen habe." Balu, Jack und Rose stehen wie angewurzelt am Frühstückstisch und haben dem nichts mehr hinzuzufügen.

Sie wissen alle, es ist für mich beschlossene Sache.

„So, und jetzt möchte ich bitte nach Sindh, ich habe auch gar keinen Hunger mehr. Den habt ihr mir mit eurem ganzen Weltuntergansscheiß gründlich verdorben."

Nach einer halben Stunde ist der Küchentisch geräumt, alle Taschen für einen längeren Aufenthalt gepackt und wir stehen fertig vor der Haustür. Mama schielt zur Bronzetür, steckt Balu fast den Finger in die Nase und sagte:

„Die reparierst du wieder, mein Lieber, sonst zieh ich dir die Ohren lang."

„Ja, Mam."

Bevor sie noch etwas sagen kann, sieht sie vier schwarze Pferde, die Kiesauffahrt herauf traben. Ganz allein, keiner der sie begleitet, ungesattelt. Sowie Kalnack auf Balu zusteuert, trabt Kali auf mich zu. Die beiden anderen bleiben nebeneinanderstehen. Ich bin mir sicher, die Gedanken der Pferde hören zu können.

„Fast Liebes, sie denken nicht wie Menschen es tun, es sind ehr Gefühle."

„Ja ich spüre das sie sich freuen meine Eltern kennen zu lernen."

„Jack, das hier ist von nun an deinen Hengst, er heißt Juri, er ist von edelstem Blut wie du siehst. Kein Pferd auf dieser Welt kommt der Zucht unserer Pferde nur im geringstem nahe."

Jack ist das egal, er hat sich noch nie groß für Pferde interessiert. Rose geht in Gedanken in die Knie, sie kann es nicht fassen. Die Stute, die auf sie zukommt, ist zu perfekt, um wahr zu sein! Es ist das schönste Pferd, das sie jemals gesehen hat. Es ist mehr als perfekt gewachsen, das Fell glänzt in der Sonne, es hatte Augen zum Verlieben. Rose weiß, wovon Sie spricht, von Kindesbeinen an, hat sie es mit den edelsten Geblühten auf dieser Erde zu tun. Doch diese scheinen nicht von hier, sie sind anders, eine eigene Rasse, nicht zu vergleichen.

Mit einem Schwung sitzt sie oben, streichelt ihren Hals und greift in ihre Mähne.

„Warum keine Sättel?" fragte Jack.

„Den wirst du nicht brauchen, diese Tiere passen sich deinem Körper an, sie werden nicht zulassen, dass du stürzt."

„Wer sagt denn, dass ich stürzen werde?"

Jack und Balu verstauen die Seesäcke auf den Pferden, während auch ich aufsteige und meine Mutter anlächele.

„Ich würde niemals von einem Pferd fallen." Sagte Jack ärgerlich.

Er schwingt sich auf den Rücken seines riesigen Hengstes und betet zu Gott, er möge nicht stürzen.

Balu wirft mir einen liebevollen Blick zu.

„Los mit dir, schnell wie der Wind".

Kalnack wiehert und trabt los, die Pferde bilden eine Einheit. Sie galoppieren in korrektem Abstand im Gleichschritt hintereinander her. Sie wissen bereits, wohin es geht, Balu muss es nur fühlen.

Nachdem wir den Kiesweg verlassen haben, durchqueren wir mit wahnsinniger Geschwindigkeit die Blumenwiese, direkt in den schattigen Wald. Balu spürt meine Erinnerungen an Gudal und dämpft meine Furcht in Gedanken. Allein seine Anwesenheit lässt mich stärker sein. Ich wappne mich, schlucke jegliche furcht herunter und gebe Kali die Sporen.

So wie wir die Lichtung erreichen, halten die Pferde an, Mama ist über diesen Ritt außer sich vor Freude.

Sie springt vom Pferd, geht nach vorne und streichelt ihren Hals.

„Sag mal wie heißt du eigentlich, edelstes Tier, welches ich jemals gesehen habe?"

Sie lächelt, denn die anderen drei Pferde schnauben gleichzeitig los. Irgendwie wird Rose das Gefühl nicht los, dass diese Tiere sie wirklich verstehen.

„Sie heißt Shin wie ihre Mutter und ja sie verstehen dich. Zwar nicht jedes Wort aber deine Gefühle, sie weiß, dass du von ihr begeistert bist. Die anderen sind nicht einverstanden, mit deiner Meinung, dass sie das edelste Geblüht ist."

Jack gesellt sich zu Rose, nimmt sie von hinten in den Arm.

„Ich bin damit auch nicht einverstanden, ich finde du bist das edelste Wesen auf dieser Erde." Ich stemme meine Hände theatralisch in die Hüften.

„Was soll das denn heißen?"

„Ja, du natürlich auch mein Engel."

Shin und auch Kali wiehern und prusten gleichzeitig.

„Mein Gott, ihr seid alle vier einzigartig."

Balu fängt an zu lachen, er hält sich den Bauch.

„Man sollte niemals eine Frau, vor anderen herausheben, das gibt immer Schwierigkeiten."

„Frauen!"

Mama stößt Jack liebevoll mit dem Ellenbogen in die Seite, prompt verdient sie sich einen Kuss. Balu und ich folgen diesem Spiel aufmerksam, bis Mama zu schmunzeln beginnt.

„Tja, ihr beide mögt ja füreinander bestimmt sein, aber Papa und ich sind füreinander gemacht worden."

Jack löst sich von seiner geliebten Frau und macht sich daran, die Seesäcke zu entknoten. So wie die beiden Herren die schwere Last geschultert haben, geht es auch schon los. Ich kenne den Weg und denke, dass ich gleich nicht weiterkommen werde. Nachdem Jack zu dem Felsen herübergesprungen ist, wirft Balu ihm die Säcke zu. Dann nimmt er mich und spring rüber, setzt mich ab und ist mit einem Satz wieder bei Mama.

„Darf ich bitten, Madame?"

Sie legt einen Arm um seine Schulter und vertraut ihm. Das fühlt er und freut sich, dass sie endlich damit anfangen, eine Familie zu bilden. Der Weg durch den engen Tunnel ist beschwerlich, nicht einmal, weil die Seesäcke so sperrig und schwer sind. Sondern, weil meine Eltern bei jeder Zeichnung stehen bleiben, sie diskutieren den ganzen Weg aufgeregt miteinander. Solche Zeichnungen haben sie ihr Lebtag noch nicht gesehen. Sie sind mit keiner Kultur und mit keiner Geschichte auf dieser Erde in Verbindung zu bringen.

Balu ist wirklich ein wenig verwundert und kann die Aufregung wegen dieser alten Zeichnungen gar nicht verstehen.

„Ich frage mich, was deine Eltern gleich machen, wenn sie Sindh sehen, hoffentlich rasten sie nicht aus!"

„Es ist gemein über meine Eltern mit mir zu denken, ohne dass sie etwas hören können." Jacks stimme durchbricht unseren Gedankenaustausch.

„Sag mal Balu, müsste es hier nicht eigentlich immer kälter und feuchter werden?"

„Balu? Na ja, ich bin kein Archäologe, deswegen kann ich das nicht beantworten. Aber vielleicht liegt es ja an unserem Himmel, der Wärme ausstrahlt, dass es hier so warm ist."

„Was für einen Himmel, in einer Höhle?" Wir sind angelangt, Balu und auch ich machen einen Schritt zu Seite, damit meine Eltern das ganze Ausmaß der anderen Welt zu Gesicht bekommen. Wir verharren oben am Absatz der Treppe von mehr als tausend Stufen, der Wasserfall prescht mit unglaublichen Massen neben uns in die Tiefe. Es ist hier fürchterlich laut, der Wassernebel umhüllt uns, wirbelt frische, feuchte Luft durch unsere Lungen.

Das Land erstreckte sich, soweit das Auge reicht. Wir sehen Felder in grünen und beigen Tönen. Riesige Pferdeherden die über das Land reiten. Den Wasserfall, der sich zu einem gigantischen Fluss durch das Land schlängelt. Und mittendrin steht eine Stadt aus Gold. Doch dann sehen die beiden ungläubig in den Himmel dieser Höhle. Jetzt, wo ich ein zweites Mal hier oben bin, nicht so nervös und unsicher wie beim letzten Mal, schaue auch ich etwas länger und genauer hin. Die Decke hat kein Ende, auf jeden Fall keines, das man ausmachen kann. In der Mitte scheint sie heller als die Sonne, die Bemalungen sind nicht nur einzigartig, sondern auch riesig. So wie wir alle darauf starren, bewegen sich die aufgemalten Rubenengel. Sie spielen auf ihren Instrumenten und scheinen sich zu unterhalten.

„Wie ist das nur möglich? Das ist doch nicht möglich! Wie können sie sich bewegen, es scheint als würde die Decke leben und wie ist man da oben drangekommen. Ich meine das ist doch unglaublich hoch, ich weiß nicht."

Jack ist sprachlos! Er kann es nicht fassen, und Rose findet ihre Sprache gar nicht erst wieder.

„Ich sagte doch, dass es der Himmel ist, diese Engel sind nicht gemalt, sie sind echt."

„Echt? So groß?"

„Ja, die Menschen denken, dass Engel ungefähr so groß sind wie sie, sie sind aber in Wirklichkeit riesig, wie ihr seht. Wir sehen sie sich nur jede Stunde bewegen, denn dort oben gibt es eine ganz andere Zeitrechnung, sie ist dort unendlich oder so."

„Erklär mir das bitte, ich verstehe das nicht, wieso sehen die dann aus wie auf einer riesigen Leinwand?"

„Ja das ist wohl so, weil uns so etwas wie eine Ozonschicht von ihnen trennt, sonst würden wir hier alle blind. Der Eingang dort oben ist da, wo das starke Licht herkommt, und nur dort sehen wir den Himmel ungefiltert."

Nachdem meine Eltern und auch ich ihn kurz wie erstarrt ansehen, sagt Mama dann auch endlich etwas.

„Also müssen wir alle Skibrillen tragen, wenn wir tot sind?"

Ihre Frage ist so unsinnig, und ihr Gesichtsausdruck so entsetzt, dass Balu einem Lachkrampf bekommt.

Keiner lacht mit ihm!

„Ok,ok, bitte, ich bin wirklich nicht der richtige Ansprechpartner für geschichtliche Dinge. Lasst uns doch erst mal runter gehen, dann stelle ich euch allen vor und bringe euch zu eurem Haus. Dann könnt ihr Zetra fragen, das ist meine Urgroßmutter. Sie ist 2645 Jahre alt, obwohl ich persönlich glaube, dass sie sich ein wenig jünger gemacht hat. Sie weiß auf jeden Fall alles, sie war von Anfang an dabei, sie ist noch die einzige überlebende."

Rose hat tausend Fragen im Kopf, Jack auch, aber Balu hat Recht, alles zu seiner Zeit.

Da Balu davon ausgeht, dass Jack sich wohl kaum von ihm die Treppe heruntertragen lassen wird, schlägt er es gar nicht vor, die beiden mit einem Satz nach unten zu bringen.

Er versucht sich zu erinnern, aber er wohl noch nie in seinem Leben, diese elendig lange Treppe heruntergelaufen. Stufe für Stufe, was für ein Ärgernis.

„Tja Liebes, so ist es, wenn man ein normaler Mensch ist, alles Schritt für Schritt."

„Du bist kein normaler Mensch, du könntest genauso in einem Satz dort unten sein."

„Das ist nicht dein Ernst!"

„Probiere es aus, du wirst nicht stürzen, wäre schon mal das Warm-up für dein Training heute."

„Worüber redet ihr beide da?"

„Tus doch einfach, dir wird nichts geschehen, vertrau mir."

Ich vertraue ihm, dass Lächeln, das ich jetzt aufsetze, ist genau das Lächeln, das mich immer vor einer blödsinnigen Handlung überkommt.

„Constantine, was hast du vor?"

Noch bevor Mama mich am Arm festhalten kann, mache ich einen Satz nach unten. Zuerst zwanzig Stufen, ich drehe mich um und grinse Mama frech an.

„Constantine, ich verbiete dir! Bleib sofort stehen, das ist gefährlich!"

Ich höre nicht auf meine Mutter. Mit einem letzten Sprung bin ich unten, über achthundert Stufen auf einmal und ich kann es nicht fassen.

Von hier unten sehen meine Eltern und Balu so winzig aus, ich probiere es andersherum. Ich springe so kräftig ich nur kann, lande ganz oben auf dem Treppenabsatz und knall vor die Wand neben dem Wasserfall.

„Pass auf, wenn du in den Wasserfall fällst, reißt er dich wahrscheinlich erst mal ein paar Kilometer mit."

Ich lächele nur überglücklich und springe wieder bis nach ganz unten. Die Landung ist hart, da wo ich gelandet bin, hat die Erde nachgegeben und es ist ein kleiner Krater entstanden. Ich kann es kaum fassen. Ich wundere mich über meine Kraft. Irgendwie muss ich doch einschätzen können, nicht zu weit zu springen. Die Landungen müssen koordinierter werden, dieses Mal konzentriere ich mich mehr und lande genau neben Balu.

„Tach auch."

Ich schnappe mir meine Mutter, bevor sie sich auch nur wehren kann, und wir sind auch schon unten.

„Constantine! Was hast du da gemacht? Das ist unglaublich!"

Eigentlich rechne ich jetzt mit Ärger, aber der bleibt aus.

Meine Mutter ist begeistert, ich bin außer mir, über mein neu entdecktes Talent.

Ich hüpfe ohne weiteres wieder nach oben zu meinem Papa.

„Papa darf ich?"

Er lächelt ein wenig sprachlos, aber was sollte ihn jetzt noch wundern.

„Lass mich nicht fallen."

Ich nehme Papa samt Seesäcken auf meinen Rücken und bin unten. Eine Sekunde später landet auch Balu neben uns. Jack sieht mich an und ist sprachlos.

„Vor zwei Wochen hätte ich niemandem dieses Märchen abgenommen, was ist nur geschehen? Träume ich das alles?" Fragt Papa.

Eine alte Stimme antworte ihm, wir drehen uns zu ihr um.

Zetra steht außerhalb des Stadttores, um uns zu begrüßen.

„Ja Jack, es ist ein kleines Märchen, ich will nur hoffen, dass da am Ende steht: Und wenn sie nicht gestorben sind, dann leben sie noch heute." Ich nehme meine Großmutter in den Arm, ich spüre wirkliche Zuneigung, als sei ich von klein auf mit ihr groß geworden, es ist so vertraut.

„Das ist schön mein Kind, du weißt ja gar nicht wie sehr ich dich liebe."

„Doch das spüre ich, danke!"

Auch Balu küsst seine Großmutter auf die Wange. Rose und Jack geben ihr herzlich die Hand und drücken sie.

„So nun wollen wir hier mal keine Wurzeln schlagen, ich bin nicht mehr die Jüngste. Wir haben schließlich alle einen anstrengenden Tag vor uns. Wie ich sehe, überschlagen sich eure Gedanken und Fragen."

Zetra grinst so breit sie kann, ihre goldenen Zähne strahlen mit dem hiesigen Himmel um die Wette.

So wie wir durch das Stadttor gehen spürt ich mein Amulett auf der Haut leuchten. Meine Eltern wissen nicht, wo sie zuerst hinschauen sollen. Sie vergessen mich komplett, wir werden von allen Menschen, die uns entgegenkommen, herzlich begrüßt. Meine Eltern sehen sich die Architektur der Häuser an. Fragen sich, wie es statisch möglich ist, dass einige der Gebäude nicht zusammenbrechen.

„Ich sagte doch, dass ihr ein Haus bekommen werdet, das ganz nach euren Wünschen gestaltet wird." Mama wird noch neugieriger.

„Wie meinst du das eigentlich, Balu."

„Also, ihr bekommt einen Platz eurer Wahl, dann braucht ihr nur darüber nachzudenken, wie es aussehen soll und so wächst es dann auch."

„Wie, es wächst?"

„Das hier hat nichts mit deiner Welt da oben zu tun, hier läuft so einiges ein wenig anders. Du wirst es sehen, lass es auf dich zu kommen."

Aber Rose ist schon wieder mit etwas anderem beschäftigt, sie hört ihm gar nicht mehr zu. Es ist ihr unmöglich zu begreifen, wie viele riesige Edelsteine hier einfach ins Mauerwerk eingebaut worden sind.

„Darling, wenn wir nur einen dieser Steine auf den Markt werfen würden, würde das ein Desaster in der Wallstreet verursachen. Kein Stein auf dieser Welt wäre noch etwas wert."

Jack verharrt, er hört ihr auch nicht mehr zu. Er ist vor so etwas wie einer Schmiede stehen geblieben. Die Tür zu Werkstatt steht weit offen. Das erstaunliche ist eigentlich noch nicht einmal, dass diese Werkstatt komplett von innen aus Gold besteht. Oder, dass der Handwerker da gerade die Achse einer Kutsche aus purem Gold baut.

Das Bemerkenswerte ist in diesem Fall, dass dieser riesige Mensch, lediglich einen ledernen kurzen Rock trägt und diese zwei Meter fünfzig Achse mit den bloßen Händen formt. Da ist kein Werkzeug!

Zetra tritt zu ihm, schaut dem Schmied zwei Sekunden zu.

„Das muss alles sehr viel für euch sein, eure Welt ist so anders, ich weiß."

Jack denkt einen Augenblick nach und obwohl jeder seiner Gedanken verrückt zu spielen scheint. Begreift er, dass hier alles wie aus einem Märchenbuch, nicht zu glauben ist. Die Menschheit ahnt nicht im Geringsten, was hier vor sich geht. Es gibt eine zweite Welt, eine zweite Dimension, die den Horizont eines jeden auf der Erde übersteigt. Es ist ihm schleierhaft, wie die Menschheit, seit tausenden von Jahren so blind hatte sein können und nichts bemerkte.

Andererseits bemerken sie etwas, denn anscheinend sind alle Mythen, Legenden und Kindermärchen auf dieser Erde wahr. Die Menschen von damals waren nicht ungebildet oder einfach nur leichtgläubig oder verängstigt. Sie hatten Götter, die sie verehrten, die echt waren. Echt in dem Sinne, dass sie übermenschlich waren. Vampire, Werwölfe, Hexen und weiß

Gott noch, haben es anscheinend wirklich gegeben. Er fragt sich nur, wie es diesen Wesen gelingen konnte, dass die Menschheit deren Existenz niemals wirklich beweisen konnte.

„Tja, das ist ganz einfach."

Jack dreht sich zu Zetra um und schaut in ihre jung gebliebenen Augen. Sie stecken voller Energie, sie passen nicht zu dem alten Gesicht, es ist ungewöhnlich, dass sie so klare Augen hat.

„Danke junger Mann, du flirtest jetzt aber nicht mit mir, oder?"

Zetra entblößt ihre goldene Zahnreihe und zwinkert mit einem Auge.

„Ich eh, nein."

Sie schmunzelt, legt ihre Hand auf seine Schulter und zieht ihn mit sich mit.

„Ist doch nur Spaß, du bist nicht mein Typ, außerdem ein wenig Jung."

Sie lacht und Jack folgt ihr schmunzelnd auf dem Fuß.

„Ich denke es wird Zeit, dass wir zu eurem Land gehen, dann könnt ihr erst mal bauen oder etwas essen. Habt ihr Hunger?"

Beide antworteten aus einem Mund: „Nein!" Ihre Gedanken spielen verrückt, Rose fällt es schwer, alles zu verstehen.

„Also gut, gehen wir."

Sie schlendern durch die Stadt, die Hauptstraße hinauf. Zetra zeigt Ihnen den großen Platz inmitten der Stadt. Sie erklärt, dass es der offizielle Treffpunkt für alle nur möglichen Veranstaltungen ist. Hochzeiten, Taufen, Weihnachten, Silvester, irgendwelche Besprechungen.

Sie weist auf die Empore hin, und erzählt von dem Runden Raum mit Geheimtüren, die an verschiedene Orte dieser Welt führen. Jack und Rose hören Ihr aufmerksam zu, sie saugen die Informationen wie trockene Schwämme auf, die man in einen Eimer Wasser geworfen hat. Es macht Zetra großen Spaß, jemandem alles zu erklären, der nicht schon alles weiß. Bisher durfte sie mit keinem Menschen darüber sprechen, aber Constantines Eltern sind schließlich absolute Vertrauenspersonen.

Wir kommen an Zetras Haus vorbei, es ist sehr romantisch und kaum außergewöhnlich, keine spektakuläre Architektur und auch keine Edelsteine. Es ist weiß, hat sogar weiße Dachpfannen, es ist klein und von Rosenbüschen umwachsen, wie im Märchen.

„Ja ich weiß, es erinnert an Dornröschen." Zetra schmunzelt.

„Wieso lachst du denn?" will Rose wissen.

„Na ja, ich war nicht immer alt und hässlich und es gab Zeiten, da haben sich selbst Prinzen um mich bemüht."

„Soll das etwa heißen, dass du Dornröschen warst?"

„Jap!" Sie ist mächtig stolz auf sich.

Immerhin haben die Menschen Bücher über sie geschrieben, obwohl sie dachten, es sei nur ein Märchen. In Wirklichkeit hat ihre Mutter sie mit einem Fluch belegt, weil sie so eingebildet wegen ihrer Schönheit gewesen war. Genau wie ihre Schwester.

Bei diesem Gedanken wird Zetra wieder traurig. Es tut ihr immer noch in der Seele weh, dass ausgerechnet Sie, die Seite gewechselt hat. Und da sie sie erst vor kurzem gesehen hat, ist der Schmerz wieder viel größer als zuvor.

Rose nimmt die alte Zetra in den Arm, sie braucht keine übersinnlichen Fähigkeiten, um zu wissen, dass die alte Frau gerade sehr traurig ist.

„Es ist nur wegen meiner Schwester, sie hat vor langer Zeit die Seite gewechselt, ich kann es bis heute nicht begreifen. Als Kinder standen wir uns immer sehr nahe, wir sind nur ein Jahr auseinander, ich bin älter. Wir waren beide sehr hübsch, wir wetteiferten wer die schönere war. Ich glaube, wir haben unsere Mutter damit ganz schön geärgert. Aber wir haben uns nie gestritten, wir haben uns geliebt und auch in einem Zimmer geschlafen. Sie war mir so nah wie sonst niemand und dann das. Sie hatte sich praktisch von jetzt auf gleich zu Vlad begeben, um seine Hure zu werden. Selbstverständlich hat er sie genommen, für einen Mensch war sie über außergewöhnlich schön und wenn man zu einem Vampir mutiert, wird man noch schöner, was bei ihr eigentlich gar nicht möglich schien. Aber ich habe sie gesehen und ich muss sagen sie hat unser Wetteifern gewonnen. Na ja, mein altes Gezeter von früher und traurige Geschichten bringen uns jetzt auch nicht weiter, nicht wahr?"

Zetras Augen glänzen vor Traurigkeit. So viel Schmerz hat Rose bisher noch nicht in den Augen einer Frau gesehen.

Die alte Frau geht einfach weiter, obwohl sie bisher so fit wie ein Turnschuh wirkte, wirkt sie nun gebrochen. Rose hat das Gefühl, dass Zetra aufgegeben hat, dass sie nun ihre letzten Kräfte und letzten Lebensmut zusammennimmt, um diesen Kampf zu gewinnen, für ihr Volk, für ihr Enkelkind.

Zetra schaut Rose direkt in die Augen.

„Das behältst du aber schön für dich, das bleibt alles unter uns, versprochen?"

„Ja, aber, du musst doch nicht...."

„Hör auf, sieh nur, wir sind da. Wir haben uns gedacht, dass ihr wahrscheinlich ein bisschen eure Ruhe haben wollt, dass euch unser ganzer Trubel zu viel ist. Deswegen so ein bisschen am Stadtrand, es sei denn, ihr wollt lieber mittendrin, dann..."

„Nein, nein, nein, es ist perfekt, genau hier, es ist perfekt, wie konntest du das so genau wissen?" Wir stehen vor einem Stück Land, das nicht anders aussieht als die Umgebung unseres Hauses in der Provence. Eine kleine Allee von alten Kirschblütenbäumen führt den Weg entlang zu dem sehr großen Stück Land. Das aus einer wunderschönen Blumenwiese besteht. Ein schmaler Fluss schlängelt sich hier vorbei, Vögel zwitschern, es duftete herrlich. Jack nimmt Roses Hände in die seine und schaut sie verliebt an.

„Ich weiß, dass es dir ausgesprochen gut gefällt, immer, wenn ich dich so glücklich sehe, zerspringt mir das Herz."

„Hmm, so ihr lieben jungen Leute, dann wollen wir jetzt mal nicht romantisch werden, sondern loslegen. Und ihr beiden geht jetzt mal endlich zum Training, Shiva wartet schon ganz ungeduldig auf euch beide." Jack sieht die alte Zetra gedankenverloren an.

„Ja, ich war auch schon mal verliebt, er ist gestorben und nein, ich habe ihn nicht in den Wahnsinn getrieben."

Jack lacht laut.

„Zetra, das ist nicht fair, ständig ihre Gedanken zu lesen." Sagt Balu.

„Ach, was weißt du schon, ich kann nicht anders, das geht automatisch, ich brauch mich da doch nicht mehr drauf zu konzentrieren. So, und husch, husch, ich habe hier jede Menge mit Rose und Jack zu tun."

Zetra wedelt mit ihren Händen, als würde sie Fliegen verscheuchen.

Balu und ich lächeln, wir nehmen uns an die Hand und freuen uns, dass wir nicht bei diesem Hausbau zusehen müssen und endlich mal ein paar Minuten für uns haben.

Balu führt mich zum Fluss, der dem Wasserfall entspringt. Wir laufen eine Weile Flussabwärts und genießen die Ruhe. Das Ufer ist mit Schilf bewachsen, hier und da bemerkt ich Vögel und eine kleine Entenfamilie, die sich im Uferwasser des Schilfs aufhalten.

Balu lässt meine Hand los, um mich in den Arm zu nehmen, wir schlendern am Fluss entlang, als seien wir ein uraltes Pärchen.

„Weißt du eigentlich, wie sehr ich dich liebe?"

Ich sehe meinen zukünftigen Mann an, mein Herz schlägt schneller.

„Ja, ich weiß, ich liebe dich auch."

„Constantine, ich weiß nicht, wie ich es sagen soll."

„Das brauchst du auch nicht, ich fühle es doch, denkst du, ich habe nicht die gleiche Angst, dich zu verlieren? Ich könnte keine Sekunde länger ohne dich weiterleben."

„Nein, du bist noch jung, wenn mir etwas zustößt, musst du weiterleben, das musst du mir versprechen, es gibt noch so vieles, was du erleben musst, du musst…"

„Was in Gottes Namen soll ich denn noch erleben? Ich habe alles, was eine Menschenseele haben muss. Wie kannst du von mir auch nur im Ansatz verlangen, dass ich ohne dich weiter machen soll? Das werde ich auf keinen Fall, wenn du nicht mehr bist…."

Mir bricht die Stimme ab, Tränen kullern über mein Gesicht. Ich bleibe stehen und bin kaum fähig zu atmen. Balu schließt seine kräftigen Arme um mich, küsst meine Stirn, während ich mein Gesicht an seine Brust drücke und schluchze.

„Ich kann nicht ohne dich leben." Ich flüstere meine Gedanken nur noch.

„Ich weiß Liebes, ich kann auch nicht ohne dich sein. Wenn dir etwas geschieht, werde ich auch nicht weiterleben."

„Also ist es beschlossene Sache?"

„Ja."

Es dauert einen Augenblick, bis ich mich von ihm lösen kann, um ihm tief in die Augen zu schauen. Ich fühle abgrundtiefe Liebe, Angst und Hoffnung. Es ist als offenbar er mir seine Seele, mit seiner ganzen Nacktheit und Verletzbarkeit.

„Komm lass uns gehen, wir werden hart trainieren, niemand wird dich oder mich zerstören, wir werden diesen Kampf gewinnen. Ich möchte für die Zeit, die uns gegeben wird bei dir sein, ich will deine Kinder unter meinen Herzen spüren und dir gehören, für immer."

Balu lacht vor Freude, auch seine Augen sind tränennass. Es gelingt ihm nicht, sein Glück in Worte zu fassen, zu lange hat er auf mich gewartet.

„Komm lass uns anfangen, wer zuerst da ist, hat gewonnen."

„Wer zuerst wo ist?"

„Folge dem Fluss so lange, bis wir auf Shiva stoßen, ich wette, du hast keine Chance, gegen mich zu gewinnen. Ich bin der schnellste Sinto auf dieser Erde, es wurden sogar schon Wetten auf uns abgeschlossen."

„Wie bitte?"

„Ja, unser Volk liebt Wetten, und alle wollen wissen, ob du nun schneller bist als ich, das ist ja lachhaft."

„Balu, provozier mich nicht!"

„Wieso? Denkst du echt du hast eine Chance? Du bist eine Frau, außerdem noch nicht 18, deine Kraft ist noch nicht voll entfacht."

„Bei drei geht's los." Sage ich.

„Das wirst du nicht schaffen."

„Eins."

„Glaub mir, ich lass dir besser noch Zeit bis nach deinem Geburtstag."

„Zwei."

„In ein paar Wochen hast du doch…"

„Drei!"

Ich schieße wie ein Pfeil davon, ich bin außer mir vor Wut. Eine Frau! Als ob das etwas zur Sache tue, ich werde diesem eingebildeten Holzkopf nun eine Lektion erteilen, die er nicht so schnell vergessen wird.

„Das glaubst du ja wohl selbst nicht." Sagt Balu.

Lächelnd sause ich davon, ich bin so schnell wie noch nie, ich strenge mich an wie noch nie in meinem Leben. Und da geschieht es, ohne es zu wollen, ohne zu begreifen was passiert. Aber ich genieße es, es fühlt sich richtig an, ich weiß automatisch, dass es ein Teil von mir ist.

Ich verwandele mich in einen Bären, ein großer starker Bär, mein silbernes Fell glänzt im Sonnenlicht. Es kommt über mich, wie ein Rausch. Ich hört die Blumen wachsen, das Wasser rauschen und da sind so viele Gerüche, die ich nie zuvor wahrnahm.

Wir rennen nebeneinander, so wie ich Balu anschaue grinst er ziemlich frech, wie ich finde. Sein Grinsen verzieht sich immer mehr zu einer Fratze, bis auch er sich von Kopf bis Fuß in einen Bären verwandelt. Er ist doppelt so groß wie ich, pechschwarz und seine Muskeln sind sogar durch das dicke Fell zu erkennen. Er ist beeindruckend und gewaltig.

Nur seine Augen haben sich nicht verändert, in ihnen erkenne ich meine große Liebe, all das, was so vertraut ist. Balu jault auf und spornt mich an. Es ist, als würde er nun noch schneller werden. Aber ich lasse nicht locker, ich bin zu ehrgeizig und wütend, weil er mich als Frau unterschätzt. Also holt ich auf. In mir setzt sich Energie frei die ich nicht für möglich gehalten habe, wie Stromschläge, die vom Herzen in meine vier Beine schießen.

Es ist ein Kopf-an-Kopf-Rennen. Balu scheint den Ernst der Lage zu verstehen. Seine Augenbrauen ziehen sich zusammen, er fletscht seine Zähne und legt noch einen Gang zu.

Wie ich das mache, weiß ich nicht, aber ich bin so sauer. Ich darf ihn um keinen Preis schon wieder gewinnen lassen. Irgendetwas in mir scheint zu explodieren, wie ein Kosmisches Ereignis, grelle Lichtwellen blitzen durch meinen Körper. Alles um mich herum steht still, der Fluss erscheint wie eingefroren, kein Grashalm bewegt sich mehr. Es gibt nichts, was ich noch rieche oder höre, ich durchbreche die Zeit, den Raum und alles, was es in diesem Universum gibt.

In der Ferne sehe ich Shiva und noch ein paar andere Menschen, im gleichen Augenblick knalle ich auch schon mit ihr zusammen.

Es donnert wie bei einem Unwetter, als unsere beiden Körper aufeinanderprallen. Wir fliegen beide durch die Luft und landen hart auf den Boden in der Wiese.

So wie ich mich auf meine vier Beine rappele und den Kopf schüttele, verwandele ich mich auch schon wieder zurück in ein junges Mädchen, das auf ihren Knien hockt. Dann falle ich vor Erschöpfung um und rolle mich auf den Rücken. Im gleichen Augenblick ist Balu bei mir, verwandelt sich auch zurück und steht auf seinen beiden Beinen neben mir.

Sofort geht er auf die Knie, sowie Shiva und auch die anderen, die anwesend sind.

Vorsichtig hält er meinen Kopf und spricht mit mir. Das grelle Licht in der Decke blendet mich.

„Was hast du da gemacht? Wie konntest du so schnell sein?"

Wackelig setze ich mich auf, denke einen Augenblick nach und schüttelt verständnislos den Kopf.

„Ehrlich gesagt, ich habe keine Ahnung." Dann sehe ich Shiva an.

„War ich gerade echt ein Bär?"

„Allerdings! Und was für einer! Du hast mich fast umgebracht, indem ich versucht habe dich auszubremsen."

„Wie konnte das passieren?"

„Keine Ahnung, mich hat bisher noch keiner umgeschmissen, aber eins kann ich dir sagen. Das war das erste und letzte Mal, dass ich dich gebremst habe, das tat ganz schön weh."

„Das meine ich doch gar nicht! Ich war gerade ein Bär!"

„Ja und? Wir sind doch alle irgendetwas. Du bist ein Bär, weil Balu einer ist, weil ihr füreinander geschaffen seid. Ich frag mich gerade nur, wie du das gemacht hast, vor deinem 18 ten. Geburtstag. Das hat noch niemand geschafft, dass schien bisher einfach völlig ausgeschlossen. Du bist schon etwas Besonderes."

„Allerdings ist sie das." Balu gibt mir einen Kuss.

„Schatz du hast gewonnen, das hat auch noch niemand auf oder unter dieser Erde geschafft. Ich kenne kein Wesen, das so schnell ist wie ich, geschweige denn schneller."

Das ist mir alles ein wenig peinlich, ich stehe nicht gerne im Mittelpunkt und prompt werde ich auch rot.

„Aber wie hast du dich verwandelt? Ich habe nur noch in deinen Gedanken gehört, dass du sauer bist und mich auf keinen Fall gewinnen lassen wirst. Dann sah ich etwas Grelles in dir, dann warst du weg, ich meine aus meinen Gedanken, ich konnte dich nicht mehr hören."

Ich denke einen Augenblick darüber nach.

„Da war irgendetwas wie eine Explosion in mir, es war wirklich ganz grell, ich hörte keine Geräusche mehr und der Fluss stand still."

Shiva tauscht mit Balu einen stummen Blick, dann springt sie vor Glück etwa drei Meter hoch in die Luft.

„Das gibt's nicht, du hast die Zeit durchbrochen, du warst schneller. Das ist fantastisch! Wahrscheinlich wird uns das in diesem Kampf sehr von Nutzen sein. Aber genug geredet, wie fühlst du dich, meinst du, du kannst ein wenig trainieren?"

„Ja warum nicht?"

„Du musst sehr erschöpft sein, du solltest dich lieber etwas ausruhen." Meint Balu.

„Nein, mir geht's wirklich gut, ich bin fit wie ein Turnschuh."

Balu macht auf meinen Oberarm aufmerksam, indem er meinen Ärmel ein wenig hochschiebt.

„Das sieht eher danach aus, als wärst du gerade mit einem Truck zusammengestoßen, ich bin mir nicht mal sicher, ob dein Arm nicht verstaucht ist oder so."

Verwundert schaue ich auf meinen Arm. Sowie ich ihn bewege schmerzt er auch, aber nur ein wenig. So einen blau geschlagenen Arm habe ich noch nie gesehen.

„Lass es uns doch langsam angehen, für heute hast du doch genug trainiert, immerhin hast du dich gerade noch verwandelt, das schlaucht."

„Nein, ich will jetzt Trainieren, wir haben keine Zeit, außerdem geht es mir gut."

„Nein, dass solltest du heute nicht mehr."

„Doch, ich will."

„Also gut wie du meinst."

„Oh mein Gott, das ist ja echt nicht auszuhalten mit euch beiden, nein das solltest du nicht, doch ich will, aber denk an müh,müh,müh,müh,müh...., doch ich will aber."

„Shiva, halt du dich daraus, wenn's nach dir gehen würde, dann würdest du Sindh Tag und Nacht als Bär durch die Gegend scheuchen und sie dabei mit acht Mann verkloppen."

„Ja das würde ich!"

Shiva´s Haltung ist trotz ihrer 1,52 cm beängstigend.

„Denn wenn wir diesen Kampf nicht gewinnen, sind nicht nur wir alle tot, sondern auch alle Menschen auf dieser Erde!"

„Das gibt dir aber noch lange nicht das Recht." Drohend stelle ich mich zwischen die beiden Kampfhähne.

„So das reicht, ich entscheide selbst über mich, lasst uns anfangen!"

Im nächsten Augenblick schlage ich Balu und auch Shiva gleichzeitig vor die Brust.

Beide fliegen zwei drei Meter zurück, landen aber in Kampfposition auf ihren Beinen.

Shiva´s grinsen ist schief, sie freut sich regelrecht auf diesen Kampf.

„Dann zeig mal, was du so draufhast, Frischling!" Plötzlich stehen nicht nur Shiva und Balu um mich herum, sondern auch diese vier riesigen Männer, denen ich bisher noch gar keine Beachtung geschenkt habe.

„Darf ich vorstellen, diese vier sind nicht nur Brüder, wie du siehst sind sie auch Vierlinge, die stärkste Verbindung, die man sich vorstellen kann. Unsere bisher stärkste Waffe, Sie handeln absolut im Einklang es ist unmöglich sie zu schlagen. Mich und deinen herzallerliebsten kennst du ja." Über Shivas Gesicht huscht noch ein kleines Lächeln, bevor sie zum Schlag ausholt. Als Shiva mich trifft, stürze ich auch zu Boden. Nachdem ich wieder auf meinen Beinen stehe, gibt es den Nachschlag von ihr. Auch jetzt richte ich mich wieder auf.

Zuerst werde ich abwechselnd, danach zeitgleich von mehreren angegriffen. Sie lächeln zunächst noch alle freundlich, es wirkt wie ein Kinderspiel. Bis ich den Schlägen plötzlich ausweiche, niemand kann mich überraschen, mich treffen, geschweige denn mich zu Fall bringen.

Shiva und auch die vier Brüder scheint das zunächst zu erstaunen, dann aber schnell zu ärgern. Ich lese die Gedanken der sechs Angreifer, sie staunten. Es ist nicht möglich, sie hätten mich normalerweise schnellstens zur Strecke bringen müssen. Balu schlägt sich auf meine Seite, seine Gedanken sind herzerweichend.

„Ich kann meine Hand einfach nicht gegen dich erheben und im echten Kampf wirst du ja auch an meiner Seite stehen und nicht allein. Also lass uns sie zusammen fertig machen."

Zwischen Schlägen, Sprüngen und herumfliegenden Körpern besitzt Balu doch tatsächlich die Frechheit, mich auch noch zu küssen, was Shiva den Rest gibt. Jetzt fühlt sie sich verarscht, nicht ernst genommen und auch noch verhöhnt. Sie holt zum Schlag aus und tritt Balu mit voller Kraft in den Rücken. Der fliegt mindestens fünf Meter, steht wieder auf, lacht laut und bedrohlich und springt auf Shiva zu. Auf einmal finde ich mich allein in der Mitte dieser vier Brüder, deren Namen ich noch nicht einmal kenne.

Sie grinsen so, als wollten sie sagen:

„So, Kleine, jetzt haben wir dich".

Ihre Schläge sollen mich kombiniert treffen, es ist, als kämpfe ich mit einem Oktopus. Jeder der Brüder, weiß genau, was der andere tut, sie kämpfen im Einklang. Es ist unglaublich, der eine schlägt, was mich dazu bringt auszuweichen. Der nächste wartet genau an der Stelle und schlägt wieder auf mich ein. Komischerweise weiche ich nach kurzer Zeit allem aus. Keiner trifft mich mehr, ich spürt plötzlich genau, wer, wann und wo hinschlägt.

Jeden schlag wehre ich ab, es ist eine gute Übung. Ich fliege durch die Luft. Jeden Hieb, der in meine Richtung erfolgt, wandele ich in eigene Energie um. Es ist nicht so, dass sich unsere Körper oder Fäuste beim Schlagen berühren. Es sind einfach nur starke Windstöße, die wir mit unseren Bewegungen erzeugen. Die so kräftig sind, dass sie schlimmer als Faustschläge sind. Irgendetwas ist aber gerade anders, es ist nicht so wie, als ich mich in einen Bären verwandelte. Ich fühle heute auch anders als an dem Tag als ich Kalkutti getötet habe. Ich bin nicht wütend.

Damals war es Wut und Hass, die so unglaubliche Energie bei mir freisetzte. Nicht so ist es jetzt, ich muss einfach nur diese vier auf Distanz halten. Auch als ich zum ersten Mal mit Shiva trainiert habe, war es einfach und allein die Wut auf Shiva, die mich so ein Riesenloch in die Felswand hat schlagen lassen. Wut, wut, wut.

Ich versuche mich wieder in die Lage in der Kirche zu versetzen, mich daran zu erinnern, wie meiner Mutter vor meinen Augen das Rückgrat gebrochen wurde. Das ist nicht schwer, es dauert nur zwei Sekunden und der ganze schmerz ist wieder da. Ich sehe es förmlich vor meinen Augen, Tränen kommen mir, ich rieche wieder das Blut meiner Mutter. Und da ist es, diese verzweifelte Wut, dieser Druck in der Brust, diese Wut alles heraus schreien zu wollen. In diesem Moment holen die vier zusammen zum Angriff aus und schnellen auf mich los. Wenn ich nur an Kalkuttis hässliche Fratze denke, kommt mir so langsam wieder die Wut.

Schreiend schlage ich meine Hände in eine Richtung, gewaltige Energie, ein dicker Lichtstrahl schießt aus ihnen heraus. Mein ganzer Körper ist von dünnen, grellen Lichtfäden umschlungen. Es ist wieder, als würde die Erde um mich herum stillstehen. In meinen Augen bewegt sich einfach keiner, ich bin einfach zu schnell.

Die vier gewaltigen Männer haben nicht den Hauch einer Chance, sie fliegen dreißig Meter durch die Luft und landen irgendwo im Fluss.

Als ich die Arme herunter nehme bricht auch der Lichtstrahl ab, die grünen Fäden schlingen sich noch um mich herum, ehe sie restlos in meinem Körper verschwinden.

Das, was gerade geschehen ist, ist unkontrolliert passiert. Ich habe mich zwar auf Wut und Schmerz konzentriert. Ich weiß aber nicht, was ich damit heraufbeschwor. Ich setzte es auch völlig unkontrolliert ein.

So wie ich begreife was ich getan habe, will ich auch schon losrennen, um nach den vier Männern zu sehen. Im gleichen Augenblick springen diese wieder aus dem Fluss heraus und landen klatschnass vor meinen Füßen.

Alle mir gegenüber starren mich atemlos an, ihre Gedanken überschlagen sich so dermaßen, dass ich nichts mehr verstehe. Bis die kleinste in dieser Runde sich Lautstark meldet.

„Du warst unglaublich, wie hast du das gemacht, wo kam denn das Licht her? Ich habe nur noch diese grünen Fäden gesehen, dich haut keiner Mal so schnell um, lass es uns nochmal versuchen, von allen Himmelsrichtungen."

„Jetzt hört doch mal auf, alle durcheinander zu denken, das ist ja nicht auszuhalten!"

Shiva starrt mich an, als sei ich von einem anderen Planeten, obwohl sie von klein an so einiges gewohnt ist.

„Also, liebe Constantine, kannst du mir vielleicht mal erklären, wie du das da gerade gemacht hast?"

Sogar Balu ist neugierig und kann es kaum fassen. Das alle mich so gebannt anstarren, als sei ich etwas Besonderes, ist mir sehr peinlich.

„Das bist du, du bist etwas Besonderes."

Und das kommt ausgerechnet aus Shivas Mund, die Frau die mich noch nicht einmal zu mögen scheint.

„Das ist nicht wahr, du warst mir von Tag eins an sympathisch und damit meine ich den Tag deiner Geburt. Ich will dich nur nicht mit Samthandschuhen anfassen, das hätte ja nichts gebracht. Ist es wieder Wut, die dir solche Kraft gegeben hat?"

Ich schlucke schwer, es ist mir unangenehm darüber zu sprechen, schließlich habe ich die Erinnerungen an meine Eltern in der Kirche benutzt, um hier meine Kraft zu demonstrieren.

„Dafür musst du dich nicht schämen."

Balu kommt einen Schritt auf mich zu und nimmt mich in den Arm.

„Wenn du die Erinnerungen benutzt, um andere Menschenleben zu retten. Dann hat das Leid, das deine Eltern ertragen mussten wenigstens einen Sinn. Schäme dich nicht dafür, du hast nichts Böses getan, das waren die Asmodi."

„Constantine denkst du, du kannst deine Kräfte Kanalisieren? Irgendwie kontrollieren, sie gezielt einsetzen?"

„Ich weiß es nicht."

„Dann lass es uns versuchen."

„Hey, das reicht jetzt, sie hat doch für heute wirklich genug Kräfte verschwendet, gönn ihr mal eine Pause."

„Eine Pause?"

Shiva richtet sich auf, stellt sich vor Balu als sei er nicht 1,98cm groß und stemmt die Fäuste in die Hüften.

„Der gnädige Herr möchte für sein Prinzesschen also ein Pläuschen? Gut, in der Zwischenzeit kann Asura sich ja mit Vlad überlegen, wie sie die Erde der Hölle gleich machen. Möchtest du vielleicht auch noch einen Tee? Oder belegte Brote?"

Shiva flucht so laut, dass es aussieht als würde sie Feuer spucken.

„Wir haben keine Zeit! Wir müssen uns anstrengen."

„Ist gut, verdammt noch mal, ich brauche keinen Tee und auch keine Brötchen! Wir werden so lange trainieren, bis ich tot umkippe." Sage ich.

Im gleichen Moment hole ich aus, um Shiva zu schlagen, grünes Licht schießt aus meiner rechten Hand. Shiva springt im gleichen Moment so weit nach oben, dass die Wucht an ihr vorbeischlägt. Im gleichen Augenblick greifen auch schon wieder die Vierlinge an, man sollte meinen sie sind vom letzten Schlag eingeschüchtert, aber Fehlanzeige. Es sieht so aus, als haben die vier große Freude, endlich mal jemand zu begegnen, der ihnen die Stirn bieten kann.

Ich wehre einen nach dem anderen ab, obwohl ich mich noch nie in meinem Leben geschlagen habe und Gewalt verabscheue, macht es mir hier so langsam Spaß. Denn ich verletze ja auch niemanden, die meisten meiner Schläge gehen daneben und wenn ich jemanden treffe, fliegt der einfach nur durch die Gegend.

Nur um danach aufzustehen und mich wieder anzugreifen.

Ich frage mich, was das alles eigentlich soll, denn wenn hier keiner verletzt wird, wie kann ich dann mit der gleichen Kraft,

Asmodi verletzen? Balu hat sich heimlich davongestohlen, ohne dass ich es bemerkt habe.

So wie er schwer beladen zurückkommt, antwortet er auch schon auf meinen Gedanken.

„Es ist etwas anderes Liebling, ob du einen Sinto schlägst oder einen Asmodi."

Alle sechs Kampfhähne drehen sich schlagartig zu ihm um, denn dem Duft, den er versprüht, ist einfach nicht zu widerstehen.

Balu breitet eine vier mal vier Meter große Picknickdecke aus, ein Schwung und sie liegt perfekt auf dem Boden. So schnell wie er den Korb auspackt, sieht es aus wie herbeigezaubert. Eine Riesenschüssel gemischter Salat, saftiges Fleisch und frisch gebackenes Fladenbrot, laden nun zum Essen ein.

„Kommt setzt euch, wir müssen ja schließlich etwas essen."

Erst jetzt bemerke ich meinen riesigen Hunger, weil ich heute noch nichts gegessen habe. Wir gesellen uns alle auf die rot karierte Decke, nehmen uns reichlich und fangen an zu essen.

„Ist eigentlich ganz praktisch, dass wir über Gedanken kommunizieren können, so muss ich den Mund nicht leer machen, um sprechen zu können." Einer der Zwillinge beißt noch einmal herzhaft ins Brot, bevor er antwortet.

„Achf quaftschf, hier gans du so redefn wi du fills."

Entsetzt und belustigt zugleich, lache ich laut.

„Ja lass das nur nicht die alte Zetra hören, die zieht dir die Ohren lang." Sagt Balu.

„Jaf aba dif is ja nich hier" Er beißt noch einmal ab, bevor er das sagt.

„So das reicht, jetzt benimm dich doch einmal, wie ein erwachsener und mach den Mund leer, bevor du sprichst, oder denk dir deinen Teil."

Shiva findet das gar nicht lustig und möchte gesittet und in Ruhe essen.

„Also liebes, was ich gerade sagen wollte. Wenn du einen Asmodi mit der Wucht triffst, mit der du gerade die anderen geschlagen hast, werden sie explodieren oder sich einfach auflösen. Erinnerst du dich an den Lakain in deinem Zimmer? Und da hattest du noch nicht einmal so viel Wucht wie jetzt."

217

Mir wird schlecht bei dem Gedanken als ich von diesem Wesen angegriffen wurde, es war schon widerlich!

„Einen Sinto hingegen kannst du nicht verletzen. Zetra meint, weil wir alle aus dem gleichen Holz geschnitzt sind, weil uns die gleiche Energie umgibt. Ich glaube das nicht, denn die Asmodi sind ja auch irgendwie alle aus dem gleichen Holz geschnitzt und da habe ich schon beobachtet das sie sich gegenseitig umgebracht haben."

„Ja aber die legen es dann ja auch darauf an, sie wollen ja auch töten. Ich kenne keinen Sinto der je einen anderen Sinto verletzten, geschweige denn umbringen wollte." Meldet sich nun einer der Vierlinge zu Wort.

Ich betrachte ihn nun genauer, auch die anderen drei.

„Ihr seht ja echt zum Verwechseln gleich aus, wie heißt ihr eigentlich?" Alle antworten gleichzeitig!

„Wir heißen, Zorse."

„Ja und jeder einzeln von euch?"

Einer antwortete jetzt.

„Haben wir nicht, wir sind einfach nur Zorse, bedeutet so etwas wie Kraft. Wir sind keine normalen eineiigen Vierlinge, es ist mehr wie, dass sich da ein Ei in vier geteilt hat.

Es ist vielmehr so, dass vier, eins sind.

Eigentlich sollten wir nur einer sein, nenn es eine Laune der Natur. Du musst dir das so vorstellen wie einen Apfel, den du exakt in vier Teile schneidest. Ursprünglich gehören wir zusammen und nur zusammen sind wir eins, ein Apfel."

„Boah, das hast du aber großartig erklärt du Öbstchen, sag mal bist du bescheuert? Ich bin doch kein Apfel!"

„Ich auch nicht, ich würde mich eher als Stachelbeere bezeichnen oder als harte Kokosnuss."

„Ihr habt sie doch alle beide nicht mehr, wir sind kein Obst und auch kein Gemüse! Wir sind Vierlinge, die ohneeinander nicht können, einfach nicht funktionieren."

„Ja ist doch völlig egal, weiß doch sowieso keiner genau, auf jeden Fall haben wir keine eigenen Namen."

Etwas verwirrt bin ich schon, will aber nicht lockerlassen. Der Gedanke, dass irgendjemand auf dieser Erde keinen eigenen Namen hat, gefällt mir einfach nicht.

„Ihr könntet euch doch einfach Namen geben, wie sprecht ihr euch denn gegenseitig an? Ich meine, wenn du jetzt etwas von ihm speziell willst, wie nennst du ihn dann?"

Die beiden in der Mitte nebeneinandersitzenden starren sich kurz an.

„Also ehrlich gesagt haben wir uns darüber noch nie Gedanken gemacht. Wir kommunizierten eh meistens über Gedanken. Und dann ist es doch völlig egal, wer mir jetzt den Hammer bringt oder den Nagel hält. Ich frage danach und einer von den dreien tut es dann, egal wer. Es gibt keinen von uns, der irgendetwas besser kann als der andere, wir haben keine verschiedenen Charaktere oder Gedanken, Wünsche, Eigenschaften oder Hobbys. Wir machen alles zusammen, zur gleichen Zeit, wir werden zur gleichen Zeit müde, schlafen ein, haben Hunger, Durst und atmen im Gleichtakt, selbst wenn wir rennen oder kämpfen. Alles, was wir tagtäglich bewegen, passiert einheitlich. Niemals würden zwei schwimmen gehen, einer essen und der andere schlafen."

„Das gibt es doch gar nicht!" Ich vergesse zu essen, schaue die vier ungläubig an.

„Doch Liebes es ist so, so benehmen sie sich schon von Geburt an. Deswegen hat ihnen bis jetzt auch noch keiner Namen gegeben, denn wenn du einen Rufst, drehen sich eh alle vier um. Bittest du einen um einen Gefallen, antworten sie sowieso gleich. Sie sind wie eine Person, die du einfach nur vierfach in einem Spiegel siehst, ja das ist gut. Wie eine Person, die zwischen zwei Spiegel steht und sich deshalb unendlich sieht, sie sehen sich viermal. Im Grunde genommen sind die vier hier eine Person, ich finde den Vergleich mit dem Apfel aber auch nicht schlecht."

Alle vier antworteten aus einem Mund.

„Ja das stimmt, kein schlechter vergleich, also nenn mich doch einfach Zorse." Alle vier lächeln mich freundlich an.

So langsam verstehe ich, bescheuert finde ich es trotzdem, aber ich lasse es einfach auf sich beruhen. Mein Hunger ist zu groß, als dass ich jetzt noch weiter diskutieren möchte.

Am anderen Ende der Stadt stehen Jack, Rose und Zetra vor einem kleinen Gebäude. Mit Zetras Hilfe haben die beiden es geschafft ihre Träume wahr werden zu lassen. Im Grunde genommen ist es gar nicht so schwer, ein Gebäude durch bloße Gedanken zu bauen. Genügend Vorstellungskraft haben die beiden ja, es war zu Anfang nur etwas ungewöhnlich das ihre Gedanken Gestalt angenommen haben. Umso mehr sie darüber nachdachten umso schneller wuchs das Haus.
Jack und Rose sind so sehr begeistert, dass sie praktisch alles andere im Moment vergessen.
Das Haus ist eine Nachahmung eines Schlosses aus Frankreich. Eine wirklich kleine Nachahmung, es hat lediglich vier Zimmer. Und so klein und entzückend es von außen erscheint, sieht es auch im inneren aus. Das Haus erstrahlt im modernen Landhausstiel. Es gibt eine weiße Haustür, bodentiefe Fenster und eine riesige Terrassentür, die zum Fluss führt. Alle Möbel sind weiß, einige wenige Kunstgegenstände von unschätzbarem Wert sind hier und da verteilt. Es gibt eine indirekte Deckenbeleuchtung, eine weiße Wohnlandschaft aus Baumwollstoff, sowie einen großen Kamin.
„Lieber Gott, so einen Mist hat sich hier in zweitausend Jahren nun wirklich noch keiner ausgedacht. Einfach nur weiß, alles ist weiß, hier ist ja gar kein Gold."
Jack und Rose lachen über Zetra´s Äußerung, erkundigen sich trotzdem, ob das denn erlaubt sei.
„Na ja, wir haben hier ja keine Bauvorschriften und auch wenn es das einzige Haus ist, dass so aussieht. Ist nur gut, dass es nicht mitten in der Stadt steht, das wäre schon sehr komisch. Aber ihr jungen Leute habt ja sowieso alle so einen komischen Geschmack, dafür bin ich wohl einfach etwas zu alt."
Jack legt Zetra den Arm um die Schulter und lächelt sie an.
„Wir haben da noch eine andere Überraschung eingebaut, ist nicht so einfach gewesen die erste Tür zu entwickeln. Aber danach ging es relativ schnell."
„Ihr habt eine Tür eingebaut?"
„Ja durften wir doch, hast du doch gesagt."

„Ja, ich habe nur nicht gedacht, dass ihr das könnt, na ja ihr beide seid wohl sehr viel schlauer als ich bisher angenommen habe, sehr ungewöhnlich."

Sie steigen alle drei die weiße Holztreppe hinauf, die sich um eine ägyptische Statue schlingt. Die aus Holz angefertigte Figur der Nofretete blätterte an einigen Stellen ab. Die Türkise des Halsschmuckes und Goldfarbreste des Kopfschmuckes sind nur noch zu erahnen. Am rechten Arm splittert das Holz, nur noch einer der überkreuzten Arme hält einen Krummstab in der Hand, der andere ist zerbrochen.

„Wieso stellt ihr euch hier so eine alte hölzerne Hexe in die Hütte?"

Zetra versteht das nicht und ist böse.

„Das ist Nofretete, diese Figur ist ein Einzelstück, mindestens so wertvoll wie die goldene Büste." Rose konstatiert es mit Bewunderung und betrachtet das hübsche Gesicht der einstigen Königin.

„Ach Papperlapapp, das war eine alte Hexe, kleines Miststück, hab sie noch nie gemocht, diese Vampirschlampen sind doch eh alle gleich!"

Jack und Rose bleiben beide auf der Treppe stehen, sie können einfach nicht glauben, was Zetra da von sich gibt.

„Ja, ja, ihr braucht gar nicht so entsetzt zu gucken. Die einzige echte Königsfamilie auf dieser Erde sind die Briten. Das ist eine wahre Königsfamilie."

Roses Gedanken überschlagen sich, was hat sie da gerade gesagt?

„Soll das bedeuten das Nofretete ein Vampir war? Kannst du das beweisen?"

„Wie beweisen? Ich war doch da, habe geholfen ihr den Kopf abzuschlagen, wir haben sie verbrannt, das alte Miststück. Im weltberühmten Sarkophag liegt eine Zofe von ihr, die beim Kampf leider mit drauf gegangen ist. Es ist schon eine Schande, was die alte Hexe da getrieben hat. Von wegen Schönheitsbad in Milch und Honig. Im Blut ihrer Liebhaber hat sie sich gesuhlt. Aber Gott sei Dank konnten wir sie relativ schnell ausschalten."

Die drei gehen weiter die Treppe hinauf, Jack und Rose lauschen ihr gespannt. Das, was sie hören, können und wollen sie einfach nicht glauben. Es würde ja bedeuten, dass auch sie an der Nase herumgeführt wurden. Das auch sie nicht feststellen konnten, dass die Mumie nicht Nofretete ist.

„Da müsst ihr euch keine Gedanken machen, es mangelt bei euch ja nicht an Geist. Ihr dürft nicht vergessen, dass Vampire und Sinti mit übernatürlichen Fähigkeiten am Werk waren, um all das zu vertuschen. Außerdem hattet ihr nicht einen einzigen Anhaltspunkt, der euch auf eine andere Fährte hätte führen können."

„Ja, aber die ganzen Hieroglyphen?"

Rose versteht die Welt nicht mehr, das ist unmöglich, es gibt zu viele Beweise! Zetra schmunzelt bei dem Gedanken.

„Ja, ich erinnere mich gut, das war ganz schön lustig, die ganzen Wände zu bearbeiten."

„Wer hat die ganzen Hieroglyphen gemalt?"

„Sulaika und ich hauptsächlich, wir hatten einen Heidenspaß. Sie war aber viel besser darin, eigentlich habe ich eher nur ausgemalt."

Zetra schaut traurig in die Vergangenheit, sie sieht ihre jüngere Schwester. Wie glücklich sie doch waren und wie verliebt. Jede männliche Figur in allen wandmalerrein hat Ähnlichkeiten mit Jöllemann, ihrem Verlobten.

Rose hält Zetra am Ärmel und bleibt mitten auf der Treppe stehen.

„Was soll das heißen? Das ihr irgendetwas gemalt habt?"

„Wir mussten es tun, die Zeichen die Nofretete und Pharao Djoser durch diesen Bauherrn Imhotep gesetzt haben, waren einfach zu groß."

„Die Pyramiden! Imhotep als Bauherr, der später als Gott verehrt wurde."

„Imhotep, der war voll der Spinner! Musste er denn unbedingt solche Pyramiden bauen? Mit der Cheopspyramide und der dämlichen Sphinx davor, haben sie dann einfach übertrieben, dabei sind zu viele Menschen draufgegangen."

„Von Djoser wurde nur der mumifizierte linke Fuß gefunden."

„Der ist beim Verbrennen seiner Leiche übriggeblieben, wir haben uns gedacht, dass er dort am sichersten aufbewahrt sei."

Bevor Rose noch eine Frage stellen kann, sind sie auch schon in der ersten Etage.

„Ich muss sagen ihr habt wirklich schnell begriffen, von innen ist es sehr viel größer als von außen."

„Wie bitte? Du stellst gerade die ägyptische Geschichte auf den Kopf und machst dir Gedanken über unser Haus?"

„Na ja, das ist doch alter Tabak, wir haben noch genug Zeit, um über die Geschichte der Menschheit zu sprechen. Was mich gerade viel mehr interessiert ist, ob ihr wirklich Türen öffnen konntet." Jack ist zwar genau so verwirrt, erholt sich aber von seinem Schock am schnellsten.

„Mal davon abgesehen, dass du unsere gesamte Arbeit gerade als Schrott geoutet hast. Ja, wir haben Türen gebaut, sie nur."

Sie stehen in einem runden Raum, er ist komplett aus Türkisen Stein, mit Gold abgesetzt. In der Mitte befindet sich ein runder mächtiger Brunnen, in dem das stille Wasser wie ein Spiegel wirkt. Zirka zwanzig goldene Türen führen in diesem Raum nach irgendwohin.

„Ihr habt echt einen komischen Geschmack, wieso denn so türkisch? Unten sieht´s aus wie in einem Sterilisationslabor und hier ganz anders."

So gesehen, findet Jack das auch etwas komisch.

„Wir sind in der Experimentierphase, vielleicht wird ja noch alles anders."

„Wird es nicht, das ist alles sehr elegant und absolut Haute Couture."

„Das ist was?"

Zetra versteht gar nichts und will davon auch nichts mehr hören.

Also wo gehen eure Türen denn hin?"

Insgeheim hofft Zetra immer noch, dass sie nur in den nächsten Raum führen.

Jack antwortet stolz und voller Vorfreude, nun alle Ausgrabungsstätten an einem Tag begehen zu können.

„Also, die hier geht nach Ägypten, die hier nach Mexiko, Osterinseln, China, Indien, alle Türen führen zu den wichtigsten Ausgrabungsstätten dieser Welt."

Zetra öffnet eine der Türen. Grelles Licht, Hitze und Sand wehen durch sie herein. Ihr mulmiges Gefühl verwandelt sich gerade in ein Magengeschwür.

„Tatsächlich, Ägypten, ihr habt euch wirklich selbst übertroffen, ich habe immer gedacht, dass Menschen das nicht können. Aber anscheinend liegt es nicht an der Magie, die in unserem Volk steckt, sondern an diesem Ort."

Zetra gerät ins Grübeln, es ist ihr etwas aufgefallen, worüber sie in zweitausend Jahren nicht nachgedacht hat. Sie verharrt an der Tür und starrt in die sengende Hitze. Ihr wird ruckartig klar, dass sie schleunigst aufbrechen muss, um etwas zu untersuchen. Bis dahin müssen die beiden einfach allein zurechtkommen.

„Also ihr lieben, ich sehe schon ihr kommt hier wunderbar ohne mich zurecht. Übrigens, wenn ihr Hunger habt, denkt einfach an das, was ihr essen wollt, bevor ihr euch an den Tisch setzt."

Zetra dreht sich auf dem Absatz um und macht sich auf zur Treppe, denn das, was sie gerade denkt, ist nicht gut, es macht ihr große Angst.

„Ich schau gegen Abend noch mal rein, wenn euch das lieb ist."

Rose und Jack können nicht verstehen, wieso Zetra es plötzlich so eilig hat.

„Ja, gerne, komm nur, vielleicht können wir ja zusammen zu Abend essen?"

Zetra antwortet bereits aus dem Treppenhaus heraus, ihre Antwort hallt nur noch leise in den türkisenen Raum hinein.

„Das wäre sehr schön, bis später."

Die beiden sehen sich wortlos an und verstehen die Welt nicht mehr.

So wie Zetra das Haus verlässt, verwandelt sie sich in die große, weiße Eule, die sie ist und fliegt in den Himmel. Durch das starke Licht geblendet, kann niemand sehen, welche Richtung sie einschlägt.

10. KAPITEL

In dem von Feuerfackeln spärlich beleuchtetem Verlies, tut sich der Boden auf. Vlads Thron schiebt sich zur Seite und gibt die Treppe frei, die nicht nur eine Etage, sondern eine Dimension tiefer nach unten führt. Der Geruch von Schwefel, Blut und Verwesung hängt in der Luft. Vlad, seine drei Frauen, sowie zwei Dutzend Vampire in schwarzen Umhängen, schweben still und geräuschlos die Stufen hinunter.

Es ist der Vorhof zur Hölle oder schlimmer noch. Für dieses Grauen gibt es einfach keinen passenden Begriff.

Als die Menschen noch an Götter glaubten, als Asura noch nicht daran zweifelte, die Erdoberfläche zu seinem eigen zu machen. Schuf er eine Halle, die so lang ist wie das Auge reicht.

Dort liegen dicht nebeneinander gereiht, Frauen, Männer und Kinder in Glassärgen, es sind Zehntausende. Sie scheinen alle zu schlafen, sind nackt und an Schläuchen angeschlossen. Diese versorgen sie nicht nur mit künstlicher Nahrung, sondern zapfen ihnen auch ihr Blut ab. Es fließt durch dünne Schläuche zu einem dicken Hauptkanal, der zu den Füßen der Menschen entlangläuft. Die meisten Frauen hier sind in den unterschiedlichsten Stadien schwanger. Sie werden künstlich befruchtet, von den Samen, die die Lakain den männlichen Menschen entnommen haben.

Lakain eilen umher, um die Menschen zu versorgen. Sie kontrollieren Nahrungsschläuche sowie Sauerstoffzufuhr. Jeder Handgriff ist gekonnt. Schließlich gibt es keinen Menschen hier, der auf natürliche Weise gezeugt und geboren wurde. Oder der jemals wach gewesen ist, und das schon seit mehreren tausend Jahren.

Selbst Säuglinge liegen in den Glaskästen, sie müssen zwar noch kein Blut lassen aber sehr bald. Die Lakain wissen, dass der Mensch ein empfindliches Geschöpf ist und bei falscher Pflege kaputt geht. Die Körper sind völlig von Bakterien isoliert und liegen in einen niemals endenden Schlaf. Keiner von ihnen war jemals bei Bewusstsein, sie sind alle hier geboren und

226

werden hier sterben, wenn ihre Zeit gekommen ist. Die Toten werden restlos ausgesaugt und dann den Lakaien zum Fraß vorgeworfen.

Sie stellen die Blutbank dar, um all die Krieger zu stärken und zu sättigen, die in den großen Kampf ziehen werden.

Niemand hier im Saal verspürt Mitleid mit den Menschen, sie sind einfach nur Mittel zum Zweck. Vlad und sein Gefolge verteilten sich, knien vor den dicken Blutschläuchen nieder und schlagen ihre gierigen Zähne hinein. Sie trinken alle bis zum Delirium. Ihre Körper scheinen zu wachsen. Sie werden muskulöser, ihre Haare werden glänzender. Ihre Augen färben sich blutrot, sie alle winden sich vor Genuss an den Schläuchen, strecken sich mit ihren Blutverschmierten Mäulern. Dann kommen eine halbe Millionen Lakaien zusammen. Sie krabbeln von der Decke, den Wänden und aus dem Boden. Sie alle warten nur auf den Befehl Vlads, doch er sagt nichts. Auch sie wollen ihre Gier stillen, sich an dem süßen Menschenblut laben. Diese Mischung aus den verschiedensten Körpern, in all ihrer Reinheit, frei von Alkohol, Drogen und Krankheit. Dieses Blut ist nicht bitter, oder versaut von irgendeinem Menschen, der nichts auf seinen Körper gibt. Dieses Blut hier ist das reinste auf und unter der Erde. Jeder der es trinkt wird um ein zehnfaches stärker, egal ob Vampir oder Lakai.

Als sich vor Ihnen der Boden auftut, wissen sie alle, was jetzt passiert. Der Riss im Boden ist so breit und lang wie der komplette Mittelgang. Das Brechen des Steins vermischt sich mit den schreienden Klagelauten aus der Hölle. Jeder Vampir hier im Saal wird nervös, die Lakaien wedeln mit ihren giftigen Schwänzen. Lautes Knurren und Kreischen tönt durch den Saal. Eine dicke, schwarze Flüssigkeit schwappt aus dem Loch, das sich in den Boden gerissen hat. Langsam wie Lava, läuft sie über den roten, sandigen Boden und überdeckte alles, bis Asura zum Vorschein kommt. Er ist ein Mann, keine Kreatur, im Gegenteil. Er ist schön, groß und muskulös. Sein blondes Haar hängt ihm bis zur Hüfte, hellblaue Augen protzen in einem engelsgleichen Gesicht. Er trägt ein weißes Gewand, dessen Stoff sich bei jeder Bewegung an seinen Körper schmiegt. Bei jeder seiner Bewegungen bleibt die Zeit für einen Augenblick stehen, währenddessen man laute grelle Klänge hört.

Alle Unwesen hier erstarren vor Angst, kaum ein Wesen traut sich zu Atmen.

Asura schwebt auf Vlad zu, der Einzige, der keine Angst zu haben scheint. Sowie Asura den Mund aufmacht, schaut man in seine schwarze, verfaulte, Mundhöhle. Hundert stachelige Dornen ragen aus seinem Kiefer, scharf und giftig. Jedes Wesen, das davon gebissen wird, ist zu unendlichen Qualen verdammt.

„Bist du bereit?" Asuras Stimme ist klar und hell, wie die eines Chorknaben. Vlad schaut sich stolz um, an die Wände, unter die Decke, auf all seine Vampire und Lakaien.

„Ja Herr, das sind wir."

Alle Lakaien fangen an zu brüllen und kreischen, jeder Vampir hier fletscht die Zähne. Es ist nur der Bruchteil einer Sekunde, in der Sulaika ihm in die Augen sieht, aber das reicht.

So wie sie die Augenlieder senkt, steht er schon bei ihr, die Zeit bleibt stehen, nichts und niemand bewegt sich mehr.

Asura entdeckt, was Vlad zweitausend Jahre nicht erkannt hat, es ist der Hauch von Verrat! Ohne den Blick von Sulaika zu wenden, spricht er zu Vlad.

„Wie kann es sein, dass du nicht siehst, ist deine Neigung zur Schönheit so stark, dass sie dich blind macht?"

„Nein Herr, sie dient mir seit über zweitausend Jahren, sie ist loyal."

In Vlads Stimme schwingt Angst mit, nicht die um das Leben der Frau, die schon ewig mit ihm lebt. Er hat nichts für sie übrig, es ist Furcht um sich selbst. Nicht zu bemerken, dass einer unter ihnen lebt, der nicht an Asura glaubt, wird mit der Verdammnis bestraft. Es gibt nichts, was Vlad so sehr verabscheut wie die Hölle, nichts, was er so sehr fürchtet.

Im gleichen Augenblick reißt Asura eine der Frauen aus ihrem Glaskasten. Schläuche werden ihr aus dem Leib gerissen, die Glaskuppe platzt, schneidet ihr unzählige Wunden in den Körper. Sie landet wie ein nasser Sack zu seinen Füßen, nicht fähig sich aufrecht zu halten. Es ist das erste Mal in ihrem Dasein, dass sie ihre Augen öffnet, ihre Umgebung wahrnimmt.

Asura packt sie am Hals und hält den schlaffen Körper von sich. Nur durch seine gewaltige Hand, der ihren Nacken stützt, kann sie ihren Kopf gerade halten und nach vorne sehen. Diese Frau weiß nicht zu denken, zu realisieren, wo sie ist oder wer all diese Kreaturen sind. Trotzdem ist ihr die nackte Angst ins Gesicht geschrieben, es verzehrt sich vor Schmerz und des nicht Verstehens.

Asura drückt fester zu, als möchte er eine Kiwi zerquetschen.

Die Frau bringt irgendwelche undefinierbaren Laute hervor und zappelt unbeholfen. Obwohl Sulaika weiß, dass diese Frau unmöglich denken kann, hat sie das Gefühl, sie würde um Gnade bitten.

Sulaika ist klar, dass es ein Test ist, aber sie hat schon als Mensch keine Güte in ihren Augen aufblitzen lassen. Viel zu lange ist sie nun schon ein Vampir, als dass ihr eine Blutquelle leidtäte. Mit ihrem schönsten Lächeln bewegt sie sich auf Asura zu. Sie hat keine Angst vor ihm, denn sie weiß, dass sie früher oder später sowieso in seinen Fängen landen und für den Rest der Zeit leiden wird.

Was sie antreibt, ist ihr seid über zweitausend Jahren erstrebtes Ziel zu erreichen.

Dafür ist sie bereit alles zu tun.

Im gleichen Moment, indem sie vor Asura steht, erkennt sie das Böse in ihm. Es liegt in den blauen Augen, die kälter aussehen als alles, was sie jemals in ihrem Leben gesehen hat. Sie weiß, was zu tun ist, sie schlingt einen Arm um ihn und leckt ihn genüsslich über seinen ebenmäßigen Hals, bevor sie wie der Blitz, ihre spitzen weißen Zähne in die Brust der Frau schlägt. Sie saugt wie eine Besessene, zerrt an ihr und schlägt ihr eine Hand in den Leib, um ihr das Herz auszureißen. Sie stellt unsagbare Grausamkeit zur Schau, in der Hoffnung sie kann auch Asura täuschen. Danach nimmt sie das Herz und beißt es entzwei, die eine Hälfte hält sie Asura als Geschenk hin. Er lässt sich täuschen, er kostet und genießt die Sinnlichkeit, die Sulaika verströmt. Nie zuvor hat er eine so durch und durch böse Gestalt gesehen, die schöner ist als jeder Engel, den er je in seinen Pranken hatte.

„Du bist mein, folge mir."

Das ist alles, was sie jemals zu hoffen gewagt hat.

„Ja Herr."

Sie legt den Kopf in den Nacken und zischt mit den Lippen, als er mit seiner giftigen schwarzen Zunge über ihren elfenbeinfarbenen Hals streicht.

Vlad platzt fast vor Wut, eine schwarze Ader zieht sich über seine weiße, faltige Stirn.

„Herr, ich brauche sie im Kampf." So wie er es ausspricht, bereut er auch schon.

Er hat ein ungeschriebenes Gesetz gebrochen, er spricht mit dem Bösen, ohne gefragt worden zu werden.

Asura und Sulaika reißen ihren Kopf herum, um zu sehen, wer es gewagt hat.

Im Saal schweigt alles still, nichts rührt sich, die Angst ist so gegenwärtig, wie all die Körper, die hier liegen.

Vlad ist bewusst, was er getan hat, er senkt seinen Kopf und geht auf die Knie, um auf seine Bestrafung zu warten.

Freundlich lächelnd schreitet Asura barfuß, durch das schwarzgewordene alte Blut tausender Menschen. Seine Füße wie auch der Saum seines Gewandes sind völlig verdreckt, jeder Schritt in dem Blut scheint ihn zu erfreuen. Er genießt das Leid unter seinen Füßen, spürt den Schmerz und die Hoffnungslosigkeit der Seelen. Als er nun vor Vlad steht, reißt er ihm den Kopf so hart nach hinten, dass sein Genick bricht. Man hört jeden einzelnen Knochen knacken, es ist, als könnte man mitzählen.

Asura legt eine Hand auf Vlads Stirn, mit der anderen reißt er ihm ohne eine Vorwarnung einen Eckzahn heraus. Vlad schreit wie ein Kojote auf, windet sich vor Schmerzen. Schwarzes Blut strömt aus seiner Wunde und läuft ihm über den Kiefer.

Niemand und nichts auf und unter dieser Erde vermag das zu tun. Niemand sonst besitzt die Kraft, einen Vampir so zu peinigen. Bevor Vlad mutmaßt er wird gleich ins Delirium fallen, reißt Asura ihm auch schon den zweiten Zahn heraus.

Vlad weiß, dass das sein Untergang ist, er wird innerhalb von achtundvierzig Stunden elendig verdursten und zu Grunde gehen.

Niemand hier verspürt Mitleid, nicht einmal seine drei Frauen, im Gegenteil, sie laben sich an seinem schmerz. Auch Asura ist das klar und nur Asura kann Vlad seine Mordwaffen wieder geben. Ohne jegliche Aufregung in der Stimme, fast schon gelangweilt, flüstert er in einem lieblichen Ton an Vlads Ohr.

„Du wirst dich jetzt auf den Weg machen, bist du erfolgreich und bringst mir das Herz dieses kleinen Miststückes, werde ich dir deine Zähne wiedergeben."

Asura dreht sich, ohne eine Antwort abzuwarten um. Sein Augenmerk ist nun vollkommen auf Sulaika gerichtet. Er fasst ihre Hand und gleitet mit ihr hinunter in die Hölle. Sulaika lacht laut, umschlingt seinen Körper und schlägt ihre Zähne in seinen Hals.

Als sich die Erde wieder zusammen tut steht Vlad auf, er wischt sich mit dem Ärmel das schwarze But vom Kinn und schreit seine Armee an.

„Ihr habt es gehört, worauf wartet ihr noch, macht euch auf den Weg und wagt es nicht zu versagen." Die Lakain heulen auf, verschwinden in den Wänden und in der Decke. Vlad dreht sich auf den Weg nach oben, jeder Vampir folgte ihm, ohne auch nur einen Laut von sich zu geben. Sie stehen alle unter Schock, Vlad ist von Zeit an, der mächtigste unter ihnen gewesen, nun zum Krüppel gemacht und dem Untergang geweiht. Sie wissen nicht, ob sie einem so geschwächten Herrscher noch dienen können.

Asura hat einen großen taktischen Fehler begangen, aber das ist ihm nicht bewusst. Vielleicht ist es auch Sulaikas Plan gewesen, ihn so zu bezaubern. Vielleicht hat sie es vor über zweitausend Jahren gesehen und dieses Unglück heraufbeschworen. Um ihn jetzt, in der sengenden Hitze der Unterwelt zu beschäftigen.

Es wird Abend in der Stadt Sindh, die Sonne geht nicht wie auf der Erde einfach unter, die Decke wird insgesamt einfach dunkler. Sie färbt sich in abendliches Gelb, Orange und dann Rot, bis es Nacht ist.

Balu und ich liegen zusammengekuschelt auf einer Liege, auf der Terrasse meiner Eltern. Wir liegen hier schon seit mindestens zwei Stunden und genießen die Ruhe nach dem harten Trainingstag.

„Ich habe noch nie in meinem Leben einen so klaren Sternenhimmel gesehen."

Er drückt mich noch ein wenig mehr an sich heran, küsst meine Stirn und atmet meinen Duft ein.

„Das kommt daher, weil wir dem Himmel hier viel näher sind als auf der Erde."

Ich dreht meinen Kopf herum, um ihm direkt in die Augen sehen zu können. Es sieht aus, als würden sich alle Sterne der Welt in dem Grün seiner Augen widerspiegeln.

„Es sind nicht die Sterne liebes, nur du lässt sie leuchten."

„Ich liebe dich."

Und als ob er das nicht weiß, mit jeder Faser seines Körpers spürt, zerreißt es ihn, dass ich es ausspreche.

Der Wirbelwind seiner Gefühle schwappt auf mich hinüber. Es gibt kein hier und jetzt, nur noch uns beide, als unsere Lippen sich treffen, zuerst vorsichtig, dann immer hungriger werdend. Ich entfacht ein Feuer in ihm, das er kaum im Zaum halten kann. Er reißt mich herum und legt sich auf mich, mit beiden Händen hält er mein Gesicht. Es ist ja nicht nur, dass unsere Lippen sich berühren, es ist mehr als das.

Unsere Seelen berühren sich.

Wir atmen beide schwer, die Gefühle versetzen uns in einen Rausch, der Raum und Zeit vergessen lässt. Er setzt sich auf seine Knie und nimmt mich mit auf seine Oberschenkel, ohne den Kuss zu unterbrechen. Wir sind nicht nur körperlich erregt, unsere Geister und unser Verstand, schreien nach Vereinigung, wie zwei Magnete, die mit Gewalt zueinander wollen. Er schiebt mir das weiße Leinenshirt über die Schulter, lässt seine Lippen

232

an meinem Hals hinuntergleiten, um an meinem Schlüsselbein zu verweilen. Ich neige den Kopf nach hinten, genieße diese unerbittliche Zärtlichkeit. Als seine Hand über den dünnen Stoff meine Brust berührt, entgleitet mir ein leiser Laut. Niemals werde ich aufhören können, niemals werde ich mich von ihm lösen können, ich will absolut mehr. Mit kreisenden Bewegungen treibe ich Balu fast zum Wahnsinn. Gierig verzehre ich mich nach ihm, alles, was mich ausmacht, sucht Vereinigung mit dem Mann, der mein Gegenstück ist.

Sanft, aber bestimmt drückt er mich von sich, löst seine Lippen keuchend von meinem Körper. Wie aus einem Traum gerissen, kehrt mein Bewusstsein so langsam wieder auf diesen Planten zurück. Ich will ihn nicht loslassen, ich kann meinem Verlangen nicht widerstehen.

„Nein liebes, bitte nicht."

Seine Stimme ist dunkel und heiser. Balu hat noch nie mit einer anderen Frau Zärtlichkeiten ausgetauscht, er hat sein Leben lang auf mich gewartet, genau wie ich auf ihn.

„Nein, hör bitte auf."

Aber ich denke gar nicht daran, ich bewege mich weiter im Rhythmus meines pulsierenden Blutes, lege nun meinen Mund auf seinen Hals, küsse und liebkose ihn.

„Nein, nein, nein, nein, warte." Er keucht, nichts zuvor hat ihn bisher so viel Kraft gekostet wie, mir zu widerstehen.

„Bitte, Liebes, hör auf." Er packt mich bei den Schultern und drückt mich sanft von sich.

„Wir dürfen das nicht, du verlierst deine Kräfte."

Constantines Gesicht strahlt vor Sinnlichkeit, ihre Augen glänzen feucht. Ihre Lippen sind rosa und angeschwollen, ihr Atem duftet wie tausend Rosen.

„Ich will dich aber jetzt, ich will nicht mehr warten." Wieder versuche ich ihn zu betören und küsse ihn auf den Mund. Unsere Lippen scheinen miteinander zu verschmelzen.

„Oh Gott, wie sehr ich dich liebe." Balu kann sich kaum beherrschen, bis er plötzlich anfängt zu grinsen.

Das, was er hört, ist genau das, was auch ich sofort höre. Wir springen auf und warten auf die alte Zetra, die nun jeden Moment die Stufen hinaufkommen wird.

So wie sie vor uns steht, sieht Balu, dass die alte Zetra aus der Puste ist. Überhaupt ist es das erste Mal, dass sie erschöpft wirkt und älter geworden zu sein.

„Tja mein Junge, mit Zweitausend und ein Paar Zerquetschten gehört man nun nicht mehr zu den jungen Hüpfern. Auch ich werde alt, aber glaub ja nicht, dass ich nicht mehr mitbekomme, was ihr beiden hier gerade getrieben habt."

Ihr Grinsen ist mädchenhaft, ihre goldenen Zähne spiegeln den Mond wider. Sie schaut hinauf zum Himmel, atmet die kühle frische Nachtluft ein.

„Balu! Ich weiß das es nicht einfach für dich ist, sich zu beherrschen, aber du musst dich gedulden."

Balu möchte widersprechen, wie ein kleiner Junge, der etwas abstreiten will. Ich schiebe meinen Ärmel vor den Mund und schmunzele.

„Hör auf dich herauszureden, ich weiß, wie du bist, nämlich genau wie dein Vater. Gott hab seine Seele gnädig, aber er war ein Casanova."

„Ich hab doch gar nichts gemacht."

Zetra hält ihm den warnenden Zeigefinger unter die Nase.

„Ich habe gesagt, du musst bis zur Hochzeitsnacht warten, junger Mann. Und jetzt will ich nichts mehr hören, wir werden unten zum Abendbrot erwartet." Ich kann kaum an mich halten.

„Und du! Junge Frau! Du brauchst gar nicht so zu lachen, mir ist sehr wohl bewusst, dass du die treibende Kraft bist."

Jetzt will ich mich verteidigen.

„Papperlapap, du brauchst mir gar nichts zu erzählen, ich bin deine Großmutter. Und jetzt ab nach unten, geht schon mal vor, bei mir dauert das ein wenig länger, mein Kreuz bringt mich noch ins Grab."

Zetra klatscht in die Hände, ihre Geste ist unmissverständlich. Wir machen uns auf den Weg nach unten, kichern und küssen uns immer wieder. Für diesen Moment sind wir glücklich und völlig sorglos.

Nicht so wie Zetra, die noch oben auf der Terrasse bleibt, um Ihren Gedanken freien Lauf zu lassen. Sie macht sich große Sorgen darum, dass Menschen magische Türen bauen können. Bedeutete das andersherum, dass jeder magische Türen von irgendwoher nach hierher bauen kann? Sie hat bisher immer geglaubt, dass nur Sinti die Kraft haben, diese Türen zu den verschiedensten Orten auf dieser Welt zu bauen. Doch da Jack und Rose sich diesbezüglich heute ausgetobt haben, ist ihr klar, dass es ein großes Problem gibt. Jeder, der versucht, eine Tür zu diesem Ort zu bauen, kann dies auch tun, aber nur, wenn er diesen Ort kennt und ihn sich vorstellen kann. Da kein Mensch auf dieser Erde je hier gewesen ist, keiner auch nur ahnt, dass man Türen bauen kann, kommt natürlich seit tausenden von Jahren auch keiner auf die Idee.

Doch ist es nicht Sie selbst, die diesen Ort verraten hat, indem sie Gudal Einlass gewährte? Wie viele Jahrhunderte hat er als Freund unter ihnen gelebt, natürlich ist ihm das mit den Türen bekannt. Und natürlich kann er sich diesen Ort vorstellen, in jedem Detail sogar. Das bedeutet, dass er an jedem Ort in der Stadt Sindh Türen bauen kann. Es ist ein Drama. Wie soll sie das verhindern, wie soll man sich dagegen wehren? Die Türen können theoretisch an zehntausend Stellen gleichzeitig geöffnet werden und das Schlimmste der Hölle hereinlassen. Wann wird dieser Zeitpunkt eintreten, wann wird Asura angreifen?

Seit dem späten Nachmittag, ist Zetra um hundert Jahre gealtert, solche Sorgen hatte sie seit fast sechszehn Jahren nicht mehr.

„Vater, bitte hilf mir in dieser schweren Stunde, ich weiß nicht mehr weiter. Bitte lass nicht zu, dass er hier einmarschiert und alles vernichtet."

Zetra ist, ohne es zu merken in die Knie gegangen, als sie ihre Hände faltete.

Es ist verdammt lange her, dass sie zu ihm gesprochen hat.

Sie hat es nie gewagt, auch nur ein Wort an ihn zu richten.

Zu groß ist ihr Scharm.

Aber jetzt geht es nicht nur um sie, sondern um all die lieben Menschen, die hier leben.

Zum ersten Mal ist sie ratlos, weiß nicht wo sie anfangen soll, hat keinen Plan, zu groß ist die Bedrohung.

Sie sackt völlig in sich zusammen, nichts ist mehr übrig von ihrer unermüdlichen Stärke, bis sie zu weinen anfängt.

„Bitte Herr, ich weiß, ich bin nicht würdig ein Wort an dich zu richten. Wir sind alle Nachkommen derer, die deinen Sohn vernichtet haben. Wir sind nicht würdig, dich um Gnade zu bitten, aber bitte hilf meinem Volk. Noch nie war die Bedrohung so groß."

Nichts tut sich, rein gar nichts.

Sie spürt nicht, dass er sie berührt, sie hört auch kein Geist, der ihr zuflüstert. Der Himmel tut sich auch nicht auf, um ihr ein Zeichen zu geben. Ein kühler Windstoß streift ihren alten Körper und bläst ihr die grauen Haare ins Gesicht. Sie hat das Gefühl unerwünscht und dem Himmel so nah zu sein.

Sie begreift es endgültig, rappele sich mit hängenden Schultern auf und schlurft ohne ein weiteres Wort die Stufen hinunter zu ihrer Familie.

Die Stimmung im Esszimmer ist ausgelassen, wir haben bereits mit dem Essen begonnen. Wir diskutieren über den bevorstehenden Geburtstag nächste Woche am Sonntag, der auch gleichzeitig der Hochzeitstag sein soll.

Jack springt auf und stell Zetra einen Stuhl zurecht, sie sollt sich auch setzen. Er gießt ihr einen großzügigen schluck Rotwein ein. Ohne zu fragen, legt er ihr ein feines Stück Rinderfilet auf den Teller, reicht ihr ein paar Bohnen, Speck und Kartoffeln mit Trüffelsoße. Er achtet gar nicht auf ihren Gemütszustand, keiner tut es. Die Runde ist zu ausgelassen und glücklich, als dass sie Zetras Unglück bemerken können.

„Also, ich finde wir sollten den ganzen Marktplatz in Weiß halten. Es ist schließlich eine Hochzeit. Wir sollten weiße dicke Rosen verwenden und überall Lichterketten dekorieren."

„Ach Rose, ich finde wir sollten da gar keine Hochzeit feiern. Mein Mädchen wird doch gerade mal achtzehn, was soll das denn?"

„Deine Tochter ist alt genug, die beiden sind füreinander bestimmt und werden sich sowieso niemals trennen, so wie wir."

Sie gibt ihm ein Küsschen.

„Ja, aber trotzdem, Schatz, sie ist zu jung, um zu heiraten."

„Zu jung für was? Sex?"

„Rose!!"

„Maaaaaaaaaaaaa!!!!!!!!!!!!!!!!!!!"

„Wieso? Tut ihr beiden Mal nicht so, ich will gar nicht wissen, was ihr da so lange auf der Terrasse gemacht habt. Und du, Jack, ist es dir lieber, dass sie es unverheiratet tun?"

„Hrmhh, Rose, ich werde deine Tochter bestimmt nicht…"

„Ach papperlapapp, es ist Bestimmung, dass du sie heiratest, und so soll es auch sein. Ich habe hier nun genug gesehen, um zu wissen, dass es absolut übernatürliches gibt. Man sollte Jahrtausend alte Riten und Legenden nicht einfach ignorieren."

„Ja aber, Liebes, wir leben im zwanzigsten Jahrhundert!"

„Und? Wenn Zetra uns das kleine Bündel nicht vor die Tür gelegt hätte, würden wir Constantine gar nicht kennen. Wenn da kein Krieg gewesen wäre, wäre sie hier groß geworden und hätte Balu auch nächste Woche geheiratet. Das ist Schicksal, das können wir nicht einfach verbieten, nur weil wir nicht loslassen können."

„Was heißt denn nicht loslassen können?"

„Na dann lass sie los!"

„Darf ich auch mal etwas sagen? Mom, Dad! Ihr wisst, dass ich euch immer respektieren werde, aber das hier ist einzig und allein meine Entscheidung.

Sorry, Dad. Aber ich liebe Balu, ich werde ihn an meinem achtzehnten Geburtstag heiraten, so wie es mein Schicksal es verlangt und wie ich es will. Ich wollte noch nie in meinem Leben etwas so sehr wie dieses."

Zetra reißt sich so gut es geht zusammen und setzt ein künstliches Lächeln auf.

„Außerdem ist die Zeremonie sowieso nur zur Veranschaulichung. Um zwölf Uhr nachts werden an deinem Geburtstag Kräfte auf euch beide wirken, die sogar für uns alle sichtbar werden. Es ist keine Entscheidungsfrage unsererseits, wenn es bestimmt ist, wird es geschehen. Sie werden vom Himmel, von Gott persönlich zusammengeführt.

Nichts kann euch daran hindern."

Wir schauen Zetra etwas verwundert an, nur Balu nicht. Der weiß ganz genau, was um Mitternacht passieren wird, er hat es schon so einige Male gesehen.

„Gut, dann machen wir es so, wie ich gesagt habe, wenn du nichts dagegen hast, Liebes."

„Nein Mom, mach nur, ich finde es gut, hört sich klasse an. Aber mach bitte nicht zu viel, ich stehe nicht so gerne im Mittelpunkt."

Balu lacht laut los, er findet meine Äußerung einfach zu lustig.

„Nicht im Mittelpunkt? Du wirst um Mitternacht im Mittelpunkt der Zeit stehen, des Kosmos, der Geschichte, du wirst im Mittelpunkt von allem stehen."

Meine Augen werden immer größer, quellen fast über.

„Wie meinst du das?"

„Genauso wie ich es sage." Balu lächelt, sein Blick ist voller Liebe, er gibt mir die Kraft durchzuhalten. Ich spüre und lese in seinen Gedanken, höre sein Herz für mich schlagen und bin mir sicher, dass er mich niemals allein lassen wird. Mit ihm an der Seite macht es mir nichts mehr aus, dann werde ich eben im Mittelpunkt von irgendetwas sein.

Hauptsache an seiner Seite.

Zetra hört still zu und beschäftigt sich mit ihrem hervorragenden Braten. Das ist die einzige Ablenkung, die sie im Moment hat. Sie darf jetzt auf keinen Fall über ihre Befürchtungen nachdenken, denn Balu und wahrscheinlich auch Sindh, werden alles hören. Sie muss es für sich behalten, vorerst.

Der Abend verläuft sehr schön, wir unterhalten uns angeregt. Äußern Ideen, für die Geburtstagshochzeit, sprechen über Dekorationen, das Buffet, Getränke, Trauzeugen und Musik. Anekdoten zur Hochzeitsnacht, werden immer lustiger, umso mehr Wein getrunken wird.

Sogar ich habe ein Glas Wein getrunken und bin dem entsprechend locker und lustig. Es ist das erste Mal in meinem Leben, das ich Alkohol trinke und ich fühle mich seltsam beflügelt. Sogar Zetra kann für eine Weile abschalten, sie lacht mit den jungen Menschen mit. Was für lustige Ideen sie doch haben, wie naiv und kurzsichtig sie doch sind.

Sie fragt sich, ob es ein Fluch ist so alt zu werden. Bisher hat sie es immer als Privileg betrachtet, doch so langsam geht ihr die Puste aus.

Diese Sterblichen denken immer nur von jetzt bis nächstes Wochenende oder bis zum Ende des Jahres. Keiner fragt sich, was in fünfhundert Jahren geschehen wird, sie haben ein kurzes, aber relativ sorgenfreies Leben.

Alle ihre Freunde, Ihre lieben und ihre Verwandten sind bereits gestorben.

Außer Sulaika und die ist aber auch irgendwie Tod.

Als Zetra sich an ihre Schwester erinnert, schlägt der Alkohol in Melancholie um. Sie fühlt sich elend, das letzte treffen nach so vielen Jahrhunderten war schockierend. Zuerst ist es ihr gar nicht so bewusst gewesen, doch umso länger sie darüber nachdenkt, umso schlimmer wird es. Sie vermisst Ihre Schwester so schmerzlich und dass schon so viele Jahre. Wahrscheinlich ist der Tod eine Erlösung. Denn die Qualen, die in der Hölle auf sie warten, sind bestimmt nicht viel schlimmer.

Die Nacht bricht herein, Zetra verabschiedet sich, um in ihr gemütliches Dornröschen schloss zurückzukehren. Sie verwandelt sich vor der Tür in die weiße Eule und fliegt durch die kühle Nacht.

Wir vier winken und sehen ihr noch hinterher.

„Ich frage mich, wie es ist sich in eine Eule zu verwandeln, wie es ist zu fliegen." Jack ist sichtlich hingerissen, er kann seine Augen nicht von der immer kleiner werdenden Eule lassen.

„Dad?"

„Ja liebes?" Jack dreht sich zu mir um, seinem Augenstern. Zu schnell bin ich ihm groß geworden, zu schnell erwachsen und jetzt will seine kleine Prinzessin heiraten.

„Dad, ich bin doch nicht weg. Ich bin doch immer deine kleine Prinzessin, egal was passiert. Sei doch nicht so traurig."

Wir umarmen uns, bis sich alle wieder zurück im Haus einfinden.

Mama ist gerade dabei den Tisch abzuräumen, als Balu an ihre Seite tritt.

„Geh ein Stück zurück und denke daran, dass alles sauber und weggeräumt sein soll."

Zuerst schaut sie ihn etwas verwirrt an, dann konzentriert sie sich auf den Tisch.

So wie sie es sich vorstellt, ist der Tisch Blitzeblank und alles im Schrank verstaut.

„Wie kann das sein? Kann ich jetzt Zaubern, oder wie? Wie kann das hier alles sein? Das, ich innerhalb von wenigen Stunden ein Haus hochziehe, mit den ganzen Türen und all dies?"

„Es liegt nicht an dir, es ist der Ort, an dem das hier alles möglich ist. In deiner Welt wird das nicht mehr funktionieren, da musst du wieder selbst Hand anlegen. Dies ist ein sehr alter, magischer Ort, geschaffen von den Ältesten, den ersten Sinti. Um sich seit je her vor den Asmodi zu schützen, selbst als wir ihnen noch gedient haben, waren sie schon immer eine Gefahr für uns." Sagte Balu.

Jack trudelt mit mir in die Küche.

„Können wir schlafen gehen Rose? Ich bin hundemüde, wir können ja morgen über deine weißen Rosen weiterreden. Ich kann echt nicht mehr, das ist alles zu viel für mich. Ich bin mir nicht einmal sicher, ob ich vor lauter Gedanken und Fragen, in den Schlaf kommen werde."

„Ja Jack, ich bin auch kaputt, lass uns schlafen gehen."

Dann schauen meine Eltern uns an.

„Und du mein Junge, wir haben für euch separate Schlafzimmer gebaut. Ich will hoffen, dass du nicht unter Schlafwandeln leidest, ich habe nämlich eine abgesägte Schrotflinte unter meinem Kopfkissen."

„Mach dir keine Sorgen Jack, ich verspreche, dass ich keine Schande über dieses Haus bringen werde. Habt ihr denn etwas dagegen, wenn wir beide noch ein wenig auf die Terrasse gehen? Nur eine Stunde vielleicht, ich verspreche auch das wir artig sein werden."

„Ja, ja, macht nur, ich kann zwar nicht verstehen wieso ihr nicht müde seid, aber das muss wohl an eurem jungen Alter liegen."

„Gute Nacht Dad, gute Nacht Mom, ich habe euch lieb."

„Gute Nacht ihr beiden, schlaft gut."

Als die beiden durch das Wohnzimmer in ihrem Schlafzimmer verschwinden, drehe ich mich zu Balu.

„Was hast du vor? Sollen wir denn heute Nacht noch spielen? Werden wir denn die Nachbarn nicht stören?"

„Stören? Ich weiß, dass sie alle hier heute Nacht darauf warten, unser Spiel ist einzigartig. Und es gibt keinen Sinto, der irgendetwas lieber auf dieser Erde hört als Geigen."

Wir huschen nach oben in unsere Zimmer, ich bin sehr überrascht. Ich habe den ganzen Tag mit Kämpfen verbracht, meine Eltern haben ein Heim geschaffen.

Mein Zimmer ist sehr geschmackvoll eingerichtet, so wie immer. Aber etwas ist anders, zum ersten Mal.

Ich fühlt mich zu Hause, ja, das ist das Zuhause, welches ich mir immer schon gewünscht habe. Ich habe schon überall und in den teuersten Häusern gelebt, aber das hier fühlt sich an wie angekommen. Der Mahagonikoffer liegt auf meinem Bett, wie bestellt. Jetzt erst fällt mir auf, wie lange ich doch tatsächlich nicht mehr gespielt habe. Noch nie zuvor habe ich nicht länger als zwei Tage gespielt. So wie ich den Koffer berührt, packt mich auch schon das Feuer und ich laufe die Stufen hinauf zur Terrasse.

Wie ich oben ankomme, ist er schon da. Er hat sein weißes Hemd ausgezogen, sitzt auf einem Stuhl, ganz dicht am Rand der Terrassenbrüstung.

Der Mond scheint auf seinen braunen, muskulösen Körper und lässt ihn so mächtig wie einen griechischen Gott erscheinen. Selbst Rodin wäre nicht fähig gewesen, so einen Körper zu schaffen. Ohne ein Wort gehe ich zum Tisch und lege meinen Koffer darauf. Wie immer streiche ich zuerst liebevoll über das glatte Holz, bevor ich die alten Verschlüsse öffne. Nur das Geräusch von Edelholz, das über Samt streift, ist zu hören.

Es ist so still, als würde wirklich ein ganzes Volk den Atem anhalten, um uns lauschen zu können. Ich setze mich zu ihm, direkt an den Rand und entdecke, wie hoch es hier ist. Die Stadt Sindh erscheint kleiner, das Mondlicht lässt alle Gebäude nur noch erahnen. Keine Wolke ist zu sehen, die Sterne sind zum Greifen nah und sogar die riesigen Engel verharren, als wollen auch sie uns spielen hören.

Ich versinke in seinen Augen, als er stumm seine Geige auf die Schulter legt. Auch ich platziert meine Violine auf meine Schulter und unsere Seelen wurden eins.

Wir spielen ein uraltes Lied, älter als die Menschheit selbst, von Leid und Liebe.

Noch nie zuvor haben wir dieses alte Lied gespielt, aber schon tausendmal tief in unserem inneren gehört. In unseren Träumen, Träume, die wir bei Tag nicht wiedergeben konnten.

Ein Lied das uns bei Tag mit tiefer Trauer und Einsamkeit quälte, ein Leben lang.

Und nun ist es da, dieses Gefühl, wir spielen, spüren unsere Instrumente, werden mit ihnen eins. Sanfte Klänge hallen über die Stadt Sindh, sie sind überall zu hören. Kleine Kinder hocken auf ihren Fensterbänken, um in der tiefen Nacht zu lauschen. Verliebte liegen in ihren Betten und hören auf sich zu küssen. Die alten raffen sich auf, um dieses eine Spiel zu hören.

Das Volk des Sindh wollen dieses erste und ein Spiel nicht verpassen, sie saugen es auf bis in die hintersten Winkel ihrer Seelen.

Sie halten es fest, keiner will es vergessen, es setzt sich in die Faser eines jeden Lebewesens hier fest.

Selbst der Himmel öffnet sich ein wenig mehr, ein sanfter Lichtstrahl fällt auf uns.

Es ist Licht, das jeder von weitem sehen kann. Selbst Zetra, die gerade noch so müde war, weilt auf ihrem Balkon. Umgeben von roten Rosen, erinnert sie sich an eine alte Liebe, die ihr jetzt die Tränen in die faltigen Augen treiben.

Sogar Shiva, die cooler und härter ist als jeder sonst, hält sich mit einem uralten Whisky auf ihrer Terrasse auf und lauscht andächtig.

Rose und Jack liegen im Bett, frei von Sorgen, Gedanken, Irrtümern und Zweifeln. Beide spüren die Magie, die aus dem Spiel einhergeht.

Es ist nicht zu überhören, dass diese jungen Menschen für die Ewigkeit bestimmt sind.

Ich merkt nicht, wie lange wir spielen, es fühlt sich wie die Ewigkeit an. So wie die letzten Töne unserer Geigen verklingen, legen wir uns auf eine Liege und schlafen gebettet wie auf Zuckerwatte ein.

Keiner hier und in dieser Stunde denkt an etwas Böses oder an eine Bedrohung, alle fühlen sich frei.

Was in diesem Moment, tief unter der Erde, in einer anderen Dimension stattfindet, ist niemandem bewusst.

Suleika erleidet in der Hölle gerade die schlimmsten Qualen, die nur möglich sind.

Sulaika musste sich ihm hingeben, seinem Spiel von Lust und Tod ertragen. Getrieben von Durst und Hoffnung kann sie all dies hinnehmen, ihre Bürde, diesen Schmerz und diese Schmach ertragen, um ihre Bestimmung zu erfüllen. Während sie unter ihm liegt, vorher gepeinigt von allen Wesen der Unterwelt, verliert sie sich in Gedanken, die selbst Asura nicht lesen kann.

Träume von Kindertagen sind es, die sie nicht wahnsinnig werden lassen. Sie denkt an ihrer geliebte Schwester Zetra, wie sie in Sindh Blumen pflückten. Sie denkt an ihre Mutter, als sie sie abends zu Bett brachte. An ihren Vater, der sie Liebevoll in die Arme nahm. Sie denkt an ihre eine Liebe, die sie zurückgelassen hat, nur um hier zu sein. Hier am richtigen Ort, um das richtige zu tun, wenn ihre Zeit zum Töten gekommen ist. Feuer und schwarzes Blut kleben an ihrem Körper, sie brennt mit jeder Faser, ohne dabei zu vergehen. Zwischendurch hat sie das Gefühl wahnsinnig zu werden, was sie auf keinen Fall zulassen darf, denn dann wird sie sich sehr schnell in einen Lakaien verwandeln. Sie würde sich, Ihre Familie und vor allen Dingen ihren Auftrag vergessen. Wie viele Kreaturen der Hölle sie noch ertragen kann, die über sie herfallen werden, weiß sie nicht.

Sie betete nur, dass es bald ein Ende haben wird.

Als ich am nächsten Morgen wach werde, scheint mir die Sonne ins Gesicht. Balu ist schon lange wach und sieht mich still an.

„Guten Morgen Liebes."

Nachdem ich begreife, wo und wer ich bin, spitze ich meine Lippen, um ein kleines Küsschen zu erhaschen.

„Wie lange starrst du mich schon an?"

„Sagen wir mal so, im Mondlicht siehst du Engelsgleich aus."

„Hast du gar nicht geschlafen?"

„Doch ein wenig, aber ich wollte nichts verpassen, deswegen bin ich wohl wieder wach geworden."

„Was verpassen?"

„Dich, ich kann immer noch nicht glauben, dass du endlich da bist. Ich liebe dich so sehr, Sindh."

Es ist schon fast schmerzhaft, so viel Liebe zu spüren, aber es geht ihm nicht anders, denn auch er scheint ein wenig Herzschmerzen zu haben. In diesem Moment steigt Zetra die Treppe herauf und trägt ein großes Tablett bei sich. Balu erhebt sich sofort, um es ihr abzunehmen, aber unsere Oma lässt sich natürlich gar nicht irritieren. Sie stellt es genau dort auf dem Tisch ab, auf den sie es abgesehen hat.

„So, meine Lieben, Frühstückszeit, ihr beide Turteltauben braucht gar nicht zu glauben, dass ihr jetzt hier irgendwelche extra Würstchen bekommt, nur weil ihr gestern Abend eure Geigen massakriert habt. Wir haben heute ein straffes Programm, ihr beide werdet schon von Shiva erwartet. Die ist stinke sauer, weil ihr immer so lange pennt und ich muss gleich weg. Ich habe auch jede Menge zu tun, also benehmt euch in der Zwischenzeit. Sollte einer von euch beiden schwanger sein, wenn ich zurückkomme, gibt es Knüppelsuppe."

Sie legt ein weißes, schlichtes Baumwollkleid auf einen freien Stuhl.

„Zieh das bitte an, bevor Ihr los geht, das musst du heute tragen, ist sehr wichtig."

Balu rollt sich vor Lachen auf der Liege zusammen, bis Zetra die Hände in die Hüften stemmt und uns beide vernichtend ansieht.

„Schon gut, schon gut, wir beeilen uns ja schon." Balu macht eine abwehrende Handbewegung, als möchte er sich seine alte Großmutter vom Hals halten.

244

So wie Zetra ihn anlächelt, glänzen ihre Goldzähne in der Sonne. Es fällt ihr sehr schwer, dem Charme ihres Enkels zu widerstehen.

„Also gut, Frühstückt und beeilt euch, wie gesagt, Shiva ist „not amused."

So cool wie sie das sagt, verwandelt sie sich auch schon wieder und fliegt über die Brüstung des Balkons.

„Shiva ist was? Hat Zetra da gerade Englisch gesprochen?"

Balu rückt den Stuhl vom Tisch, während ich das Kleid überziehe und mich setze. Zetra kann man sowieso nicht widersprechen, deswegen fragt ich auch erst gar nicht, wozu dieses Kleid gut sein soll.

„Ja liebes, sie spricht alle Sprachen dieser Welt." Statt mein Brötchen weiter zu schneiden, halte ich inne.

„Alle sprachen? Wirklich alle?"

In diesen 20 Sekunden hat er sich mindestens ein Dutzend Brötchen geschmiert und herzhaft belegt.

„Willst du die etwa alle essen?"

„Ja, beeil dich, Shiva ist richtig sauer, sie wartet seit über eine halbe Stunde. Die bringt uns gleich bestimmt um, oder denkt sich gerade die gemeinsten Gemeinheiten aus."

Beim Frühstücken mache ich mir meine Gedanken, so kann ich schneller essen. Es ist sowieso überflüssig zu sprechen, er kann mich ja hören. Er lässt mich zu Ende denken und funkt nicht dazwischen. Er lauscht nur, ohne mich zu stören, schmunzelt aber hin und wieder. Denn ich fragt mich nicht nur, wie es möglich ist, alle Sprachen dieser Welt zu beherrschen, sondern auch, wieso Zetra goldene Zähne hat. Wenn sie nicht so ein altes Gesicht hätte oder eine kleine Frau wäre, würde das zu einem Gangster Rapper passen. Ich drifte ab und verstehe immer noch nicht, was das mit den Vierlingen auf sich hat. Es ist doch gar nicht möglich, dass sie sich so ähnlich wie ein Spiegelbild sind. Nicht nur vom Aussehen, sondern ihr Verhalten, Tun und Denken, Wünschen, Träumen, von den Begierden und was weiß ich noch, her.

Außerdem denke ich darüber nach, was diese bescheuerte Shiva jetzt wohl wieder vorhat.

Vermutlich muss ich heute gegen acht Männer kämpfen oder gegen einen Drachen oder was auch immer.

Außerdem fragt ich mich, wo meine Eltern stecken und warum sie mir keinen guten Morgen gesagt haben, ob sie überhaupt noch im Haus sind oder bereits irgendwo auf dieser Welt. Türen genug haben sie jetzt, um mal eben zwischen den Kontinenten zu pendeln. Wahrscheinlich werde ich sie jetzt öfter mal einen oder zwei Tage nicht sehen.

„Hör auf zu grübeln Liebes, lass uns aufbrechen." Irgendwie habe ich nicht mitbekommen, wie viel ich gegessen habe, das ist ja enorm.

„Jaaaah, du bist schon ein kleiner Fresssack."

Balu nimmt mich auch schon im gleichen Atemzug in den Arm und küsste mich. Ich bin so glücklich, dass er mich liebt, es ist zu schön, um wahr zu sein.

So wie sich unsere Lippen voneinander lösen, springt er ganz plötzlich mit mir auf dem Arm von der Plattform. Wir sinken so tief und haben so eine unglaubliche Geschwindigkeit, dass meine ganzen Innereien nach oben rutschen. Ich quiekte vor Kribbeln, halte es kaum aus und als wir nach drei Sekunden unten anlangen, landen wir so sanft wie auf einem Federbett.

Es ist mir immer noch unbegreiflich, wie er in der Lage ist so weite Sprünge zu machen. Aber der Tag verspricht, interessant zu werden.

„Tja Liebes, ich bin nun mal der Mann und kann alles schneller und bin stärker als du." Balu grinst frech.

„Tja, das wollen wir doch mal sehen."

Bevor er reagieren kann, bin ich auch schon weg. Ich renne mit so einer Geschwindigkeit über die Dächer der Stadt, dass er große Mühe hat mich einzuholen.

Dieses Mal sind wir allerdings gewarnt und verlangsamen unser Tempo, als wir Shiva von weitem erkennen.

Ich denke gerade über einen Willkommens-Angriff nach, über irgendwelche Monster oder Sintizauber. Als ich sie alle im Kreis auf der Wiese sitzen sehe. Sie tragen alle weiße Kleidung, erst jetzt fällt mir auf, dass auch Balu weiß gekleidet ist.

„Warum hast du nicht gesagt, worum es geht?"

„Dann wärst du ganz bestimmt nicht mitgekommen und wenn ich nicht müsste, wäre ich jetzt auch lieber woanders."

„Wieso?"

„Lass dich überraschen."

Den Kreis bilden zehn Menschen, immer abwechselnd ein Mann und eine Frau.

Die Vierlinge, Shiva und Sheherazad kenne ich bereits.

Drei weitere Frauen sind mir unbekannt und den fünften Mann glaube ich in der Schmiede gesehen zu haben. Sie alle schauen mich freundlich an, ich weiß von ganz allein, wo mein Platz ist, und lasse mich neben einem der Vierlinge nieder. Balu setzt sich neben mir.

„Schön, dass ihr es auch endlich geschafft habt, eure Allerwertesten hierher zu bewegen, wir warten seit zwanzig Minuten."

„Sorry, wir wussten nicht dass ihr so früh beginnt,
Zetra hat uns..."

„Ja, ist ja schon gut, lasst uns endlich anfangen."

Shiva setzt sich in den Schneidersitz und nimmt eine gerade Rückenhaltung an. Da alle es ihr gleich machen, setze ich mich auch so hin. Mir fällt auf, dass Balu die Beine nicht so elegant übereinanderschlägt, wie wir und ich muss schmunzeln.

„Ach, das ist doch auch Blödsinn, wir müssen gar nicht so sitzen, das geht auch, wenn man normal sitzt." Balu ist sauer, Shiva noch mehr.

„Das tut es nicht!"

„Tut es doch!"

„Du und dein Yoga!"

„Das ist kein Yoga! Und jetzt setzt dich bitte." Auch Balu versucht sich endlich in Position zu bringen.

Shiva schaut mich an und wird ernst.

„So mein Schatz, wir sind heute hier, um unsere Kräfte zu sammeln und um sie zu vereinen. Wir legen jetzt alle unsere Hände mit der Handoberfläche nach oben, auf unsere Knie."

Alle gehorchen sofort und schließen ihre Augen, sowie auch ich. Angespannt lausche ich, was jetzt von mir verlangt wird.

„Sindh versuch dich zu sammeln, versuche in dein Innerstes zu gehen. Versuch deine Energie in deiner Mitte zu vereinen, um sie dann gezielt mit uns zusammen einsetzten zu können." Erschreckt öffne ich meine Augen und schaue alle anderen Sprachlos an.

„Was soll ich machen? Und wie, bitte schön, soll ich das machen? Jetzt versuch mich nicht wieder auf die Palme zubringen, nur das irgendetwas fließt, das kann ich gar nicht leiden."

Niemand öffnet die Augen oder sieht mich an.

„Schließe deine Augen, höre was wir denken, versuche zu fühlen was wir fühlen und sperre einfach deine Sinnesorgane auf."

Völlig überfordert, schließe ich meine Augen und kann mir überhaupt nicht vorstellen, was ich und wie ich irgendetwas machen soll.

Dennoch konzentriere ich mich, sperre meine Ohren auf und lausche was die anderen denken. Das ist einfach. Nach einem kurzen Augenblick fühle ich auch etwas. Ich konzentriere mich so sehr darauf, etwas zu fühlen, dass es auch so langsam eintritt. Mir wird warm, in mir wächst ein Gefühl, das ich kenne, aber noch nie so intensiv gespürt habe.

Es fühlt sich wie Familie, Zusammengehörigkeit, absolute Loyalität und Nächstenliebe an. Es ist ein dickes schweres Band, das uns miteinander verbindet. Ich spüre die gemischten Gefühle aller die hier anwesend sind, deren Energie und deren Kraft.

Überrascht spüre ich auch, dass meine Kraft die stärkste ist, die führende.

Es ist nicht so, dass ich jetzt dazu gehöre, sondern, dass diese elf Personen hier jetzt zu mir gehören. Als sei ich eine Art Leittier, das bestimmt, wo es lang geht. Ich will abbrechen. Das gefällt mir nicht, ich lehne es ab dem Anführer von irgendetwas zu sein. Schon gar nicht von einem so alten Verband, zu dem ich erst so neu gestoßen bin. Bevor ich mich auch nur zu wehren vermag, hebe ich ganz automatisch meine Hände in den Himmel, weil die anderen es auch machen, weil wir miteinander verbunden sind.

Ich spüre Shivas dominante Person, ihren Willen, ihre Stärke, ihr Unbeugsamkeit, den Schmied, der vor Kraft nur so strotzt und das Wilde in Balu, das völlig unbezähmbare Innere eines Bären. Diese Vierlinge spüre ich nur ein einziges Mal! Auf einmal entdecke ich deutlich, dass die Vierlinge wirklich eins sind.

Da sind keine vier Körper, Charaktere, Meinungen, Eigenschaften oder sonst etwas, sie sind wirklich eins.

Das Band spannt sich immer enger, die Verbindung wird stärker. Wir halten nun alle unsere Hände in die Mitte.

Wärme und Energie strömen durch meine Hände in meinen Körper. Ich öffne meine Augen, grünes Licht strahlt aus meinen Fingerspitzen in die Mitte und trifft dort die Lichtstrahlen der anderen.

Als sie aufeinandertreffen, bündeln sie sich zu einem baumstammdicken Strahl, der in den Himmel schießt.

Es ist ein unglaubliches Gefühl, als würde mir jemand den Körper mit Federn streicheln, Gänsehaut pur. Ich genieße es einfach, diese scheinbare Grenzenlosigkeit, es ist so machtvoll. Nach ein paar Minuten bricht es ab, weil Shiva ihre Hände senkt und einfach aufhört.

Alle öffnen nun ihre Augen und wirken erschöpft. Mehr als das, sie sehen so aus, als müssten sie sich alle hinlegen, um wieder zu Bewusstsein zu kommen.

Nicht so ist es bei mir, ich springe auf meine Beine und hüpfe vor Freude einige Meter hoch in die Luft. Ich vermag meine Energie kaum zu zügeln. Balu lacht mich erschöpft an und lässt sich dann auf den Rücken fallen, um durchzuatmen.

Shiva schaut mich überrascht an und freut sich ohnegleichen.

„Also, wie es aussieht, bist du ein Naturtalent, andere mussten jahrelang üben, um im Kreis der Jünger sitzen zu können. Außerdem ist deine Kraft bei weitem stärker, als ich gedacht habe. Ich habe dich zwar schon einmal in Aktion gesehen, aber heute habe ich deine Energie gefühlt, es ist überwältigend."

Der Schmied starrt mich bewundernd an.

„Und dass, obwohl sie noch nicht einmal achtzehn ist und dann nur eine Frau."

Sogar Shiva, die sonst immer so auf die Rechte der Frauen pocht, nickt zustimmend.

„Ja, und sie ist nur eine Frau."

„Was soll das eigentlich Heißen, ich bin nur eine Frau."

„Du bist stärker als Zusteri, obwohl du eine Frau bist, und er ist der stärkste Mann auf dieser Erde." Verwundert erblicke ich diesen riesigen Muskelberg und stelle es in Frage, stärker zu sein. Schließlich ist dieser Zusteri mindestens zwei Meter groß und hundertfünfzig Kilo schwer. Davon hat er wahrscheinlich nicht ein Gramm Fett. Ich schaut an mir herunter, ich bin einen Meter dreiundsiebzig und wiege zweiundsiebzig Kilo, das ist nicht viel.

Zusteri erhebt sich und schreitet auf mich zu, er gibt mir die Hand und lächelt freundlich.

„Ich bin Zusteri, der Cousin deiner Mutter, also dein Großcousin. Hätte mich schon eher mal vorgestellt, bin aber immer so beschäftigt. Übrigens deine Körperliche Größe hat rein gar nichts mit deiner mentalen Kraft zu tun, sie ist wirklich beeindruckend, ich habe sowas noch nicht erlebt."

„Danke."

„Muss dir nicht peinlich sein, du bist unsere Rettung und unsere Hoffnung. Ich freue mich, dass du da bist."

Shiva tritt jetzt heran und drückt Zusteri ein wenig zur Seite.

„Ja, ja, schon gut, wir freuen uns alle, dass sie endlich da ist. Du kannst jetzt nach Hause gehen Zusteri, ruhe dich aus und gehe nicht wieder in deine Schmiede. Das war anstrengend genug und auch du musst deine Kräfte sammeln."

„Ja, ist gut mach ich auch, meine Frau wird sich freuen, also mach´s gut, bis morgen."

Er dreht sich plump um, ohne eine Antwort zu erwarten und macht sich auf den Weg nach Hause. Er sieht furchteinflößend stark aus, aber nicht besonders schnell oder gelenkig.

„Da hast du Recht, das ist er wirklich nicht, könnte im Kampf ein großer Nachteil für ihn sein. Die Lakaien sind sehr schnell, die Vampire noch viel schneller, aber wir werden sehen, er ist ja nicht allein."

Die Tage vergehen, wir üben und wir kämpfen. Wir sammeln unsere Kräfte, im Sitzen und auch im Stehen, von den verschiedensten Standpunkten aus.

Ich stehe auf einem Stück Felsen und bin von der Wucht, mit der Shiva mich geschlagen hat beinahe in den Fluss gefallen.

Meine Eltern bekomme ich kaum zu Gesicht, eigentlich nur abends zum Essen. Shiva erzählt mir, dass meine Eltern so sehr mit der Geburtstagshochzeitsfeier beschäftigt sind, dass sie darüber hinaus sogar ihre Arbeit vernachlässigen mussten. An den Abenden erzählen meine Eltern allerdings nichts, sie tuen die ganze Zeit so, als würden sie nicht viel machen, außer diesen Ort zu erkunden. Ich finde es lustig zu sehen, wie meine Eltern alles daransetzen, dass ich nichts erfahre, sie machen es sehr spannend. Selbst Balu wurde über so einige Hochzeitsplanungen informiert. Anscheinend hat er meinen Eltern erklärt, dass sie auf keinen Fall in meiner Gegenwart darüber nachdenken dürfen, da ich sonst all ihre Gedanken lesen würde, ganz automatisch. Sie machen alle einen guten Job, ich bekomme nur ab und zu Gedankenfetzen mit, wenn meine Eltern sich vergessen.

Es ist der letzte Tag vor meinem Geburtstag, weshalb wir heute auch nicht trainieren werden. Zetra hat es verboten, sie möchte auf keinen Fall, das ich am Ende noch blaue Flecken zu meinem Brautkleid trage.

Balu und ich schlendern zu Fuß Richtung Fluss, dieses Mal rennen wir nicht. Wir wollen diesen Tag einfach genießen und langsam angehen lassen.

Ich war noch nie in meinem Leben so nervös wie heute, ich bin richtig zitterig. Deshalb hat sich Balu für diesen Tag wohl etwas Besonderes für mich überlegt. Er hofft, dass ich endlich aufhöre zu grübeln und mich nicht so verrückt mache.

Am Fluss angekommen zieht Balu plötzlich sein weißes Leinenhemd aus. Elektrisiert und magisch von seinem Körper angezogen, schaue ich verlegen auf den Boden.

„Komm her mein Engel." Balu zieht mich zu sich in den Arm und küsst mich liebevoll.

„Kannst du schwimmen?"

Noch völlig verwirrt, frage ich mich, ob er gerade mit mir gesprochen hat.

„Ja Schatz, ich spreche mit dir, kannst du?" Balu lacht.

„Ja, klar, kann ich schwimmen."

„Hast du auch schon mal versucht, ganz lange zu tauchen?"

„Ich kann verdammt lange die Luft anhalten, damit habe ich bisher noch jede Wette im Schwimmunterricht gewonnen."

„Kein Wunder, hast du auch schon mal versucht, gar nicht mehr aufzutauchen?"

„Wie?"

„Ja einfach nicht mehr auftauchen, auch wenn man das Gefühl hat, dass man jetzt hochmuss, weil die Luft eng wird."

„Nein, habe ich nicht, sonst wäre ich ja wohl auch tot."

„Das stimmt nicht so ganz, zieh dein Kleid aus ich will dir etwas zeigen."

Ich drehe mich verstohlen um, ich habe zwar ziemlich anständige Unterwäsche an, aber trotzdem.

„Auf keinen Fall, wenn hier irgendjemand vorbeikommt." Balu lacht wieder.

„Glaub mir liebes, die ganze Stadt ist auf den Beinen, nur um unser Fest morgen zu organisieren, hier wird mit Sicherheit niemand auftauchen."

Im gleichen Augenblick zieht er mir auch schon mein Kleid über die Hüften und langsam über den Kopf.

Ich schauere, so halb angezogen habe ich noch nicht vor ihm gestanden.

„Du bist nicht nackt, stell dir einfach vor es sei ein Bikini."

Ich atme einmal mutig durch und springe ins Wasser, da kann mich wenigstens niemand sehen, eingeschlossen Balu.

Auch er hüpft zu mir ins Wasser, wir lassen uns ein wenig mit der Strömung treiben, dann taucht er unter.

Ich rätsle, was er vorhat und wie ich länger als normal, unter Wasser bleiben soll, aber ich vertraue ihm einfach blind.

Verschwommen, wie es unter Wasser nun mal ist, sehe ich wie er auf mich zu rudert. Er nimmt meine Beiden Hände und lächelt.

Dann gibt er mir einen blubbernden Unterwasserkuss und zieht mich mit in die Tiefe. Der Fluss ist bedeutend tiefer als vom Land aus anzunehmen. Nach zwei, drei Minuten wird es eng mit der Luft und mich drängt es aufzutauchen. Ich höre aber, dass er sagt, ich soll mich beruhigen. Also presse ich die Lippen zusammen und warte darauf, dass ich ertrinke!

Er hört meine Gedanken und ich glaube, er schluckt gerade Wasser vor lauter Lachen. Wir kommunizieren über Gedanken, geht ja auch gar nicht anders.

„Ich kann nicht mehr, ich ersticke."

„Nein, wirst du nicht, vertrau mir, bleib bei mir. Du wirst es gleich merken, du wirst nicht ersticken, bleib und halte einfach meine Hände."

„Hilfe! Ich will hier raus."

„Nein, nein, nein, nein, du bleibst, warte noch drei Sekunden."

Als ich mich gerade losreißen will, weil ich nach oben schwimmen muss, geschieht es.

Es fühlt sich eigentlich so in etwa an wie ein Kreislaufzusammenbruch, es knackt und piept in meinen Ohren. Für eine Sekunde denke ich in Ohnmacht zu fallen und mich übergeben zu müssen. Aber das Schwindelgefühl verschwindet so schnell, wie es gekommen ist, mir geht es gut.

Da piept nichts mehr, eine Ohnmacht bleibt auch aus und das ich sterben werde, ist nun von der Hand zu weisen. Es ist unglaublich, aber ich habe keinen Drang mehr nach Sauerstoff. Allein der Gedanke macht mich schon wieder nervös, ich frage mich, ob ich vielleicht auch einfach schon ertrunken bin, ohne es zu merken.

„Nein bist du nicht, mein Liebes. Am Anfang ist es immer schwer den Drang zu atmen abzustellen, schließlich atmest du ja seit deiner Geburt jede Sekunde. Aber der Druck geht auch gleich weg, atme nur nicht einfach aus Versehen. Denn dann schluckst du einfach nur Wasser und das brennt in der Lunge."

Umso länger ich nicht atme, umso panischer werde ich, Panik, Panik, Panik.

„Ich willlll hierrrrrrrrrr raaaaaaaaaauuuuusssss.! Lassss mich sofort los!!!!!"

Doch statt mich loszulassen, zieht er mich immer weiter mit nach unten. Ich will nicht, aber meine Angst verursacht, dass ich mich ihm nicht entziehen kann. Eigentlich bin ich steif vor Angst, ich kann nichts machen. Als ich mich damit abfinde zu ertrinken, oder verrückt zu werden, bemerke ich, dass meine Sicht sich verbessert. Nein, sie ist auf einmal glasklar, ich sehe genauso viel oder besser gesagt klar, wie über dem Wasser. Sein Lächeln ist so schön, seine Augen so unergründlich, hier unter Wasser strahlen sie noch mehr.

„Ich liebe dich über alles meine kleine Prinzessin."

„Ich dich auch."

„Hast du dich jetzt einigermaßen im Griff, geht's wieder?"

„Ja, mir geht's gut, ich kann dich sehen."

„Und du wirst nicht ertrinken, wir können alle unter Wasser leben. Wir müssen nur gelegentlich nach oben, vielleicht einmal am Tag, so wie die Delfine."

„Welche Delfine?"

Aber da nähern sie sich auch schon, ein ganzes Dutzend, ich hört sie denken. Sie unterhalten sich, ganz aufgeregt. Sie freuen sich, mich endlich kennen zulernen. Einer der Delfine ist weiß und eine Sie. Sie ist die größte in diesem Schwarm und schwimmt direkt auf mich zu. Sie lässt es zu, dass ich sie streichele, sie genießt es und heißt mich im Namen aller herzlich willkommen.

Noch nie zuvor bin ich mit Delfinen geschwommen, ich bin so begeistert, dass ich dabei restlos vergesse, dass ich unter Wasser bin. Irgendwie komme ich mir wie eine Meerjungfrau vor.

Die Delfine erzählen mir etwas, aber ich verstehe es nicht.

„Sie haben eine ganz eigene Sprache, wie ich dich kenne wirst du sie aber schnell lernen. Sie will, dass du dich an Ihre Rückenflosse hängst, sie möchte dir etwas zeigen."

So wie ich mich festhalte, geht es auch schon mit rasender Geschwindigkeit los. Balu hält sich an einem großen grauen Delfin fest, sie alle schwimmen mit uns, es sieht so aus, als würden sie lächeln. Auf jeden Fall ist es eine große Familie, die zusammenhält, das spüre ich genau.

Wir sinken immer weiter nach unten, normalerweise müssten mir jetzt die Lungen platzen. Aber anscheinend bin ich belastbarer und unnormaler als ich jemals im Leben gedacht habe. Denn ich fühle mich auf einmal so wohl, so eins mit dem Wasser. Ich frage mich, wieso ich niemals von allein auf die Idee gekommen bin so lange und so tief zu tauchen. Aber wahrscheinlich bin ich einfach nie darauf gekommen, weil ich doch noch irgendeinen Überlebensinstinkt hatte.

Es wird heller, in der Tiefe entdecke ich eine Lichtung wie eine riesige Kuppel.

„Das ist eine Stadt, du wirst sie lieben."

Ich frage nichts, ich lasse mich einfach überraschen, obwohl meine Neugier fast zu groß ist.

Das Licht in der tiefe nimmt Form an, ich erkenne Felsformationen und riesige Korallen in den schönsten Farben. Das Licht, das aus dem weißen Sand strahlt, taucht das Wasser in alle Regenbogenfarben. Hier glänzt und glitzert alles wie im Märchen.

Ich ahne nicht, wie sehr ich damit Recht habe. So wie wir in diese kleine Stadt eintauchen, werden die Delfine langsamer, sie verteilen sich, ich lasse den großen weißen los.

Nahezu auf jeder Koralle hockt eine Frau, eine MEERJUNGFRAU!!!!!

Meerjungfrauen! Halb Frau, halb Fisch!

Ich kann es nicht glauben.

Ihre Flossen schimmern in allen Farben. Ihre Haare sind sehr lang, verteilen sich wie Schleier um ihre Hüften.

Erst jetzt bemerke ich, dass es der Diamantenschmuck einer jeden Meerjungfrau hier unten ist, der diesen Ort zum Leuchten bringt.

Sie lächeln mich an, einige singen die schönste Melodie, die ich je gehört habe. Eine kämmt sich ihr Haar, eine andere liegt zufrieden und schlafend in einer großen Jakobsmuschel.

Aber keine nähert sich uns oder versucht mit uns zu kommunizieren. Sie verhalten sich distanziert, wollen nichts mit uns zu tun haben, das spüre ich genau.

„Das sind Meerjungfrauen."

„Das sehe ich auch."

„Sie leben hier seit Moses das Meer teilte."

„Moses aus der Bibel?"

„Ja der." Balu grinst, seine weißen Zähne spiegeln sich im kristallklaren Wasser.

„Kann es sein das du nichts von dem glaubst, was ich dir hier erzähle?"

„Och, so kann man das nicht sagen. Ich habe die verrücktesten Sachen gesehen, seitdem ich dich kenne. Vampire, Lakaien, diese Gabriele mit der fiesen Laune, meine Kräfte, das Training! Wieso sollte es mich jetzt wundern, dass ich seit zirka zwanzig Minuten unter Wasser bin, mit Delfinen zu Meerjungfrauen schwimme und nicht sterbe. Also, wenn du sagst, dass dieser Moses wirklich da war, um das Meer zu teilen, dann werde ich es auf jeden Fall nicht in Frage stellen. Wäre ja sehr komisch, wenn das nicht stimmen würde." Balu krümmt sich vor Lachen und hält sich den Bauch. Er wird rot im Gesicht und als ich gerade meine, dass er jetzt doch ertrinkt, erkenne ich, dass er versucht seinen Lachkrampf zu unterdrücken.

Irgend so eine Rothaarige starrt meinen Balu auf einmal verdächtig an. Sie bürstet ihr rotes Haar, fängt an zu singen und klimpert mit ihren Augen. Diese Schlampe macht doch tatsächlich meinen Mann an, vor meinen Augen. Balu bemerkt das und schwimmt ein bisschen zurück, doch das hilft nichts. Sie kommt auf uns zu, immer näher, lächelt und lächelt Balu an.

„Stopp."

Ich stelle mich vor sie und halte meine Handfläche abweisend auf ihre Brust. Groooooßer Fehler!!!!!, denn sogleich verwandelt sich ihr zuckersüßes Prinzessin Gesicht in ein keifendes Hechtgesicht. Ihr Gesicht ist sofort grün-grau und voller Schuppen. Ihre tausend stecknadelgroßen, spitzen Zähne klaffen aus ihrer schwarzen Mundhöhle. Auch, wenn ich sie nicht verstehe, weiß ich, dass das, was sie sagt, soviel bedeutete wie:

„Verpiss dich, der gehört jetzt mir! Und wenn du ihn nicht rausrückst, zerkratz ich dir deine hübsche Visage."

Ich kann zwar kein Meerjungfrauisch, aber meine Körper und Gesichtssprache ist eindeutig.

„Niemals, ich war zuerst da, und der gehört mir. Und wenn du kleine Schlampe jetzt keinen Abgang machst, können wir mal um die nächste Koralle gehen!"

Zack, gruppieren sich aber auch alle Meerjungfrauen um uns herum, die jetzt nicht mehr so glitzimitzi aussehen, sie sind alle ziemlich hässlich. Ich würde mich hier am liebsten schlagen, Eifersucht kann schon ein sehr starker Katalysator für A-Sozialität sein.

Aber leider verschleiert meine plötzliche Wut den Blick für das Wesentliche, denn die Frauen hier sind wirklich mordlustig!

Balu fasst mich am Arm und weicht langsam zurück. Dabei denkt er in einer Sprache, die ich nicht verstehe. Aber wie es scheint, kann er diesen Hexenkessel auch nicht beruhigen, sie schwimmen einfach hinter uns her. Sie umzingeln uns, wir sind plötzlich von ihnen eingekreist und alle zeigen sich fuchsteufelswild.

Die Lage ist prekär, ich frage mich gerade, ob ich hier unten überhaupt zuschlagen kann. Da kommen von oben aus allen Richtungen die Delfine zurück. Sie positionieren sich zwischen Ihnen und uns, und sie machen auch nicht mehr den Eindruck, als würden sie grinsen.

Die Situation muss ernster sein, als mir bewusst ist. Balu schraubt seine Hand um mein Gelenk, er hält mich schon fast schmerzhaft fest. So schnell wie der weiße Delfin auf einmal bei uns ist, Balu sich an seiner Flosse festhält und der mit uns nach oben schießt, kann ich gar nicht gucken.

Alle Delfine umzingeln uns dabei so dicht, dass ich keine Meerjungfrau mehr sehen kann. Aber sie sind wohl da, verfolgen uns ein Stück, und wollen mit Gewalt an uns heran. Unsere Freunde jedoch schlagen sie immer wieder mit ihren Flossen zur Seite, bis diese Frauen endlich aufgeben und wieder in ihr Paradies zurückweichen. Als sie verschwinden werden die Delfine ruhiger und verteilen sich wieder. Einige schwimmen sogar davon. Nur der weiße begleitet uns bis an die Wasseroberfläche.

Kurz vor der Wasseroberfläche sehe ich Tageslicht, und frage mich ängstlich, wie es sein wird, gleich wieder zu atmen, ob ich wieder so ein irrsinniges Gefühl haben werde.

An der Wasseroberfläche angekommen, ist es, als würde man einen Korken knallen lassen. Mit einem Plopp atme ich wieder, etwas hektisch und schneller als normal. Ich bin kurz davor zu Hyperventilieren. Etwas panisch halte ich mich am Rücken des großen weißen fest. Er sieht mir in die Augen, als könne er meine Gedanken lesen oder meine Angst spüren. Ich habe das Gefühl er ist nur hier, weil er es schon vorher wusste, wie ich mich fühlen werde und er mich beruhigen wollte.

„Danke, lieber Delfin."

Er quietscht laut, dass es sich anhört als würde er lachen. Er schwimmt so schnell rückwärts, dass er wie ein Wasserskifahrer aus dem Fluss auftaucht, um mit seinen beiden Flossen zu klatschen. Dann verschwindet er in den seichten Wellen des Flusses. Am Ufer ist ein kleiner Strand zu sehen, den wir alle anstreben.

Außer Atem legen Balu und ich uns nebeneinander auf den Rücken. Obwohl es hier warm ist, bekomme ich eine Gänsehaut. Balu zieht mich an seine Seite und küsst mich. Seine Hand gleitet über meinen fast nackten Rücken und bleibt auf meinem Po liegen. So nackt und so nass, vergesse ich für einen Augenblick, was da gerade unten passiert ist. Wie gesagt, nur für einen Augenblick.

„Balu, was war das für eine Freakshow? Was wollten die denn von uns?"

„Die wollten mich." Er grinst fröhlich und freute sich anscheinend darüber, dass so viele Frauen für ihn töten würden.

„Findest du das lustig? Wieso bringst du mich an so einen Ort, wo du genau weißt, dass die da alle rattenscharf auf dich sind?"

„Ratten-WAS? Hahahah."

Jetzt bin ich sauer und so sehe ich auch aus.

„Wieso waren wir eigentlich da? Wolltest du mir irgendeine Verflossene zeigen oder war die rote deine EX?"

„Nein."

„Ja, ja, und gleich erzählst du mir von deinen acht unehelichen Kindern."

Balu findet mich zum Totlachen, aber zieht mich auf seine Brust und küsst mich erneut.

„Ich liebe dich, mein Schatz, ich liebe dich über alles, mehr als man aushalten kann."

„Ja, ja, erzähl das deiner Oma."

„Deine Oma! Hahahah."

„Du weißt doch ganz genau, dass ich ohne dich nicht leben kann, das siehst du, fühlst du, hörst du in meinen Gedanken."

Dieses Mal bekomme ich einen anderen Kuss, leidenschaftlich und anzüglich. Mir wird schwindelig, und mein Ärger oder besser gesagt meine Eifersucht ist schnell vergessen. Trotzdem will ich wissen, warum wir dort hingeschwommen sind.

„Also, erstens wollte ich einfach nur, dass du weißt, wie du tauchen kannst. Dann habe ich gedacht, wäre es ein viel schönerer Ausflug, wenn ich dir auch unter Wasser etwas bieten würde."

„Konntest du dir denn nicht denken, dass sie uns angreifen werden?"

„Ehrlich gesagt nein, ich weiß wohl, dass sie sehr böse werden können. Aber ich war auch noch nie so nah dran wie heute. Ich war auch noch nie so tief wie heute."

„Wieso denn nicht?"

„Ich hatte keinen Grund, hier so tief zu tauchen, die Meerjungfrauen haben mich wirklich noch nie interessiert."

„Ach nein?"

„Nein, ich bin doch keine Barbie und steh auf so einen bunten quatsch. Wirklich nicht Liebes, horch in mein Innerstes."

Das mache ich auch prompt und was ich entdecke, erwärmt mein Herz. Dieser Mann liebt mich so abgöttisch wie nichts zuvor. Er ist noch nie da unten gewesen und er hat auch noch nie....

„Balu!"

Jetzt wird er rot und verlegen, denn er hat nicht nur daran gedacht, dass er noch niemals etwas mit einer Frau hatte. Er dachte auch intensiv darüber nach, wie es wäre, nackt auf mir zu liegen und tief in mich einzudringen.

„Was? Darf ich nicht drüber nachdenken?" Balu lacht und ich schlage auf ihn ein, wir kebbeln uns, wälzen uns über den Sand, bis er schlussendlich auf mir liegt und meine Hände festhält. Er drückt meine Fesseln fest in den Sand und spreizt meine Beine mit seinen Knien, bis er zwischen Ihnen liegt. Das Feuer in seinen Augen verschlägt mir den Atem, nur die dünne Seide meiner Unterwäsche, die uns voneinander trennt. Ich bekomme kaum Luft. Feuer schießt durch meinen Körper und lässt ihn brennen. Mein Gehirn setzt kurz aus, es gibt kein Hier und Jetzt, kein Stück Strand, wo uns jeder erwischen kann, es gibt nur uns. Er küsst mich hungrig, ich spüre das er sich kaum noch beherrschen kann. Er drückt sich so fest an mich, diese Hitze zerriss mich fast. Seine nassen, schwarzen Haare, hängen ihm wild um den Kopf, immer wieder sieht er mich an, fragt stumm, ob alles in Ordnung ist. Jede Faser meines Körpers schreit so sehr nach ihm, dass der Boden unter uns zu beben scheint. Seine Hand gleitet über meine nasse Wäsche, meine Brust spannt sich, ein Schauer läuft mir den Hals hinauf, sodass ich ein leises Stöhnen nicht unterdrücken kann. So wie er mit seiner Zunge über diese Stelle gleitet, ziehe ich scharf die Luft ein. Ich klammere meine Beine um ihn, ich will ihn näher und fester bei mir haben.

„Oh, mein Gott."

Er scheint sich zu besinnen, reißt sich plötzlich zusammen und hört auf mich zu küssen.

„Nein, bitte."

Aber er richtet sich auf, nimmt meine Hand und hilft mir hoch. Er legt beide Arme um mich, küsst mich auf die Stirn und hält mich einfach nur fest. Ich würde mich am liebsten erschießen.

„Ich liebe dich."

„Dann hör nicht auf." Bitte ich.

„Wir dürfen nicht."

„Ich will aber!"

Er hält mich noch einen Augenblick im Arm, dann machen wir uns beide auf den Weg zu unserer Kleidung. Wir sprechen kein Wort, wir wissen auch so, dass es Zeit ist nach Hause zu gehen. Wir streifen Hand in Hand über die große Wiese, er pflückt einen roten Klatschmohn und steckt ihn mir ins Haar.

Es ist so schön zu spüren, wie sehr er mich liebt. Wenn man es gesagt bekommt, kann man zweifeln. Aber dieses hier ist anders, es ist hundertprozentig wahr und kann nicht in Frage gestellt werden.

Da sind einfach keine Zweifel, wir lieben uns und würden füreinander sterben.

Wir nähern uns so langsam dem Haus meiner Eltern, es sieht wunderschön aus. Alles ist ruhig, viel zu ruhig für meinen Geschmack. Ich habe hier ein wenig mehr Action erwartet. Aber nichts, anscheinend sind alle in der Stadt damit beschäftigt den morgigen Tag vorzubereiten. Deswegen dürfen wir auch auf keinen Fall da durch und mussten am Fluss bleiben.

„Hast du Angst?" fragt er mich.

Ich überlege kurz, frage mich wirklich, zum ersten Mal.

„Nein, habe ich nicht. Ich bin komischerweise ganz entspannt. Ich bin mir meiner Sache so sicher und so glücklich, dass die da morgen das größte Spektakel veranstalten können das die Welt je gesehen hat. Es macht mir nichts aus, morgen im Mittelpunkt zu stehen, ich stehe ja neben dir." Balu hebt mich auf seinen Arm, er trägt mich wie ein Baby und hört einfach nicht auf, mich zu küssen. Er trägt mich über die Schwelle, ich verliere mich total, wie immer.

Erst als er mich abrupt im Flur auf die Beine stellt, registriere ich, dass wir nicht allein sind.

„Na, na, na über die Schwelle getragen wird erst morgen und nicht hier, sondern in eurem eigenen Haus."

Zetra steht in der Küche, sie hat einen kleinen Tisch gedeckt. Darauf liegt eine weiße Tischdecke, weißes Porzellan, das mit Gold verziert ist, ein fünffarmigen Kristallkronleuchter an dessen Fuß weiße dicke Rosen liegen.

„Kommt und setzt euch, den habe ich für euch gedeckt."

Zetra lächelt, ihre goldenen Zähne funkeln mit dem Tisch um die Wette. Balu geht auf sie zu und umarmte sie, doch ihr Lächeln wirkt nicht glücklich, das kann sie mir nicht weismachen.

Sie setzt sich mit zu uns an den Tisch und tranchiert das gebratene Huhn.

„Also, meine Lieben, ich hoffe, ihr hattet einen schönen Tag und habt es nicht zu bunt getrieben."

„Wir waren bei den Meerjungfrauen."

Zetra rutscht aus und kratzt mit dem Messer über die Fleischplatte, dass es nur so quietschte.

„Unten im Fluss? Balu wie konntest du nur, das war sehr gefährlich. Du wirst auch niemals erwachsen, jedes Mal, wenn ich dich allein lasse, machst du Blödsinn! Das sind männervernichtende Maschinen da unten, mit denen ist nicht zu spaßen."

„Sie sind uns gefolgt, die Rothaarige wollte Balu haben, da hab ich mich davorgestellt und ihr sehr wohl gezeigt, dass mit mir auch nicht zu spaßen ist."

Zetra hält inne, das Besteck nun von sich gestreckt, braune Soße tropft auf die weiße Tischdecke.

„Was hast du gemacht? Balu wie seid ihr da weggekommen?"

Jetzt stemmt sie die Fäuste in die Hüften, das Besteck immer noch in den Händen, die Soße tropft jetzt auf den weißen Marmorboden.

„Beruhige dich Oma, du siehst ja, dass uns nichts passiert ist, wir waren mit den Delfinen da. Uns hätte nichts passieren können, sie haben uns abgeschirmt. Außerdem haben sie auch nicht wirklich versucht, mit uns zu kämpfen, sie haben ziemlich schnell die Schwanzflossen eingezogen. Hhahahahah!"

Jetzt hält Zetra ihm die Gabel mit Schwung unter die Nase, der letzte Rest Soße landet in seinem Gesicht. Balu zwinkert und hebt die Schultern zum Schutz, so wie kleine Jungs, die nicht die Ohren langgezogen haben wollen.

„OMA! Das reicht!"

„Wie kannst du es wagen? Wenn ich dich da unten noch einmal erwische, kannst du etwas erleben, egal wie alt du wirst. Solange ich lebe und auch noch nach meinem Tod wirst du da nicht mehr herunter schwimmen."

„JA MAM!"

„Gib mir dein Wort!"

„Ja doch."

„Verschwöre dich auf alles, was dir lieb ist."

„Oma ich schwöre, auf alles, was mir lieb ist, dass ich dort nie wieder herunter schwimmen werde, um diese hässlichen Fratzen zu besuchen." Zetra zögert einen Augenblick, bevor sie die Gabel herunternimmt und wieder anfängt zu schneiden. Nach einem kurzen Augenblick erzählt sie.

„Als Moses mit den Menschen ins weite Land zog, um sie zu retten, wusste er nicht was kommen würde. Er hat sogar zuletzt an einem Haus angehalten, um den Frauen, die dort arbeiteten, eine letzte Chance zu geben. Die Frauen lachten ihn aus, amüsierten sich über Gottesgequatsche und dass er sie mitnehmen wollte. Als er weiterzog, dachten die Frauen sich, dass es klug gewesen wäre ihnen zu folgen. Den bei Nacht wären bestimmt viele Männerherzen einsam auf dieser langen Reise. Sie packten kurzerhand ihre Habseligkeiten und folgten Moses aus niedrigsten Beweggründen. Als das Meer sich teilte, waren sie allerdings zu langsam. Moses war mit seiner Schar bereits an Land. Das Meer zog sich so schnell wieder zusammen, dass die Frauen keine Chance mehr hatten. Moses sank am Strand auf die Knie, betete für ihre Vergebung. Und Gott war gnädig, sie starben nicht.

Aber sie sollten für immer und ewig unter Wasser leben, ein Leben ohne Männer. Gott hoffte, dass es ihnen eine Lehre sei, dass sie verstanden und ein keusches Leben führen würden. Doch was er nicht wusste, dass sie sich immer in Bestien verwandeln, wenn sie Männer sehen. So sind schon so einige Seemänner und arme Fischer ums Leben gekommen. Die Meerjungfrauen fressen sie alle auf."

So deutlich, wie Zetra uns das jetzt schildert, läuft es mir auch kalt über den Rücken. Wäre ja gar nicht auszumalen, was passiert wäre, wenn sie meinen Schatz in die Finger bekommen hätten. Zetra verteilt das Fleisch, Gemüse und Kartoffeln.

Dann gesellt sie sich zu uns und isst. Keinen guten Appetit wünscht sie, es gibt kein Tischgebet, es wird nicht gesprochen und sie würdigt uns nicht mit einem Blick. Sie ist plötzlich so in

Gedanken verloren, dass es sich anhört als würde sie uns anschreien.

„Oma, denk doch nicht mehr an alte Zeiten und an das, was gewesen ist. Sicherlich haben unsere Leute so einige Fehler gemacht, aber deswegen zweitausend Jahre schmollen, macht es auch nicht besser. Denk doch lieber an morgen, es wäre schön, wenn du uns wenigstens ein bisschen erzählen würdest. Ich bin mittlerweile nervös und dass ich nicht einmal eine Rose selbst bestellen darf, macht mich noch nervöser. Ich weiß gar nicht, was morgen auf uns zukommt und Sindh geht's da auch nicht besser."

Ich bin sofort aus der Erinnerung an den Fluss gerissen und sehe sie erwartungsvoll an.

„Oh ja, bitte, bitte, bitte, erzähl uns etwas, ich halte das sonst nicht aus."

Ich nehme ihre Hand und sehe sie flehend an. Auch ich glaube, eine Ablenkung kommt ihr gerade nur recht. In einer normalen Situation würde sie wahrscheinlich gar nichts sagen, aber jetzt haben wir eine Chance.

„Also gut, ich wollte damit eigentlich bis nach dem Essen warten. Ich hätte euch sowieso einige Dinge erzählen müssen. Balu, du kommst heute Nacht mit mir nach Hause und schläfst bei mir."

„Wieso?"

„Damit du deine Braut morgen nicht zu sehen bekommst, erst vor dem Altar. Deine Cousins werden dich um zehn Uhr morgens abholen und zur großen Wiese am Fluss bringen."

„Da kommen wir doch gerade erst her, da war doch nichts."

„Ja, da laufen die Vorbereitungen jetzt auch auf Hochtouren, du weißt ja, dass wir alles ein bisschen schneller machen."

Dann sieht sie mich liebevoll an und grinst bis zu beiden Ohren über ihr altes Gesicht.

„Du mein Schatz schläfst hier, ich werde dich morgen früh gegen acht wecken, wir werden wohl zwei Stunden brauchen. Dann kommen deine Eltern, ihre Fahrt mit der Kutsche zusammen."

„Was ist eigentlich mit meinem Kleid? Habe ich eins? Und wie sieht es aus?"

„Das werden wir jetzt bestimmt nicht vor deinem Verlobten besprechen. Du wirst es morgen früh zu Gesicht bekommen.

Dein Papa bringt dich zum Altar, so wie sich das gehört, deine Mama und ich werden in der ersten Reihe sitzen. Du hast jede Menge Brautjungfern, die mir wirklich den letzten Nerv gekostet haben. Alles in einem glaube ich, dass es ein sehr schöner Tag wird. Nach der Zeremonie gibt es reichlich Speisen und Getränke, wir werden bis in die Nacht feiern. Dann werdet ihr von einer Überraschung abgeholt und zu eurem neuen Zuhause gebracht."

„Apropos, wo steht denn unser Heim?"

„Am Fluss, in der Biegung, bei der alten Trauerweide."

„Wirklich?" Sagt Balu.

„Wo?" Frage ich.

„Schatz, es ist der schönste Fleck hier, sowas hast du noch nicht gesehen."

„Ja, wenn du meinst."

Ich finde es blöd, dass alles über meinen Kopf hinweg entschieden wird. Schließlich ist das meine erste eigene Wohnung oder Haus, besser gesagt. Da hätte ich schon gerne bestimmt, wo das Haus steht und vor allen Dingen wie es aussieht und eingerichtet ist.

„Ja ich weiß, das kann ich als Frau gut verstehen. Natürlich könnt ihr euch im Nachhinein den Platz aussuchen, an dem ihr euer Haus stehen haben möchtet. So ein Haus ist schnell abgebaut, und natürlich könnt ihr euer Haus so verändern und einrichten, wie ihr möchtet. Das ist jetzt alles nur für die Übergangszeit, aber ich glaube, dass Shiva euren Geschmack ziemlich gut getroffen hat."

„Wieso Shiva?"

„Sie hat das Haus gebaut und eingerichtet, wie modern die denkt und sich benimmt muss ich euch ja nicht erklären. Mit ihrem schrecklichen Auto und dieser garauenhaften Musik, das hält man ja nicht aus, das haut mir das Gold aus den Zähnen. Immer dieses Bum, Bum, Bum. Und das Schlimmste ist, das die damit auch noch Geld verdient und ihr müsstet auch mal die Leute angucken, mit denen die abhängt. Zetra malt bei dem Wort abhängen, zwei Gänsefüßchen in die Luft.

Wir haben früher Fleisch abgehangen und haben danach gemütliche Lagerfeuer mit Gitarrenmusik gemacht. Die läuft da

halb nackt in irgendwelchen Clubs rum, wo nur Verrückte sind. Und das Licht! Nein, meine Nerven, das würde ich keine Stunde aushalten, da würde ich einen Nervenzusammenbruch kriegen."
Balu und ich krümmen uns vor Lachen, Zetra gestikuliert und verdreht die Augen, es ist zum Schreien komisch.
Als sie weitererzählt, denke ich zum ersten Mal darüber nach, wie alt sie ist, in welcher Zeit sie geboren wurde, welche Epochen sie miterlebt hat.
Erfindungen wie das Auto, das Telefon, Flugzeuge...sie hat mit Sicherheit sehr viel zu berichten. Sobald dieser Rummel ein Ende hat, möchte ich viel Zeit mit ihr verbringen, um ausführliche Gespräche über die Vergangenheit zu führen.
„Ja Liebes aber am beeindruckenden war die Erfindung des Zahnersatzes."
Zetra grinst wieder so frech und breit, sie reißt mich aus meinen Gedanken. Mit dieser Frau muss man einfach immer lachen.
„Sag mal, musst du eigentlich immer hinhören, wenn ich etwas denke?"
„Ja Schatz, erstens kanalisierst du nicht, was bedeutet, dass es sich so anhört, als würdest du schreien. Zweitens bin ich von Natur aus so neugierig, dass ich erzählen und gleichzeitig zuhören kann."
Wir lachen schon wieder, unsere Oma ist einfach nur stumpf und lustig.
„Balu du gehst jetzt nach Hause bitte, wir müssen früh schlafen gehen, morgen ist ein großer Tag."
Er steht sofort auf, legt mir seine Hand auf die Schulter und küsste mich ganz unschuldig auf die Stirn.
„Schlaf gut und träum etwas Schönes, meine Liebe."
„Du auch." Ich küsse seine Hand, die auf meiner Schulter liegt.
Er schreitet um den Tisch herum und küsst Zetra genauso auf die Stirn.
„Gute Nacht Oma, träum du auch etwas Schönes. Also dann bis morgen, ihr Hübschen."
Wir schauen ihm beide nach, wie er durch die Tür verschwindet. Zetra erhebt sich sogleich.

„Tja, da hast du ja wirklich einen guten Fang gemacht. Balu ist wirklich ein lieber Junge."

Eine Handbewegung und Zack ist der ganze Tisch abgeräumt und frisch dekoriert, keine Reste von Bratensoße oder Brotkrümel. Ich frage mich, ob ich das auch kann.

„Klar kannst du, dir fehlt nur die Übung, aber ab morgen kannst du ja Hausfrau spielen, so viel du willst."

Wir steigen beide die Treppe hinauf zu unseren Schlafzimmern, sie wiederholt, wann sie mich morgen früh wecken wird. Dann befinde ich mich allein in meinem Zimmer, die Vorhänge des Fensters stehen auf und ich kann den hell erleuchteten Himmel betrachten. Der Himmel ist hier anders, zwar scheint hier gerade kein Mond, aber da ist ein Licht in der Mitte, wo tagsüber die Sonne steht, oder was auch immer das ist. Die Engel scheinen niemals zu schlafen, sie bewegen sich ständig, musizieren und tanzen. Einen Augenblick überlege ich noch etwas auf meiner Violine zu spielen, aber ich bin einfach zu kaputt und lege mich, so wie ich bin, auf das riesige Bett. Bevor ich Balu auch nur vermissen kann, übermannt mich die Müdigkeit. Ungeduscht und in meiner Straßenkleidung, falle ich sofort in einen traumlosen, tiefen Schlaf. Neben mir könnte eine Bombe explodieren, ich würde es nicht merken.

Als ich meine Augen öffne, passieren gefühlte zwölftausend Sachen gleichzeitig.

Zetra tritt in mein Zimmer und klatscht mit den Händen. Shiva folgt ihr mit einer riesigen Plastiktüte auf dem Arm und hängt sie an meinen Kleiderschrank. Sheherazad stellt einen Koffer auf meinen Schminktisch und breitet den Inhalt darauf aus. Meine Mutter kommt näher, setzt sich auf meine Bettkante, nimmt meine Hand und weint. Zetra sagt, ich soll mich endlich sputen und ins Bad gehen, glaubte ich! Shiva entfernt die Plastiktüte und schleudert sie in eine Ecke. Sheherazad holt noch einen Koffer, mit irgendwelchen elektrischen Geräten ins Zimmer. Zetra wird jetzt lauter und klatscht auch wilder. Mama weint immer noch und nuschelt irgendetwas in ihr Taschentuch.

Dann fällt Sheherazad eine Parfümflasche herunter und alle sind still. Shiva stemmt die Hände in die Hüften.

„Na, wunderbar, das haben wir gerade noch gebraucht. Gleich hat unsere Braut den ganzen Tag Kopfschmerzen, dank deiner Schlamperei und Jean Paul Goutier."

„Das war doch nicht extra, ich wisch ja gleich auf!"

„Das geht aber nicht weg!"

„Lass das meine Sorge sein!"

Zetra stellt sich jetzt direkt vor mein Bett.

„Steh doch endlich auf Kind und geh duschen, damit wir anfangen können, dich fertig zu machen." Jetzt wirft Mama sich in meine Arme und heult laut schluchzend. Sheherazad kommt ganz nah an mein Gesicht und schaut auf meine Wange.

„Was zum Teufel ist das? Eine Kissenfalte mitten im Gesicht? Kannst du mir mal sagen, wie wir das so schnell wieder hinbekommen sollen? Kannst du nicht wie jede andere Frau auch auf den Rücken schlafen? Du bekommst sonst unnötig früh Falten!" Jetzt werden ihre Augen riesig vor Entsetzen.

„Hast du etwa auch mit offenem Haar geschlafen?" Sie begutachtet mein verknotetes Haar und wartet anscheinend auf eine Antwort.

„Ja also wir waren gestern im Fluss, und ich war so müde, dass ich, ohne es zu kämmen… "

„Ohne es zu kämmen? Du hättest das Flusswasser auswaschen und eine Packung rein machen müssen! Und jetzt guck sich einer mal diese verdreckten Fingernägel an!"

„Hast du gestern Abend, am Vorabend deiner Hochzeit, noch nicht einmal gebadet?"

„Nein, ich bin eingeschlafen."

Mama weint immer noch, Shiva zupft am Schrank herum und Oma prescht jetzt auf mich zu.

„Steh auf!"

Ich stehe auf, und zwar sofort, irgendwie begreife ich gar nicht so richtig, was hier los ist. Doch ich tue, wie mir befohlen wird und betrete das Bad, wo ich mich erst mal auf die Toilette setze. Eine kleine Ewigkeit starre ich auf den Toilettenpapierhalter, bis ich vor Schreck fast umfalle.

„Ach du meine Güte, ich habe heute ja Geburtstag und heirate gleich! Mist, Mist, Mist!" Ich laufe ins Bad und dusche mich in Windeseile.

So schnell ich kann, wickele ich mein Haar in ein weißes Handtuch, creme mich ein und ziehe meinen Bademantel an.

Als ich kurz in den Spiegel sehe, gibt es da so einen Moment, indem ich in mein Gesicht starre. Innerhalb von ein paar Wochen wurde mein ganzes Leben auf den Kopf gestellt. Ich habe plötzlich und nur ganz kurz große Angst.

„Nein! Nein! Nein! Ich bin bereit! Ich bin eine starke Frau!" Es ist gar nicht die Angst vor der gleich bevorstehenden Hochzeit. Es ist die große Angst vor 24 Uhr, ich fürchte mich vor dem, was danach auf mich zukommt.

Dann atme ich einmal tief ein, fasse meinen ganzen Mut und ziehe die Badezimmertür auf.

Meine Mutter, meine Großmutter und zwei meiner Großkusinen stehen im Raum und sehen mich lächeln an. Sie stehen dort, wie ein Wall, der mich vor allem beschützen wird. Ihre liebe und Unterstützung gibt mir die Kraft tapfer zu sein.

Doch das, was jetzt passiert konnte ich nicht Ahnen.

Wie ich mich vor meinen Spiegel setze, geht es auch schon los. Zwei Stunden können, wie Sekunden vergehen. Shiva kämmt mein Haar, sie trocknet und glättet es, sie wickelt und steckt es hoch. Sheherazad kümmert sich um meine Füße und meine Hände und ich glaube sie flucht dabei leise vor sich hin.

Mama und meine Oma rascheln die ganze Zeit im Hintergrund mit meinem Kleid, sie überlegen hin und her. Welcher Schuh, welche schleife, welches dies, welches das. Ehrlich gesagt machen die beiden mich am verrücktesten. Mein Kopf ist trotzdem leer, ich versuche mich die ganze Zeit, auf meine Heirat zu konzentrieren. Aber es funktioniert nicht, und wir haben uns auch gar kein Versprechen ausgedacht, irgendwelche romantischen Worte. Eigentlich haben wir kein Wort darüber verloren, ist es eine bewusste, unterschwellige Schutzhaltung?

„So, fertig!"

Shiva und Sheherazad sehen mich beide freudig und überrascht an.

„Man kann ja etwas aus dir machen, du bist richtig hübsch, wenn du nicht gerade wie die wilde Zora durch die Gegend läufst."

„Fertig?" Ich bin total durch den Wind.

„Ja, fertig, komm steh auf du musst dein Kleid anziehen, du wirst in zwanzig Minuten abgeholt."

Ich stehe wie ein Roboter auf und drehe mich um. Mama und Zetra stehen rechts und links neben meinem Kleid positioniert. Beide lächeln wie Honigkuchenpferde, es ist zum verrückt werden.

Erst als ich mich ihnen nähere, registrieren meine Augen das Kleid!

Es ist schneeweiß, hat eine Korsage und einen weit ausgestellten Rock voller Rüschen. Verwirrt sehe ich beide abwechselnd an, ich hätte mir etwas Schlichtes ausgesucht.

„Ja ich weiß, schlicht ist modern. aber du wirst umwerfend aussehen, komm probiere es an." Sie nimmt das Kleid vom Bügel und drapieren es so auf dem Boden das ich nur noch einsteigen muss. Shiva und Sheherazad stützen mich. Vorsichtig setze ich zuerst meinen rechten und dann den linken Fuß in die neue Zukunft. Mama und Zetra streifen es hoch über meinen Körper. Irgendjemand schnürt mir von hinten eine Taille. Zetra hat ein blaues Strumpfband in der Hand, und ich hebe mein Bein hoch. Mama steckt mir eine sehr kleine Brosche in die Mitte meiner Korsage, direkt dort wo der Ausschnitt am tiefsten ist.

„Diesen Diamanten habe ich von meinem Vater zum sechzehnten Geburtstag bekommen, er schmückte damals einen Fingerring. Ich habe ihn für dich zur Brosche umarbeiten lassen, er ist gebraucht." Bei den letzten zwei Worten laufen ihr die Tränen über die Wangen, sie schnieft, aber sie lächelt.

„Ich wünsch dir alles Glück der Erde, mein Kind."

„Na, na, na, na, es wird erst nach der Trauung geheult, oder willst du in der Kirche wie der letzte Depp aussehen." Zetra versucht gefasst zu sprechen, aber auch in ihren Augen glänzen dicke Tränen.

„Oh, mein Gott, seid ihr jetzt mal bald fertig? Gleich fängt Sindh auch noch an zu heulen, und wir können wieder von vorne anfangen zu schminken." Aber auch Shivas Stimme ist nicht so fest wie normalerweise.

Dann drehen sie mich um und nehmen ein Laken von dem Spiegel. Alle drei weichen von mir zur Seite, damit ich mich allein betrachten kann.

Die feine Seide rauscht leise als ich mich dem Spiegel nähere. Tausende von kleinen Diamanten schmücken meinen Rock, so dass er mit dem Himmel um die Wette funkelt. Meine Korsage ist schlicht, sie betont meinen weiblichen Körper. Die kleine Brosche funkelt frech in der Mitte meines Busens. Mein Haar ist kunstvoll, aber natürlich wirkend hochgesteckt. Einige meiner schwarzen Locken umspielen meinen Nacken. Die dicke weiße Rose in meinem Haar ist so schön und perfekt, dass sie schon fast unecht wirkt.

Meine Haut schimmert wie die Seide meines Kleides. Meine Augen sind dezent geschminkt, doch so herausgearbeitet, dass das Grün allem anderen die Show stiehlt. Noch nie habe ich meine Augen so bemerkenswert außergewöhnlich empfunden. Ich bin sprachlos.

„Tja, du könntest dich ja jeden Tag mal ein bisschen schminken, dann würdest du auch nicht immer wie ein Bauer aussehen." Sheherazad ist der Inbegriff für Tussi, sie würde noch nicht einmal den Müll ohne ihre High Heels rausbringen,.

„Bauer?"

„Ja, Bauer, aber heute bist du dafür die Schönste. Ich muss gestehen das ich ein wenig neidisch bin." Dann drückt sie mir ein Küsschen auf.

„Alles Gute, mein Schatz."

Bevor ich oder irgendwer noch etwas bemerken kann, schellt es auch schon an der Tür.

„Oh, mein Gott, wir müssen uns beeilen, schnell, schnell macht schon." Mama reicht mir meine Schuhe. Ich sehe noch gerade, dass sie komplett aus Glas gearbeitet sind und denke nur, das darf doch nicht wahr sein.

„Das ist kein Glas! Deine Schuhe sind aus lupenreinen Diamanten geschliffen!"

„Was?"

„Ja, das ist mein Hochzeitsgeschenk, kannst du zwar nie wieder anziehen, aber dir zur Deko in den Schrank stellen."

„Oma!"

„Du kannst das nicht mit der Welt da oben vergleichen. Hier unten sind dicke Steine nichts Besonderes. Du darfst sie nicht mit auf die Erde nehmen, wenn irgendjemand die in die Hände bekommt, bricht die ganze Börse zusammen. So und jetzt raus mit dir."

Sie schieben mich durch das Haus zum Eingang, der weit geöffnet ist. Ich erkenne Zusteri sofort, er hat sich vor einer goldenen Kutsche gestellt, die er selbst angefertigt hat. Er trägt einen weißen Anzug und wirkt fehl am Platz oder im falschen Anzug. Es sieht aus, als hätte man ihn mit Gewalt darein gesteckt. Er ist so groß und stark, dass er mir mit nur zwei Fingern die Kutschentür aufhält.

„Du siehst umwerfend aus!"

Er gibt mir einen Handkuss, so vorsichtig und schüchtern, als hätte er Angst, irgendetwas kaputt zu machen.

„Hej, beim Training warst du aber nicht so zimperlich mit mir."

„Ja, da, da bin ich, ja das ist ja..."

„Halloooo könnt ihr das auch heute Abend bei einem Bier besprechen? Wir müssen zur Kiiiiirche!"

„Ja, Zetra, du hast recht."

Zusteri hilft mir in die Kutsche und steigt auf den Bock. Mit dem zufallen der Tür, fährt er auch schon los. Erst jetzt bemerke ich die Kleider der anderen, erst jetzt stelle ich fest, dass sie alle weiß sind. Wie elegant und hübsch zu Recht gemacht sie sind. Sogar Zetra wirkt in ihrem weißen Rock und der weißen Bluse jugendlicher. Alle tragen eine weiße Rose im Haar, keine ist so groß wie meine.

Ich würde gerne die Kutschfahrt über nicht sprechen, mich sammeln, mich auf das, was gleich passieren wird vorbereiten. Aber Shiva kann ihr Schandmaul ja einfach nicht halten.

„Und? Freust du dich schon auf deine Hochzeitsnacht?"

„Jetzt lass doch die Kleine in Ruhe, sie ist schon nervös genug."

„Würdet ihr beiden Hühner bitte aufhören über solche Dinge zu reden?"

„Ach komm schon Oma, du hattest doch auch eine Hochzeitsnacht, wie war das denn so?"

„Das geht dich ja wohl gar nichts an, du junges Küken."

„Hast du denn schon mal? Ich meine bist du noch Jungfrau?"

„Shiva! Natürlich ist sie das, ich habe sie schließlich die letzten siebzehn Jahre beobachtet."

„Ja, man weiß ja nie, bei der Jugend heutzutage ist das ja etwas ganz Normales. Und so wie ich das bei anderen Eltern so mitbekommen habe, ist dreizehn, vierzehn so das schwierige Alter."

„Ach paperlapapp, mein Enkelkind würde sowas niemals machen."

„Hast du Angst?"

„Shiva!"

„Ja ich meine ja nur, dass sie keine Angst zu haben braucht. So wie wir Balu kennen, ist der so sensibel und vorsichtig, dass er sie zu gar nichts drängen wird."

„OOOOooaaaahhhhh, können wir jetzt bitte das Thema wechseln? Ich habe keine Angst! Ich bin neugierig! Und alles, was mit Balu zu tun hat, macht mir sowieso keine Angst! Aber danke, dass ihr mich vor meinem Traualtar noch nervöser macht!"

Sheherazad lacht, dann Shiva, Zetra und zu guter Letzt ich.

Unser Lachen vergeht aber auch so schnell, wie es gekommen ist, denn Omas Gedanken sind sehr beängstigend.

„Das ist absurd!" schimpfte Shiva, Sheherazad zuckt zusammen.

„Meinst du wirklich, sie werden heute an meinem Geburtstag angreifen?" Meine Stimme bringt kaum die Worte heraus.

„Wie sollen sie denn, bitte schön hier hereinkommen, außerdem wissen sie doch noch nicht einmal, dass es Sindh gibt."

„Doch, wissen Sie, wir haben bis heute keine Spur von Gudal. Er kennt diese Höhle in und auswendig, es gibt keinen Winkel und keine Tür, die er nicht kennt."

Wir alle schweigen und sehen Zetra mit großen Augen an. Wir erwarten, dass sie jetzt etwas Positives sagt, eine Lösung hat oder Worte, wie, das kriegen wir schon hin oder, was weiß ich. Aber nichts dergleichen, ihr Gesicht wirkt plötzlich älter, viel älter als sonst. Die Furchen in ihrem Gesicht lassen sie wie Stein erstarren, und es scheint so, als würde sich der Himmel über ihrem Kopf zu einer dunklen Wolke zusammenziehen.

„Wir haben alle Türen geschlossen, wir haben diese Höhle bereits seit dem Vorfall in der Kirche mit einem Zauber belegt. Ich weiß nicht, ob diese Vorsichtsmaßnahmen die Lakaien oder Vlad davon abhalten werden, hier einzudringen. Wenn sie es schaffen, wissen wir auch nicht, wie und auch nicht mit wie vielen, oder wo. Aber alle Menschen, die hier leben sind in Alarmbereitschaft, wir alle müssen Augen und Ohren offenhalten."

Zetra blickt mir ängstlich in die Augen.

„Es tut mir leid mein Kind, das ich dir an dem wichtigsten Tag in deinem Leben solche Sachen sagen muss. Aber es geht nicht anders, diese Hochzeit ist ein gefährliches Unterfangen. Ich hoffe und gehe auch davon aus, dass sie hier nicht einmarschieren können. Wir haben sämtlichen Sicherheitsmaßnahmen getroffen, die es nur gibt."

Ich beginne langsam zu hyperventilieren.

Heiraten, Geburtstag, einmarschieren von Asmodi! Mir geht es nicht gut.

„Beruhige dich, ich weiß, dass ist schwer." Zetra drückt meine Hand.

Shiva holt einen Flachmann aus ihrer Handtasche und reicht ihn mir.

„Hier nimm einen Schluck, kann nicht schaden."

„Shiva, sie ist noch nicht einmal achtzehn!"

„Ach ja? Aber gleich mal eben heiraten, oder was? Das Mädchen ist am Ende, trink!"

Sie hält mir die Flasche noch ein Stückchen näher unter die Nase und ich nehme sie. Einfach so, ich schraube den Verschluss ab und trinke einen großen Schluck.

Es brennt fürchterlich in meiner Lunge, Feuer steigt mir bis in die Nase, ich huste und kriege mich kaum noch in den Griff. Mama klopft mir die ganze Zeit besorgt auf den Rücken, was die Sache eigentlich nur noch schlimmer macht.

„Großartig, gleich hat sie nicht nur Panik, sie ist auch noch betrunken, hat rote Augen vom Husten und einen verschmierten Lidstrich."

Sheherazad ist nicht glücklich, sie kramt wild in ihrer Handtasche herum und fördert einige Q-Tipps zu Tage.

Ich huste immer noch, mein Magen brennt jetzt nicht mehr und es macht sich eine angenehme Wärme in mir breit. Es ist, als würde heiße Milch durch meine Adern fließen und jeden Winkel meines Körpers erreichen.

So schnell und professionell, wie Sheherazad mein Gesicht rettet, kann ich gar nicht gucken. Ich möchte noch einen Schluck nehmen, aber Shiva nimmt mir Flasche aus der Hand. Bevor ich protestieren kann, hält die Kutsche auch schon an.

„Wir sind da."

Mama sagt das, als sei es das Ende.

Super!

Die Kutsche öffnet sich und Zusteri schenkt mir sein schönstes Lächeln. Dieser Kuschelbär hat es drauf, die Sonne scheinen zu lassen. Als dieser Berg von Mann sich zur Seite dreht, gefriert mir das Blut in den Adern. Ich habe volle Sicht auf die Menschenmassen, die mich ansehen. Rechts und links stehen unzählige Reihen von weißen Stühlen, reich geschmückt mit weißen Rosen. In zweiter Reihe warten mindestens fünfzig weiße Stuten auf jeder Seite, die im Licht schimmern wie Fabelwesen. Alle Gäste sind weiß gekleidet. Dunkelbraune Gesichter schauen mich glücklich und freudig an.

Wir sind auf der großen Wiese angelangt, der hellblaue Fluss leuchtet hinter einem weißen Pavillon.

Der Himmel schimmert hell, die Engel schauen alle auf mich hinunter. Vor mir erstreckt sich ein weißer langer Teppich, der mit kleinen Diamanten bestreut ist.

Ich habe Angst. Wenn Zetra mir nicht einen kleinen Schubs gegeben hätte, würde ich mich wohl niemals in Gang gesetzt.

Papa erscheint an meiner Rechten Seite, auch er trägt einem weißen Anzug. Er erinnert mich an einen Engel, der er auch für mich ist. So wie ich mich unter seinem Arm einhake setzt die Melodie von Ave-Maria ein. Sheherazad singt engelsgleich, Gitarren und Geigen stimmen mit ein.

Ich atme scharf ein, ein Schauer huscht über meinen Körper, lässt meine Knie erzittern. Mir ist nach weinen zu Mute, ich bin so sehr gerührt. Ich kann nicht glauben, dass das alles für mich sein soll. Ich schäme mich ein bisschen und fühle mich zu Unrecht so herrschaftlich behandelt. Alle Gäste erheben sich, die Männer nehmen ihren Hut ab, die Frauen senken ihren Kopf.

Papa schaut mir von der Seite immer wieder tief in die Augen, was mich beruhigen soll. Aber mein Herz schlägt mir bis zum Hals. Ich höre die kleinen Kristalle unter meinem Kleidersaum leise rascheln und sehe, wie sie über den weichen Teppich hüpfen.

Und dann, erblicke ich ihn.

Balu steht vor mir, die ersten drei Knöpfe seines weißen Hemdes sind offen. Sein schwarzes Haar bedeckt seine breiten Schultern und er strahlt übers ganze Gesicht.

Da ist niemand mehr, wir sind gefühlt allein hier, jegliche Nervosität fällt von mir ab. Sein freches Lächeln lockt mich immer näher, bis unsere Hände sich berühren.

Er streicht mir eine schwarze Locke über die Schulter, berührt dabei sanft meine nackte Haut. Unsere Gesichter näheren sich, ich liebe ihn mehr als mein Leben.

Der Pastor räuspert sich so laut, dass es zu keinem Kuss kommt. Verwundert drehen wir uns um, haben vergessen, wo wir sind.

Alle anwesenden schmunzeln, einige haben Tränen in den Augen, ihre Gedanken überschlagen sich vor Glück.

Balus Liebe durchflutet meinen Körper, ich kann kaum atmen.

Der Pastor räuspert sich erneut und wir sehen ihn endlich an. Er ist ein kleiner alter Mann, dessen grüne Augen mich lustig anfunkeln.

Ich sehe Balu verschwommen und befürchte in Ohnmacht zu fallen.

„Ich halte dich, du wirst niemals stürzen."

Ganz langsam hebt er meinen Schleier und legt ihn nach hinten, mein Herz pocht wie verrückt. Ich zittere, dann greift dieser unverschämt gutaussehende Mensch nach meiner Hand. Er blendet alles aus, die Musik, die Gäste, den Pastor, alles!

Wir sind angekommen und fühlen uns endlich komplett. Mein Puls verlangsamt sich und unsere Herzen schlagen im Einklang.

Gott, ist dieser Mann schön! Ich fasse es nicht, dass er mich heiraten will. Erst jetzt wird mir bewusst, dass er dieses Leben wirklich mit mir teilen wird.

„Sehr geehrtes Brautpaar, sehr geehrte Eltern, Familie und Freunde........."

Alles, was er sagt, kann ich nicht hören, es rauscht an mir vorbei. Wir sehen uns tief in die Augen, die Musik spielt nur für uns zwei. Bis der Pastor sich wieder räuspert und ich alle Menschen hier am Fluss lachen höre.

Aber Balu sieht einfach nicht weg, er schaut mir unbeirrt weiter in die Augen und fängt an zu sprechen.

„Sindh, ich kann meine Liebe nicht in Worte fassen, ich weiß nur, dass ich ohne dich sterben werde. Seit ich denken kann, habe ich im Dunkeln gelebt. Du bist das Licht, das mich durch mein Leben führt. Du bist der Grund, weshalb ich lebe, weshalb ich geboren wurde. Ohne dich bin ich nichts, nur durch macht mein Leben ein Sinn." Er spricht mir aus der Seele.

Tränen laufen mir übers Gesicht, ich bekomme kaum Luft, mein Herz zieht sich zusammen. Ich will etwas erwidern, aber ich zittere so sehr, dass ich in die Knie gehe.

„Das habe ich doch gar nicht verdient", flüstere ich kaum hörbar. Er kniet neben mir, hebt mein Kinn, streicht mir mit seinem Daumen eine Träne weg und küsst mich. Ich verliere mich, alle klatschen und jubeln, die Erde dreht sich, wir sind so weit weg. „Mein Mann, mein Herz und meine Seele." Der Boden unter mir bebt, ich spüre es bis ins Knochenmark.

Die Erschütterung lässt mich erschrecken, bis ich meine schweren Lieder öffne und in die entsetzten Augen meines frisch angetrauten Mannes schaue.

Nicht unsere Liebe lässt meinen Körper schaudern und erzittern. Der Boden unter unseren Füßen wehrt sich, kämpft gegen etwas sehr Mächtigem an.

Das völlig undenkbare, das unfassbare, das niemals geglaubte geschieht. Als sich die Erde hier und jetzt zwischen den Gästen auftut. Jedes Lebewesen hier flieht, Stühle fliegen durcheinander, die Pferde nehmen reiß aus. Der Boden öffnet sich mit so gewaltig ohrenbetäubendem Lärm, dass es im Kopf schmerzt. Ich halte mir beide Ohren zu, verstehe immer noch nicht, was hier gerade eigentlich geschieht. Balu im Gegenzug begreift sehr schnell.

Er packt mich am Arm und reißt mich so schnell herum, dass er mir fast den Arm auskugelt. Ich schreie laut auf, weil ich mit diesem Ruck nicht gerechnet habe. Wir entfernen uns innerhalb von wenigen Sekunden über hundert Meter von diesem Schauplatze. So, wie er mich ansieht, weiß ich, dass dies das Schlimmste bedeutet. Mein Herz rast und schlägt donnernd vor meine Brust. Adrenalin durchflutet meine Blutbahnen, Panik ereilt mich. Ich sehe Shiva, wie sie in der Ferne mit meinen Eltern um ihr Leben laufen.

Die Erde bebt, der Boden reißt auf, der Krach von zerbrechendem Gestein ist unsagbar. Es herrscht ein heilloses Durcheinander. Aufgewirbelter Staub der zerborstenen Felsen wirbelt durch die Luft und nimmt allen die Sicht. Der Tag wird zur Nacht.

Alle schreien laut durcheinander, aber nichts ist zu verstehen.

Bis es aufhört und die Erde wieder stillsteht.

Diese völlige Stille wirkt wie ein Vakuum, nachdem ein Millionenalter Fels auseinandergebrochen ist. Grauer rauch und Glut glimmt durch die Luft, in der jeder hier noch Anwesende die Luft anhält.

Erschrocken und schockiert, stehen wir jetzt am Rande eines Kraters, aus dem Feuer, Hitze und Schwefel emporsteigt.

Zuerst vermutet Balu einen Irrtum, der nur von Shiva kommen konnte. Doch dann erkennt er die Realität, sieht starr vor Entsetzen, auf die Kluft zwischen unserer Familie und uns. Die Vierlinge, die gerade erst angerannt kommen, bleiben einen Meter hinter uns stehen und starren auf das vor ihnen sich auftuende Grauen.

Immer mehr Erwachsene kommen zurück gehetzt, die ihre Kinder in letzter Sekunde in Sicherheit gebracht haben.

Die Schreie, die aus dem tiefen Krater dringen klingen grell und unnatürlich. Der Gestank der Emporsteigt ist so widerlich, dass es kaum auszuhalten ist. Was wir dann sehen, lässt uns allen das Blut in den Adern gefrieren, wir sind alle starr vor Angst.

Lakaien krabbeln aus der Hölle die Wände hinauf, einer, zehn, fünfzig, hunderte. Ihre schwarzen, gebrochenen Körper bewegen sich abgehackt. Es sieht zwischendurch aus, als würden Stromschläge sie quälen, die Sie zucken lassen. Sie fauchen, beißen sich sogar gegenseitig und stoßen sich wieder zurück in die Tiefe. Keine Kreatur gönnt der anderen den Vortritt, falls sie überhaupt denken können. Vielleicht ist es auch nur der Hunger, der sie vorantreibt oder der bloße Instinkt töten zu wollen.

Ungläubig sehen wir alle zu, wie sich die Geschöpfe der Finsternis an der brennenden Schlucht hoch bewegen. Uns allen ist klar, dass wir nur noch wenige Sekunden haben, bis sie den Krater verlassen werden.

Shiva ist zurück, sie denkt so laut, dass die ganze Stadt sie hören kann.

„Macht euch bereit Sindh mit eurem Leben zu beschützen!"

Tausende von Stimmen preschen auf mich ein, ich höre sie alle durcheinander zum Kampf aufrufend. Viele sind trotzdem ängstlich, ihre Kinder in Sicherheit hoffend.

Alle Männer machen sich bereits auf den Weg zum Fluss, doch es ist zu spät. Der Boden reißt überall auf, mitten durch die Stadt, ganze Straßen, Menschen, Tiere und Gebäude stürzen in die Tiefe. Das Tor zur Stadt zerbricht und ein gleißender, greller, grüner Blitz umkreist die Stadt. Der Schutzschild ist zerstört, die riesige Treppe hinauf zum Tunnel ebenfalls. Sie rutscht einfach seitlich weg. Der Wasserfall, der den Fluss gespeist hat, schießt jetzt mit nackter Gewalt in die aufgerissene Schlucht und versucht ein nie endendes Feuer zu löschen.

Als ich begreife, was hier gerade passiert, und dass ich keine Zeit mehr zum Üben habe, werde ich auch schon angegriffen.

Die Lakaien attackieren mich in Scharen, von allen Seiten.

Ich tue das, was jeder Mensch tun würde, die Hände ausstrecken, um sie mir vom Leib zu halten. Völlig unerwartet schießt bei jedem Stoß grelles Licht aus meinen Händen. Die Lakaien fliegen ein Stück zurück, zappeln und verdampfen, wie zuvor in meinem Zimmer.

Sie fallen zu Boden und lösen sich auf. Balu steht mit dem Rücken zu mir, schlägt die vielen Lakaien so schnell er nur kann. Zuerst schreie ich hysterisch bei jedem Schlag, ich werde fast verrückt vor Angst. Meine Kehle schmerzt vom Schreien und der sengenden heißen Luft. Nach ein paar Minuten werde ich etwas mutiger, ich merke, dass die Lakaien einfach nicht an mich herankommen. Auf jeden Fall nicht nah genug, um mich zu berühren. Doch das Ganze scheint kein Ende zu nehmen, sie werden einfach nicht weniger.

Über tausend starke Männer und Frauen schlagen ohne Pause auf diese Kreaturen ein, aber es scheint hoffnungslos. Ich weiß nicht, wie lange wir das aushalten sollen. Außerdem habe ich auch Angst vor dem, was da womöglich noch heraus krabbeln wird.

Von Shiva höre ich, dass einige Frauen mit allen Kindern und meinen Eltern durch eine Tür gegangen sind. Keiner, nicht einmal Shiva weiß, in welches Land sie geflohen sind.

Ich beruhige mich ein wenig. Das meine Eltern und vor allen Dingen alle Kinder hier weg sind, lässt mich meine Sache besser machen.

Wir schlagen uns gut, auf unserer Seite gibt es bislang keine Verletzten. Shiva schlägt immer zwei Lakain gleichzeitig weg. Ich spüre, dass Zusteri auf der anderen Seite Schwierigkeiten hat. Er ist zwar stark wie zehn Mann, aber einfach zu langsam. Ich renne so schnell wie der Wind und springe über die sengend heiße Schlucht zu ihm. Balu landet fast zeitgleich neben mir und schüttelt nur den Kopf. Zusammen stehen wir hinter Zusteri und kämpfen mit aller Kraft und Geschwindigkeit.

Dann höre ich plötzlich unglaublich grelle Schreie aus der Tiefe. Brennende Körper steigen aus der Schlucht, halb Mensch halb Lakai. Durch Schmerzen irre geworden laufen sie mit ausgestochenen Augen blind auf uns zu. Es bleibt uns keine andere Wahl als sie zu vernichten, wahrscheinlich ist es auch nur eine Erlösung für sie. Aber sie erscheinen immer wieder, immer mehr, die Flut von Lakaien und brennenden Körpern nimmt einfach kein Ende.

„Tja, mein Liebes, untote kann man nicht töten, man kann sie nur zurück in die Hölle schicken. Da diese geöffnet wurde, kommen sie einfach immer wieder heraus. Wir schicken sie runter, sie kommen einfach wieder hoch. Und glaube mir, das ist unser kleinstes Problem!"

„Zetra! Was um Himmels willen machst du hier? Du solltest doch bei meinen Eltern und den anderen bleiben!"

„Die sind in Sicherheit, hier kann ich mehr tun."

Während sie das sagt, schlägt sie zirka zwanzig Wesen gleichzeitig tot, ohne sich dabei groß anzustrengen.

„Ja aber..."

„Nix da, aber, ich bin nicht zu alt und du nicht zu jung."

Wieder schlägt sie um sich, ohne mit der Wimper zu zucken.

Während ich Zusteri drei Lakaien vom Hals halte, höre ich ihre Gedanken mehr als deutlich.

„Hört mir alle gut zu, ich bin mir ziemlich sicher, dass uns gleich jede Menge Vampire einen Besuch abstatten werden. Schlagt sie einfach drei Mal hintereinander, sie sind nicht leicht zu treffen. Deshalb ist es schwierig, aber wenn ihr einen einmal getroffen habt, versucht genau diesen weiter zu bekämpfen. Erst dann verrecken sie."

Ich frage mich, wieso dieser Kalkutti dann beim ersten Schlag gleich drauf gegangen ist.

„Das ist er nicht, erstens musstest du ihn zwei Mal schlagen und zweitens habe ich ihn vor langer Zeit auch einmal geschlagen."

„Wie und das gilt dann für alle Ewigkeit?"

„Japp!"

Ich zähle nicht mehr mit, Zetra schlägt dreimal so viele Lakaien und brennende Menschen tot wie alle anderen. Es ist mir ein Rätsel, wie sie das macht, keiner ist so schnell wie sie.

„Tja, mein Kind, nenn es Erfahrung oder puren Hass."

Die Vierlinge bewegen sich doch tatsächlich wie ein Karussell, sie machen alles zur selben Zeit gleich. In dem Moment, indem ich denke, dass das nicht gut und ziemlich vorhersehbar ist, bekommt auch schon einer der Jungs einen Schlag von einem Lakaien ab. Die Säure breitet sich in Windeseile über seinen Körper aus und brennt sich in sein Fleisch.

„Neeeiiiin."

Zetra, Balu und ich versuchen herbeizueilen, aber wir kommen einfach nicht heran. Es trennen uns zu viele Kreaturen, die uns kontinuierlich angreifen.

Im gleichen Augenblick brechen alle anderen drei Brüder zusammen. Obwohl sie nicht getroffen wurden, winden sie sich auf dem Boden und schreien vor Schmerzen. Ihre Schreie übertönen das Kreischen der Kreaturen um uns herum. Shiva schlägt voller Hass doppelt so schnell auf alles ein, was aus der Hölle erscheint, nicht fähig ihre Trauer zu zeigen. Der Anblick, der sich mir bietet, lässt mich zurückschrecken, schreien und weinen, alles auf einmal. Blind schlage ich um mich, voller Panik und Hass. Wut, Wut, Wut, sie packt mich unerwartet und unkontrolliert. Es fühlt sich wie ein Zunami an, der mit voller Wucht auf mich einschlägt. Zetra ist außer sich vor Schmerz um den Verlust der vier Jungs. Sie springt hoch in die Luft, verharrt einen Moment und schwebt, bevor sie von oben genau auf die Lakaien schlägt, die Zor-se getötet haben. Auch Balu schlägt ohne Pause um sich, es geht alles so verdammt schnell. Shiva ist von sieben Lakaien und Untoten umzingelt. Meine Wut steigert sich ins Unermessliche. Ich schmeckt förmlich die

Energie, die jeden Nerv meines Körpers erreichen. Grüne Fäden umschlingen meinen Körper, ich marschiere durch die Menge. Alles, was sich mir in den Weg stellt, oder mich berührt, verbrennt. Ich töte die sieben unter drei Sekunden, weitere tausend in den nächsten fünf Minuten. Meine Familie steht hinter mir und sieht tatenlos zu, wie ich alle Wesen zurück in die Hölle schicke.

Angespannt verharren wir alle einen Augenblick vor der Schlucht und warten auf das, was jetzt kommen wird, bis die Zeit kurz still steht.

Es ist kein Geräusch mehr zu hören, nicht einmal ein Grashalm bewegt sich. Der Fluss erstarrt, Glut und Schwefel schweben bewegungslos über uns. Als Zetra dann schreit, sehe ich vom Himmel wieder hinunter in die Schlucht.

Eine Armee von Vampiren, angeführt von Vlad, dem ältesten und mächtigstem seiner Art, springen aus der heißen Glut der Hölle.

Sie sehen aus, als würden sie auf einen Ball gehen wollen, bildschön, arrogant und siegesbewusst. Die Schönheit und Anmut, die sie versprühen, lässt sie noch gefährlicher erscheinen und mich erzittern.

So wie mich die nackte Angst packt, steht auch schon meine Familie hinter mir, bereit zu kämpfen, bereit, für mich und die Menschheit zu sterben. Ich verliere für einen Moment den Mut, fragte mich, wie wir gegen so viele Vampire etwas ausrichten können, wenn diese doch tausendmal stärker sind als Lakaien.

Dies wird ein Kampf auf Leben und Tod. Und als ob das nicht genug wäre, strömen auch alle zuvor vernichteten Lakaien wieder aus der Hölle direkt auf uns zu. Normalerweise würde ich jetzt vor lauter Angst einen Nervenzusammenbruch bekommen. Aber meine Wut, Angst und Verzweiflung, wandelt sich in Überlebensgeist um.

Ich will leben und verdammt noch mal keinen Menschen mehr verlieren.

Alles, was ich jetzt noch möchte, ist, diese Ausgeburten der Hölle zu vernichten.

Für Zor-se, für meine Eltern, für alle Menschen, die ihr Leben für sie lassen mussten.

Vlad kann meine Gedanken nicht lesen, keiner der Vampire kann das. Er fixiert mich, starrt nur mich an, wie alle anderen Vampire und Lakaien auch. Sie wedeln mit ihren Schwänzen wie hungrige Hunde, die darauf warten, fressen zu dürfen. Tausende von Schreien hallen aus der Unterwelt, der Gestank wird noch unerträglicher. Ich würde mich am liebsten übergeben, die Galle seht mir bis zum Hals, als Vlad mich anlächelt.

Ohne jegliche Vorwarnung springt er auf mich zu, sein Maul zu einer glücklichen Fratze verzogen. Er gluckst vor Freude und schreit mich an, kurz bevor er vor mir landet, um mich zu schlagen. Ich stolpere zurück, wäre der Schlag tödlich gemeint gewesen, hätte ich ihn wohl kaum überlebt. Er will mit mir spielen, mich quälen, er glaubt nicht an meine Kraft, weil ich noch nicht achtzehn bin.

In dem Moment, in dem seine Vorfreude auf seinen Sieg ihn blendet, schlage ich zurück.

Im gleichen Augenblick bricht auch das Chaos aus.

Alle gegen alle, aber niemand traut sich, mich oder Vlad anzugreifen, es ist und bleibt wohl unser Kampf.

Ich höre die anderen durcheinander denken, sie sind alle bereit, ihr Leben für mich zu geben, sobald sie in meine Nähe kommen können. Vlads Plan scheint allerdings, niemanden in meine Nähe zu lassen, der mir helfen könnte.

Ich bin durch hunderte von Lakaien von meiner Familie abgeschirmt.

So überrascht er von meiner Schlagkraft auch ist, so schnell erholt er sich auch von seinem Schock und schlägt erneut zu.

Er ist verdammt schnell, ein Ausweichen ist immer nur um Haaresbreite möglich. Gehetzt und überfordert springe ich zum Fluss, wie ein Magnet ziehe ich die komplette Schlacht mit mir mit. Die Lakaien lassen nicht zu, dass Zetra, Balu oder sonst wer zu mir durchdringen kann. Mir schwirren die vier Jungs durch den Kopf, sie sind tot.

Vlad schlägt auf mich ein, ich schlage zurück.

Ich treffe ihn nicht, er ist zu schnell, im Augenwinkel sehe ich Balu. Er bringt sich gerade fast selbst um, weil er einfach nicht an mich herankommt.

Vlad schreit und haut mit aller Wucht auf mich ein. Er trifft mich hart, und ich werde in den Fluss geschleudert.

Ich funktioniere ungefähr noch drei Sekunden, bevor ich in Ohnmacht falle und in die Tiefe des Flusses sinke. Sämtliche Luft weicht aus meinen Lungen, ich kann zwar nicht ertrinken, aber ich spüre noch den Schmerz des heftigen Schlages. Bewegungslos und still sinke ich in die dunkle tiefe.

Die Dunkelheit und kälte des Flusses umschließt mich, ich scheine verloren.

Etwas reißt an meinem Arm und zieht mich mit rasender Geschwindigkeit nach oben. Durch den starken Wassersog geweckt, erblicke ich unzählige Meerjungfrauen, die mit mir schwimmen. Erschrocken forsche ich nach der Hand, die mich am Arm zieht. Mich packt die Angst, ich will mich gegen ihre Hand wehren, aber sie schaut mich nur freundlich an und schwimmt weiter. Wir kommunizieren zwar nicht, aber ich verstehe ich an ihrem Gesichtsausdruck, dass sie im Moment kein Problem mit mir hat. Ich habe das Gefühl, dass sie mir helfen wollen und dass gleich etwas Schreckliches passieren wird.

So wie ich das Licht der Wasseroberfläche erkenne schießen wir auch schon wie Pfeile aus dem Fluss und landen alle am Ufer.

Die Meerjungfrauen mussten gewusst haben, was hier oben los ist. Denn sie sind nicht nur sofort kampfbereit, sie sehen auch erschreckend aus.

Was mich gerade noch so lieblich angelächelt hat verwandelt sich jetzt in eine hässliche Fratze. Die Meerjungfrauen haben trotz Flosse eine bemerkenswert gute Haltung an Land. Sie bewegen sich so geschmeidig und schnell wie Kobras. Nicht nur ich und Vlad schauen einen Moment verwirrt und tatenlos zu, wie die Meerjungfrauen sich jeden Vampir schnappen, den sie kriegen können und ihnen die Köpfe abreißen. Zetras Gedanken überschlagen sich, das hat sie nicht gewusst. Keiner hier hat gewusst, dass sie an Land kommen können, geschweige denn, dass sie uns helfen würden. Oder die Macht haben, einen Vampir den Kopf abzureißen.

Die Rothaarige springt Vlad so schnell an, wie er gar nicht gucken kann. Doch er ist schneller, mit einer einzigen Handbewegung durchtrennt er ihren Körper.

Ihr Oberkörper stürzt mir zu Füßen, während ihre hässliche Fratze sich in eine junge hübsche Frau zurückverwandelt. Sie lächelt, bevor das Leuchten aus ihren Augen verschwindet. Als sie stirbt rasten alle anderen Meerjungfrauen völlig aus, sie streiten sich fast um jeden einzelnen Vampir, die keine Chance haben. Die Meerjungfrauen werden zu männerfressenden Maschinen, die vor nichts zurückschrecken. Erstarrt sehe ich dem Blutigem Gemetzel hier neben dem Fluss zu. Der Boden ist getränkt von schwarzem Blut, um uns herum brennt alles wie in der Hölle. Wind treibt Schwefel und Glut durch allem hier. Die Luft ist so heiß, dass es kaum möglich ist zu atmen. Verzerrte Bilder durch Hitze und Schmutz liegen vor mir, ich sehe meine Familie in der Ferne kämpfen.

Dann sehe ich Vlad auf einem kleinen Felsen am Fluss stehen. Er sieht mir mit seinem düsteren Blick direkt in die Augen.

Dann greift er mich an.

Ich schlage so hart auf ihn ein, dass meine Wucht mit einem grünen Donnerschlag durch die Höhle kracht. Zum ersten Mal von mir getroffen, schleudert Vlad in die Menge der Lakaien. Es ist nur ein kleiner Moment, in dem ich Schwäche in seiner Körperhaltung entdecke. Aber dieser Moment reicht mir, um noch mehr Mut zu fassen und daran glauben kann, dass ich diesen Vampir besiegen kann. Mit großen Schritten gehe ich auf ihn zu, und schlage ohne Pause auf ihn ein. Er bleibt am Boden liegen, hat keine Chance mehr, sich aufzurappeln. Er krabbelt und wirft sich einfach immer mehr rückwärts in die Menge. Sein greisenhafter Körper wird von Minute zu Minute schwächer, seine Haut wirkt dünn und verletzlich.

Er schreit bei meinem nächsten Schlag laut auf, aus seinem schwarzen Kiefer klaffen zwei faulende Wunden. Ich weiß nicht, wer Vlad die Reißzähne herausgerissen hat. Aber der enorme Blutverlust durch die ausgerissenen Zähne haben ihn zu meinem Vorteil geschwächt. Von einem zum nächsten Moment schwächelt er zunehmend, bis ich so nah über ihm stehe, dass ich seinen faulen Mundgeruch riechen kann.

Er sieht verletzlich aus, weshalb ich eine Sekunde zögere ihm den letzten Todesstoß zu geben. Die Sekunde, die er nutzen will, um mir aus nächster Nähe seine scharfen Finger in den Leib zu rammen. Zetra hat es in dem Moment gewusst, in dem er zu Boden fiel. Sie wusste, dass ich zögern würde. Sie ist im richtigen Moment da und steht neben mir, um Vlads tödlichen Schlag zu vereiteln.

Sie trennt ihm ohne jegliche Vorwarnung den Kopf ab, fasst ihn an den Haaren und hält ihn schreiend in die Luft. Schwarzes Blut strömt ihr den alten, faltigen Arm herunter, ihre Augen glänzen vor Freude und Stolz. Endlich den Mann erledigt zu haben, der ihr seid mehr als zweitausend Jahren Leid zugefügt hat. Ich bin entsetzt, ich weiß zwar, dass es gut und richtig ist ihn tot zu wissen, aber trotzdem!

So ein abgehackter Kopf ist erschreckend.

Man möchte meinen, dass sich seine Armee jetzt geschlagen geben würde. Aber nichts da, nachdem alle einen Augenblick in Zetras Richtung gestarrt haben, greifen sie an.

Wie es aussieht, brauchen diese Lakaien keinen Anführer und kämpfen auch nicht, weil es ihnen aus irgendeinem Grund befohlen wurde. Sie töten und fressen völlig unkontrolliert aus eigenem Antrieb und sie sind brandgefährlich.

Ich bin kurz vor einem Nervenzusammenbruch, als Zetra den Kopf in die brennende Schlucht schmeißt, wo er explodiert.

Meine Großmutter denkt kurz über Vlad nach, dreht sich um und erblickt seine zwei Frauen, die rothaarige und die blonde.

Dann ertönt ein eisiger Klang, die Zeit bleibt stehen. Die ganze Schlacht ist eingefroren. Durch die Luft fliegende Körper bleiben starr hängen. Außer Zetra und mir kann sich niemand hier mehr bewegen. Ich sehe Balu, wie er gerade einem der Vampire am Hals fast, um ihm den Kopf abzureißen. So wie ich mich umdreht, um Zetra zu fragen, was denn jetzt los ist, kommt auch schon die Antwort.

Ein augenscheinlicher blonder Engel mit einer schwarzhaarigen Engelfrau, laufen auf uns zu. Ich habe noch nie zwei so schöne Wesen gesehen.

Sie gehen Hand in Hand und lächeln dabei, als wären sie gerade erst getraut worden.

Ein gekreuzter Dolch blitzt unter seinem Jackett hervor.

„Das sind keine Engel, mein Kind, das ist der Leibhaftige persönlich, mit meiner Schwester der alten Hure."

„Schwester, Hure, ist das Sulaika?"

Ich kenne Zetra ja noch nicht lange, aber ich glaube, man kann nicht trauriger aussehen als sie. Ich weiß nicht was größer ist, meine Angst vor den beiden oder das Mitleid, das ich für Zetra empfinde.

Es sieht nicht so aus, als wird er uns angreifen, er schlendert auf uns zu, als wolle er leichte Konversation führen.

Aber der Schein trügt, je näher er kommt, desto stärker wird seine schlechte Aura. Ich spüre seine Boshaftigkeit durch und durch. Sie ist so erschreckend, dass mir schlecht wird, ich kann es kaum ertragen.

Sulaika schmiegt sich an ihn, lächelt und funkelt uns beide böse an. Sie erinnert an eine Kobra, die gleich zuschlägt, um ihre scharfen giftigen Zähne irgendwo einzurammen.

Ich weiche instinktiv einen Schritt zurück, mein Herz klopft, ich rieche und fühle seine abgrundtiefe Verdammnis. Ich halte das kaum aus, ich würde am liebsten wegrennen. Nur Zetras Gedanken lassen mich hier verharren, einen Augenblick verweilen, um ihr zuzuhören. Sie macht mir Mut, habe keine Angst vor dem Tod und erinnere mich daran, dass es kein Weglaufen gibt, kein Zurück, keinen Ort, wo wir hinlaufen könnten, und dass wir keine andere Wahl haben, als bis zum Tod zu kämpfen.

Ich schaue kurz zu Balu, und dann an mir herunter. So, wie es aussieht, muss ich ohne ihn, im Brautkleid, um mein Leben kämpfen und wahrscheinlich sterben. Mein Kleid ist inzwischen völlig zerrissen, nass geschwitzt und von schwarzem Blut verschmiert.

„Es war unmöglich, dich zu finden."

Seine Stimme passt nicht zu seinem faulen Maul. Wie Engelsglöckchen, die aus einem Sumpfloch erklingen, hört er sich an.

Weder Zetra noch ich antworten ihm, meine Nerven sind bis zum äußersten angespannt. Zetra strahlt unglaubliche Ruhe aus, sie hat nicht ein bisschen Angst. Ihr ist klar, dass sie so oder so in seinen Klauen landen wird. Sie will nur verhindern, dass er mich oder sonst wen dabei mit nach unten nimmt.

„Verschwinde in dein dreckiges Loch, aus dem du gekrabbelt bist."

„Oh, oh, hört hört, die kleine Zetra ist mutig." Sulaika lächelt, schmiegt sich an seinen Arm und küsst seinen Hals.

„Vernichte meine Schwester, sie ist es nicht wert, die Luft hier zu atmen." Sagt Suleika.

Bewundernd sieht Asura Sulaika an. Nicht nur ihre göttliche Schönheit, sondern auch ihre absolute Boshaftigkeit, beeindruckt ihn, was ihn zu weiterer Tat verleitet. Es vergeht keine einzige Sekunde, bis er bei ihr steht.

Mit der Wucht und Schnelligkeit einer Maschine, schlägt er seine Hand in Zetras Körper. Er umschließt ihr kleines Herz mit seiner knochigen Hand.

Noch bevor er es herausreißen kann, schlage ich auf ihn ein, panisch und kreischend.

Als er meinen Schlag mit einem freundlichen Lächeln abtut, als würde er eine Fliege verscheuchen, geschieht das unfassbare.

In dem Moment, in dem ich Zetra sterben und verzweifelt den Untergang der Welt sehe. Stößt Sulaika ihre scharfen Zähne in seinen Hals, nimmt seinen Dolch und schlägt ihn von hinten in seinen Körper.

Ich schlage erneut auf ihn ein, sodass sein Körper erstarrt. Dort, wo die Klinge aus seinem Körper austritt, tut sich ein schwarzes Loch auf. Es zerfrisst ihn von innen, seine ungläubigen Augen sind starr vor Hass. Sein engelsgleicher Körper reißt auf und heraus tritt eine Kreatur, die dreimal so groß ist. Schwarz, buckelig, gehörnt und unförmig, nie im Leben habe ich etwas Erschreckenderes gesehen. Ich schlage noch mal auf ihn ein, noch mal und noch mal, in der Hoffnung, dass er stirbt.

Doch das passiert nicht.

Er wird einfach von der Hölle angesogen, die Kraft die an ihm zieht ist so stark, dass er sich nicht wehren kann. Es scheint, dass der Dolch Nekam alles Böse wieder zurück in die Hölle schickt.

Er verschwindet mitsamt seinen Kreaturen. Alles, was nicht gut ist, wird hinuntergezogen, egal ob tot oder lebendig. Der Sturm, der miteinhergeht zieht Geröll, Staub und Dreck mit sich in dem Krater. Ohrenbetäubender Krach versetzt mich in Panik, lässt uns alle wieder eine Kampfposition einnehmen. Jeder wartet erneut auf das Grauen, doch das bleibt aus. Der Krater schließt sich, die Felsen brechen unkontrolliert aufeinander, so dass sich eine hässliche Narbe durch das ganze Land zieht.

Es ist wohl vorbei.

Sulaika wurde nicht mit in die Tiefe gerissen, sie kniet neben ihrer reglosen Schwester.

Alles ist so verdammt still.

Die Schlacht ist vorbei und anscheinend gewonnen, was mich kein bisschen beruhigt. Nervös schaue ich von Sulaika zu Zetra und immer wieder zu dem Krater.

Ich habe Angst, meine ganze Familie läuft auf uns zu. Balu nimmt mich in den Arm und drückt mich.

Shiva kniet neben Sulaika, die weinend ihre Schwester im Arm hält. Jeder hier liest ihre Gedanken, jeder ist unermesslich schockiert. Weil sie erkennen, dass Sulaika vor mehr als zweitausend Jahren, nur aus einem Grund die Seite gewechselt hat.

Sie hat das alles vorausgesehen, sie wusste haargenau was passieren würde. Sie hat unendliche Qualen und Erniedrigungen ertragen, nur um heute im richtigen Moment neben Asura stehen zu können.

Um ihrer Schwester das Leben zu retten, um die Welt zu retten. Jeder hier hat sie zweitausend Jahre lang verflucht, weil sie als einzige bereitwillig ein Vampir geworden ist. Jetzt müssen sie feststellen, dass Sulaika ihre Seele an den Teufel verkauft hat, um ihre Familie zu beschützen.

„Sulaika." Shiva sagt ihren Namen, als finde sie keine Worte, um Vergebung zu bitten.

Aber sie weint nur, hält ihre Schwester und weint.

Keiner hier weiß, was er machen soll. Zetra war es schon immer, die Entscheidungen getroffen hat. Sie ist es, die verletzten Menschen heilen kann, niemand hat sonst diese Gabe. Ich komme mir so nutzlos vor, ich bin gescheitert, ich habe meinen Job nicht getan.

„Das ist nicht war, ohne dich hätten wir diese Schlacht nicht gewonnen." Shiva versichert das so laut, das es alle hören.

Jeder ist damit einverstanden, nur ich nicht.

Außerdem ist es mir im Moment auch egal, ich kann meinen Blick nicht von Zetra wenden und ich weiß nicht, was ich tun soll.

Wie angewurzelt stehe ich inmitten meiner Familie, als sich der Himmel öffnet.

Die riesigen Engel weichen zur Seite, sodass der Himmel immer heller erscheint. Der aus der Mitte entspringende Lichtstrahl trifft auf mich, ich spüre die wohlige Wärme. Es ist mehr als das, es ist ein Wohlgefühl ohne gleichen.

Genau wie ich, sehen alle anderen hier gebannt nach oben in das Licht. Jeder spürt diese Gnade, dieses verbindende, dieses unbeschreibliche Gefühl.

Es ist Mitternacht und somit mein Geburtstag.

Der Strahl wird immer heller, konzentrierter und schmaler, bis nur noch ich in diesem Licht stehe. Es ist als fange ich selbst an zu leuchten, von innen heraus, ich spüre es. Mein Körper scheint mit dem gleißenden Licht zu verschmelzen, bis sich ein Lichtkegel über mir auftut. Er explodiert zwar still, aber das grelle Licht strahlt von mir aus über das ganze Land. Wie eine Riesenstaubwolke erreicht der Schein jeden Winkel dieses Landes, darüber hinaus auf der ganzen Erde. Es ist nichts, was die Menschen sehen oder spüren können. Aber jedes Wesen, ob gut oder schlecht hat dieses Ereignis gespürt.

Alles, was von diesem Licht berührt wird, erblüht zu neuem Leben.

Zuerst die Wiese um mich herum, Blut, Dreck und jegliche Spuren vom Kampf verschwinden einfach. Die große Narbe, die sich durch das Land zieht, wird unsichtbar, Gebäude und Straßen stellen sich wieder auf. Die Treppe zum Geheimgang türmt sich wieder auf, der Wasserfall speist wieder den Fluss.

Dann erwachen Zor-se, sie richten sich einfach auf. Wie alle anderen Schwerverletzten, kommen sie auf mich zu.

Die Energie, die mich umgibt, ist unbeschreiblich, ich fühle mich wie nie zuvor.

Bis es aufhört, ungläubig schaue ich an meinen Händen herunter und kann immer noch nicht glauben, was da gerade geschehen ist. Fast im gleichen Augenblick schweifen meine Gedanken aber zu Zetra. Sie liegt immer noch in Sulaikas Armen, die weint.

Ich knie neben sie, sehe Sulaika fragend an, ich weiß nicht, warum Zetra nicht lebt.

Alles ist still, jeder Mensch gedankenleer, keiner weiß einen Rat. Jeder hier spürt nur die Liebe, die Sulaika für ihre Schwester hegt, den Schmerz tausende von Jahren gelitten zu haben und nun doch versagt zu haben.

Eine innere Stimme in mir verlangt, dass ich beide Schwestern berühren soll. Ich lege meine Hände auf Sulaika und Zetra.

Goldschimmerndes Licht strömt aus meinen Händen, fließt über deren beider Körper, umhüllt sie in einer Art goldenen Mantel. Ich spüre, wie meine Kraft auf sie beide einwirkt. Ohne zu wissen, was ich da gerade tue, mache ich genau das richtige. Zetra erwacht langsam, ihre Narbe verheilt. Als sich ihre Augen öffnen, findet sie sich in Sulaikas Armen.

Zetra sieht, was wir alle erstaunt mit ansehen. Sulaikas Zähne bilden sich zurück, ihr Haar wird kürzer, ihr Gesicht älter und älter, bis das goldene Licht an meinen Händen verschwindet und die beiden Schwestern sich ungläubig anschauen.

Sulaika sieht an sich herunter, betrachtet ihre Hände, fasst sich ins Gesicht und strahlt ihre Schwester an.

„Ich bin alt! Ich bin wieder... sieh nur ich bin... es ist vorbei!“ Sulaika bricht in Freudentränen aus, nimmt ihre noch schwache Schwester in den Arm, drückt sie so feste sie kann und weint.

Erst nach einigen Sekunden begreift Zetra, was geschehen ist. Endlich legt auch sie ihre Arme um ihre Schwester, Tränen laufen ihr übers Gesicht.

„Ja mein Herz, du bist wieder zu Hause.“

Auch wir begreifen erst nach einigen Sekunden, dass ein Familienmitglied wieder da ist, wo sie seit langem vermisst wurde. Dann fallen alle in tosendem Beifall, wir klatschen, liegen uns in den Armen. Die Menschen rufen laut durcheinander unter Freudentränen.

Balu nimmt mich hoch, dreht sich mit mir über die Wiese und küsst mich immer und immer wieder. Bis wir in dem ganzen Tumult auf den Boden fallen und er auf mir liegen bleibt.

„Ich liebe dich!"
„Ich liebe dich auch!"
„Meine Frau, mein ein und alles, für immer."
„Für immer."

© 2024 Ramona Onwuka
Verlag: BoD • Books on Demand GmbH, In de
Tarpen 42, 22848 Norderstedt
Druck: Libri Plureos GmbH, Friedensallee 273,
22763 Hamburg
ISBN: 978-3-7597-8444-5

FSC
www.fsc.org

MIX

Papier aus ver-
antwortungsvollen
Quellen
Paper from
responsible sources

FSC® C105338